アルバート、故郷に帰る

両親と1匹のワニが
ぼくに教えてくれた、
大切なこと

ホーマー・ヒッカム
金原瑞人＋西田佳子［訳］

ハーパーコリンズ・ジャパン

アルバート、故郷に帰る

両親と1匹のワニが
ぼくに教えてくれた、
大切なこと

CARRYING ALBERT HOME

BY HOMER HICKAM

 THIS EDITION IS PUBLISHED BY ARRANGEMENT WITH HARPERCOLLINS PUBLISHERS LLC, NEW YORK, U.S.A.

PUBLISHED BY K.K. HARPERCOLLINS JAPAN, 2016
AUTHOR PHOTOGRAPH BY LINDA TERRY HICKAM

イラストレーション ◆ 巣内雄平

ブックデザイン ◆ albireo

わたしより早くこれが作品になると気づいた、
フランク・ワイマンに。

目次

おもな登場人物

◆◆

CHARACTERS

ホーマー・ヒッカム（息子）

HOMER HICKAM

◆◆

語り手。

ホーマー・ヒッカム（父）

HOMER HICKAM

◆◆

自分がやったことのせいで
旅がはじまったと思っている男。

エルシー・ラヴェンダー・
ヒッカム

ELSIE LAVENDER HICKAM

◆◆

自分がいったことのせいで
旅がはじまったと思っている女。

アルバート・ヒッカム

ALBERT HICKAM

◆◆

この旅のきっかけになったワニ。

雄鶏

THE ROOSTER

◆◆

どうして旅に加わったのかは
永遠の謎。

旅をはじめる前に

母からアルバートの話をきくまで、うちの両親がそんな旅をしていたとは全然知らなかった。アルバートを遠い故郷まで連れていくなんて、危険だし、そうそうできることじゃない。知らないことばかりだった。両親がどうして結婚したのかも、両親がどんな経験を経ていまのようなふたりになったのかも。それに、母には好きでたまらない人がいて、その人がのちにハリウッドの有名俳優になったということも。大きなハリケーンのあと、父はその人と対面した。実際にハリケーンにあっただけでなく、心の中でも大嵐が荒れていたそうだ。アルバートの物語は、ほかにもいろんなことを教えてくれた。両親のことだけではない。両親がぼくに与えてくれた命について、大切なことを教えてくれた。自分がなぜ生きているのかわからなくなるときもあるが、それでも人はみな生きている。その命について、いろんなことを教えてくれた。

両親が旅をしたのは一九三五年。大恐慌がはじまった六年後だ。当時、ウェストヴァージニア州コールウッドの人口は一万人あまり。両親と同様、多くは炭鉱育ちの若夫婦だった。くる日もくる日も、父親や祖父がしていたように、男は朝起きて炭鉱に行き、ドリルやダイナマイトやつるはしやシャベルを使って石炭を掘る。頭上の岩盤がうなり、いつ落ちてくるかもわからない。事故死は日常茶飯事。ウェストヴァージニアの小さな町に住む若い男女にとっては、毎朝の別れにも悲しい予感がつきまとっていた。それでも、炭鉱会社が払ってくれる給料や、会社が提供してくれる住宅のために、夫は毎朝妻に別れの挨拶をして、鉱夫の長い列に加わる。弁当を腰に下げ、重いブーツを引きずるようにして、深くて暗い地下の世界にもぐっていく。

夫が炭鉱で働いているあいだ、コールウッドの妻たちは、炭鉱会社から割り当てられた住宅の掃除に追われる。掃除しても掃除してもきれいにならない。家々をかすめるように走る蒸気機関車が吐きだす真っ黒な煤《すす》が、ドアや窓をぴったり閉めていても、家の中に入ってくるからだ。コールウッドの人々の吸う空気にも煤は混じっているし、通りを歩けば土埃《つちぼこり》に混じって煤が舞いあがる。疲れきった頭を枕にのせれば、黒い埃が出るし、朝になって毛布を押しのけると、やはり黒い埃が立つ。毎朝、女たちは起きたときから煤汚れと戦いつづける。翌朝も、その翌朝も。夫を炭鉱に送りだしたあとは掃除をしてばかりだ。夫の働く炭鉱から、さらに多くの煤が生みだされる。

子育ても妻の仕事だった。炭鉱の町には、猩紅熱《しょうこうねつ》、はしか、インフルエンザ、チフス、その他正体不明の熱の出る病気が定期的に流行して、体力のあるなしにかかわらず、多くの子どもの命を奪っていく。子どもをひとりも失っていない家がほとんどないくらいだ。夫や子どもたちがいつ死んでしまうかわからない――そんな不安とともに暮らしているせいか、無垢《むく》でやさしかったはずの少女たちは、何年もしないうちに、頑固な肝っ玉母さんになってしまう。それこそが、炭鉱の女の特徴なのだ。

まさにそんな世界で、ホーマー・ヒッカムとエルシー・ヒッカムは暮らしていた。ぼくの両親だ。ホーマーは満足していたが、エルシーはそんな暮らしがいやでたまらなかった。

無理もない。

エルシーはフロリダの生活を知ってしまったのだから。

両親がこの本の旅をしてから何年もたって、兄のジムとぼくが生まれた。ぼくたちがコールウッドで子ども時代を過ごしたのは一九四〇年代から五〇年代。当時、町は成長しはじめていた。道路が舗装されたり、電話線が引かれたりして、暮らしが快適になりだしたのがこのころだ。テレビもあった。テレビがなかったら、アルバートの話をきくことはなかったかもしれない。はじめてあの話をきいたとき、ぼくはリビングのラグマットの上に寝そべって、ウォルト・ディズニーの番組を観《み》ていた。〈デイヴィ・クロケット〉シリーズの再放送だ。この番組のおかげで、西部開拓の英雄だったデイヴィ・クロケットは、アメリカ合衆国いちばんの人気者になった。その人気にはアイゼンハワー大統領も及ばないほどだ。アメリカの男の子で、デイヴィのトレードマークだったアライグマの毛皮の帽子が欲しくないという子はまずいなかっただろう。ぼくももちろん欲しくてたまらなかったが、買ってもらえなかった。動物好きの母にとって、動物の毛皮で帽子を作るなんて残酷すぎて許せないことだったからだ。

母がリビングに入ってきたとき、デイヴィ・クロケットは仲間のジョージ・ラッセルと馬で森を駆けぬけていた。二十一インチの白黒テレビで、ジョージが歌っている。〝わずか三歳でクマを倒した西部の王様デイヴィ・クロケット〟。この歌も大人気で、ぼくは歌詞を全部おぼえていた。アメリカじゅうの子どもたちがそうだっただろう。母は黙ってテレビを観ていたが、しばらくするとこういった。「なつかしいわね。この人がアルバートをくれたのよ」そしてキッチンに戻っていった。

ぼくはデイヴィとジョージに夢中になっていたし、まだ子どもだったので、母の言葉の意味がすぐにはのみこめなかった。コマーシャルがはじまると、キッチンに行った。「お母さん、デイヴィ・クロケットに出てる人を知ってるの？」

「歌を歌ってたほうの人よ」母はフライパンに油を引きながらいった。どろっとしたものが入ったボウルがそばに置いてある。今夜は母の得意なポテトパンケーキだろうか。

「ジョージ・ラッセル？」

「バディ・イブセンよ」

「バディ・イブセンってだれ？」

「テレビで歌っていたほうの人。でも、歌よりダンスのほうが得意だったわ。しかも、一度見たダンスはすぐに真似《まね》できるの。フロリダでお金持ちのオーブリーおじさんと暮らしてたとき、知り合ったの。お母さんがお父さんと結婚したとき、お祝いにアルバートをくれたのよ」

　バディのことも、アルバートのことも、それまで一度もきいたことがなかった。けど、お金持ちのオーブリーおじさんの話はよくきいていた。母はいつも、おじの名前の前に〝お金持ちの〟という言葉をつける。一九二九年の大恐慌で株が大暴落し、おじがお金を全部なくしてしまったあとも、それは変わらなかった。おじの写真を見たことがある。丸顔で、まぶしそうに目を細めて、ゴルフクラブに寄りかかるように立っていた。頭には、グレートギャツビーというロゴの入ったキャスケット帽。開襟シャツに派手なセーターを重ね、膝丈ズボン《ニッカーボッカー》をはいていた。足元は茶色と白のサドルシューズ。うしろには小さなアルミのトレーラーハウスが写っていた。あれがおじの住まいだったのだろう。あまりお金がなくてもお金持ちって呼ばれるなんて不思議だなあと思ったものだ。

　はっきりさせたかったので、母にこうきいた。「ってことは……お母さんはジョージ・ラッセルを知ってるの？」

「バディ・イブセンがジョージ・ラッセルをやってるなら、そういうことね。ええ、知り合いよ」

ぼくはその場に突っ立って、口をあんぐりあけていた。めまいがしそうだった。コールウッドじゅうの子どもに早く自慢したくてたまらない。うちのお母さんはジョージ・ラッセルの知り合いなんだ。デイヴィ・クロケット本人を知ってるとまではいかないけど、その一歩手前じゃないか。きっとみんなにうらやましがられる！

「アルバートがうちにいたのは二年くらいだったわ」母がいった。「そこの通りをずっと行ったところに変電所があるでしょ、あの前の家に住んでたころよ。あなたたちが生まれる前」

「アルバートって？」

一瞬、母の表情がゆるんだ。「話したこと、なかった？」

「うん」そのとき、コマーシャルが終わった。火打ち銃の音がする。番組の続きがはじまった。ぼくはそっちを向いて耳をすませた。

ぼくがテレビを気にしているのに気づいたのか、母が手を振っていった。「あとで話してあげるわ。ちょっと複雑な話なの。お父さんとお母さんのふたりで……アルバートを故郷に連れていってあげたのよ。アルバートはワニなの」

ワニ！　もっといろいろききたくて口を開いたが、母が首を振った。「あとでね」そういって、ポテトパンケーキを焼きはじめた。ぼくはテレビの前に戻った。

それから何年もかけて、母は約束どおり、アルバートを故郷に連れていったときの話をきかせてくれた。母が水を向けると、父もときどき話してくれる。父目線の話だ。昔の話だから、出来事の順序が前後することもあるし、このあいだのと話が違うよ、と思うこともあった。生き生きとした楽しい話ではあったが、とりとめがなかったし、作り話もかなり混じっていたはずだ。愛するワニ（と、どういうわけか一羽の雄鶏《おんどり》）を連れて旅をした若い夫婦の物語。一世一代の大冒険だ。ぼくの頭の中では、ひたすら南に向かう両親の姿の上に、画家の描く黄金の太陽や、詩人の描く水銀色の月が輝いていた。

やがて、父が天国の鉱山を開拓しに行き、母も神様の采配にあれこれ口出しをしに行ってしまうと、ぼくの頭の中で、小さな声が繰りかえし響くようになった。ふたりの旅の物語を文章にして残せ、という声だ。その声に従って物語を文章にまとめはじめたとき、その理由がわかった。美しい花が夜明けを待って花びらを広げるように、物語の奥に隠されていた真実が明らかになった。両親がアルバートを故郷に連れていった話は、若い夫婦の風変わりな冒険物語というだけではない。それは、天から与えられたもっとも偉大かつ唯一の贈り物——愛という言葉ではあらわしきれない、奇妙な、そして奇跡的な感情——をふたりがたしかに手に入れる物語なのだ。

——ホーマー・ヒッカム（息子）

第1部

旅のはじまり

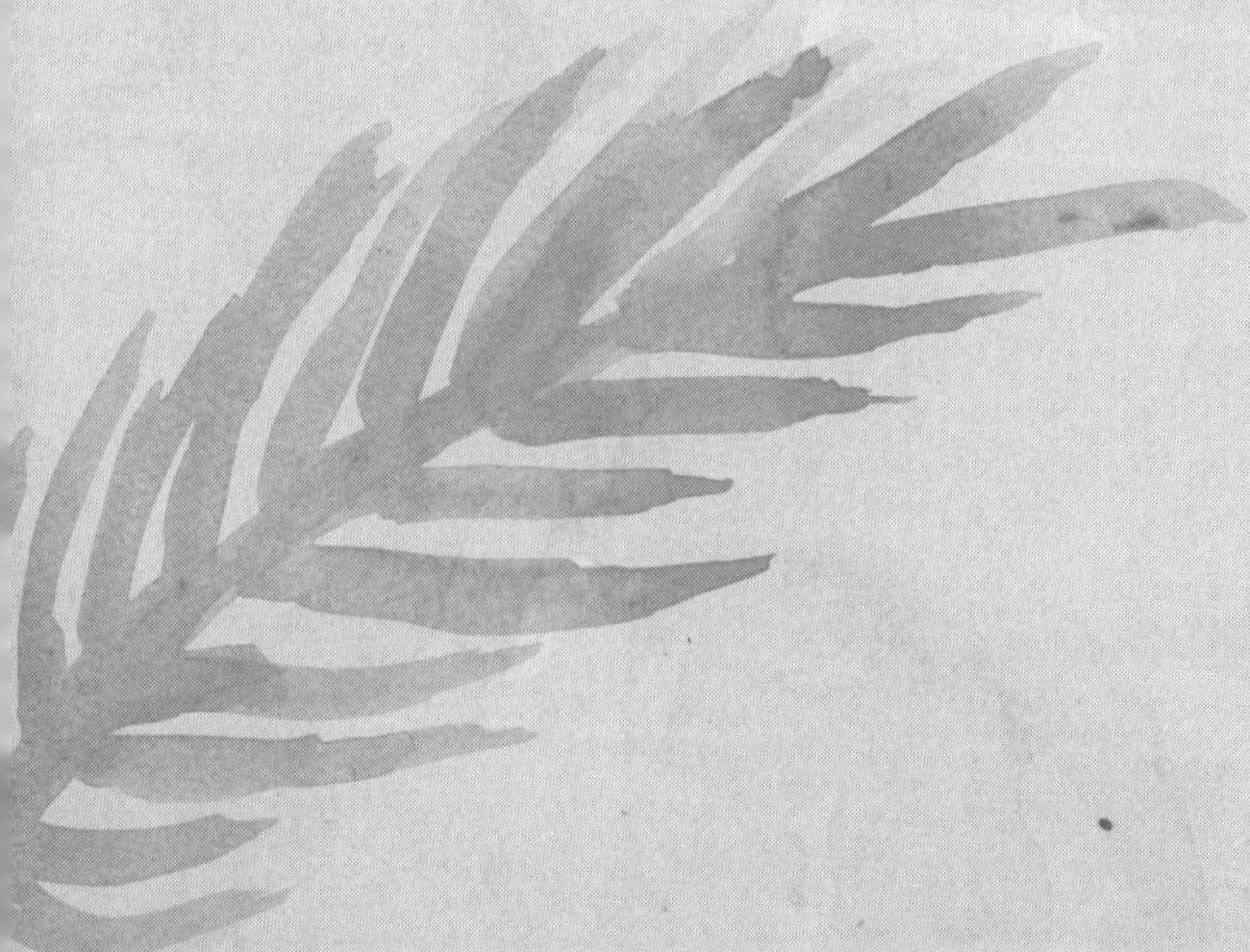

1

夫が大声をあげて呼んでいる。エルシーが裏庭に出てみると、アルバートが芝生の上で仰向《あおむ》けになっていた。短い足を外側に伸ばして、のけぞるように頭をうしろにそらしている。どんなおそろしいことが起こったのかと思ったのに、ワニはエルシーを見て顔を上げ、にっこり笑っている。無事だ。ほっとして力が抜けてしまいそうだ。この世の中でアルバート以上に大切なものがあるだろうか。エルシーは膝をついて、アルバートのおなかをなでてやった。アルバートはうれしそうに前足を動かし、歯をぎらつかせて笑った。

アルバートは二歳になったばかりだが、体長は一メートル二十センチ以上ある。ワニについて書かれた本によると、年のわりに大きいらしい。全身が、絶妙なオリーブグリーン色のうろこにびっしり覆われている。脇腹には黄色のライン。本によると、このラインは大人になると消えるらしい。背中のとげとげは尻尾の先まで続いている。おなかはクリーム色でやわらかい。表情豊かな目は金色だが、夜になると赤く光って、見る人をびっくりさせる。顔だちはきわめて印象的だ。鼻の穴が口の先の上についていて、全身を水中で休めながら呼吸ができるようになっている。愛嬌《あいきょう》のある口には輝く白い歯が並び、上下ががっちり嚙《か》み合うようになっている。世界でいちばんハンサムなワニだわ、とエルシーは思っていた。

もちろん、頭だっていい。犬みたいにエルシーのあとをついて歩き、エルシーが座ると、ソファによじのぼってエルシーの膝に頭をのせ、猫みたいになでてもらおうとする。エルシーはこれがうれしかった。犬や猫を飼うことができなくなってしまったからだ。ベッドの下や、エルシーの父親が作ってくれたコンクリートの池で待ち伏せするアルバートの習性のせいだった。実際に犬や猫を襲って食べてしまったことはないが、そうなってもおかしくない状況になったことはあるので、犬も猫も、ヒッカム家の庭には少なくとも来世紀までは入らないと決めたらしい。

〝かわいい坊や〟に笑顔を返してから、エルシーは夫のようすを見た。夫はようやく叫ぶのをやめて、エルシーの顔をじっと見ている。機嫌が悪そうだ。しかも、目をとめずにはいられない、奇抜なファッションをしている。「ホーマー、ズボンはどうしたの？」

ホーマーは質問には答えなかった。「ぼくかワニか、どっちかを選んでくれ」それから、ゆっくりいった。「ぼくか……ワニか……どっちかを選んでくれ」

エルシーはため息をついた。「なにがあったの？」

「トイレで便座に座ってたら、きみのワニがバスタブから出てきて、ぼくのズボンに手をかけたんだ。ズボンから脚を抜いて逃げてこなかったら、間違いなく食べられてた」

「アルバートがあなたを食べるつもりなら、もうとっくに食べてるわよ。で、どうしてほしいの？」

「選んでくれ。ぼくか、ワニか。今度こそはっきりさせてくれ」

またか、とエルシーは思った。どのくらい前からこの問題に悩まされてきただろう。自分も、夫も。いや、これは、アルバートも含めた家族みんなの問題だ。しかし、エルシーには答えようがなかった。「考えておくわ」

ホーマーはごまかされなかった。「考えるって、なにを考えるんだ？　ぼくがいつになったら食われるかってことか？」

「はいはい、ホーマー、そのとおりよ」エルシーはそういうと、ひっくり返っていたアルバートを元に戻して手招きをした。「いらっしゃい、坊や。ママがおいしいチキンをあげますよ」

エルシーのあとについていくアルバートの姿を、ホーマーは信じられない思いで見送った。フェンスのところに、隣人であり鉱夫仲間でもあるジャック・ローズが来ていた。礼儀正しく咳払《せきばら》いをしてから声をかけてきた。「ホーマー、風邪をひくぞ。さっさとズボンをはけよ」

ホーマーの顔が真っ赤になった。「きいてたのか？」

「町じゅうにきこえてたさ」

まずい、とホーマーは思った。鉱夫たちは人をからかうのが大好きだ。妻の飼っているワニが怖くてパンツ姿で逃げまわったことを知られたら、みんなに笑われるに決まっている。「ジャック、頼む。みんなにはいわないでくれ」

「オーケー」ジャックは愛想よく答えた。「だが、女房が黙っててくれるかどうか」うしろを向いてうなずいた。その先には隣家の窓があり、その向こうでジャックの奥さんがにやにやしていた。もうだめだ。ホーマーはうなだれた。

その日の夜、ホーマーは、豆とコーンブレッドを食べる手を休めていった。「考えてくれたか？　ぼくとアルバートのどっちを選ぶ？」

エルシーはホーマーを見ようともせずに答えた。「まだ決められないわ」

ホーマーはひどく落ちこんでいた。「ぼくはこれから、仕事場でみんなにばかにされるんだ。ワニに追いかけられて、パンツ姿で逃げまわってたって」

エルシーはまだホーマーを見ようとしない。豆がなにかいうのを待っているかのように、皿をじっと見ている。「それがいやなら、鉱山で働くのをやめたら？　暗い穴にもぐるのをやめて、もっときれいなところで暮らしましょうよ」

「ぼくは鉱夫だ。炭鉱がぼくの仕事場なんだ」

エルシーはようやくホーマーの顔を見た。「わたしの仕事じゃないもの」

その夜、エルシーはホーマーに背を向けて眠った。朝になり、朝食を作って、夫に弁当を渡したが、キスはしなかった。無事に帰ってきてね、ともいわなかった。妻に無事を願ってもらうことなく送りだされたホーマーは、暗い気分で職場に向かった。しかも、コリアー・ジョンズという名の鉱夫にこう声をかけられた。「エルシーのワニが怖くてパンツ姿で逃げだしたって、本当か？」これをきいて、職場のみんなが膝を叩《たた》いて笑った。こういうときは下品なジョークでもいって場をなごませるのが正しい対応かもしれないが、ホーマーはそういうことができるタイプではない。仕事仲間たちはしらけてしまったのか、からかうのをやめてくれた。ホーマーのことを病気かなにかと思ったようだ。しかも、なにか深刻な病気なのだろうと。このことは、職場の売店の前でもずいぶんと話題になった。そしてみんなは、悪いのは奥さんだろうと考えたらしい。かわいらしい奥さんだが、夫に期待しすぎて夫をだめにするタイプに違いないという結論が出たようだ。

それから二日が過ぎた。ホーマーは庭で錆《さ》びだらけの椅子に座っていた。会社の廃品置き場から持ってきたものだ。庭に出たエルシーはホーマーの前に立ち、深呼吸をしてからいった。「アルバートを手放すわ」

ホーマーはほっとした。「そうか、ありがとう。そこの川に放してやろう。元気に生きていけるさ。小魚がたくさんいるし、犬や猫もときどき水を飲みに来る」

エルシーは口をまっすぐに引き結んだ。ホーマーのよく知っている表情だった。なにか不満があるらしい。「そのへんの川じゃ、冬になったら凍えて死んじゃう。故郷のオーランドに帰してやらないと」

ホーマーにとっては思ってもみない言葉だった。「オーランド？　フロリダの？　待てよ、ここから千キロ以上離れてるんだぞ！」

エルシーは、それがどうしたのというように、顔を上に向けた。「千キロだって一万キロだって、わたしはかまわないわ」

ホーマーは、足元の地面がぐらぐら揺れているような気がした。「どうやって運ぶ？」

「さあ。なんとか考えるわ」

勝ち目はない、とホーマーは一瞬のうちに悟った。「オーランドじゃなきゃだめなのか？　ノースカロライナかサウスカロライナあたりで放してやったらどうだ。あのへんもけっこう暖かいらしいから」

「オーランドじゃなきゃだめ。それに、オーランドの中でも、ちゃんとした場所を見つけてやらないと」

「ちゃんとした場所ってどんな場所なんだ？」

「それはアルバートが判断するわ」

「ワニになにがわかるっていうんだ」

「なにもわからなくても、しかたがないじゃない。ワニなんだから」

「ぼくがなにもわかってないのが大問題だといいたいのか？」

「あなたもわたしも、なにもわかってないのよ。要するに、わたしたちが正しいと思ってることは、ちっとも正しくないかもしれない。わたしが百万くらいいいって、あなたが百万とひとついいかえしてきても、正しいことなんかひとつもないかもしれない」

「いったい、なにがいいたいんだ」

「思ったことを正直にいってるだけよ」

妻が家の中に戻ったあとも、ホーマーは赤錆びの浮いた椅子に座ってあれこれ考えていた。生まれてはじめて、怖いと思った。一週間前、頭上の岩盤が崩れて、巨大な岩が頭をかすめるように落ちてきたが、怖いとは思わなかった。そのことはエルシーには話さなかったのに、エルシーはいつのまにか知っていた。エルシーにはなにひとつ隠しておくことができないのだろうか。なのにホーマーのほうは、妻であるエルシーのことをまったくわかっていないし、神への畏れにも似た不安を感じさせられている。夫である自分がどう思おうが、エルシーはフロリダに行こうとしているのではないか。

こうなったら、やることはひとつ。われらが〝キャプテン〟、ウィリアム・レアードに相談してみよう。世界大戦のヒーローで、スタンフォード大学工学部の卒業生で、コールウッドの主みたいな人物だ。

ホーマーはまだ気づいていなかったが、この時点で旅はすでにはじまっていた。

2

決められた時刻まで地下の坑道で働いたあと、ホーマーは会社の浴場でシャワーを浴び、洗いたてのつなぎに着替えて安全靴ではない靴を履くと、事務員のところへ行って、キャプテンに会いたいと申し出た。事務員がどうぞというように手を振る。ドアをノックすると、「どうぞ！」というキャプテンの声がきこえた。帽子を取って手に持ち、キャプテンの机に近づくと、アフリカ象みたいに大きな耳をしたキャプテンが顔を上げ、眉を寄せた。「どうした？」

「妻のことで、ちょっと」

「エルシーか。エルシーがどうかしたか？」

「飼っているワニをオーランドに連れていきたいというんです」

キャプテンは椅子の背もたれに体をあずけて、ホーマーを見つめた。「ズボンを脱いで庭を走りまわっていたとかいう件と関係あるのか？」

「はい、そうです」

キャプテンは首をかしげた。「ふむ。わたしはいい話には乗ることにしている。おもしろそうな話じゃないか」

ホーマーは勧められた椅子に腰をおろしてから、アルバートに追いかけられたことを話した。その後自分がいったことと、エルシーにいわれたことも。キャプテンはじっときいていた。はじめは首をかしげていたが、表情がだんだん変わっていった。真剣な顔になり、身をのりだした。

ホーマーの話が終わると、キャプテンはこういった。「思うに、宿命《キスメット》ってやつだな」

ホーマーはその言葉をきいたことがあったが、意味はあまりよくわかっていなかった。キャプテンはさらに身をのりだした。巨体でホーマーの迷いを押しつぶそうとしているかのようだ。

「自分にとってはわけがわからないのに、宇宙から見ると筋が通っている、そういうことをやりとげなければならないときがあるんだ。わかるか？」

「いいえ」

「だろうな。だが、宿命とはそういうことだ。そのせいで人生が思わぬ方向に向かうこともあるが、そこから、人生とはなにか、なんのためのものなのか、学ぶこともできる。この旅をすれば、おまえにもわかるかもしれん」

「行けというんですか？」

「ああ、そうだ。二週間の休暇をやろう。会社から旅費も貸してやる。百ドルだ」

「そんなにたくさん貸してもらっても、返すことができません」

「いや、大丈夫だ。おまえは借りた金を返す方法をちゃんと見つけて、それを実践できる人間だからな。で、エルシーのことだが。おまえは、自分の人生の中でいちばん大切なのがエルシーだってことを、ちゃんと伝えたのか？」

「いえ、伝えてません」ホーマーは正直に答えた。「でも、たしかにエルシーはぼくのいちばん大切な人です」頭をかいた。「問題なのは、エルシーにとっていちばん大切なのはぼくじゃないかもしれないってことです」

「まあ、そういうこともあって、この旅をすることになったんだな。おまえたちふたりが今後どんな夫婦になるかを見極めるための旅だ。出発はいつにする？」

「わかりません。いまのいままで、行くかどうか決めてなかったんですから」

「明日の朝出発しろ。なにごとも、先のばしにしていいことはない」キャプテンが表情を曇らせた。「勘違いするなよ。おまえが休暇を取るのは痛手なんだ。うちの炭鉱には、たちの悪いやつらもいる。いまはまじめに働いてるが、主任のおまえがいなくなったら、昔の悪い癖が出てくるかもしれん」肩をすくめる。「だがこっちはこっちでなんとかする。すばらしい若者がひとり、熱帯地方へ冒険の旅に出るんだからな！　うらやましいくらいだよ」

「キャプテン、正直なところ、人生でいちばんつらい旅になるような気がするんですが」

「まあ、そうかもしれないな。だが、だからこそやるべきなんだ。二週間後、おまえが顔を輝かせてコールウッドに戻ってくるのを楽しみにしているぞ」

ホーマーが立ちあがって礼をいうと、キャプテンが敬礼をして送りだしてくれた。外に出ると、埃っぽい空気の中を歩きだした。夜番の男たちが、坑道におりるためのマンリフトへと列をなして歩いていくが、ホーマーの目には入っていなかった。これまでにキャプテンから教わったとおり、ものごとをひとつずつ確実に、そしてすばやく決めていく。妻とワニを連れてウェストヴァージニアからフロリダまで行くとなると、列車やバスを使うわけにはいかない。どちらも、ワニを乗客とは認めてくれないだろう。となると、車で行くしかない。ありがたいことに、車はいいのを持っている。一九二五年のビュイック、4ドア・コンバーチブルのツーリングカー。最近、キャプテンから譲ってもらったばかりの車だ。

続いてひとつ決断をした。会社の売店に行き、大きなたらいを選んでツケ払いで買った。次は経理の窓口。五十ドル札二枚を受けとって、家に向かった。たらいを肩に引っかけて歩いていると、女たちが好奇の目を向けてきた。家々のポーチに出ている女たちは、夫が夜のシフトに出かけたところなのだろう。ちょっと時間があるから、外を歩く人々を観察してやろうというわけだ。女たちの多くはホーマーに声をかけてくる。この町に来たばかりの新顔の女もひとりいて、アイスティーでも飲んでいきませんか、と誘ってくれた。片手を前髪にあてて女たちに敬意を示しながら、ホーマーは歩きつづけた。ホーマー・ハドリー・ヒッカムはまだ若く、ハンサムだった。身長は百八十センチ近くあり、癖のない黒髪を整髪料でうしろになでつけている。肩幅が広く、鉱夫ならではの筋肉質の体をしている。少しゆがんだ笑みと澄んだ青い瞳が多くの女性の視線を集めてきた。しかしホーマー自身は、エルシー・ラヴェンダーに出会って結婚してからというもの、ほかの女性には目もくれない。

ホーマーは買ってきたたらいを、家の前に置いてあるビュイックの後部座席に据えつけた。それから家に入り、妻をさがした。決断をしたぞといってやりたい。寝室にはいなかった。エルシーは——結婚後のフルネームはエルシー・ガードナー・ラヴェンダー・ヒッカム——バスルームにいた。ひびの入ったリノリウムの床に座りこみ、バスタブにもたれかかって、ワニを抱いていた。ワニはうっとりした顔でエルシーを見あげている。エルシーは泣いていた。

悲しい映画を観たときやタマネギを刻むときをのぞいて、エルシーが泣いたのはいままでに二回。少なくともホーマーの記憶にあるのはそれだけだ。一回はプロポーズにOKしてくれたとき。もう一回は、バディ・イブセンというフロリダ時代の友人から贈られた箱をあけたとき。中にはアルバートが入っていて、カードが添えてあった。二回とも、どうしてエルシーが泣いたのか、ホーマーにはいまでも理解できなかった。三回目の涙を見て、ホーマーはどんな言葉をかけていいかわからず、つい失言をしてしまった。「気をつけないと腕を食いちぎられるぞ」

エルシーが顔を上げた。その顔を見て、ホーマーの心は痛んだ。いつものハシバミ色に輝く瞳が真っ赤になり、まぶたも腫れている。高い頬骨は——祖先がチェロキー族なのだとエルシーはいっていた――涙で濡《ぬ》れている。「アルバートがそんなことするわけないでしょ。アルバートはわたしを愛してるもの。ときどき思うの。わたしを愛してくれるのは、世界中でアルバートだけなんじゃないかって」

キャプテンの助言を思い出して、ホーマーはいった。「ぼくの人生の中で、きみほど大切な人はいないよ」

「嘘《うそ》よ。大嘘。いちばん大切なのはキャプテンでしょ。その次は炭鉱」

「炭鉱は人間じゃないだろう」

「あなたの場合、似たようなものよ」

ホーマーはいいかえさなかった。勝てないとわかっているからだ。代わりに、エルシーが喜びそうなことを口にした。喜ばせることができなくても、口論は終わりになるだろう。「フロリダに行く。明日の朝出発だ」

エルシーは涙で頬にはりついた髪をうしろにやった。「冗談でしょ?」

「キャプテンが許可をくれたんだ。ただし休暇は二週間。売店で頑丈そうなたらいを買ってきた。アルバートの座席だ。ビュイックの後部座席に置いてある。それと、会社から百ドル借りてきた」ポケットに手を入れて、五十ドル紙幣を二枚取りだした。

妻が驚いた顔をしている。これでよし、とホーマーは思った。信じてくれたようだ。本気で使うつもりもないのに会社から百ドルも借りる男などいない。「行きたいんだったら、荷造りをしてくれ」

エルシーはしばらく夫の顔を見つめていたが、やがて立ちあがり、アルバートをバスタブに入れた。「わかったわ。支度する」ホーマーの横をすりぬけるようにして、バスルームを出ていった。

クローゼットのドアをあける音がする。ハンガーを寄せる音が響く。ホーマーは急におそろしくなってきた。不安が背中を駆けあがり、肩に居すわる。バスタブを見おろすと、アルバートが品定めをするようにこちらを見ていた。「おまえのせいだからな」ホーマーはいった。「バディ・イブセンとかいう男、そもそもあいつが悪いんだ」

❦

毎朝目がさめるたび、ああ、わたしは鉱夫の妻になったのね、とエルシーは思う。そうはなりたくなかったからこそ、高校を出た翌週、オーランド行きのバスに乗りこんだというのに。バスをおりた瞬間、これでよかったと確信したのをおぼえている。美しくて日差しがいっぱいの不思議の国にやってきたような気分がしたものだ。おじのオーブリーがバス停に迎えに来てくれた。まるで女王様みたいにキャディラックの後部座席に乗りこみ、向かった先はすごい豪邸だった。あんなに立派なお屋敷は見たことがなかった。ただし、入り口のところに〈売家〉という看板が出ていたけれど。おじの話によると、大恐慌で財産を失ったとのことだった。しかし、ハーバート・フーヴァーが大統領でいるかぎり、失った金はそのうち取り戻す、とおじは息巻いていた。

レストランのウェイトレスとして働くことになった。秘書の養成学校にも入学した。知り合う若者はみんな、それまでの知り合いとは比べものにならないくらいおもしろかった。中でも気に入ったのが、クリスチャン・〝バディ〟・イブセンという名の、ひょろっと背の高い青年だった。両親はオーランドのダウンタウンでダンススタジオを経営しているという。友だちの中にはエルシーのウェストヴァージニア訛《なま》りをばかにする者もいたが、バディは違った。いつもやさしくて礼儀正しくて、話を熱心にきいてくれる。何より、いっしょにいると楽しかった。両親にも紹介してもらい、最新のダンスを教わることができた。

しかし、エルシーは経験上知っていた。いいことばかりが続くものではない。案の定、やはりバディは妹といっしょにニューヨークに行ってしまった。俳優として、プロのダンサーとして、腕試しをすることにしたのだ。三ヶ月ほどたっても、手紙一通届かない。バディは当分戻ってこないんだな、と思うようになった。すると、寂しさのあまり、故郷が恋しくなってきた。秘書養成学校を卒業すると同時に、バスでウェストヴァージニアに帰った。長居するつもりじゃないの、すぐに戻ってくるわ――おじにはそういって出てきたが、結局あれから三年が過ぎた。しかも、どういうわけか、ゲアリー高校のクラスメイトだったホーマー・ヒッカムという鉱夫と結婚してしまった。

アルバートのせいでホーマーが庭に逃げだした日の翌朝、夫が仕事に出かけるのを見届けてから、エルシーはバスルームにこもってアルバートをなでつづけた。バスルームがアルバートの普段の住まいだった。アルバートはバディから突然届いたプレゼントだ。結婚の一週間後に、靴の箱に穴をあけて紐《ひも》をかけたものに入れて、送られてきた。体長十五センチもない小さなワニといっしょに、手紙が入っていた。〈幸せになってくれ。フロリダからのプレゼントだよ。愛をこめて。バディ〉

何度も何度も、手紙の意味を考えた。バディが〝幸せになってくれ〟と書いたのは、自分といっしょでなければ幸せになれないと思ったからだろうか。何年も生きる動物をフロリダからわざわざ送ってくれたのは、自分のことをずっと忘れないでほしいという思いからだろうか。それになにより、独特な筆記体で書かれた〝愛をこめて〟という言葉。

アルバートをぼんやりとなでながら、バディとは別の男性のことを考えていた。いまの夫になった男性だ。ホーマーにはじめて会ったとき、エルシーはゲアリー高校の体育館でバスケットボールをしていた。ポジションはガード。対戦相手は、郡都ウェルチの高校だった。ゲームが中だるみになったとき、エルシーはふと観客席に目をやった。最前列に、すっきりした顔だちの男の子がいる。向こうもエルシーを見ている。見られているほうが少し恥ずかしくなるような、熱い視線だった。チームメイトから飛んできたボールが目の前でバウンドした。取らなくちゃ！　いつのまにか、ルールなんかどこかに行ってしまった。ボールを股の下にくぐらせて、その場で回転し、守備についた相手を肘で押し、ドリブルで進んでレイアップシュートを決めた。どの動きひとつとっても、女子バスケのルールに反するものだった。レフェリーが得点のホイッスルを吹くと、ウェルチのコーチはショックで卒倒しそうになっていた。女の子同士のゲームで、相手の体を押しのけてボールを前に進めるなんて、たしかに大胆すぎるプレイだ。しかしエルシーにとっては、相手がどんなに怒ろうが、どうでもいいことだった。あの男の子に自分のかっこいいプレイを見せられれば、それでいい。ところが肝心の男の子はいつのまにかいなくなっていた。

翌日、その男の子がエルシーのロッカーの前で待っていた。「ホーマー・ヒッカムだ。今週の金曜のダンス、いっしょに行かないか？」

そのとき、エルシーはホーマーの目の美しさに気がついた。いままで見たことがないような、青としかいいようのない青。中で冷たい炎が燃えているかのような、鮮やかな青い目だった。自分でもわけがわからないうちに、返事をしていた。おかげで、約束していたアメリカンフットボールのキャプテンに、気が変わったといわなければならなかった。

金曜日、ありえないことが起こった。ホーマーが来なかったのだ。エルシーはひとりでダンス会場に行き、相手のいないほかの女の子と踊らなければならなかった。アメリカンフットボールのキャプテンがチアリーダー部のキャプテンと踊るのを眺めながら。屈辱だった。それから二ヶ月間、学校でホーマーを見かけても、授業で同じ教室にいても、エルシーはホーマーを無視した。最悪なことに、ホーマーのほうもエルシーを無視した。そして卒業の三日前、ホーマーが廊下でエルシーを呼びとめた。「結婚してくれないか」

エルシーは背筋を伸ばして教科書をぎゅっと胸に抱いた。「どうして結婚しなきゃならないのよ、人をダンスに誘っておいてすっぽかすような人と！」

「あの日は仕事が入ったんだ。父が炭鉱で脚を折ってしまってね。代わりにぼくが選炭場で働いて、なんとか急場をしのいだんだ」

「どうして黙ってたの？」

「噂《うわさ》をきいて知ってると思ってた」

エルシーはあきれて首を振った。なんて気の利かない人なの！　くるりと回れ右をして歩きだした。「ぼくたちは結婚するんだ」ホーマーの声が追いかけてくる。「ぼくたちはそういう運命なんだ」しかしエルシーはつんと顎を上げたまま、振りかえらずに歩きつづけた。運命で決められたことなんかない。あるとしたら、チャンスを逃さずに炭鉱町を出ることだけ。そしてエルシーはそのとおりにした。それから一年あまり、昔から夢に見ていたとおりの生活を送った。おしゃれな若者とデートして、きれいな空気を吸い、日差しをたっぷり浴びた。なのに、いつしかそんな生活に失望して、ウェストヴァージニアに戻ってくるはめになった。またここから出よう、そう思っているうちに、兄のロバートからきかされた。炭鉱の監督がエルシーをオフィスに呼んでいるという。

「わたしなんかに、なんの用？」

「呼ばれたら行く、それだけだ。キャプテンみたいな偉い人に呼ばれたら、理由なんか考えちゃだめだ」

兄の車で送ってもらい、炭鉱のオフィスに行った。兄に背中を押されて中に入る。キャプテンは手を振って兄を退室させた。「その椅子にどうぞ」キャプテンはエルシーに礼儀正しく声をかけた。

エルシーは勧められた椅子に腰をおろした。目の前には巨大なオーク材の机。その奥には、みんなの尊敬するキャプテンがいる。エルシーは黙っていた。なにをいったらいいかわからなかったからだ。キャプテンが微笑《ほほえ》んだ。「今日来てもらったのは、うちで働いている若者について、ちょっと話をしたかったからだ。とてもやる気があってよく働く男で、将来はこの仕事のトップに登りつめるだろう。きみもよく知っている男だ。名前はホーマー・ヒッカム」

エルシーはあまり驚かなかった。兄のロバートから、ホーマーがキャプテンのところで働いているときかされていたからだ。「ええ、知ってます」

キャプテンは笑顔のままで続けた。「きみは若くてとても素敵だ。ホーマーがきみにぞっこんなのもよくわかる。だが、どうやら失恋をしてしまったらしい。そのせいで仕事に支障が出ている。ホーマーとわたしと炭鉱を救うために、彼と結婚してやってくれないか？　難しいことじゃない。きみもいつかだれかと結婚するんだから」

「あの……」

「キャプテンと呼んでくれ」

「はい。キャプテン、ホーマーはいい人だと思います。でも、フロリダで知り合った人が……。彼は富と名声を追ってニューヨークに行ってしまいました。でも、きっとわたしのもとに帰ってきてくれるはずです」

キャプテンは椅子の背に体をあずけ、考えこむような顔をしてからいった。「きみと結婚せずにニューヨークに行ってしまう男など、不誠実そのものじゃないか。そんな男なら、いまごろニューヨークで楽しくやっているだろう。わたしもニューヨークには何度も行ったことがある。エルシー、あっちにも女はたくさんいる。きみの知らないような女たちがね。プラチナの髪をした女までいるんだよ」エルシーの唇が震えた。目に涙がこみあげる。キャプテンはやさしい口調でいった。「わたしと妻が結婚した経緯を知っているかね？」

　エルシーが声を詰まらせながら知らないと答えると、キャプテンは話しはじめた。いまはレアード夫人となった女性に必死でアプローチしつづけ、プロポーズを十回以上繰りかえして、ようやくイエスの返事を得たこと。ただし、いまそのポケットにブラウンミュールの噛み煙草《たばこ》が入っていたらね、という条件つきだった。驚いたことに、ポケットにはその噛み煙草が入っていた。

「これは宿命《キスメット》というものだ。それがあってこそ、妻はその言葉を口にしたし、わたしは噛み煙草を持っていた。わかるかね？」キャプテンは机のこちら側に出てきてエルシーの隣に座り、エルシーの膝をぽんと叩いた。「宿命に従ってみたらどうだ？　宇宙の意思でもあるんだぞ」

　宿命？　エルシーは理解しようとしたが、なかなかできなかった。すべてを決めるのは神様だと思って生きてきたから、なにかほかのものがこの空中を漂っていて、ものごとを決めてしまうこともあるなんて、考えてもみなかったのだ。

「お嬢さん、どうだろう」キャプテンがたたみかける。「とりあえず、今度の土曜の夜、ホーマーに会ってみないか？　楽しいデートになるかもしれない。悪い話じゃないだろう？」

「ええ、まあ」

「よし。土曜の夜七時、〈ポカホンタス劇場〉の前で待ち合わせでいいかね？」

「はい。兄弟のだれかに送ってもらいます」

そんなわけで、ホーマーとデートをすることになった。弟のチャーリーが、おんぼろ自動車でウェルチの劇場まで送ってくれた。ホーマーも時間どおりにやってきた。ろくに会話もないままふたりで劇場に入り、映画を観た。たしか、ターザンの映画だった。猿みたいな男が活躍する物語だ。手も握らなかった。映画のあと、エルシーはデパートの外でチャーリーの車を待った。そのとき、なんの前置きもなく、ホーマーにまたプロポーズされた。

「無理よ」

「頼む」ホーマーはいった。「結婚すれば、キャプテンが家を用意してくれるそうだ。ぼくもすぐに主任になれる。いい生活ができるよ」

キャプテンと話してからというもの、エルシーはバディのことばかり考えて落ちこんでいた。想像が悪いほうにどんどんふくらんでいく。バディはニューヨークでけばけばしい女たちとデートして、さぞかし楽しんでいるに違いない。自分はこんなに寂しい思いをしているのに。フロリダでも、そして、アパラチア山脈のこんな田舎町でも。衝動的に、キャプテンにいわれたとおり、宿命に任せてみることにした。自分の声が耳に入ってくる。まるで夢の中にいるかのようだ。

「そのポケットにブラウンミュールの嚙み煙草が入っていたら、あなたと結婚するわ」

ホーマーは悲しそうな顔をした。「知ってるだろう？　ぼくは嚙み煙草はやらない」

エルシーは一瞬ほっとした。

ホーマーはポケットに手を入れて、小さな袋を取りだした。茶色いラバの絵が描いてある。噛み煙草独特の甘いにおいがした。「けど、会社の浴場の床にこれが落ちてたんだ。きみの兄さんのひとりが落としていったんじゃないかと思って拾っておいた」

エルシーは袋を見つめ、ホーマーの輝く瞳を見た。そして、生まれてからそう何度もしていないことをした。すなわち、潔くあきらめた。「あなたと結婚するわ」そういったとたん、涙がぽろぽろ出てきた。うれし泣きをしているのだとホーマーには思われただろう。しかし実際はそうではなかった。自分自身のために流した涙だった。これまでの自分と、これから鉱夫の妻になる自分への涙。その後、結婚までの日々の中でも、そんな涙を何度流しただろう。結婚式で誓いの言葉を口にしたのも、安物の指輪を指にはめた瞬間も、ほとんどおぼえていない。指輪は一週間もしないうちに緑色になってしまった。

その後、バディに手紙を書いた。ニューヨークから帰ってきても、わたしはオーランドにはいません、ウェストヴァージニアのコールウッドで結婚しました、という手紙だ。その返事としてやってきたのがアルバートだったのだ。はじめはキッチンのシンクで育てていたが、そのうち大きくなってくると、二階のバスルームのバスタブで飼うようになった。ほかにバスルームがあったわけではない。それが唯一のバスルームだ。ホーマーが働きに出ているあいだ――一日の大半がそうだった――エルシーは小さなワニのそばに座って、歌をきかせたり、虫を食べさせたりした。大きくなると、会社の売店の肉屋がくれる鶏肉の切れ端を餌にした。庭に連れだすこともあった。小犬みたいにリードをつけて、庭を歩かせる。通りかかった鉱夫たちが立ちどまり、かぶっているヘルメットを持ちあげて、目を丸くして見つめたものだ。エルシーの父親がやってきて、庭に穴を掘ってくれた。表面をコンクリートで固めると、アルバート用の池ができた。夏のあいだ、ここで水遊びすることができる。ホーマーは仕事が忙しかったので、結婚してからの一年間、エルシーは夫よりも多くの時間をアルバートと過ごした。ホーマーはそのことをなんとも思っていないようだった。

あっというまにアルバートは大きくなり、家の中を歩きまわるようになった。ソファにのぼって、尻尾でテーブルのランプを払い落とすこともある。うれしいときや興奮したときは、「ヤーヤーヤー」という声をあげる。エルシーが座っているのを見つけては膝にのってひっくり返り、クリーム色のおなかをなでてもらうのが好きだった。唯一アルバートの苦手なのが雷。ある夜、ティンパニを連打するような雷鳴が轟《とどろ》いた。アルバートはバスタブを出て、夫婦の寝室のドアをあけ、ベッドにもぐりこんだ。ホーマーが寝返りを打って目をあけると、アルバートの赤く光る目がすぐそこにあった。ホーマーは飛びあがって逃げだすと、階段でつんのめった。手すりを越えて落ちたところにはサクラ材のコーヒーテーブルがあった。テーブルが壊れる音とホーマーのうめき声をききながら、エルシーはアルバートを抱きしめていたが、しばらくするとベッドを出て、ホーマーのようすを見に行った。ホーマーはリビングの床にうずくまったまま、大丈夫だ、尻を打っただけだ、といった。しかしコーヒーテーブルは壊れてしまった。家も家具も会社のものなので、直せなければ弁償するしかない。

「そんなコーヒーテーブル、どうせもう古かったじゃない」エルシーはいった。雷がおさまると、アルバートをバスタブに連れていき、自分もベッドに戻った。横になり、ホーマーがコーヒーテーブルを直している音をきいているうち、ある思いが頭に浮かんだ。「フロリダに連れていったら、ホーマーだってバディみたいに素敵な男性になってくれるかも」

そしていま、思いがけない旅に出ることになった。クローゼットを眺めて、なにを持っていくか考えた。もしかしたら、これもキャプテンのいう宿命というやつなのかも。そのおかげで、コールウッドの町を出る二度目のチャンスが訪れたのだ。まさか、ホーマーがアルバートを故郷に連れていくといってくれるとは思わなかった。でも、そのまさかが本当になった。フロリダまでは車で何日もかかる。そのあいだに、もうウェストヴァージニアには戻らずに暮らしましょうよと、ホーマーを説得してみようか。わたしと結婚生活を続けたいのなら、と。

脅しがうまくいかなかったとしても、美しいフロリダをひと目見れば、ホーマーの心は動くはず。アパラチア山脈みたいなひどいところからは早く逃れなきゃだめだ、と思ってくれるかもしれない。

でも、そうならなかったら？

いや、なんとしてでも説得する。それに、自分の心はもう決まっている。

今度この炭鉱の町を出たら、夫がなんといおうと、二度とここには戻らない。

4

ホーマーは、ビュイックの広々としたトランクに毛布を何枚か入れた。木箱もひとつ。中には着替えのシャツとパンツ、歯ブラシ、ひげそり用のマグカップと剃刀《かみそり》とクリームが入っている。二階の寝室に行くと、エルシーが段ボール製のスーツケースの蓋を閉めたところだった。ブラウスの袖が片方はみだしている。ホーマーは黙って袖を中に入れると、スーツケースを手にして車に運んだ。それが、夫婦が持っている唯一のスーツケースだった。

まもなく、エルシーがアルバートにリード代わりのロープをつけて連れてきた。ホーマーはたらいを指さした。「そこへ」

エルシーはたらいを見て、鼻にしわを寄せた。「小さすぎるわ。尻尾がはみでちゃう」

「店でいちばん大きいのを買ってきたんだ。我慢してもらうしかない」

エルシーは腕にキルトをかけていた。それをホーマーにぽんと投げる。「これをたらいに敷いてちょうだい。せめてやわらかいところに寝かせてやりたいの」

ホーマーはキルトを見た。手のこんだパッチワークだ。「ぼくの母さんが作ったやつじゃないか。二年もかけて仕上げたんだぞ」

「アルバートのお気に入りなの。たらいに敷いて」

ホーマーはキルトをたらいに敷いて、振りかえった。エルシーが前足のすぐうしろのあたりに手をまわして、アルバートを抱きあげている。「尻尾を持ってやって」

ホーマーはアルバートの尻尾をつかんだ。なにかで読んだことがあるが、ワニは尻尾のひと振りで人間を倒すことができるという。人間にしてみれば反撃の余地もない。しかしアルバートはエルシーをうっとり眺めているばかりで、おとなしくたらいの中におさまった。「入ったじゃないか」ホーマーはほっとしていった。

「いい子ね」エルシーはアルバートのごつごつした頭をなでた。アルバートが笑顔で応える。

「寝てなさい」

「会社のガソリンスタンドで地図をもらってきた。ヴァージニア、ノースカロライナ、サウスカロライナ、フロリダ。ジョージアのはなかった」

「ジョージア州に入ったらどうするの？」

「ひたすら南に向かう。左から太陽が出て、右に沈むようにしてればいい。そのうちフロリダに入る」

「家族に会ってから出かけたいわ」

ホーマーは眉を片方だけ吊《つ》りあげた。「そんな時間はないよ。二週間で帰ってこないと、この家に住めなくなるかもしれない。仕事だって失うかもしれない」

エルシーはホーマーをばかにしたように笑った。「あーら、それは大変ね！」

「エルシー、頼むよ」

「だって、考えてもみて。うちの両親だってアルバートのことが大好きなのよ。パパは池を作ってくれたし、ママは誕生日やクリスマスのカードをアルバート宛てに送ってくれる。あのふたりになにもいわずにアルバートをフロリダに連れていったりしたら、きっと一生恨まれるわ」

エルシーの父親も母親も、娘がワニを溺愛していることを微笑ましく思っているからといって、自分たちまでワニを愛しているわけじゃない。むしろどうでもいいと思っているに違いない。ホーマーはそう思ったが、黙っていた。周囲の山や愛する町を最後にひと目見まわすと、ビュイックを発車させた。コールウッドを出て、エルシーの望みどおりの行き先に向かうしかなかった。


ラヴェンダー家はソープという小さな町に住んでいた。マクダウェル郡にある典型的な炭鉱集落だ。空気中には灰色の煤が漂い、家々の屋根や壁も黒く煤けている。ラヴェンダー家の住まいは急勾配の山腹にあった。選炭場よりも高いところなので、空気はきれいだ。ソープ鉱山を所有する炭鉱会社の社宅だが、鉱夫ではないジム・ラヴェンダーがそこに住めたのは、優秀な大工だったからだ。手を挙げたいくつもの炭鉱会社のうちからジムがソープ鉱山を選んだ理由は、この住まいだった。高いところにあるだけでなく、家の横に納屋があり、二エーカーの農地がついている。

ジムの妻ミニーはやさしくて愛想のいい女性で、九人の子どもを産み、そのうち七人を成人まで育てあげた。息子がふたり、ひとりはお産のときに、ひとりは六歳のとき死んだ。その子はヴィクターという名前で、エルシーの話によると、選炭場の下を流れる汚い小川で遊んでいてなにかの病気にかかり、二日後に亡くなったという。原因はだれにもわからないままだった。エルシーはよくヴィクターの話をした。大きくなったらなにになっていたかしら。ホーマーは、ほかの兄弟と同じように鉱夫になっていたんじゃないかといったが、エルシーの考えは違った。生きていたらきっと作家になっていたと思う、という。エルシーがどうしてそう思うのか、ホーマーにはさっぱりわからなかったが、理由をきこうとはしなかった。きっと、死んだ弟はなんにでもなれるものなのだろう。

車がラヴェンダー家の前にとまると、エルシーは車をおりて、うしろのドアをあけた。「手伝って。アルバートをおろしてやりたいの」

「車に乗せたままのほうがいい」ホーマーはいった。「家族にここまで来てもらえばいいじゃないか。ここで挨拶をすませれば、すぐに出かけられる」

エルシーはアルバートの顔をなでた。アルバートはうれしそうに口をあけて、きれいな白い歯を見せた。「ヤーヤーヤー」という声をもらす。「アルバート、あなたのパパって、おばかさんねえ」エルシーがいった。「旅の計画を立てて、お金やら地図やらいろいろ用意したのはいいけど、食べ物がなにもないじゃない?」

ホーマーは心の中でなるほどと思った。エルシーのいうとおりだ。道路沿いにはレストランがあるだろうが、どうしても高くつく。長い旅をするなら、できるだけたくさん食料を持っていくのが上策だ。ラヴェンダー家にいいところがあるとすれば、食べ物がたくさんあることだ。よく手入れされた豊かな農場がある。

ホーマーとエルシーはアルバートのたらいを持ってポーチにあがり、ふたつのロッキングチェアのあいだに置いた。ロッキングチェアの片方にジム・ラヴェンダーの巨体がおさまっている。ジムは泥だらけの長靴に胸当てつきのオーバーオールという姿で、左腕を包帯で吊っていた。

「パパ、その腕、どうしたの？」エルシーがきいた。「転んだの？」

「まあ、ひとことでいえばそういうことだ」ジムはそういって、目を丸くした。「アルバートを連れてくるとはめずらしいな」

「これからフロリダに連れていくの。故郷に戻すのよ」

「驚いたな。ホーマーを食っちまうまでは家で育てるのかと思ってた」

ホーマーは帽子を取った。「そろそろ本当に危ないんですよ。まだ丸飲みってわけにはいかないでしょうが」

ジムはアルバートに笑いかけた。アルバートも笑顔を返す。「それにしてもハンサムなワニだな」

「そうでしょ、パパ。それにとってもかわいいの」

エルシーの母親がスクリーンドアの向こうにあらわれた。色の褪《あ》せたスモックタイプの仕事着を着ている。油のしみがついたやつだ。顔には悲しげな表情。「いらっしゃい、エルシー、ホーマー」声も元気がない。「アルバートを連れてきたの？　大きくなったわね」

「ええ、そうでしょ、ママ。それより、どうしたの？　泣いてたみたい。なにかあったの？」

「お父さんの腕が」

「その話はやめよう」ジムが慌てていって立ちあがった。「おまえたちがここに寄った理由はわかってる。フロリダまで行くなら、食料が必要だからな。大正解だ。二十ドルでたっぷり用意してやろう。テキサスまで行けるくらい」

「あなたったら、子どもからお金を取らなくてもいいじゃない」ミニーがたしなめる。「エルシー、中に入ってちょうだい。おしゃべりしましょうよ」

「アルバートも入れていい？ここだと日が当たるから」

ミニーはうなずいた。「あなた、豚小屋に行ってきてくれる？　肉をたっぷり持たせてやりたいの」

ホーマーはエルシーに手を貸してアルバートを家に入れてやると、ジムのあとを追った。鶏小屋の横を通り、雑木林のほうへ進んでいく。敷地のいちばん奥だ。やがて豚のにおいがしてきた。

「でかい雌豚が一頭と、子豚がたくさんいる。雄豚も二頭。いまは森に放しているところだ」

「腕、どうしたんですか？」

「落ちたんだ。トランメル夫人の寝室の窓からな。それも真夜中に」

「なるほど、それで骨折を」ホーマーは、義理の父親が浮気をしていたと知っても、驚かなかった。昔からそちら方面が盛んな人だったからだ。

「いや、旦那に撃たれたんだ」ジムは一瞬体を小さくした。そのときのことを思い出すだけで、また撃たれそうな気がしたのだろう。「夫人とふたりでいたら、玄関で物音がした。旦那が予定より一時間も早く帰ってきたんだ。だがあいつ、そのまま中には入ってこずにこっそり外にまわって、窓から逃げようとしたおれをピストルで撃ちやがった。おれが逃げようとしたのは、奥さんの名誉を守るためなんだぞ。ひどい話だと思わないか。妻の名誉を守ろうとしている男を撃つやつがあるか」

「え、まあ、たしかにひどいですね」ホーマーは眉をひそめた。

ジムは含み笑いをした。「で、ホーマー、おまえはどうなんだ。なんでそんな旅に出ようとしてる？ おれがおまえだったら、そのへんの川にワニを捨てて、さっさとエルシーを連れて家に帰るがな」

「そうしたいのは山々ですが、できないんです。エルシーの希望どおりにしてやるしかなくて」

ジムはやれやれと首を振った。「女を操縦する方法はただひとつ。だれがご主人様かってことをわからせてやるしかない。エルシーが相手じゃそれも難しいだろうが、やるときはやらなきゃならん」

ホーマーは肩をすくめた。「ぼく、エルシーを愛してるんです」

「愛だと！ そんなもんは女の読む雑誌にしか出てこないもんだ。とにかく、エルシーは昔からおれの拳に仕込まれてきた。小さいころから、何度も殴ってきたもんだ。わがままは治らなかったようだが、やっていいことと悪いことの違いくらいはわかるように育ったはずだ」

「しかし、アルバートのために池を作ってくれたじゃありませんか。あれはどうしてです？」

「おれはエルシーの父親だ。娘に頼まれたことはやるしかない」

「ぼくはエルシーの夫です。アルバートをフロリダに連れていきたいと頼まれたら、そうするしかありません」

ジムはにやりと笑った。「ロマンチックな鉱夫なんて、きいたことがないぞ。めずらしいやつだな！」

ホーマーはなにかいいかえしたかったが、うまい言葉が見つからなかった。「あの豚はどうです？」というのがせいぜいだった。

ジムは低木の茂みのすぐ手前にいる大きな豚を指さした。「あいつはブルーザー。二頭いる雄のうち一頭だ。あの一頭だけで、人ひとりの一年くらいの食料になる」

「たしかにでかいですね。けど、凶暴そうだ」

「ああ、凶暴なんてもんじゃないぞ。チャンスがあれば、いや、チャンスなんかなくても、アルバートを食っちまうかもしれん」

ジムはホーマーを連れて道具小屋に入った。ナイフを一本取りだす。薄暗い小屋の中でも、鋭い刃がきらりと光る。それをホーマーに見せた。「豚を吊るして、首のところをスパッとやる。それだけだ。よく切れるナイフを使うのがコツだ」

「これから殺されるっていうのは、豚にもわかるんでしょうね」ホーマーはナイフから目を離した。「豚は頭がいいから」

ジムは肩をすくめた。「もちろんさ。豚だって牛だって、鶏だって気づく。おれはいままで数えきれないほどさばいてきたが、みんな、自分の番になると気づいて抵抗したもんだ。だが、それもこれも神の思し召《おぼ》し。おれたちは食べる。そのために殺す」

ロープを持って小屋を出ると、雑木林の中に入った。二本の木のあいだに板が一枚渡してあり、それに釘《くぎ》が何本か打ちつけてある。「ここだ。後ろ足を縛ってここに吊るして、ナイフを突きたてる。〝瀕死《ひんし》の豚みたいな泣き声〟って言葉があるだろ？　まさにそういう声をあげるんだ」

豚が死ぬときのようすを詳しくきかされて、ホーマーは不安になっていた。義理の父親がロープに輪を作るのを、暗い気分で眺めた。そのロープが差しだされる。「ブルーザーを捕まえろ」ジムはそういって、巨大な雄豚のほうを顎でしゃくった。指名された豚は、周囲の茂みのあいだから用心深くこちらをうかがっている。「輪を首にかけるんだ」

ホーマーは細いロープと大きな豚を交互に見た。「無理です。あの豚、ぼくの六倍くらいありますよ」

「食料が必要なんだろう」

たしかにそうだ。ホーマーはロープを握り、ブルーザーに近づいた。驚いたことに、豚は一歩も動こうとせず、つぶらな目でホーマーをじっと見ている。「首にかければいいんですね？」

「尻尾よりは首がいいだろう」

ホーマーは豚のうしろにまわった。「豚さん、じっとしてろよ」

「ブルーザーってんだ」

「よしよし、ブルーザー」ホーマーはロープを構えて前に出た。ロープの輪が豚の頭にかかる。

ブルーザーはじっと考えこむような顔をしたが、次の瞬間、金切り声をあげて、四つの蹄《ひづめ》で思い切り地面を蹴った。ロープを握ったホーマーは、腕が肩から抜けてしまいそうな衝撃を感じたが、必死にロープにしがみついて、豚といっしょに駆けだした。しかし、豚の足にはついていけず、ものの何秒もたたないうちにうつぶせに倒れ、刺《とげ》だらけの茂みや草のあいだを引きずられた。体がよじれて、いつのまにか仰向けになったかと思うと、またうつぶせになる。やがて回転しはじめた。もうロープにつかまっていられない。しかたなくロープを放し、地面から突き出た木の根の上にうつぶせに横たわったまま、体の状態を感覚で確かめていった。どこを切って、どこを打っただろう。骨折はないか。大きなけがはなさそうだと判断すると、膝立ちになり、それから立ちあがった。

ジムが近づいてきた。肩に大きなピンク色のハムの塊をのせている。ナイフを空にかざす。「ハムを吊るしてあった紐を切るのに、ナイフが必要だったんだ。ちょうど熟成中のやつがあったんでね」

ホーマーは大きな樫《かし》の木にもたれかかった。「じゃあ、どうしてブルーザーを捕まえろなんて？」

ジムは木立を振りかえった。逃げていく豚の通り道のまわりで、木々が手招きしているように見える。「いや、捕まえてほしかったわけじゃない。おまえがどれくらいがんばれるか、試してみたかったんだ。よくがんばったな、ホーマー」

ホーマーはあまり汚い言葉を使う男ではない。しかし今回ばかりは使わずにいられなかった。だが義理の父親は意に介さなかったようだ。笑い声をあげたところをみると、おもしろがっているらしい。

しばらくして、ホーマーが腕の血を庭の送水ポンプで洗っていると、エルシーが大股で歩いてきた。「パパを一発殴ってきて」

ホーマーは首を横に振った。「それはできないよ」

「腕のけがのこと、きいたんでしょ？」

「ああ。だが無理だ。いまはあんなけがをしてるんだ。そんな人を殴るもんじゃないよ。そうでなくてもお年寄りは殴れない」

エルシーはホーマーをにらみつけてから離れていった。まもなく、ジムの悲鳴がきこえた。ホーマーが家に入ってみると、エルシーが棒を持ち、ジムが包帯を巻いた腕を抱え、痛そうに顔をゆがめている。その後、会話はいっさいなかった。夕食の席でも、ジムはわざとらしいほどしおらしくしていたし、ミニーとエルシーは不思議な笑みを浮かべていた。ホーマーはひたすらうつむいていた。


怒り狂った豚に引きずられたせいで体のあちこちが痛かったが、ホーマーは早起きした。エルシーとミニーにあれこれ指図されながら、荷物を車に積みこむ。何斤ものパン。スモークハムの大きな塊。スモークチキンの入った袋はいくつもある。旬のトマトをひと箱。サヤインゲンの瓶詰め。タマネギは大きなかご入りだ。ありがたい、とホーマーは思った。これだけあれば二週間くらいはじゅうぶんしのげるだろう。運がよければ、ガソリンを何度か入れる以外にお金は必要ないかもしれない。ところどころでモーテルに泊まれるだろう。それ以外はどこかで野宿だ。アルバートもたらいごと運んで、車の後部座席に乗せた。しめたての鶏の肉をたらふく食べたアルバートは、うとうとしている。

車の窓ごしに、ホーマーは義理の父親の手を握った。

「うまくやれよ」

「大丈夫です」

ジムは心配そうな顔をしている。「ホーマー、きのうはブルーザーを使って楽しませてもらったが、きみを嫌いなわけじゃない。大切に思っているんだ。きみはいいやつだ。ただ、あまりにもお人好《ひとよ》しに見えるのが心配だ。世の中は大恐慌に苦しんでるってことを忘れるな。こんな山の中にいるとほとんど無縁でいられるだけなんだ。ここから一歩出れば、生きていくのに必死な人間ばっかりだ。気を引き締めて、しっかりしろよ」

「わかりました。アドバイスありがとうございます。生傷にも感謝してますよ」

ジムはにやりと笑って車から離れた。エルシーは窓から身をのりだして母親にキスした。「エルシー、愛してるわ」ミニーがいった。「オーブリーによろしくね」

「わかったわ、ママ。ああ、パパとママも乗せていけたらいいのにね」

ミニーは体を起こして夫に寄りかかった。ジムも妻の肩に手をまわす。「わたしたちもいろいろ忙しいのよ。じゃ、いってらっしゃい」

そのとき、あずき色の体に緑色の尻尾の雄鶏が車に飛びこんできて、タマネギのかごの上にでんとのった。ホーマーは振りかえって雄鶏を見た。「おい、そんなところにいると危ないぞ。アルバートの目の色が変わってる」

「うちの鶏じゃないな」ジムがいった。「だが、おれだったら旅に連れていく。途中でいいごちそうになってくれるかもしれん」

ホーマーは雄鶏をはたいて車からおろそうとしたが、雄鶏はたらいのほうにぴょんと飛んで、アルバートの頭に着地した。アルバートは目玉を上に向けて、にやっと笑った。「まあいいだろう、好きにしろよ」ホーマーはそういって、ジムとミニーにもう一度手を振ると、ビュイックのハンドルを握った。食料と、ひと組の夫婦と、一匹のワニと、突然乗りこんできた雄鶏を乗せたビュイックが、フロリダに向けて出発した。

5

ヴァージニアとの州境までには山が三つある。車はそのひとつ目の山を越えようとしていたが、エルシーはずっと黙りこくっていた。なにか考えごとをしているようだ。いい加減にしてくれよ、とホーマーは思った。天気がいいわねとか、道路がでこぼこねとか、なんでもいいから話してくれればいいのに、じっと前を見ているだけなんて。とにかく声がききたくて、自分から話しかけてみた。しかし、口を開いた瞬間に後悔していた。「なにか怒ってるのかい?」

「自分自身にあきれてるの。パパを殴ってきてなんて、あなたに頼むことじゃなかった。あなたには関係ないことだもの。うちの家族でもなんでもないんだから」

ホーマーは傷ついた。「きみはぼくの妻だ、エルシー。だからきみの両親はぼくの家族だ」

「じゃあどうして、パパを殴ってくれなかったの?」

「けがをさせるといけないと思ったからだよ」

エルシーは大きな笑い声をあげた。「パパはなにをされてもぴんぴんしてるわよ。雷に直撃でもされれば別だけど」

「しかし……」

「ホーマー、あなたって本当に腰抜けね。ときどきびっくりするわ。けど安心して。あの件はもう片づいたんだから」

ホーマーはそれまで以上に暗い気分になった。頭の中でエルシーと言い合いをしてみるのだが、それも結局行き詰まってしまう。二番目と三番目の山のあいだの谷で、雄鶏がぴょんと飛んでホーマーの肩にとまった。納屋のまわりの庭のにおいがした。ホーマーは驚いて追い払おうとしたが、雄鶏は爪に力をこめて踏んばっている。

「それ、そのままにしておくつもり?」エルシーがきいた。

「そうだな。ぼくのことが気に入ったみたいだ」

「ふうん。どうしてあなたのことなんか気に入ったのかしら」

さらに傷ついて、ホーマーは答えた。「さあ、ぼくにも謎だ」

ヴァージニア州に入ると、道路がよくなった。山がうしろに遠ざかっていく。やがて、車は起伏の大きい丘陵地帯に入った。前方には緑の壮大な渓谷が見える。うとうとしはじめたエルシーの隣で、ホーマーはできるだけ景色を楽しむことにした。乳牛が初夏の草を食《は》んでいる。その牛たちのまわりを、馬が元気に跳ねまわる。アルバートは静かだった。ときおり満足げな長いため息をもらすだけだ。そのうち、ホーマーも肩の力が抜けてきた。エルシーの毒舌にはやられっぱなしだが、気楽な旅ができそうだ。フロリダまで行ってアルバートを放したら、オーランドへの車の旅帰る。二週間もかからないだろう。旅が終われば、エルシーとふたりで、コールウッドについてなつかしく語り合うことができる。喧嘩《けんか》もしたけどいい旅になった、と。笑いの絶えない日々が続くはずだ。

ヴァージニアの農村を走っているとき、エルシーが目をさました。「つまらない場所ね」

たしかに、とホーマーは思った。色の褪せたつなぎを着た男が何人か、だるそうにポーチの前の階段に座っている。家に人の気配はない。男たちの目は、前を通りすぎるビュイックを見てはいるが、どうでもいいと思っているのがよくわかる。一時停止の標識を見て車をとめたホーマーは、角に立っている男に目をとめた。男はスーツ姿で、インテリに見える。「ここはなんという町ですか？」ホーマーは声をかけた。

男は帽子をちょっと上げて答えた。「〝悲劇〟って町さ。郡の中心都市で、〝落胆〟と〝絶望〟のあいだにある」男はそういって、ホーマーとエルシーが笑うのを待っているようだったが、ふたりが笑わないので、こういった。「村の本当の名前はヒルズヴィルだ」

「いいところですね。けど、板でふさいだ店ばっかりだ。なにがあったんです？」

「このところの残念きわまりない事態のせいだよ。新聞が〝大恐慌〟と呼んでいる、あれさ。農作物を売っても牛乳を売っても、ろくな金にならない。だから店で買い物もできないってわけだ」

「そうでしたか」

「少なくとも、まだ飢え死にするほどじゃない。農家の連中が農場に住んでられるうちは大丈夫だ。ただし、銀行が抵当権を行使しはじめるとそうもいかない。みんなが路頭に迷うことになる。あんたもその口かい？」

「いえ、そういうわけじゃ。ぼくは炭鉱で働いてます。石炭にはまだ需要がありますからね。家を暖めたり、鉄を作ったりするために」

エルシーが話に割りこんできた。「この人、鉱夫なの。頭の上には何十万トンもの岩盤があって、いつ崩れてぺしゃんこになるかわからないの」

「そんなにひどいわけじゃないよ」ホーマーがいった。

アルバートが窓から顔を出した。空気のにおいを嗅いでいる。男が一歩さがった。「クロコダイルか？」

「いえ、同じワニでも、こいつはアリゲーターです。フロリダの故郷に帰しに行くところなんです。で、フロリダに行くのには、この道で合ってますか？」

「まあ、南に向かってるから、合ってるんだろうな。その鶏も故郷に帰すのかい？」

「いえ、こいつがどうしてここにいるのか、ぼくたちにもわからないんです」

「村の牧師として、おふたりの幸福を願うとしよう。あんたたちのおかげで気分が明るくなったし、集会で話すネタもできた。さもなきゃ献金皿をまわす以外にやることがないんだ。ノアの方舟《はこぶね》にようこそ！」

ホーマーは牧師に礼をいって、車を出した。次の角を曲がると郡庁舎があって、その前に南部連合の兵士の像が立っていた。「ここは南北戦争の戦いがたくさんあった場所みたいだ。兄弟同士が戦った、と歴史の本に書いてあった」

「姉妹同士だって同じよ。女もあの戦争では戦ったのよ」

「男だけだなんていってないよ」どうしてエルシーはいちいちつっかかってくるんだろう。

「このへんで休憩してランチにしましょうよ。きれいな場所だし、ベンチもあるし」

ホーマーはうなずき、ランチタイムになった。スライスしたハム、タマネギ、自家製パン。水もエルシーが実家でくんでおいた。アルバートは鶏肉を食べ、雄鶏は乾いた地面の虫をつついて食べた。とても居心地のいい場所だった。重い腰をようやく上げて、ふたりは車に戻った。

村を抜けて何キロか進むと、干し草を積んだ荷車がひっくり返って道をふさいでいた。オーバーオールを着た痩せぎすの男と荷車を引く馬がそれを見ている。眺めていれば勝手に元に戻るとでも思っているみたいだ。「どうしたんですか？」ホーマーがきいた。

「道にヘビがいて、馬が驚いてね。車輪が溝にはまって、引っぱりあげようとしたらひっくり返っちまった」

「手を貸しましょうか」

「いや、いいよ。そのうち、帰りが遅いのに女房が気づいて、弟たちをよこしてくれる。弟たちは馬を何頭か連れてくるだろうから、それでなんとかなる」

ホーマーは車をおりて、路肩の深い側溝を見た。「これじゃぼくらの車が通れない」

「どこに行くんだ?」

「フロリダへ」

「フロリダへ行くなんて人とははじめて会ったよ。どんなところなんだ?」

「暑くて虫がたくさんいるところだときいてます」

「そんなだから、フロリダに行くなんてやつはまわりにいないんだろうな。南に行きたいんなら、ここから八キロ戻って、右に曲がるといい。舗装してない道を行くんだ。曲がり角にはカエデの老木があって、ガソリンスタンドも見える。そこから十五キロほど進むと、間違いなく幹線道路に出るはずだ。ノースカロライナまで続いてる」

ホーマーは農夫に礼をいってビュイックをUターンさせた。八キロ進んだ。九キロ、十キロ。ガソリンスタンドを通り越し、やがて、エルシーが自分のいる右側に大きなカエデらしい木を見つけた。その向こうに、舗装されていない道が見える。「あれかしら」

ホーマーは車をとめ、木の葉の形を確かめた。「そうだね」

「ずいぶん土埃が立つわね。アルバートがくしゃみしちゃう」

「ゆっくり行くよ。なるべくアルバートのご機嫌をそこねないように」

「いやみなことをいうのね」

「それはそれは申し訳ない」

「なによ、あなたったら――まあいいわ。行ってちょうだい」

ホーマーはハンドルを切った。農道にしては整備された道だった。エルシーがいったように土埃は気になったが、ホーマーは約束どおりスピードを落として車を進めた。十キロほど進んだとき、間違った道を来てしまったことに気がついた。行きどまりで、その先には古い農家が一軒と、葛《かずら》に覆われた広い農場があるだけだ。農家に近づいてみると、窓が割れたりペンキが剝《は》げたりしているものの、かつては立派な邸宅だったことがうかがえた。「『レベル・ラブ』に出てくるプランテーションって、こんな感じだったのかもね」

「『レベル・ラブ』って?」

「前に読んだ小説。昔の南部でプランテーションをやってた男女の話。南北戦争が起こって、男が殺されて、女がひとりでプランテーションをやっていくことになるの。そこへ若い反政府軍人がやってくる。軍人はひどいけがをしていて、女が介抱してやって、そのうちふたりは綿を四角く固めた梱《こり》の上でひとつになる」

「ひとつになる?」

「ええ。わかるでしょ」

ホーマーはすぐには意味がわからなかった。ようやく気づくと、いった。「きみがそんな安っぽい小説が好きだとは知らなかったな」

「安っぽくなんかないわ。その本のおかげで南北戦争のことをいろいろ勉強できたし。それに、わたしがどんな本を読もうが、あなたには関係ないでしょ。あなたってときどき本当に無神経なのよね。いらいらしちゃう」

「そうならないように努力するよ」

「そういう言葉じたい、癇《かん》に障るのよ」エルシーは古い家を見つめた。「あの家、ちょっと見てみない？」

「遊んでる暇はない」

エルシーはホーマーにしかめ面をしてみせると、車をおりてアルバートをたらいの外に誘いだした。アルバートはわくわくしたようすで尻尾を振りながら地面におりた。「さあ、いらっしゃい。ホーマー、あなたは好きにしてて。わたしはちょっと冒険してくるから」

「いっしょに行かなくていいのか？」

「好きにしてよ」

いっしょに行きたいわけではなかったが、ホーマーは車を出て妻とワニのあとを追った。なにか危ないことがあるといけない。雄鶏も、ここがどこだか完璧にわかっているかのように車から飛びおりると、元気よく走りだした。

泥。雑草。伸び放題の生け垣。地面はそんなもので埋めつくされていた。家の裏側に着くと、屋根の片側が崩れおちているのがわかった。からみついた葛の重さのせいだろう。「古き良き南部というより、その残骸でしかないわね」

ホーマーは、ぼろぼろの家と荒れた農地を眺めた。「ヒッカム家からは双子の兄弟を戦争に行かせた。モズビーって名前の南軍の大尉のもとで戦ったそうだ。戦地で馬を盗み、戦争が終わったあとも自分のものにしたといってた。ラヴェンダー家はどうだった？」

「両軍に分かれて戦った。父がいってた。荒野の戦いでは撃ち合いしたんじゃないかって」

ホーマーとエルシーは過去に思いをはせた。自分たちの経験しなかった戦争。知らない先祖を思って悲しい気分になった。「奴隷はどこに住んでいたのかしら」

「古い小屋だろうから、きっととっくに朽ちてなくなってしまったんだろう」

「その時代に生きてなくてよかった。奴隷とか戦争とか、そういうの、いやだもの」

「その時代の人たちだって、現代には暮らしたくないだろうな。自分たちの知ってるものはすべて、歴史の波にさらわれてしまったあとなんだから」

エルシーはホーマーの顔をしげしげと見つめた。「あなたにはときどき驚かされるわ。意外に深いこともいうのね」

「そりゃあ、鉱夫だからな」

エルシーは真顔でいようとしたが、つい笑ってしまった。「ねえ、わたしがいまなにをしたがってるか、わかる？」

「いや、全然」

「ここに泊まりたい」

「はあ？　先に進まなきゃ」

「進むって、どこへ？　わたしたち道に迷ってるのよ」

「道は見つけるさ」

「なにいってるの。もう暗くなるわよ。どっちにしろ先には行けないでしょ。あなたって、ロマンってものがわからないの？」

「ロマンくらいわかるさ。だが、このぼろ家にロマンは感じない」

「火をおこして料理しましょ。あなたが見てないときに、パパがトランクにニワトコ酒を入れてくれたの。ねえ、たまには楽しいことをしましょうよ」

ホーマーは西の空を見た。太陽が木々の梢《こずえ》に沈もうとしている。まもなく暗くなる。地図を見なければ、ここがどこかもわからない。「わかった」しかたなくいった。「今夜はここで休もう。だが、明日の朝は夜明けとともに出発だぞ」

エルシーは微笑んだ。「ご褒美にキスを許してあげる」

態度が突然変わったのはなぜだろう。ホーマーは訝《いぶか》しく思ったが、それでもうれしかった。エルシーの唇に軽くキスする。アルバートのことは考えないようにしたが、すでにアルバートはホーマーのズボンの裾を嚙んで、引っぱっている。

エルシーがホーマーに抱きつく。ホーマーはアルバートを足から振り払おうと必死だった。

「ねえ、わたし、もうあそこには戻りたくない」

「あそこって？　アルバート！　やめろ！」

「コールウッドよ。ねえ、お願い」

アルバートがようやくズボンを放して離れていった。ちょっと照れくさそうな顔をしている。

「いや、コールウッドには帰らなきゃ。ぼくたちの住んでる町だし、ぼくの仕事場でもあるんだ」

「いまの仕事場といまの住まいよね。この先はほかのところに移ったっていいじゃない」

「エルシー……」

エルシーは首を横に振ってホーマーから体を離した。「火をおこしてて。お酒を取ってくるわ。楽しい夜にしましょ。あなたはいやかもしれないけど」

「待ってくれ、コールウッドの話をしよう。帰らなきゃいけない理由はいろいろある。きいてくれないか」

「話したければわたしの背中にどうぞ」エルシーはビュイックのほうに歩いていった。

エルシーがニワトコ酒を一本とジャムの空き瓶をふたつ持って戻ってきたとき、ホーマーは木切れを集めて火をおこしていた。「あそこの大きなガラス戸の中をのぞいてみた。古い木のベンチがあったよ。南北戦争のあとも、ここには人が住んでたんだ。おそらく、大恐慌のせいで住めなくなったんじゃないかな」

「鍵は？」

ホーマーは錆びたドライバーをかざしてみせた。「あそこで見つけた。こいつがあればなんだってあけられる」

エルシーは笑顔を見せた。「あなたって、思ってたよりできる人なのね」

ホーマーはドアをこじあけた。エルシーとふたりでベンチを運んできて、火のそばに置いた。「かびが生えてるけど、毛布を敷けば大丈夫ね」エルシーはニワトコ酒と空き瓶を持った。「乾杯してから、チキンを串に刺して焼きましょ」

ホーマーは毛布を取りに行き、ついでにアルバートのたらいも持ってきた。チキンを焼いてひと口食べ、ジムの仕込んだニワトコ酒を飲む。アルバートは雄鶏とたらいで寝ている。暖かくて気持ちのいい夜だった。

「素敵ね」エルシーがいって、ホーマーの肩に寄りかかった。

「そうだな」ホーマーは酒をもう少し飲んだ。

エルシーも酒を何度か口に運んだ。そのうち体が温まり、気分も明るくなってきた。旅ならではの解放感だ。新しい生活を作るチャンスはきっとある。うまくやればきっと実現する。エルシーはもう一度ホーマーにキスをねだった。さっきより時間をかけたディープキス。その先の展開をにおわせるようなキスをしてから、エルシーはため息をついた。「フロリダにいたころを思い出すわ。ビーチでたき火をして、ワインを飲んで。あのときのは自家製のニワトコ酒なんかじゃなくて、イタリア産の本物のワインだった」

ホーマーの体がこわばったのが、エルシーにも伝わってきた。「だれといっしょだったのか、想像がつくよ」

フロリダでの生活が楽しかったといいたかっただけなのに、大失敗だ。エルシーは慌てて取りつくろった。「違うの。友だちみんなで楽しんだのよ。あんなに楽しかったことはなかったわ。フロリダに行ったら、あなたをみんなに紹介するから」

「バディにもかい？」

エルシーはちょっとためらってから、小さな声で答えた。「あの人はフロリダにはいないわ」

プラチナの髪をした女と踊るバディの姿が頭に浮かんで、悲しい顔になってしまった。

「バディがどこにいるか、ぼくが知らないとでも思ってるのか」ホーマーは肩を動かして、もたれていたエルシーの顔を離すと、立ちあがってエルシーの心臓を指さした。「ここにいる。そうだろう？　これからもずっとそこにいるんだ」

エルシーは嘘をつこうと思った。夫の耳にやさしい嘘を。バディのことはもう愛してない。わたしはあなたを愛しているの。ところが驚いたことに、口から出てきたのは「ごめんなさい」というひとことだった。自分がなにをいってしまったのかわかってから、もう一度、嘘をつこうと思った。しかし、出てきたのは同じ言葉だった。「ごめんなさい」

「残念だよ、エルシー。……悲しいね」その言葉とともに、ホーマーは闇の中に歩いていった。

「ぼくたちはコールウッドに帰る」

エルシーはベンチに座ったままだった。どれくらいそうしていたかわからない。どうして嘘をつけなかったの、それもいちばん肝心なときに、と自分をなじっていた。毛布を体のまわりにたぐり寄せて、ベンチに横になった。またたきもせず動きもしない、空の星を眺める。呼吸がわずかに乱れていた。ホーマーはどうするつもりなの？　もしかしたら、わたしを捨てるつもり？

いえ、そんなことはありえない。ホーマーはそんな無責任な人じゃない。けど——コールウッドに帰るって。せっかくこの旅に出たのに、望みが消えてしまった。もうホーマーの気持ちは変えられない。でも本当は、これでよかったのかも。ホーマーの気持ちを変えたいなんて、本当は思っていなかったのかもしれない。

ふと、砂糖みたいな甘いにおいが漂ってきた。スイカズラだ。『レベル・ラブ』にも出てきた、古き良き南部の香り。体を起こして、甘い香りを体いっぱいに吸いこんだ。生まれ育った炭鉱の町には、つんとする鉱油のにおいがいつも漂っていた。コークス炉に火がつけられると、吐きだされる煙のせいで咳が止まらなくなった。喉はいつもひりひりして痛かった。この空気ならいつまでも吸いこんでいたい。スイカズラの香りがやさしく流れていく。

肩の力が抜けると、これからのことを考えはじめた。ホーマーとの生活をどうやって変えていったらいいだろう。せっかく旅に出てきたのだから、嘘をつきとおしてみよう。わたしの心にバディはもういない。わたしの夫はあなたであって、大切なのはそのことだけ。それだけでじゅうぶんだ。フロリダまではいっしょに行ける。それだけの時間があれば、コールウッドに戻るのはやめようとホーマーを説得することができるかもしれない。頑固なだけの夫を、大好きだった脚の長いダンサーみたいな男に変えることだってできるかもしれない。

エルシーは毛布をはねのけて、ホーマーの姿をさがした。どこにもいない。きっと車に乗ってむくれているんだろう。バディがむくれたことなんてあった？　おぼえているかぎりでは一度もない。いつも笑って冗談を飛ばし、温かい口調で話しかけてくれた。バディの影を抱くようにして体を揺らし、ヤシの木のあいだで楽しんだラストダンスを思い出した。前に二歩、うしろに二歩、右に一歩、左に一歩、一回転。ニワトコ酒をもうひと口、またひと口飲んで、踊りつづけた。記憶をたどりながら。スイカズラの香りを吸いこみながら。

6

エルシーははっとして目をさました。空が広がっている。まぶしい。日差しをさえぎってくれるのは夫の顔だけだ。「なに？　どうしたの？」きいてから、目をぎゅっとつぶった。そうしないと目玉が破裂してしまいそうだ。

「どうもしないよ。きみが二日酔いになってるだけだ」

ゆうべの記憶がとぎれとぎれによみがえってきた。ダンスをして、それから……ベンチに座ってさらにニワトコ酒を飲んだ。そのあと眠りに落ちて、おかしな夢をたてつづけに見た。オーランドにいて、バディと踊っていた。「ごめんなさい」腕で顔を隠し、日差しをさえぎった。頭がずきずきする。「ごめんなさい……ビーチの話なんかして。ごめんなさい、なんていって。わたし、そんなつもりじゃ……」

「もういい。かまわないよ」

「そんなことない。それに、雄鶏があなたを気に入ったっていう話のときも、いやなことをいっちゃったし。雄鶏があなたを好きになるのは当たり前よ。あなたはいい人だから。あなたはやさしいから。鉱夫だけど」

「どんなに小さな褒め言葉でも、一日のはじまりにきけるのはうれしいな。コーヒーをいれたよ。ひとりで起きられる？」

エルシーはホーマーの手を借りて起きあがったが、目は閉じたままだった。日差しが目に入ったら頭が爆発してしまいそうだ。両手でカップを包み、苦いコーヒーをがぶりと飲んだ。「頭が痛くて死にそう」

「旅行鞄《かばん》にアスピリンが入ってる。取ってきてあげるよ」

「ありがとう」コーヒーをもう少し飲むと、気分が落ち着いてきた。手になにかが触れた。薬を二錠、てのひらに置いてくれたのがわかる。それをコーヒーで飲みこみ、目をうっすらあけてみた。「あなたはどこで寝たの？」

「きみのすぐ横。ここだよ」

「地面に？　寒くなかった？」

「自分でそうしようと決めたんだから、かまわない。だが、ラヴェンダーのお嬢さん、今度はきみが決める番だ」

エルシーは舌についたコーヒーの粉を指で取りのぞいた。「決めるのはあなたよ」そうはいったものの、ホーマーの言葉をきくのが怖かった。

意外な答えが返ってきた。「そうか。じゃあこうしよう。きみはここに残って休む。ぼくはきのう見かけたガソリンスタンドに行って、ガソリンを入れてくる。そしてきみを乗せて、また旅に出る」

エルシーはやっとの思いで目を開いて、ホーマーの顔を見た。「旅に出るって、どこへ?」

「フロリダに決まってるだろ。そのために出てきたんだ」

「けど、コールウッドに帰るって」

ホーマーはエルシーの顔を見つめた。「ああ、帰るよ。フロリダに行ったあとにね。ここからすぐ引き返すとでも思ったのかい?」

「わからないけど。お酒のせいでごっちゃになったのかも」

「そうかもしれない。戻ってきたら、きみはダンスをしてた」

エルシーは顔を上げた。ホーマーが怒っているのではないかと思ったが、目に映ったのは、傷ついて失望した表情だった。ごめんなさい。口元まで出かけたが、ぐっとこらえた。「高校のとき、ダンスの約束をすっぽかしたのをおぼえてる?」

ホーマーは肩をすくめた。「本当はダンスなんてできないんだ。それもあって逃げだしたんだよ」

「きっと踊れるわよ。やってみればいいのに」

ホーマーはまた悲しそうな顔をした。「きみのいちばんの思い出には遠く及ばないような気がするんだ」

事実をつきつけられて、エルシーはなにもいえなかった。

「じゃ、行ってくるよ」ホーマーは元気な声でいった。無理してるのね、とエルシーは思った。

「ぼくはもう食べたけど、きみのためにパンとチーズを切ってある。そこ、たき火の横に置いてあるよ」

「アルバートは？」

「寝る前に車に入れてやった。外だと寒いんじゃないかと思ってね。朝、散歩に連れていって、いまは後部座席でまた眠ってる。きみが起こしたいなら別だけど、そうでないならそのままにしておく」

「ゆうべ、あなたが車に連れてってくれたの？　今朝も散歩を？」

「ぼくを嚙もうとはしなかった」

「そんなこと、アルバートは一度も考えてないわよ。あなたにじゃれてるだけなの」

ホーマーは答えず、歩いていった。ビュイックのエンジン音がきこえて、それが遠ざかってからも、エルシーはベンチに座っていた。少しずつ頭痛がおさまってきた。コーヒーを飲みおえると、毛布を払いのけて立ちあがり、たき火から離れた。深呼吸をする。スイカズラの香りがまだ漂っている。冷たい朝の空気のせいで、ゆうべよりみずみずしい香りになったみたいだ。朝食はもう少しあとにしよう。

もう一度――頭痛がぶり返さないように、ゆっくり――ダンスをした。左に一歩、右に一歩、前に二歩、うしろに二歩、そして一回転。

7

ホーマーは交差点のそばのガソリンスタンドでガソリンを入れた。紙の帽子をかぶった若い店員は、差しだされた五十ドル紙幣を見て、お釣りがないといった。「銀行で細かくしてきてください」町のほうに顔を向ける。

ホーマーは礼をいい、すぐに戻るといいおいて、町に向かった。〈ファーマーズ・バンク・アンド・ローン〉と書かれた建物の前で車をとめる。アルバートの背中にのっていた雄鶏がシートの背に飛び移り、まわりをきょろきょろ見てから、車の外に飛びだした。「変なやつだな」ホーマーがつぶやくあいだにも、なにか緊急のミッションがあるかのように、駆け足で車から離れていく。

アルバートも雄鶏を追って車の外に出たので、ホーマーは慌ててリードを引いた。アルバートが強く抵抗する。どうしても雄鶏を追いかけたいようだ。歩道に敷かれた板材を爪で引っかきながら、不服そうな鳴き声をあげる。ホーマーの耳には「ノーノーノー」といっているようにきこえた。「ごめんよ、アルバート。あいつ、足が速いからな。おまえじゃ追いつけないよ」ホーマーは急に寂しくなってきた。「あいつがいなくなって、ぼくも残念だ」

銀行のドアが開いて、きのうの牧師が出てきた。帽子を軽く上げる。「おや、まだこんなところに？　ワニくんはなにか文句をいっているようだが」

「雄鶏が逃げてしまって」

「戻ってくるといいが」

「あいつにはあいつの考えがあるんだろう」ホーマーは自分にいいきかせるようにいった。「そもそも、なんでぼくたちについてきたのかもわからない」

「きっと天使みたいなものだったんじゃないか？　冒険に出るきみたちを元気づけるための。ところで、これから銀行強盗でもやるのかね？」

ホーマーはぎょっとしてきいた。「どういう意味です？」

「このへんに銀行強盗が出没してるらしい。そのワニがいれば銃代わりになる」

「まさか。きのうも話したように、ぼくは鉱夫ですよ。銀行強盗なんて柄じゃない。五十ドルの紙幣を両替してもらいに来たんです」

牧師はまた帽子に手をやった。「神のご加護がありますように。かわいい奥さんにもよろしく」

「ありがとうございます」ホーマーも額に手をやった。「妻に伝えます」

別れる前に、牧師はホーマーとアルバートのために銀行のドアをあけておいてくれた。アルバートはまだ雄鶏が走っていったほうに進もうとがんばっている。「アルバート、こっちだ」ホーマーはそういってリードを引っぱり、銀行のよく磨かれた木の床に足を踏みいれた。アルバートは悲しそうな声をもらして頭を下げ、前後に揺すった。

カウンターの奥には年配の男が座っている。目を保護するための緑色のバイザーをつけていた。台帳から顔を上げて、こちらを見た。「ご用件は？」なんでもお見通しだぞ、といわんばかりの口調だ。

「五十ドル紙幣を両替してほしいんです」ホーマーはいいながら、アルバートのリードを引っぱった。「こっちだぞ」

窓口の男はそれを見ていった。「ここに勤めて四十年になりますがね、クロコダイルが入ってきたのははじめてですよ」

「クロコダイルじゃなくてアリゲーターです」

「なにかあったんですか？　興奮しているようですが」

「雄鶏がいなくなって悲しんでいるんです」

「ふうむ」窓口の男はそっけない口調でいった。「自分が食べてしまったからでは？」

「いえ、逃げたんです」

「それも無理はない」ますますそっけない口調になる。「あちらを立てればこちらが立たず。で、五十ドルの両替でしたね？　それならお力になれそうです」

アルバートは壁際に置かれた机の下にもぐりこもうとしている。前足を伸ばして爪を立て、「ノーノーノー」と声をあげる。ホーマーがリードを引いてもびくともしない。「わかったよ、アルバート」ホーマーはため息をついた。「ちょっと遊んでろ。そのあいだに用事をすませるから」

ホーマーがリードを放して窓口に一歩近づいた瞬間、ドアが突然開いて、ふたりの男が入ってきた。どちらもショットガンを持っている。「手を上げろ！　強盗だ！」ひとりが叫んだ。

ホーマーは驚くと同時に、しっかり観察していた。男のひとりはとても背が低い。百五十センチもないくらいだ。もうひとりはとても大柄な黒人だ。ショットガンを構えてホーマーのほうに向かってくる。「動くな！」

背の低いほうの男が窓口に近づき、行員にショットガンを向けた。「金を全部出せ。早く！」

行員は目をぱちくりさせたが、その動きがあまりにもゆっくりで、これから居眠りするんじゃないかとホーマーが思うほどだった。「それは無理です」

小男はあっけにとられたようだ。「どうしてだ？」

「金は全部、あの金庫に入っています。鍵がかかっているし、浸炭処理した丈夫なスチールでできています。ダイナマイトを三つ使っても壊れないほど強度のある金庫です。それに、わたしはここを出ていきますから」行員はそういって強盗に背を向け、いままで座っていた椅子のすぐうしろにある裏口に向かった。一度振りかえって肩をすくめると、外に出てしまった。

「おまえ、なんで撃たねえんだよ」大男がいった。

小男が口をとがらせた。「ハディ、おまえ気づいてないのかよ。おれの位置からカウンターの向こうの人間を狙えると思うか？　いいから、さっさと持ちあげてくれよ。カウンターの向こうに行きたい」

大男は名前をハディというらしい。「オーケー、スリック」といった。小男のほうはスリックか。

　ハディがスリックの体を持ちあげて、窓口に押しこんだ。どすんという音がした。スリックが向こう側の床に落ちたらしい。ぶつぶついう声がホーマーにもきこえる。「くそっ、本当に鍵がかかってやがる。世知辛い世の中になったもんだ。もうちょっと人を信用したらどうなんだ？」

「ダイナマイトが三つあれば爆破できるっていってなかったか？」ハディがいった。

「忘れたのか？　ダイナマイトなんてひとつも持ってないんだぞ」

「なら、調達してこようぜ」

「てめえは天才だな！」

　スリックがカウンターの中をがさごそ荒らしまわる音がきこえる。やがて、きらきらしたコインが一枚飛んできた。床で一度弾んで、ホーマーの靴のそばに落ちた。一ペニー硬貨だ。表が上。

「それしか見つからない」スリックがいう。

「どうする？」ハディがきいた。

　スリックはホーマーのほうに顔を向けた。「その農夫、なんか持ってないかな」

「ぼくは農夫じゃない。鉱夫だ」ホーマーはいった。

　ハディはショットガンをホーマーの鼻先に向けた。「ポケットのものを全部出さねえと、鉱夫が鉱夫の死骸になるぞ」

　次の瞬間、ハディが悲鳴をあげた。右脚の膝のすぐ下が、ワニの上顎と下顎に挟まれている。

　ハディはショットガンの引き金を引いた。弾は天井に当たり、床に伏せたホーマーの上に石膏《せっこう》がばらばらと落ちてきた。

ハディがまだ悲鳴をあげている。ホーマーは体を起こし、石膏のかけらを頭から払い落とした。そのとき、ハディの持っていたショットガンが床に落ちていることに気がついた。それを拾って立ちあがる。「動くな」大男にいった。男の右脚にはアルバートが嚙みついたままだ。

ハディはホーマーをにらみつけた。「そんなもの持っててても意味ねえよ。スリックが弾を一発しか入れてくれなかったからな。で、そいつを天井に向けて撃っちまった。それよりこのワニをどうにかしてくれ。頼む」

ホーマーはショットガンの弾倉を開いてみた。ハディのいうとおり、弾は残っていない。ショットガンを床に置き、ペニー硬貨を拾ってポケットに入れる。鉱夫たちにとって、表を向いたペニー硬貨は幸運の印なのだ。この展開も幸運といっていいだろう。カウンターのほうを見たが、スリックの姿は見えない。行員と同じく、裏口から逃げたんだろうか。ホーマーはハディを振りかえった。「アルバート、放してやれ。よくやったな。いい子だ」

ふたりの男が銀行に入ってきた。窓口にいた行員と、村の牧師だ。「驚きましたな」行員がいった。「強盗を捕まえてくださるとは」

「警察を呼んでください」ホーマーはいいながら、アルバートの口を大男の脚からはずそうとした。アルバートもやっと事態がのみこめたらしく、口を開いた。ホーマーを見あげてにやりと笑う。「よくやった」ホーマーは褒めてやった。

「この町には警察署がないんですよ」行員がいう。「一応、州警察に電話しましたが」

外に出ると、ポンコツの赤いピックアップトラックが急ブレーキをかけて止まったところだった。「ハディ、出てこい！」スリックと呼ばれていた小男が叫ぶ。

ハディがよろよろ立ちあがり、ホーマーを押しのけ、行員と牧師の脇をすりぬけて、足を引きずりながら歩いていった。行員も牧師も男を止めようとはしない。男がトラックの荷台に乗りこむと、車はタイヤを焦がしながら急発進した。

「州警察にいっておこう。ポンコツの赤いトラックをさがせと」行員がいって、ホーマーに手を差しだした。「ともあれ、ありがとうございました」

ホーマーはその手を握った。「アルバートのおかげです」

「ありがとう、アルバート」

「アルバートに神のご加護がありますように」牧師もいう。

アルバートは三人を見あげて「ヤーヤーヤー」と声をあげた。

「五十ドルの両替をお願いしますよ」ホーマーがいった。

行員は笑顔で答えた。「もちろんです。すぐにご用意します」

五十ドル札を二枚とも細かくしたあと、ホーマーはアルバートを連れて車に戻った。通りはがらんとしている。アルバートをたらいにのせると、ホーマーはその横に座った。なんだか不思議な気分だった。「なあ、アルバート。怖い思いをしたときって、他人や自分の意外な側面に気づくもんだな。さっきもそうだった。おまえのことを誤解してたって、やっと気づいたよ。ごめんな。おまえはいいやつだ。おまえを好きになれなかったのは、ぼくの心が狭かったからだ」ちょっと考えてつけたした。「正直いって、ぼくはおまえに嫉妬してた。エルシーがおまえにバディ・イブセンを重ねて見てるからだ」ワニの頭をぽんぽんと叩く。「許してくれ」

アルバートから答えが返ってくるとは思っていなかったし、実際、返事はなかった。ただ、低いいびきのような音が返ってきた。うとうとしはじめたようだ。ホーマーは心がじんわり温まるのを感じながらビュイックの運転席に乗りこむと、来た道を戻った。ガソリンスタンドで代金を払い、古いプランテーションに向かう。途中で、未舗装の道を歩くエルシーを見つけた。手を振ってくる。心配そうな顔をしていた。「置いていかれたかと思っちゃった」

「すまない。遅くなったね」

エルシーは助手席に乗りこんだ。「なにかあったの?」

「アルバートといっしょに銀行強盗をやった、とでもいっておこうか」ポケットからぴかぴかのペニー硬貨を取りだした。「ほら、これだ」

「ホーマーったら、嘘をつくならもっとおもしろいのにして」エルシーはホーマーの姿をまじまじと見た。「どうして髪に石膏がついてるの?」

大ピンチを切りぬけたばかりのホーマーは気が大きくなり、冗談のひとつもいってやろうと思った。ペニー硬貨をポケットに戻して、答える。「雪が降ってきてね。奇妙な嵐が通りぬけていったんだ」エルシーはわけがわからず、目を丸くするだけだった。

プランテーションに戻ると、食べ物や毛布などを車に積みなおした。もう一度、さっきの交差点に出る。車をとめて、左右を見た。車は一台も見えない。ハンドルをどちらに切ろうかと迷っていると、突然ばたばたと翼の音がして、緑の尻尾の雄鶏が窓から入ってきた。ホーマーの肩にとまる。

エルシーが眉間にしわを寄せた。「いままでどこに行ってたのかしら?」

「さあな。けど、戻ってきてくれてよかった」

後部座席ではアルバートがヤーヤーヤーと鳴いている。雄鶏はアルバートを見て、ときの声をあげた。エルシーは両手で耳をふさぎ、目をぎゅっとつぶった。「こら、うるさい! わたしはまだ二日酔いが治ってないんですからね!」

ホーマーはくすくす笑ってハンドルを切った。きのう荷車がひっくり返っていた場所までやってきた。ありがたいことに、荷車はもうない。フロリダへの道が大きく開けたかのようだ。耳のすぐそばにいる雄鶏の体から、体温がじわじわ伝わってくる。エルシーはシートに体をあずけ、目を閉じた。アルバートが窓に顔を寄せた。見えるものすべてに笑顔を見せてやろうとしているかのようだ。古いビュイックは低いエンジン音をたてて走りつづける。ホーマーは、ポケットのペニー硬貨に感謝していた。このお守りがあればすべてうまくいく。いい気分で、口笛を吹きはじめた。

四十三歳のとき、ぼくはノースカロライナにいて、第二次世界大戦中のアウターバンクスにおける人々の生活と戦争について研究していた。二週間か三週間ぶりに実家に電話をかけると、母が出た。「あら、いまどこにいるの？」

「ノースカロライナだよ。ドイツのUボートについての論文を書くんだ」

母はUボートのことはどうでもいいようだったが、ノースカロライナの話には飛びついてきた。「どう、いいところでしょう。親切な人ばかりで」

いいところだし、みんな親切だよと答えると、母はいった。「でも、人を信じすぎちゃだめよ。あなたはそのせいでいつも傷ついてるんだから。もう少し慎重になりなさいね」

母のいいたいことはよくわかった。ぼくは離婚をしたばかりだった。母親というものは息子の味方をするものだ。たとえ息子が間違っているときでも。母が声を低くした。父にきかれたくないと思っているんだろう。「お父さんといっしょにノースカロライナをドライブしたことがあるの。いつまでたってもノースカロライナから出られないような気がしたわ。ちょっと進むたびになにかが起きて足どめされるんだもの。最初は急進派のせい。お父さんはあの人たちのことを共産主義って呼んでたけど。正直にいうとね、お母さんはあの人たちに惹《ひ》かれて、仲間に入ろうかと思ったくらい」

「共産党に入りたかったの？」

「共産党じゃなくて急進派よ。やるといったことは必ずやる人たちだと思ったから」

ぼくは、知っていることと合わせて考えてみた。「それって、アルバートをフロリダに連れていったときのこと？　アルバートも急進派だった？」

「からかわないで。当時はみんな真剣だったのよ。みんな生活に困ってて、道路沿いには野宿してる人がいっぱいいたわ。仕事もなくてね。そこから急進派が出てきたってわけ。社会を変えるんだ、貧乏人を金持ちに、金持ちを貧乏人にするんだっていってた。それがおもしろいなと思ったの」

「父さんはなんて？」

「お父さんは……話してあげてもいいけど、警察にはいわないでね」母はさらに声を低くした。「わたしたち、いまもまだ仮名逮捕状が出されてるかもしれないのよ」

「仮名逮捕状？　どういうこと？」

「靴下工場と信頼関係についての話、とでもいえばいいかしらね。ダイナマイトも出てくるわ」

第２部

◆◆

エルシー、急進派になる

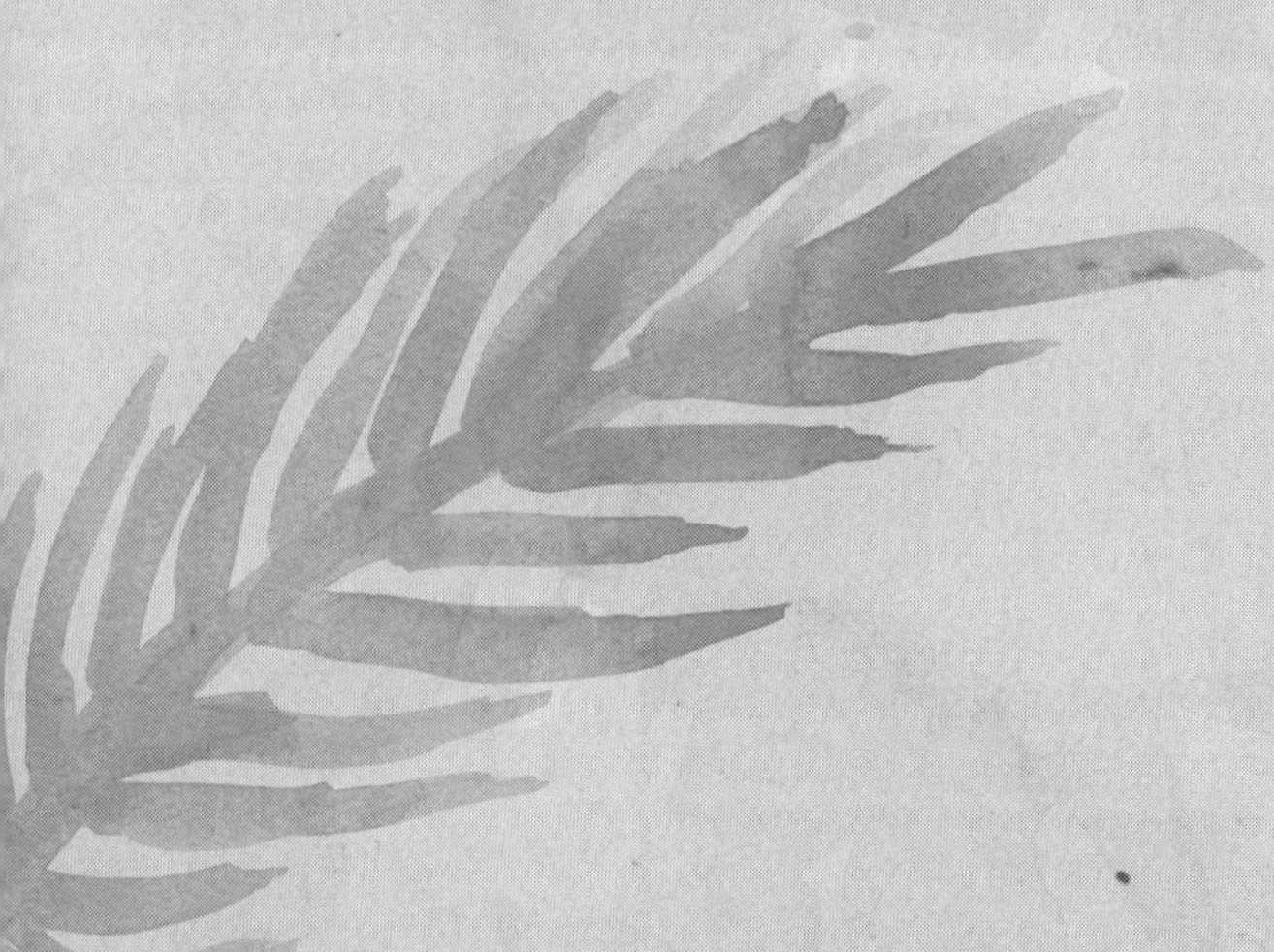

8

〈タール・ヒールの州、ノースカロライナへようこそ〉という標識が見えると、ホーマーがいった。「エルシー、ノースカロライナまで来たよ。あとはサウスカロライナとジョージアを抜ければフロリダだ」

エルシーはうとうとしていたが、それをきいて目をさました。「何日くらいかかるかしら」

「四日だな。フロリダ州に入ってからオーランドまでもう一日。それでも二週間以内にコールウッドに帰れるだろう。ただし、着実に進むことが肝心だ」

「旅の終わりがとっても楽しみ」

ホーマーが皮肉に気づいているのかどうか、エルシーにはわからなかった。気づいているとしても、なにもいわない。「ランチにしようか」

エルシーはいいわよと答えた。まもなく、道路のそばにピクニック用のテーブルを見つけた。

「雄鶏には内緒にしてくれよ。こいつの元ガールフレンドをパンに挟んだやつが食べたい」

「雄鶏はあなたのペットでしょ。わたしのペットじゃないもの。内緒もなにもないわ」

エルシーはサンドイッチの材料を持って車をおり、ピクニックテーブルにテーブルクロスを広げた。チキンを三切れほどアルバートに投げてやる。アルバートは自力で車からおりてきた。草むらの上におなかで着地すると、ひっくり返って、おなかをなでてくれと催促する。エルシーはサンドイッチを作り終わってから、リクエストに応えてやった。雄鶏も車から出てきて、砂利でなにかをつついている。昔のガールフレンドがトマトやタマネギやチーズといっしょにパンに挟まっていることも、アルバートのおなかに入ったことも、まったく気にしていないらしい。

小枝の折れる音がした。振りかえると、木々のあいだから子どもたちが出てきた。十人くらい、いや、もっとたくさんいる。ひと目見て気の毒になるような子どもばかりだった。洟《はな》を垂らし、ぼろの服を着て、体はがりがり。テーブルの上の食べ物をうらやましそうに見ている。

「この近くにホームレスがたくさん住んでるのかな」ホーマーがいった。

エルシーの心はたちまち同情でいっぱいになった。「なにか分けてあげましょうよ」

ふたりから差しだされるのも待たず、子どもたちが突然駆けよってきた。半数がテーブルの上のものを、残る半数が車のドアをあけて残りの食料を持っていった。あまりに手際がいい。なにひとつ残していかない。プロの泥棒の手腕だった。エルシーとホーマーは子どもたちの肩や背中をぱたぱたと叩くばかりで、なにもできなかった。子どもたちはあっというまに木立の向こうに消えていった。最後のひとりは脇の下に羽の生えた生き物を抱えていた。「すっかり持っていかれた」ホーマーは驚いていた。「雄鶏も連れていかれたぞ!」

「どうする?」エルシーはきいた。

「まずはアルバートを車に運んで鍵をかける。それから食べ物を取り返しに行こう。雄鶏もだ」

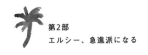

アルバートを移動させたあと、エルシーとホーマーは森の反対側に出てみた。土埃の舞う空き地があり、破れたテントや、古い防水シートで作られた差しかけ小屋が並んでいる。火にかけた鍋を女たちがかきまわしている。「ここだな」ホーマーがいった。

ふたりはそこに入っていった。「すみません」ホーマーがいった。だれかの耳に入れば反応があるかもしれない。「食べ物を盗まれました。盗んでいったのは、ここから出てきた子どもたちです。食べ物を返してほしいんです。ぼくたちは金持ちじゃありません。食べ物が有り余っているわけじゃないんです」うつろな目をした人々が遠巻きに見ている。ふたりはテントや小屋のあいだを歩きまわりながら、同じ言葉を繰りかえした。子どもたちの姿は見えない。

男の声がした。「だれだ？　なにかあったのか？」

エルシーとホーマーが振りかえると、テントのひとつから男が出てきた。痩せていて、やさしい目をした男だった。口ひげをたくわえ、広い額をして、服装は開襟シャツに灰色のスーツ。高価そうな中折れ帽をかぶっている。文明の香りのする男だった。ホームレスのひとりではなさそうだ。「わたしたちです」エルシーは答えた。「子どもたちの一団に、持っていたものをすべて奪われました」森を指さす。「あっちに車をとめて、食事をしようとしていたんです」

男はお気の毒にという顔をして肩をすくめた。「子どもたちまで泥棒をするようになってしまった。こういう状況だからとしかいいようがないな。盗《と》られたものは戻ってこないだろう。ここの人たちはみんな腹をすかせているんだ」

「でも、食べ物を全部持っていってしまったのよ」

「雄鶏まで盗まれてしまいました」ホーマーがつけくわえる。

「どんな鶏だい？」

「あずき色の鶏です。尻尾は緑色。大きなとさかがついていて、ちょっとめずらしいタイプというか」

「残念だが、見かけなかったな」

「あなたはだれ？」エルシーは遠慮を忘れてきいた。

「わたしは作家だ。ここにいるのはアメリカの遊牧民みたいな人たちだよ。常に移動しながら食べ物を調達して生きている。わたしは彼らを題材に本を書こうと思っているんだ。名前はジョン・スタインベック。きいたことないかね？」

一瞬考えてから、エルシーは答えた。「はい、すみません。作家さんのお仕事ってどんな感じなんですか？」

スタインベックは微笑んだ。「それなりに大変だよ」

「わたしは鉱夫の妻ですけど、やっぱりそれなりに大変です」

スタインベックは帽子に手をやった。「たしかにそうだろうな。こちらがご主人かな？」

ホーマーは手を差しだした。「ホーマー・ヒッカムといいます。こっちは妻のエルシー。作品を読んだことがあります。『おけら部落』と『赤い小馬』。どちらもすばらしかったです」

「夫は読書家なんです」エルシーはいった。嫉妬の気持ちが口調にあらわれてしまった。

スタインベックはホーマーの手を握った。「どちらへ？」

「南です」ホーマーが答えた。

「フロリダに行くんです」エルシーがつけたす。

「よかったら、ちょっと乗せてもらえないだろうか。ここから少し南に行ったところにある織物工場を見に行きたいんだ。労働問題が起こっているらしい」

「もちろん、かまいませんわ」

「じゃあ、出発しよう。ぐずぐずしてると車まで盗まれるかもしれない」ホーマーが不安そうにいった。

「ありがとう。ちょっと待っててくれ。荷物を取ってくる」

ホーマーが先頭に立って、木立の中を歩きはじめる。エルシーとスタインベックがあとに続いた。ビュイックのところまで戻ってくると、ホーマーはスタインベックの荷物をトランクに入れ、ドアをあけてアルバートを見せた。「クロコダイルかい?」スタインベックがきいた。

「アリゲーターです」エルシーが答えた。「見たことありません?」

「わたしはカリフォルニア育ちだからね。いまはニューヨークに住んでる。どちらにもアリゲーターはいないんだ」

「カリフォルニアやニューヨークで暮らすなんて、素敵。昔からずっと憧れてるんです」

「どこに住むのも同じようなものだよ、奥さん」

エルシーは納得しなかった。「でも、スタインベックさん。どちらの街も、ウェストヴァージニアのコールウッドに住むのとは全然違うはずです!」

スタインベックはうなずいた。「ところで、どういうわけでワニを連れているんだ？」

「フロリダに連れていくの」

「いままでは？」

「いままではぼくたちの家で飼っていたんです」ホーマーは答えてから話題を変えた。「織物工場での労働問題って、どういう問題なんですか？」

「ストライキ、工場閉鎖、暴力、発砲、殺人。裏で共産党が糸を引いているという噂もある。それが本当かどうか確かめたい」

「炭鉱にも労働組合ができました。あとは戦争が起こるのを待つばかりですよ。マザー・ジョーンズとパインクリーク鉱山の話をきいたことは？」

「あるよ。あれはひどい。結局は軍隊の力を借りることになった」

「この大恐慌が落ち着くまでに、軍隊の力を借りなきゃいけない状況がどんどん増えてくるんじゃないかと思います。それはともかく、出発しましょう。エルシーとぼくはできるだけ早くフロリダに行って、帰らなきゃならないので」

「スタインベックさん、前に座ってください」エルシーがいった。「わたしはアルバートの隣に座りますから」

「ありがとう。ジョンと呼んでくれないか」

「ええ……ジョン、遠慮なく」

エルシーが後部座席に座ると、アルバートがエルシーを見て「ノーノーノー」と悲しそうに鳴いた。「雄鶏がいなくなったから、アルバートが悲しんでるわ」

「ぼくも寂しいよ」ホーマーはそういいながら、ピクニックエリアから車を出した。一キロか二キロ進むと交差点に出た。ホーマーはちょっと考えてからまっすぐ進んだ。「たぶんこっちが南だ」

「たぶんって?」エルシーはきいた。

「子どもたちに地図も盗まれた」

ホームレスの子どもたちのせいで悲惨な状況に陥ったというのに、エルシーは笑わずにいられなかった。「これも運命ね」

9

さらに何キロか進むと、スタインベックがいった。「市場が見つかったら、食料を買おう。わたしからきみたちへの差し入れだ」

「いや、それはけっこうです」ホーマーがいった。

「あなた、プライドより現実を大切にしてよ。ジョン、ありがとう。とても助かるわ」

ホーマーはプライドを抑えることにした。「ジョン、気になるんですが、どうして車を持たないんですか？」

「いろんな人たちに接するためだよ。ヒッチハイクで移動することに決めたんだ。それでうまくやってる」

「お仕事の話をきいてもいい？」

「もちろん。どんなことが知りたいのかな？」

「わたしもなにか書いてみたいなと思って。弟のヴィクターが生きてたら作家になってたと思うんです。子どものころ死んじゃったけど」

「かわいそうに。文才があったんだね？」

「ええ、そう思うわ。お話を作るのが大好きで」

「なるほど。ただし、作った話を文章にするのは難しいよ。できると思うかい？」

「オーランドに住んでたころ、秘書養成学校に通ってたの。先生にタイピングを褒められたわ。それに、ものごとを文章で説明するのもうまいって」

スタインベックはくすくす笑った。「それはすばらしい！　タイプが打てて、説明文が書けるなら、作家への道を半分進んだようなものだ。で、どんな本を書きたいのかな？」

「おもしろいのがいいわ。前に、アルバートのことで母に手紙を書いたら、母がそれを読んで笑ったっていってたから」

「笑わせるつもりで書いたのかい？」

「いいえ。結果的にそうなったというか」

「それがいちばんだ。自分なりに書いて、読んだ人が笑うかどうかなんて気にしないのが大切だ。おもしろいものを書こうと意識すると、おもしろいものにはならない。だからラジオのコメディアンは小説を書かない。書いたとしても、単なるジョークの羅列になってしまう」

「すごく勉強になったわ！　話していたらアイディアが浮かんできちゃった。炭鉱の町で生まれ育った若い女性が主人公。オーランドの立派なお屋敷に住むことになって、おもしろい人たちに出会って楽しい日々を過ごすの」

「タイトルは決まったね。『エルシーとバディの出会い』だ」ホーマーが不機嫌そうにいった。

エルシーはホーマーの背中に向かって舌を出した。「作り話よ」

「本当かな」

エルシーが答えず、しゅんとして黙りこんだので、ホーマーは申し訳ない気持ちになってきた。やきもちもたいがいにしなければ。気まずい空気をなんとかしたいと思っているうちに、いいことを思いついた。「アルバートのことを書けばいいんじゃないか？」

「それはいい」スタインベックがいった。

「もういい。なんにも書かない」エルシーはむくれていた。

こういうときはなにもいわないほうがいい。ホーマーは口を閉じて運転に集中した。市場かレストランでも見つかるといいんだが。しかし、どちらもいっこうにあらわれない。そのうち太陽が傾いてきた。安いモーテルか、野宿できそうな場所をさがしはじめた。

丘を越えると、木挽き台が道をふさいでいるのが見えた。ホーマーはそこまで進んで車をとめた。スーツを着て中折れ帽をかぶった、役人のような雰囲気の男が三人出てきた。ひとりは、歩きながらわざと上着の合わせをはだけていた。ホルスターにおさめたピストルと、その上に置いた手を見せつけている。もうひとりが助手席に近づいてきて、懐中電灯をつけた。まぶしい光を当てられて、スタインベックが目をぱちくりさせる。最後のひとりはビュイックのうしろにまわった。ピストルの男がいった。「クロード、この車か？」

「ウェストヴァージニアのナンバープレートだ。間違いない」

ピストルの男がホーマーに顔を寄せた。「おりろ」

「なんなんですか」ホーマーはきいた。

「いいからおりろ！」

エルシーが後部座席で声をあげた。「わたしたち、フロリダに行きたいだけなの」

男は驚いたようだ。「女を連れてるのか？　いや、ありえる話だな。女が赤になってもおかしくない」

ホーマーはわけがわからなかった。「妻にはチェロキー族の血が混じってますが、ほとんど白人です」

男はエルシーの血統には興味がなさそうだった。「いいから早くおりろ、同志」ホルスターからピストルを抜いた。

ホーマーはそれまで〝同志〟と呼ばれたことがなかった。〝同志〟と呼ばれる人も身近にいない。新聞で見るだけの言葉だ。ロシアとか、そっちのほうの話によく出てくる。どういうことだ、ときこうとしたとき、車が二台近づいてきた。ビュイックを挟むようにとまる。

三人の男は木挽き台の向こうに集まった。ビュイックの左側にとまったフォードの運転席から、チェックのシャツを着て布の帽子をかぶった男が顔を出した。「いったいなんのつもりだ？　警察か？」

「いや、自警団だ」三人の中のリーダーらしい男が答えた。ほかのふたりはピストルに手をあてているが、床尾をさぐる手が妙にぎこちない。「来た道を戻っていけ。おまえたちに用はない」

「なんなんだ？　採用試験でもやってるのか？」

「いや、赤の連中を取り締まってるだけだ。さっさと失《う》せろ。さもないと巻き添えを食うぞ」

「なんの巻き添えを食うって？　さっきから見てりゃ、おかしなことばかりぬかしやがって。おれたちはアメリカの納税者として、公道を使う権利がある。断固としてここを通らせてもらう」

三人の男たちが答える前に、布の帽子をかぶった男がフォードを急発進させた。木挽き台が吹っ飛ぶ。右側の車の男がクラクションを鳴らしてホーマーに呼びかけた。「行けよ。ぐずぐずするな！」

ホーマーは素直にアクセルを踏み、木挽き台の破片を踏んで前に進んだ。右側にいた車もすぐうしろをついてくる。

「これ、なんなの？」エルシーが小声でいった。

「これが、さっき話した労働問題のトラブルだよ」スタインベックがいった。

何キロか進んだところで、先を行くフォードが路肩にとまった。布の帽子をかぶった男がホーマーを手招きしている。ホーマーはフォードをよけて進もうとしたが、うしろから来た車が先回りをして道をふさいでしまった。とまるしかない。布の帽子の男が近づいてきて、懐中電灯をつけた。ホーマーの目を照らし、スタインベックの目を照らす。続いてエルシー、アルバート。アルバートの目は赤く光っていた。「クロコダイルか？」

「アリゲーターよ」

「党の人間だな？」

「党？」ホーマーはきいた。わけがわからなかった。

「この人は鉱夫よ」

「鉱夫？」男は片手を窓から差し入れた。「ようこそ、兄弟！　待ちかねていたよ！」

ホーマーは、これも礼儀と思って相手の手を握ったが、すぐに放した。「待ちかねていたというのは？」

「ブツは届いてる。それをきいてきたんだろう？　おれはマルカム。設定はわかってる。あんたのことは鉱夫と呼ぶことになってる」

「いや、ぼくは――」

「グライムズ！」マルカムが声を張りあげる。「やっぱりそうだ、鉱夫だ！」

マルカムは笑顔をホーマーに向けた。「ついてきてくれ」そういってフォードに乗りこむと、また前に進みはじめた。

もう一台の車がうしろについて、クラクションを鳴らす。ホーマーはしかたなくビュイックを走らせ、フォードについていった。うしろの車もすぐあとにくっついてくる。ホーマーはスタインベックに目をやった。「どういうことでしょう」

「ありがたい。作品に登場させたい人々に出会えたようだ」

スタインベックのうれしそうな言葉をきいて、ホーマーはむっとした。「じゃ、ここに置いていってあげますよ。エルシー、大丈夫か？」

「なんだかよくわからない。これってまずい状況なの？」

「きみのことはぼくが守る」ホーマーはそういったが、エルシーが喜ばないのでがっかりした。喜ぶどころか、なんの反応もない。本気でそういったのは伝わったはずなのに。

マルカムの車は未舗装の道に入っていく。さらに三、四キロ進んだところでようやくとまった。テントが十基ほど並んでいる。中にランタンでも入っているのか、ひとつひとつのテントがぼんやり光っている。テントの外に人がたくさんいるのがシルエットでわかる。

「ちょっと話があるんだ」車をとめたあと、ホーマーはマルカムにいった。

「その前に、ブツを見せたい」マルカムはいった。ホーマーが困っていると、さらにいう。「女の心配はしなくていい。手下がテントを立ててかくまってくれる」

「テントなんかいらない」ホーマーはいった。「人違いしているんじゃないか？　ぼくはきみたちが待っていた男じゃない」

うしろの運転手が近づいてきた。「鉱夫じゃないのか？」

「鉱夫だよ。けど、きみたちの待ってる鉱夫じゃない」

うしろから来た男が手を差しだす。「グライムズだ。よく来てくれた」

「だから、違うといってるじゃないか。ぼくはきみたちの待ってる鉱夫とは別人だ。ぼくは——」

「ブツとやらを見せてくれ」スタインベックが口を挟んだ。「わたしは作家だ。労働運動に興味がある」

グライムズが顔をしかめた。「労働運動？　おれたちがやってるのはただの運動じゃない。未来に向けて新しい波を起こしてるんだ。そのうち、組合は会社より力を持つようになる。組合の中から社長が出るようになる！」

マルカムは灯油のランタンを掲げてホーマーとスタインベックの顔をじっくり見た。ホーマーに向かっていう。「慎重になるのはわかる。だがおれたちは仲間だ。あんたに比べたらまだまだ経験が浅いかもしれないが。とにかくブツを見てくれ。まずはそれからだ。友だちもついてくればいい。だれにでも見せるものじゃない」

ホーマーはマルカムの顔を見た。乱暴なことや危険なことをする人間ではなさそうだ。顎が弱い。自分に自信がなくて、まわりに認められたがっているだけの人間に見える。「見たら、帰してくれるのか？」

「もちろん。だがきっと驚くぞ」

「わかった。見せてもらう。だが、そのあとは帰らせてもらう。いいだろう？」

「どうぞどうぞ」マルカムは愛想笑いをした。「あれを見せて帰りたいといわれたら、引きさがるしかないね」

スタインベックに待っていてくれと合図して、ホーマーはマルカムのあとについていった。大きなキャンヴァス地のテントの外に、筋骨たくましい見張り役が立っている。マルカムはその男を見てうなずくと、入り口の布をあけて、中に入る。ホーマーも続いた。中にはペンキも塗っていない松の木箱が四つ並んでいた。〈タグリバー鉱山〉というスタンプが押してある。メンバーのひとりが蓋をあけた。赤い筒のようなものが見えたとき、ホーマーはあまり驚かなかった。

「ダイナマイトか。十年くらい前に炭鉱でよく使われていたやつだ」

「いまも使えると思うか？」マルカムがいって、一本を手に取った。

「気をつけたほうがいい」

「どういう意味だ？」

「落としたら、それだけで爆発する」

マルカムは手に取ったダイナマイトをそっと箱に戻した。「どうやって仕かけたらいい？」

ホーマーはぞっとした。「なにをやるつもりなんだ？」

「外に男たちがいただろう？　あいつらはみんな、ストループ靴下工場の従業員だったんだ。たちの悪い経営者のせいでクビになった。ストループのやつに思い知らせてやる。おれたちはもう黙ってない。おれたちが本気だってことを世間に見せつけてやる」

ホーマーはマルカムの意図を確かめた。「靴下工場を爆破するつもりか？」

「ああ、そうさ。助けてくれるよな」

「お断りだ。ぼくは帰る。いますぐ帰る！」

ホーマーは急いでテントを出た。ビュイックまで戻ったが、エルシーもスタインベックもいない。アルバートも消えていた。振りかえると、すぐうしろにいたマルカムとぶつかりそうになった。「妻はどこだ？」

「まあ落ち着け。さっきいったとおり、手下にエスコートさせた。あのでっかいテントにいるよ。いっしょに行こう。さっきの話だが、よく考えてみてくれ」

「もう考えた。答えはノーだ」

マルカムは肩をすくめ、もう一度、愛想笑いをした。「泊まっていけ」とうとう命令になったか、とホーマーは思った。

テントの中には簡易ベッドがふたつ並んでいた。薄い毛布がかかっている。折り畳み式のテーブルには灯油のランタン。エルシーはベッドのひとつに腰かけていた。すぐ脇の地面には草が生えていて、そこにアルバートもいる。ホーマーが入っていくと、エルシーは顔を上げた。「テーブルにハムのサンドイッチがあるわ。アルバートがひとつ食べて気に入ったみたい」

ホーマーはもうひとつのベッドにどすんと腰をおろした。「あいつら、靴下工場を爆破するといってる」

「どうしてそんなことするの？」

「経営者に恨みがあるらしい。それと、頭がおかしいからだ」ホーマーはサンドイッチをつかみ、ひと口食べた。「このテントには見張りがついていて、ぼくたちは朝まで出られない。せっかくだから休もうか。ジョンは？」

「別のテントだと思うわ」

一時間ほどたって、エルシーは眠りについたが、ホーマーはまだ起きていた。ここからなんとか抜けだしたい。ひとつだけはっきりしていることがある。ここにいる活動家たちにダイナマイトの扱いかたを教えてやるつもりはない。

テントの入り口から足音がきこえた。「出てきてくれないか」マルカムの声だ。

火のそばに案内された。木材を組み合わせた間に合わせのベンチが置いてある。「女は落ち着いてるか？」

ホーマーはベンチに座った。「彼女はぼくの妻だ。眠ってる。マルカム、もう一度説明させてくれ。ぼくはきみの思ってる人物じゃない。ぼくは普通の人間なんだ。妻とワニを連れて――いまはたまたま作家もいっしょだが――フロリダに行こうとしてるだけの、ごく普通の男だ。このまま行かせてくれないか」

「ダイナマイトの扱いかたを知ってるか？」

「もちろん。ぼくは鉱夫だ。だがきみたちに教えるつもりはない」

マルカムの顔に失望の色が広がりはじめた。「ここまで慎重にテストされるとは思わなかった。あれはどこに隠してる？」

「あれって？」

「ピストルだよ。靴下の中か？」

「ピストルなんか持ってない。朝が来たらぼくたちはここを出る。それだけだ」

マルカムは大きな息をついた。「工場ではスト破りが日常化してる。ここらで一発ぶちかませば、強い意思表明になる。党の受けもいい」

「どこの党のことをいってる？」

マルカムは信じられないというように首を振った。「おれのことを警察だと思ってるのか？」

「いや、違う。あんたたちは活動家で、おそらく共産党員だ」

「そのとおり。おれたちはみんな同志だ。いいか、ストループは労働者を締めだして、悪党やスト破り要員を雇ってる。こうなったら爆破するしかない」

ホーマーはキャプテンの顔を思い浮かべた。いまここにいたら、マルカムになんていうだろう。「ちょっと理屈で考えればわかるだろう。工場を爆破したら、働く場所がなくなってしまうじゃないか」

「これもテストだな。よし、答えよう。ストループの工場を爆破すれば、ほかの工場の経営者に、おれたちが本気だとわからせることができる」

「ストループの工場を爆破すれば、ほかの工場の経営者はおそれをなして工場を閉鎖するかもしれない。そうしたらみんなが職を失う」

マルカムはホーマーの顔をまじまじと見て、笑いだした。「まいったな、まだテストが続くのか。ここまでは合格だったたってことだな！　ちなみに、ダイナマイトってのは一本に火をつければみんな爆発するのか？　それとも全部に火をつけなきゃだめなのか？」

ホーマーはこの質問に答えずにすんだ。車やトラックが何台もやってきたせいだ。ヘッドライトが野営地全体を照らしている。「銃をおろせ！」闇の中に声が響く。

マルカムがはっとして立ちあがった。「ついてこい！」ホーマーにいう。

ホーマーはついていかなかった。エルシーのいるテントに駆けよる。エルシーは目をさまして外に出てきたところだった。その手をつかむ。「行くぞ！」

「アルバート！」エルシーは声にならない声でいうと、テントの奥に戻り、ワニを連れてきた。首のところを両手で抱えて、尻尾を引きずっている。ホーマーは尻尾を持った。ふたりでビュイックまで走り、車の陰に隠れる。男たちが叫びながら走っていくのが見えた。その先は闇に包まれて見えない。銃声がきこえる。怒号が飛ぶ。殴り合いの音もする。襲撃者たちはテントのいくつかに火をつけて、車で逃げていった。

ホーマーとエルシーはしばらく待って、襲撃者たちがいなくなったのを確かめてから、アルバートを車に乗せ、ようすを見に行った。マルカムが地面にあぐらをかいて座っている。不機嫌そうな顔をしているが、けがはしていない。テントについた火が、その顔を赤く照らしていた。そばにだれかが倒れている。

ホーマーがきいた。「あいつらは？」

「ストループが雇ったスト破りの連中だ」

「銃声がきこえたけど、大丈夫か？」

「新入りがひとり撃たれた。そこに倒れてるやつだ。きのう加わったばかりなんだ」マルカムは倒れた男に近づき、片足のズボンをめくりあげた。赤い傷が見える。

ホーマーははっとした。この男、見おぼえがある。体を起こした男の顔をじっと見た。間違いない。「その男がどんなふうに自己紹介したか知らないが、そいつの名前はハディ。その傷はワニに噛まれた傷で、撃たれた傷じゃない。そいつは銀行強盗だ」

「嘘だ」ハディはうなった。

マルカムは肩をすくめた。「ジョン・ディリンジャー（訳注：一九三〇年代にアメリカ中西部で銀行強盗をくりかえし、義賊として大衆の人気を集めた）みたいな銀行強盗はおれたちのヒーローだ」

「ハディがディリンジャー？　いや、似ても似つかないな。むしろ太っちょアーバックルだ」

マルカムはまた肩をすくめ、ホーマーを手招きすると、声を低くしていった。「そのうちこういうことが起きるだろうとは思ってた。だから、あんたに見せたあと、ダイナマイトは干し草の中に隠しておいた。計画はまだ実行可能だ。乗ってくれるな？」

「いやだ」

「さすが、しっかりしてるな。だが、いい加減にテストを終わらせてくれないか」

ホーマーは首を振り、エルシーといっしょに車に戻った。「車で寝ていなさい。ぼくが見張ってる。夜が明けたら出発だ。あとはどうなってもいい」

エルシーは助手席で体を丸くした。すぐにでも眠りに落ちそうだ。ホーマーは朝まで起きて車を見張っているつもりだった。しかし、いくらもたたないうちにまぶたが重くなってきた。地面に座り、助手席側のタイヤにもたれかかると、あとの記憶はまったくないまま朝を迎えた。目覚めると同時に、スタインベックが車の下から這《は》い出てきた。「ひどい騒ぎだったな」スタインベックはそういって、まぶしそうに目を細めた。牧草地の東からピンク色の朝日が射《さ》してくる。

「荷物は持ってますか？　あと十分くらいで出発しますよ」

「結末を見なくていいのか？」

「結末なんてわかってます。けが人が出る。ときには死人が出る。共産党が暴れだすと、最後は必ずそうなるんです」

「わたしの知るかぎりでは、きみが共産党と呼ぶやつらはたき火をしてテントで寝てるだけだ。そこへ資本主義のやつらがやってきて、テントをぶちこわしていく」

「混乱させないでくださいよ」

マルカムがやってきた。頭に血染めのぼろきれを巻いている。ゆうべホーマーが見たときは頭にけがなんかしていなかったのに。「これから集会を開く」マルカムがいった。「おれのやりかたが見たいか？」

「見たくない」ホーマーが答えた。

「見たい」スタインベックがいった。

エルシーとアルバートが車から出てきた。「ちょっとお手洗いに」エルシーはアルバートのリードを引いて、テントの奥に作られたトイレのほうに歩いていった。

「奥さんはまだ出かけられないようだな」マルカムがいう。「朝食だって欲しいだろう。なあ、とにかくおれのやりかたを見てくれよ」

スタインベックがすがるような目でホーマーを見ている。「ぜひ見せてほしい。作品のためにも」

マルカムが急に興味を持ったらしい。「あんた、本物の作家なのか？　本も出してるのか？」

「まあ、多少は」スタインベックはちょっと得意そうな顔をした。「最新作は『知られざる神に』」

マルカムは目をぱちぱちさせて考えた。「きいたことないなあ。だが、この問題が片づいたら、おれも本を書く。貧しい男たちがダイナマイトを使って、資本主義の靴下工場を吹き飛ばす話だ」

スタインベックは眉をひそめた。「工場といっしょに人もぶっぱなすんだろう？　そんな話、だれも読みたがらないぞ？」

「なにいってるんだよ」マルカムは笑い声をあげた。「ヘミングウェイとかいうやつは、血なまぐさい作品をいくつも書いて、大人気だ。あんたなんかよりずっと売れてる」

スタインベックの顔がこわばった。「それはよかったな」

「なあ、来てくれよ。おれがみんなに活を入れてやるんだ」

マルカムはふたりを連れて、牧草地の中でも高くなった、草の茂ったところに歩いていった。ハディが座っている。隣には背の低い男。ホーマーはその顔にも見おぼえがあった。古い切り株に渡した板をベンチ代わりにしている。マルカムの補佐役らしい男たちが、ほかの男たちを連れて集まってきた。

「ハディ、もう大丈夫か？」マルカムがきく。

「大丈夫だ」背の低い男が代わりに答える。

「スリック、まだ逃げてるのかと思ったよ」ホーマーがいった。

「あんただれだい。知らないな」スリックがいった。「ほかのだれかと間違えてんじゃないか？」

「スリックはわれわれの工作員だ」マルカムがいってホーマーに笑いかけ、首を振った。「そうか、紹介する必要なんかなかったな。あんたがよそ者みたいなふりをしてるから、スリックとも初対面かと思ったよ。なあ、これでテストは合格だろう？」

「頭の悪さには太鼓判を押してやるよ」ホーマーはあきれていった。

マルカムはにやりと笑った。「いいさ、そのうち認めさせてやる」ハディのほうを見る。「ズボンの裾をめくっておけ。いや、そっちじゃない」

大男が従うと、マルカムはハディの肩に手を置き、集まった男たちに向けて声をあげた。「みんな、よくきいてくれ。この男の傷を見ろ。どうしてこんなけがをしたと思う？　ゆうべおれたちが襲われ、テントが焼かれたのと同じ理由だ。この男は急進派だ。急進派め！　やつらはこの男を撃つ前にそう叫んだ。おれたちのこともそう呼んだ。急進派とはなにか？　おれたちやその家族を屋根のある家に住まわせ、まともなものを食べさせる、そういうことを願うのが急進派だ。その急進派が悪いといって、あのくずどもはおれたちを襲い、この男にこんなけがをさせたんだ」

「けがですんでよかったな！」だれかがいった。

「ああ、死ななくてよかった。だが、やつらはこの男を殺そうとしたんだ。なぜか。この男が危険分子だと思ったからだ。どういうことかわかるか？　ここにこうしているだけで、おれたちは全員危険分子とみなされる。ゆうべはあの程度の騒ぎですんだが、次は皆殺しにされるぞ。黙っていていいのか？」

「おまえは急進派か？」

グライムズが叫んだ。「われわれは断固戦う！」

「急進派だ！　おれたちはみんな急進派だ！」

「やつらに黙って従うか？」

「断固戦う！」

マルカムは両手を上げてみなを黙らせた。といっても、しゃべっていたのはマルカムとグライムズだけで、ほかのみんなは黙って見ていただけだ。そのとき、エルシーがアルバートを連れて近づいてきた。男たちがみんなあとずさりして、ワニとのあいだに距離を置いた。アルバートはしゅうっと甲高い音をたてて、口を大きくあけた。

マルカムはワニを見てもひるむことなく、こうべを垂れた。「正義のために祈ろう」

グライムズが声を張りあげる。「祈ってなんかいられるか！　あいつらと戦うんだ。郡の外に叩きだしてやる！」

「いいだろう。攻めこむぞ。いつにする？」

「いますぐだ！」

マルカムは笑顔になった。「おまえを見てるとやる気がわいてくるよ。わかった、攻めこもう」グライムズの返事を待たずに、マルカムは続けた。「だがその前に、プラカードを作るぞ」

「どう思います?」やる気のなさそうな男たちが連れていかれるのを見ながら、ホーマーはスタインベックにきいた。

「おもしろいじゃないか」

ホーマーは髪に手櫛《てぐし》を通しながらいった。「ジョン、あなたは血まみれの現場を見たことがありますか? きのうのはほんの小手調べですよ。ウェストヴァージニアでは、炭鉱のオーナーはみんなマシンガンを持ってる。ストライキに参加していた労働者が撃たれたことが何度もある。労働者はそれを根に持って、オーナーを待ち伏せして襲ったり、夜中にオーナーの家族を殺したりする。人の顔が憎しみでゆがむのをはじめて見たのは、ストライキのときだった。憎しみってのはおそろしい。人間を内側からむしばんで、普段だったら絶対やらないことまでやらせてしまう。だからぼくはコールウッドで働くことにしたんです。雇ってもらえてうれしかったし、あそこをクビにはなりたくない。オーナーのカーターさんとキャプテン・レアード監督は、労働者にまともな給料を払ってくれるし、ちゃんとした家に住まわせてくれる。会社経営の売店はぼったくりなんかしない。地元の学校にも補助金を出してくれるくらいだ。校庭を整備して、遊具も作ってくれた。図書館を建てて、本も買ってくれた。ジョン、あなたの本も入ってるはずです。オーナーがそういう姿勢なら、労働組合なんて出る幕がないし、憎しみも生まれない」

スタインベックはホーマーの話をきいて考えていた。「このへんの工場のオーナーは、カーターさんとは考えかたが違うようだな」

「たしかに」

スタインベックはホーマーの顔をじっと見た。「工場の内幕をのぞいてみないか？　ストルー プとかいうやつに会ってみようと思う。そこの農家は電話線を引いてるようだ。わたしはちょっ とした有名人だから、連絡をすれば会えるかもしれない」

ホーマーはよく考えてから答えた。「いいでしょう。経営者にコールウッドのやりかたを話し てみます。いままでのやりかたを変えてくれたら、このくだらない騒ぎもおさまるかもしれない。 マルカムは工場を爆破することで頭がいっぱいだし、ストループとかいう経営者は、労働者を痛 めつけることしか考えてない。まかぬ種は生えぬ――聖書に書いてあるとおりですよ」

「ホーマー、本気だな？　わたしがマルカムの気を引いているあいだに、エルシーを連れて逃げ てもいいんだぞ」

ホーマーはかぶりを振った。「みんなが悪いことから逃げてばかりで間違いを糺《ただ》そうとしなけ れば、悪がはびこる世の中になってしまう」

「名言だな。そのうち使わせてもらうよ」

ホーマーは肩をすくめた。「好きにしてください」

10

エルシーは不安だった。ホーマーとスタインベックは、マルカムに自分たちの計画を話してから、靴下工場に行ってしまった。自分は人質として残された格好だ。おなかが鳴った。そういえば朝食をとっていない。そのとき、マルカムが紙袋とコーヒーカップを持ってやってきた。「朝食だ」

マルカムの目つきが気に入らない。女を性欲の対象としてしか見ていないんじゃないかと思う。エルシーは黙って朝食を受けとると、その視線から逃れるためにテントに入った。ゆうべの襲撃であらかたのテントは燃やされ、残った数少ないテントのひとつだ。簡易ベッドに腰をおろし、コーヒーをごくりと飲んだ。ブラックだ。コーヒーはブラックがいちばん。紙袋をあけて、ビスケットを取りだした。こんなにずっしりしたビスケットははじめてだ。噛んでみたが、硬くて歯が立たない。コーヒーに浸して食べることにした。

マルカムが厚かましくテントの中をのぞきこんできた。「ホブノブなんかで申し訳ない。それしかないんだ」

「ホブノブって?」

「オーツ麦のビスケットのことだ。あそこの農家の飼い葉桶《おけ》に入ってた」

エルシーはホブノブを食べるのをやめて、コーヒーを飲みほした。顔を上げると、マルカムがまだ入り口に立っている。中に入ってくるかもしれない。エルシーは怖くなり、コーヒーカップを置くと、アルバートのリードを持って外に出た。

「どこに行く？」マルカムがきく。

「どこだっていいでしょ」エルシーはいいかえした。

マルカムが手を伸ばしてくる。しかしすぐにその手を引っこめた。アルバートがしゅうっという音で威嚇したからだ。顔つきも険しくなっている。「あんたもすごい女だな。亭主は党の幹部、ペットは獰猛《どうもう》なワニときた」

エルシーはマルカムをまっすぐに見た。「マルカム、あなたもたいしたものね。人の女房に色目を使う以外にやることはないの？」

マルカムは牧草地のほうに手を広げた。「やることはあるさ。みんなの力を集めて工場を襲う」

「それでどうなるの？」

「低賃金と危険な労働環境に抗議するんだ」

エルシーは肩をすくめた。「靴下工場でしょ？　たいした教育を受けてなくても働ける。賃金が安いのは当たり前じゃない。危険な労働環境を改善させるといっても、要するに、狭い場所に機械がたくさんあるってことでしょ？　プラカードを持ってデモ行進したからって、なにが変わるっていうの？」

マルカムは鼻先をつんと上に向けた。反逆のにおいを嗅ぎとったぞ、とでもいうようだ。「そのへんのことはカール・マルクスがすべて説明してくれている」

ああ、そういうことね――エルシーはその瞬間すべてを悟ったような気がした。世の中の問題を作りだすのは男ばかり。キャプテンしかり、ホーマーしかり。マルカムやカール・マルクスもそうだし、バディ・イブセンだって例外じゃない。腹が立ってきた。女は子どもを産んで育てなきゃならないだけでなく、男目線でしか世の中を見ない男たちに我慢してなきゃならない。思わずマルカムに問いかけた。「マルカム、あなた、女のことはどう思ってるの？　主婦や秘書や看護師や教師になったり、その靴下工場みたいなところで搾取される以外に、なにができると思う？　男は工場長の座をめざすことができるわよね。医者や社長や銀行員にもなれる。本気で教育を受けなきゃだめだけど」

マルカムは真意をさぐるような目でエルシーを見た。「このことは女には関係ない」

「マザー・ジョーンズはどうなの？　あなたたちのような共産党員にとっては、過激な婦人参政権論者にすぎないの？」

「おれは共産党員じゃない。〝民主主義的急進的社会主義者〟だ。マザー・ジョーンズは組合の先導者であって婦人参政権論者じゃない。労働組合はみんなに平等をもたらす。女も平等だ」

エルシーは牧草地に目をやった。男たちはプラカードを作ってこいといわれているはずだが、本当にそんなことをしているのはごくわずかで、多くの男は昼寝をしたり酒を飲んだりしている。

「ここに集まってた人たちは、自分たちの平等だってどうでもいいと思ってるわよ。ましてや社会全体が平等になるなんてありえない」

マルカムは含み笑いをした。「あんたは人にハッパをかけるのがうまそうだな。もっとも、女の言葉に耳を傾けるやつがいるとは思えないが」

「お母さんのいうことはきいたのにね」マルカムが答えずにくすくす笑っているのを見て、エルシーは牧草地の真ん中に出ていった。「みんな、よくきいて！　わたしはエルシー・ガードナー・ラヴェンダー。結婚後の姓はヒッカムだけど、骨の髄までラヴェンダーよ。ラヴェンダー家は一七一二年にイギリスを追放されてアイルランドに移り、さらにアイルランドからも追放されて、契約労働者としてアメリカにやってきた。契約労働といえばきこえはいいけど、要するに奴隷ね。けど、そんなことはどうでもいい。必死に働いて自由を手に入れたあとは西に向かい、インディアンやらなにやら、とにかく邪魔な人たちと戦って、荒野を手に入れた。岩だらけの斜面を耕し、血と汗を流し、果物や野菜を植えて蜜蜂を育てた。だれも住みたがらないような場所で子どもたちを育てた。自由があれば、それでよかったのよ！」

昼寝していなかった者たちはエルシーに注目した。寝ている者を小突いて起こす。酒を飲んでいた者は酒瓶を置いた。日に焼けて汗で濡れた顔に日差しを受けて、みんながエルシーのほうを見た。

エルシーはマルカムを見た。まだばかにしたように笑っている。エルシーは胸を張って続けた。

「そこへ、シルクハットをかぶった男たちがやってきた。わたしたちは土地を奪われ、炭鉱にもぐって働くしかなくなった。土埃や煤だらけの空気を吸い、肺の病気になった。収容所のようなところに押しこめられ、子どもたちの夏の遊び場といえば、汚い水の流れる小川だけ。子どもたちはそこで病気にかかり、火のような高熱を出して死んでいった。人々が死んでいく。わたしたちがもう我慢できないといっても、やつらはその理由を理解しようとしなかった。わたしたちが立ちあがって戦うといっても、まともに取り合わなかった。そして、人々は立ちあがった。それがわたしの故郷――マザー・ジョーンズのお膝元で起こったこと。わたしたちは権利を求めて戦った！ ここタール・ヒールの人たちも、重い腰を上げて、わたしたちのように戦わなきゃだめ。自分が男だと思うなら、いまこそ立ちあがるべきよ。わたしについてきて。いっしょに行進しましょう！」

男たちはしばらく黙ってエルシーを見ていたが、やがて、天使に手を引かれるかのように立ちあがった。マルカムが呆然《ぼうぜん》として見ている。エルシーのもとに集まってきた男たちは、プラカードを掲げて口々に叫んだ。エルシー・ラヴェンダー・ヒッカムが先頭にいるかぎり、おれたちはどこまででも行進するぞ！

11

こんなに小さな工場だったのか、とホーマーは思った。煙をもくもく吐きだしている大きな工場を想像していたのに、実際は赤煉瓦《あかれんが》造りの小さな建物で、屋根からは細いパイプが一本出ているだけで、煙はまったく出ていない。たるんだ二本の電線にはスズメの群れ。電信柱も傾いている。一階と二階に並ぶ大きな長方形の窓は、どれも灰色にくすんでいる。工場のまわりには鎖のフェンス。中央の門の上に〈ストループ靴下工場〉という看板があり、門柱には〈従業員募集〉という手書きのビラが貼りつけてある。

門の前には、スーツを着てつば広帽子をかぶった、がっしりした体つきの男が三人立っていた。コートの前を開いて、腰にさしたピストルを見せている。ホーマーとスタインベックは堂々とビュイックをおり、三人に近づいた。スタインベックが自己紹介した。「ストループさんにお電話したところ、中へどうぞといわれたんだが」

「きいています」三人のうちひとりがいって、別のひとりに向かって顎をしゃくった。合図された男が門をあけた。

工場のドアが開いて、しゃれた三つ揃《ぞろ》えスーツ姿の男が出てきた。うしろから、ショットガンを持った男がふたりついてくる。「スタインベックさんですね」スーツの男がいった。「ストループさん、どうも」スタインベックはホーマーのほうに顔を向けた。「こっちはアシスタントのホーマーです」

ストループはホーマーをじろじろ見た。「労働者だな。見ればすぐわかる」

「炭鉱の鉱夫です」ホーマーはいった。「しかし今日はスタインベックさんの助手として来ました」

「うむ。入りたまえ。今日は縮小稼働だ」

「ストライキのせいですか？」スタインベックがきく。

「ストなんてものは認めん。仕事に来ないやつはクビだ」

工場の中に入りながら、ホーマーはこの経営者をあらためてよく観察した。上着はかなり着古したものだ。肘のところの布地が擦れて薄くなっているし、ズボンはプレスのしすぎでてかてかしている。靴はもともと上質なものだったのだろうが、靴底がかなりすりへっている。今日たまたまそういう格好なんだろうか。そうでなければ、工場はあまり儲《もう》かっていないということだ。

最初に入った部屋は、織機の音ががちゃがちゃうるさかった。茶色っぽい埃が空中を漂っている。「安全装置をつけたほうがいいですね」ホーマーはスタインベックにいった。「ほら、あの人。あんなところに手を伸ばして糸を引っぱりだしている。いつ手が巻きこまれてもおかしくないですよ」

それがストループの耳に入ったらしい。「ああやって糸を引っぱらないと、もつれてしまうんだ。従業員は訓練を受けて、手早く作業ができるようになっている」

「疲れたときに事故が起こりやすいんですよ。あの機械だと、指があっというまにちぎれてしまう。腕を切断されてもおかしくない」

「機械を設計したのはわたしではない。わたしは使っているだけだ。まじめに働けばけがなどしない」

「ストライキに参加した従業員は二度と雇わないいんですか？」スタインベックがきいた。

「当たり前だ！　新規の求人広告を出してる。いまは大恐慌だってことを忘れたのか？　職さがしをしている人間は山ほどいる。少しくらい時間はかかっても、人はまた集まる」

「訓練するのが大変ですね」スタインベックがいった。

ストループはむっとしたようだ。「組合の怠け者どもを使うよりよほどましだ」

ホーマーは、靴下の詰まった木箱に目をとめた。たくさん積みあげられている。「靴下はだれに売るんですか？」

「だれでも、買いたいという相手に売る」

「在庫がずいぶん多いようですね」

「たしかに、いまは動きが少ない」ストループは認めた。

ホーマーはスタインベックを脇に引っぱっていった。「この工場、破産寸前なんじゃないかな。ストライキとか関係なく」

「どうしてわかる？」スタインベックがきいた。「繊維工場の経営はすごく複雑なんだぞ」

「靴下を作っても売れなければ破産する。単純なことでしょう」

「こんな工場のために組合ががんばっても時間の無駄ということか」

「マルカムは、自分の名前を党に売りこみたいだけですよ。この工場ならつけこむ隙があると思ったんでしょう。ところが思ったより手ごわいので、派手なやりかたに切り替えようとしたんじゃないかな」

「どういう意味だ？」

「つまり、マルカムは本気でここを爆破しようと考えてるってことです。なんとかしてやめさせないと」

「わかった。どうやって阻止する？」

ホーマーは少し考えた。「ぼくのことを党の幹部だと勘違いしているようですから、それに乗ってみましょう。ダイナマイトを手に入れて、処分します」

「その作戦がバレたらどうする？　危険だ」

「ぼくは鉱夫です。危険には慣れっこです」

スタインベックは感心したように目を細めた。「エルシーはたいした男と結婚したもんだな。フロリダのダンサーなんかに未練を持ってる理由がわからない」

「夢ってのはなかなかあきらめられないものですよ。叶《かな》えるより、手放すことのほうが難しいのかも」

「ホーマー、きみはどうなんだ？　夢はないのか？」

「ぼくはコールウッドで鉱夫として働き、家庭を作りたいだけですよ」

「シンプルだな」

「問題は、エルシーがシンプルな女じゃないってことです」

12

エルシーとマルカムはデモ行進の最前列に立ち、ストループ靴下工場の門に近づいていた。多くのメンバーはだいぶうしろを歩いている。キャンプを出たときは意気揚々だったものの、工場に近づくにつれて腰が引けてきたようだ。掛け声には力がこもっていないし、プラカードを持つ位置も低くなった。みんなに活を入れなおすために、エルシーは自分のプラカードを高く突きあげた。〈ストループはネズミ野郎！〉というものだ。「みんな、ついてきて！　みんないっしょなら勝てるわよ！」

隣にはアルバートがいる。子どもが引いて遊ぶ台車をキャンプの近くの農場から失敬してきてたらいをのせて、ストライキに加わった労働者のひとりが引いている。台車にもプラカードをつけてある。〈不正はガブリと噛み砕け〉別の労働者が水の入ったバケツを持っている。アルバートの体にかけてやるための水だ。「あんた、すごいな。なんか秘訣《ひけつ》でもあるのか？　どうやってこいつらを――」マルカムが小声でエルシーにきいた。

「みんなに話しかけただけよ」

「いや、教えてくれ。どうしたら人の心を動かせる？」

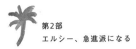

「そんなことより、どうして男は女より偉そうにしてるの？　いっておくけど、逆転する日がいつか来るわよ」

マルカムが返す言葉を持っていたとしても、それより早く、一同は突然足を止めた。掛け声が小さくなり、ぶつぶつと文句がきこえるだけになった。ストループがフェンスの向こうにあらわれたのだ。大柄で強面《こわもて》のボディガードをふたり従えている。ホーマーとスタインベックもいる。

門扉が開き、ホーマーとスタインベックが出てきた。「エルシー、きみはここにいちゃいけない」ホーマーがいって、エルシーのプラカードを見た。「ネズミがネスミになってるよ」

「わかってるわよ。字を大きく書きすぎて、点を打つ場所がなくなっちゃっただけ」

ホーマーはエルシーの腕を取った。「帰ろう」

エルシーはその手を振り払った。「帰らない。この人たち、わたしが呼びかけたから集まったのよ」

「そのとおりなんだ」マルカムもいう。

「マルカム、きみは黙っててくれないか。これは妻とぼくの問題だ」ホーマーは身をのりだし、エルシーの耳にささやいた。「なにがあった？　ぼくがでしゃばりすぎだと思って抗議してるのか？」

「いいえ、わたしがやるべきことを見つけただけよ」エルシーはホーマーを押しのけて、ストループの正面に立った。「ストループさん、あなたは卑怯《ひきょう》だわ。あなたの手下も！」

「言葉に気をつけろ」ストループは怒鳴った。「わたしは女性を尊敬している。だが、そんなプラカードを振りまわすなら、さすがのわたしも温厚ではいられないぞ」

「温厚なところなんて、あなたのどこにあるの?」エルシーは叫び、振りかえった。「みんな、よくきいて。ストループが目の前にいるわよ! みんなの仕事を奪い、チンピラどもを雇った男。みんな、そんなの許せないっていっていってたわよね?」

ひとりが応えた。「そうだ、おれたちは許さない!」

「わたしにいってもだめよ。あの人にいわなくちゃ!」

力のない、申し訳なさそうな掛け声が繰りかえされた。「おれたちは許さない。おれたちは黙っちゃいない」

「もっと大きな声で!」エルシーが声を張りあげる。「繰りかえして。スト破りは許さない!」

男たちの声が少し大きくなった。「スト破りは許さない! スト破りは許さない!」

「エルシー、ストループの思うつぼだ」ホーマーがいった。「見ろ、あいつ、笑ってるじゃないか。手下にひと暴れさせる気なんだ」

エルシーは夫の言葉に耳を貸さなかった。プラカードをおろし、両手をメガホンにして叫ぶ。

「工場を取り戻せ! 工場を取り戻せ!」

「エルシー、やめろ」ホーマーがいう。

「指図しないで。二度と口を出さないで!」

「ぼくはきみの夫だ。きみを心配するのがぼくの仕事だ」

エルシーはホーマーをにらみつけた。ホーマーもエルシーをにらみつける。ストライキの一団も、ストループも、マルカムも、工場までが、灰色の霧に包まれて消えてしまったかのようだった。「バディは人に指図なんかしなかったわ」

ホーマーの青い目が冷たく光った。「バディはここにいない。ニューヨークでほかの女と踊ってる。たくさんの女に囲まれてる」

「そんなことわからないじゃない」

「ああ。けど、きみだってそう思ってるはずだ」

その瞬間、霧が消えて、まわりの人やものが再び姿をあらわした。ストループの合図で、手下たちが門から出てきた。労働者たちに殴りかかり、足蹴にする。双方の投げる石が飛び交い、ひとつがエルシーの頭に当たった。「あっ」エルシーは驚いて声をあげ、倒れそうになった。しかしホーマーがエルシーの腕を取り、アルバートの乗った台車のハンドルをつかんだ。エルシーをなかば抱きかかえるようにして台車を押し、争いの現場から逃げだした。

そばにあった木立に入ると、ホーマーはエルシーを木の根元に座らせた。「痛むかい？」

エルシーはわけがわからなかった。「痛むって、なにが？」

ホーマーはハンカチを出して、エルシーの頭にあてた。血が出ている。赤くなったハンカチをホーマーが見せたが、エルシーは平気な顔で立ちあがろうとした。

「だめだ、じっとしてろ」ホーマーはエルシーを押しとどめた。「石が当たったんだぞ」

「かまわないわ。みんなはもっと大変な目にあってるのよ」

ホーマーは振りかえった。労働者たちは散り散りになっていた。プラカードは地面に残され、踏みつけられている。何人かは残っているが、倒れているか、足を引きずりながら立ち去ろうとしているところだ。「みんな、やられたな。喧嘩は終わった」

「こんなの許せない」エルシーは信じられないという口調でいった。「ストループが悪いのに、ストループが勝つなんて」ホーマーを見あげる。「どうして助けてくれないの？　あなたはストループの味方なの？　資本主義者なのね」

ホーマーはエルシーを抱きしめたが、黙っていた。エルシーはホーマーの肩ごしに、通りを見た。労働者たちがひとりまたひとりと歩いていく。助け合って歩いている者もいるが、たいていはひとりきりだ。ストループの手下たちが笑いながら歩きまわり、プラカードを拾って一箇所に積みあげていく。「ホーマー、この世の中はおかしいわ」

「エルシー、きみがどうこうできることじゃないんだよ」

「どうして？」

「さあ、わからない」

「教えてよ。わたしの夫なんでしょ」

ホーマーは黙って、エルシーをさらに強く抱きしめた。

13

キャンプに戻ると、ホーマーはエルシーとアルバートを連れてテントに入った。エルシーをベッドに寝かせる。血のついたハンカチを洗い、傷口の乾いた血をぬぐった。「気分はどう？」

「最悪。みんな、尻尾を巻いて逃げたのね」

「しかたないよ、エルシー。みんなは工場の従業員であって、プロの悪党とは違うんだから」

「わたしの考えが甘かったのね」

「いまはリラックスして。考えごとはあとですといい」

スタインベックがやってきた。テントをのぞきこんでいる。ホーマーは外に出た。「うまくいかなかったな」スタインベックは感情のない口調でいった。

ホーマーはマルカムの車が戻ってきたのに気がついた。「ジョン、しばらく妻を見ていてくれますか」

「喜んで。なにをするつもりだ？」

「ダイナマイトを取りあげて、騒ぎがこれ以上大きくならないようにするつもりです」

何人かがよろよろと帰ってきただけで、キャンプは無人に近かった。マルカムは不機嫌そうに考えごとをしている。ホーマーは近づいていった。「爆破の手順は?」

「工場の裏手に、鍵のかかった門がある。その錠を壊してしのびこめばいい」

「ストループのボディガード対策は?」

「そこが問題なんだ。ああいう手合いはちょくちょく持ち場を抜けだして酒を飲んだりするものなんだが、見ているかぎりでは、やつらはちゃんと仕事をしてる。ストライキはもうおしまいだ」

「ダイナマイトはどこにある? もう一度見せてほしい。ちゃんと爆発するかどうかが気になる」

「爆発するさ。いずれにしても、もうここにはない。スリックとハディがトラックで輸送中だ」

どうしてスリックとハディがこの問題にかかわっているんだろう。そのときホーマーは銀行員の話を思い出した。金庫を壊すにはダイナマイトが何本必要だとか、そんなことをいっていた。謎がとけた。「あいつらにダイナマイトを渡したのか?」

「ああ。トラックも持ってるし、自分たちから申し出てくれたんだ」

ホーマーは顎を引いて首を振った。「マルカム、きいてくれ。ウェストヴァージニアにはキャプテン・レアードっていうボスがいるんだ。立派な人だし、物知りだ。あるときこんな話をしてくれた。〝人を批判することをおそれるな。人は欠点を指摘されてはじめて、その欠点を直そうとするものだからな〟マルカム、きみは愚かだ。それも、ぼくが指摘するだけじゃ足りないかもしれない。どういうことか、はっきり見せてやる必要がありそうだ。ここからいちばん近い銀行はどこだ？」

「ストループスバーグのちょっと向こうにあったはずだ」マルカムは眉間に深いしわを寄せた。

「銀行がどうした？　金でも必要なのか？」

「いや。だがスリックとハディは金が欲しくてたまらないようだ」

ホーマーは農家に行ってドアをノックした。花模様の服に白いエプロンをつけた白髪の女性が出てきた。「すみません、電話を貸してください」

女性は残念そうな顔をした。「貸してあげたいけど壊れててねえ。朝からまったく通じやしない」

ポーチから離れてあたりを見まわしたとき、電話が通じない理由がわかった。電信柱のところで電話線が切られている。ホーマーはマルカムのところに戻った。「電話線が切られてる」

「ああ、話しておけばよかった。おれが切ったんだ。爆破の計画のことをだれかがストループにしゃべるとまずいと思って」

ホーマーはエルシーのようすを見に行った。彼女は折り畳み椅子に座って本を読んでいた。小さな薄い本だ。タイトルは『赤い小馬』。スタインベックにもらったんだろう。アルバートが足元にいて、地面に顎をぺたりとつけている。元気がないのは、雄鶏がいなくなったのを悲しんでいるからだろう。ホーマーも寂しかった。

「エルシー、きいてくれ。ビュイックに乗ってやらなきゃいけないことがある。具合はどうだい？」

エルシーは視線を上げた。額のすぐ上にできたたんこぶをなでる。「大丈夫よ。こんなのかすり傷」視線をそらし、唇を嚙んだ。「またバディのことを持ちだしてごめんなさい。わたし、頭にきちゃって」

「いいんだ。ぼくも頭にきてひどいことをいった。それより、教えてくれ。きみはいまでも急進派に加わりたいと思ってるのか？　もしそうなら、フロリダに行けるかどうかあやしくなってきた」

エルシーは本を膝に置いた。「あの人たちがすごすご逃げるところを見たでしょ？　わたしがみんなのためにあんなにがんばったのに。もういいから、旅を続けましょ」

「その前にやることがあるんだ。ジョンはどうした？　きみの世話を頼んだんだが」

「ヒッチハイクで町に出るっていってた。いくつか電話をかけなきゃならないって。わたしは平気よっていったの」エルシーはホーマーの顔をじっと見た。「あなた、なにか迷ってるの？」

「ああ。ちょっと複雑な問題を抱えていて」

ふたりの会話に割りこむように、マルカムが近づいてきた。「用意はできたか？　エルシー、具合はどうだ？」

エルシーはマルカムをにらみつけた。「マルカム！　あなた、尻尾を巻いて逃げたわね」

「戦いの本番のために体力を取っておいたんだ」

エルシーは、嘘ばっかり、という目をした。マルカムはエルシーの本に気がついた。「おれがやった『資本論』を読んでるのかと思った」

「読もうとしたけど無理。あんな退屈な本、生まれてはじめてよ」

「世界を燃えあがらせた本だってのに！」

エルシーは鼻にしわを寄せた。「この世界って燃えやすいのね」

「エルシーは共産党員にはなれないよ」ホーマーはマルカムにいった。「資本主義者としても大成しないだろうけどね」

「なろうと思えばどっちにだってなれるわよ。そのふたつだけじゃなく、なんにだってなれる。なんになりたいかをまだ決めてないだけ。その気になれば……」

「世界に火をつけることもできる」ホーマーが言葉を継いだ。「すべて焼きつくしてしまいそうだ」

エルシーは本を手に取った。「いいわよ、用事をすませてきて」片手を振る。

ホーマーはうなずいた。エルシーはこうと決めたら突き進むタイプだ。そういうときには、こちらがなにをいってもどうにもならない。ホーマーは無力感をおぼえながらビュイックに乗りこんだ。マルカムが助手席に乗る。驚いたことに、エルシーが声をかけてきた。「爆発に巻きこまれたりしないでね。あなたがいなくなると困るの」

ホーマーは小学生のような笑みを浮かべた。「本当かい？」

「ええ。だって、わたしひとりじゃアルバートをフロリダに連れていくことなんてできないもの」

笑みが消えた。

道路に出ると、マルカムがいった。「奥さんはあんたと別れるつもりなんじゃないか？」

「さあ」

「ああいうのと暮らすのは大変そうだ」

「もし別れることになっても、いっしょにいた日々を思い出して、彼女に感謝すると思う」

マルカムが笑い声をあげた。「おれもそれくらいひとりの女にほれてみたいもんだ」

「マルカム、きいてくれ。ぼくたちがこれから向かうのは工場じゃない。ストループスバーグだ。スリックとハディは銀行強盗をやるつもりだ」

「冗談だろ」マルカムはばかにしたように笑った。

「いや、行けばわかる」

ストループスバーグに着くと、ウェスタンユニオンのオフィスの前にスタインベックが座っていた。その隣には手作りの鳥かごがあり、鶏が一羽入っている。「この雄鶏を買い取った。きみのいってた雄鶏じゃないか？」

ホーマーはよく観察してから歓声をあげた。「そう、こいつですよ！　どこにいたんです？」

「フーヴァーヴィルにいた。フーヴァーヴィルってのは、きみとわたしが出会った場所だよ。その連中がこの鶏を売ろうとしていたから、きみのじゃないかと思って買い取った」

ホーマーはうれしかった。また雄鶏に会えた！　「幸運の雄鶏なんだ。代金は払います」

「たった五セントだった」

ホーマーはポケットをさぐった。紙幣しかない。しかもいちばん細かいので五ドルだ。五十ドル札を二枚両替してもらったときのままだった。ほかに持っているのは一ペニー硬貨が一枚だけ。銀行強盗の戦利品だ。幸運のお守りとして持っていた硬貨だが、役目はじゅうぶん果たしてくれた。それをスタインベックに差しだす。「四セントの借りってことで。ところで、スリックとハディを見ませんでしたか？」

スタインベックは立ちあがり、ズボンについた砂を払った。「おぼえがないなあ」

ホーマーは道路に目をやった。「銀行はどこです？」

「営業してないよ。大恐慌の年に閉めて、そのまんまだ。電報の係員がいってた。小切手で現金を引きだしたかったんだが」

「あんたの勘がはずれたらしいな」マルカムがいった。

ホーマーはマルカムを見た。「じゃ、きみはどう思う？　あのふたりはいまどこにいる？」

スタインベックがいった。「キャンプに戻るなら乗せてくれ」

「工場に決まってる」

ホーマーはかぶりを振った。「すまない、ジョン。マルカムとぼくはやることがあるんです。エルシーが『赤い小馬』を読んでましたよ。あなたとその話をするのを楽しみにしてるだろうな」

スタインベックは満面の笑みを見せた。「それはうれしい。ぜひとも感想をきいてみたい」雄鶏のかごをビュイックの後部座席にのせる。「さっき、農夫がトラクターに乗ってきたのを見かけた。頼めばきっと乗せてくれるだろう」

ホーマーはスタインベックの幸運を祈り、ビュイックを発進させた。めざすは靴下工場。途中でマルカムにいった。「もう気づいてるんじゃないか？　ぼくはきみたちが工場を爆破するのをやめさせようとしてる」

マルカムはホーマーをにらんだ。「邪魔する気か。連邦警察の人間か？　それとも州警察か」

「どちらでもない。ぼくはただの鉱夫だよ。これまでに何回もいったとおりだ。スリックとハディに、トラックをどこにとめろといった？」

「なんで協力しなきゃならない」

「協力してくれないんなら、この車をとめてあんたを引きずりだして、ぶちのめしてから車で轢《ひ》いてやる」

「また、でまかせを」マルカムがいった。「おれは組合のリーダーとしていろいろ訓練を受けたが、そのひとつが人の性格を見極めることだった。あんたは人をぶちのめすタイプじゃないし、車で人を轢くタイプでもない」

ホーマーは車をとめて、マルカムのシャツの襟元をつかんだ。「試してみるか？」

「このまままっすぐ行ってくれ。道案内する」

ホーマーはマルカムの指示に従って車を走らせた。未舗装の道路に入る。蛇行する道は松林の中を通り、工場の裏手までのびていた。トラックがとまっている。しかしスリックとハディの姿はなかった。マルカムは荷台を見た。「ダイナマイトがなくなってる。どういうことだ？　そのまま待てといっておいたのに」

「マルカム、やつらは悪党なんだ。自分たちの得になることしかやらない」

「このままじゃ工場に入っていけない。ふたりが戻ってきてダイナマイトのありかを話すまでは、身動きが取れない」

「いや、行ってみよう」ホーマーはいった。「というか、行くしかない。いまさら逃げようなんて思わないでくれよ。首をへし折られたくなかったら」

マルカムは反射的に首に手をやり、ごくりと息をのんだ。ホーマーはマルカムの背中を押してフェンスに近づいた。門が少しあいている。切られた錠がそばに落ちていた。「ふたりに金切り鋏《ばさみ》を渡したんだ」マルカムがいった。

ホーマーは門扉を押した。「行こう」

工場の裏口は鍵がかかっていなかった。ホーマーとマルカムは中に入り、二階に行った。開いたドアの中をのぞくと、稼働していない工場設備が見えた。さらに階段をのぼり、三階に行く。ストループがいた。箱に入ったダイナマイトを見てなにか考えこんでいる。振りかえろうともせずにいった。「さっさと出ていけといっただろう。おまえらの仕事は終わったんだ」

「ストループさん、なにをしているんです?」ホーマーがきいた。

ストループはさっと振りかえった。「勝手に入ってくるな。出ていけ!」

ホーマーはダイナマイトに近づいた。導火線が見える。ストループの手にはマッチの箱があった。「もう一度ききます。なにをしているんですか」

ストループはマルカムの顔を見た。「急進派め。ここはわたしの工場だ。入ってくるな。出ていけ！」

マルカムはダイナマイトとマッチを見た。「自分の工場を爆破するつもりなのか？」

「わたしの工場だ。どうしようが勝手だろう」

「だからって、なんで？」

「わかってますよ」ホーマーがいった。「ストライキが起こったのは願ったり叶ったりだった。ダイナマイトの存在もね。工場を吹っ飛ばし、急進派のせいにして、なにがしかの保険金を手に入れる。それでおしまいというわけだ。ストループさん、そうでしょう？　スリックとハディにいくら払ったんです？」

ストループは反論しようとしてやめたらしい。肩をすくめていう。「保険なんかない。とっくの昔に掛け金を払えなくなった。だが、この工場は先祖代々引き継がれてきたものだ。わたしが勝手にやめにするわけにはいかない。経営がまずかったと思われてしまう。だから、共産党員のせいにしようと思った」

「おれたちは共産党じゃない」マルカムがいった。「〝民主主義的急進的社会主義者〟だ」

ホーマーはやれやれというように目を丸くした。ストループの手からマッチをもぎとる。「マルカム、きみの信条にどんな名前をつけるかなんて、いまはどうでもいい。ストループさん、ここは立派な工場じゃありませんか。ちゃんと稼働させるべきです。投げだす前になんとかしようとは思いませんか？」

「もちろん思ったさ！　だがそれには、これから一年間くらい、従業員の給料を大幅に減らさなきゃならん。従業員が納得すると思うか？　そうすれば、なんとか商売が軌道に乗るだろうがね。まともな営業係も必要だ。作ってる靴下は上等なんだ」

マルカムは驚いて声をあげた。「給料を減らすだって？　こっちは賃上げを要求してるんだ、減らすなんてありえない」

「質問に正直に答えただけだよ、スターリンくん」ストループがいう。

「スターリンじゃない。おれの名前はマルカム・リーだ。ロバート・E・リー将軍と血がつながってる。おれもあんたと同じアメリカ人だ！」

ホーマーはマルカムを黙らせた。「ストループさん、従業員に頼んでみたことはありますか？給料を減らさなきゃならない理由をちゃんと話せば、納得してくれるかもしれませんよ」

ストループはまさかという顔をしている。「従業員と話し合えって？　このへんじゃ、そんな話はきいたことがない」

ホーマーはマルカムに向きなおった。「マルカム、どう思う？　給料が減ったとしてもずっと仕事があって、あとで給料が増えるとしたら、みんなは納得するとは思わないか？」

マルカムは片方の眉を吊りあげて、おや、という顔をした。「ストループさん、話し合ってみないか」

ストループはマルカムを見た。「話し合おうか、ざっくばらんに」

「帳簿を見せてくれないか。あんたのいうとおりの状況なら、給料カットを考えてみてもいい。だが、ずっとじゃないぞ。利益が出たら即、従業員に還元すること」

「いまはそっちに分があるってわけだな。一時的な給料カットをのんでもらう代わりに、わたしは組合と契約書を交わす」

「さっきもいったが、まずは帳簿を見せてもらおう。それと、機械のまわりには、これ以上近寄るなという安全ラインを引いてくれ」

「ペンキは高い」

「人の腕や脚に比べたら安いもんだろう。工場を再開したら、従業員がけがをしたときの補償をすると約束してもらいたい」

ストループは不満そうな顔をしていたが、やがてその表情がやわらいだ。「だれにもけがはしてほしくない。わかった。できるだけのことはする。あんたたちが来るまで、従業員は家族みたいなものだと思っていたんだ」

「だったらどうして、従業員の力になろう、従業員の安全を守ろう、と思わなかったんだ？　自分でそうしていれば、おれみたいな急進派の出る幕はなかったはずだ」

ストループはため息をついて片手を出した。「急進派？　いや、きみは当たり前のことをいっているだけだ。組合のリーダーとわたしがこういう関係になれるとは思わなかったな。きみは『共産党宣言』を売るのがうまそうだ。その才能を使って、うちの靴下を売ってくれないか」

マルカムも片手を出した。しかし、ふたりが握手をする前に、スリックとハディが駆けこんできた。スリックは目を大きく見開いている。慌てているようだ。「ストループさん、あんた、なにやってるんだよ。そいつに火をつけて、さっさとずらかれ！」

ストループは銀行強盗のコンビに笑いかけた。「その必要はなくなったんだ。工場を続けることにした」

「わかってねえな！」スリックが叫ぶ。「下の階に置いたダイナマイトには、もう火をつけちまったんだ。逃げろ！」

スリックとハディが駆けだす。ストループとマルカムとホーマーも、迷わずあとを追った。最後のひとりが裏の門を出たと同時に、爆発が起こった。煙が出て煉瓦が飛ぶ。続いて次の爆発が起こり、工場は跡形もなくなった。ホーマーは木の陰に隠れて両手で頭を覆い、破片の雨と埃が落ち着くのを待った。かなり長いこと、そこから動けなかった。

14

テントの中でエルシーは目覚めた。ホーマーがすぐ脇に立っている。「エルシー、出発だ！」

エルシーは体を起こして夫の姿を見た。煉瓦色の埃にまみれている。「帰ってくるときはいつも、埃まみれね」不思議そうにいう。

「説明してる暇はない。荷物をまとめて、すぐに出発だ」

エルシーは両足をベッドからおろして靴を履いた。アルバートも起きてエルシーの脚に顔をこすりつける。「アルバート、準備はいい？」

「よさそうだ。行こう。きみが首を持ってくれ。ぼくは尻尾を持つ」

「ジョンは？」エルシーはききながら、ワニの頭を持ちあげた。

「ウィンストン・セーラムまでいっしょに行くことになった。そこから列車に乗るそうだ」

「ウィンストン・セーラムに行くの？」

「そうだ」

「埃まみれの理由をまだきいてないわ」

「あとで話すよ」

「あなたの埃のせいでアルバートが鼻をむずむずさせてるわ」

「農家の庭先で水を使わせてもらうよ。服も着替える。さあ、急げ！」

エルシーとホーマーはアルバートをビュイックに乗せた。ビュイックも埃まみれになっている。車体が何箇所かへこんでいるし、幌《ほろ》にも傷ができている。そして、見おぼえある鳥が運転席でハンドルをのぞきこんでいた。「雄鶏！」

「ああ。ジョンが見つけてきてくれた」

「どうやって？」

「五セント払って」

「高すぎるわ」

「喜んでくれ。ぼくは一セントしか払ってない。ほら、急ぐぞ！」

ホーマーはビュイックのトランクから着替えを取りだすと、顔を洗った。それからスタインベックをさがしに行き、何分もたたないうちに、ふたりで戻ってきた。

スタインベックを助手席に乗せる。エルシーとアルバートは後部座席だ。雄鶏が肩にのるのを待って、ホーマーは車を出した。太陽の教えに従って、南の方角に向かう。運転しながら、工場が爆破された経緯をエルシーとスタインベックに話した。ふたりは驚いて言葉もなくきいていた。

そのうち、パトカーがサイレンを鳴らしながらやってきて、ビュイックとすれちがった。三人とも体を低くしてやり過ごした。

「ストループスバーグの町そのものを吹っ飛ばしたようなもんだな」スタインベックがいった。

「工場がなくなった以上、町の復興は永遠に望めない」

「どうかな」ホーマーはいった。「ストループとマルカムが警察をうまくごまかすことができれば、いい方向に向かうかもしれません。あのふたりが力を合わせて前よりいい工場を作って、従業員が笑顔で働くようになれば、いい靴下ができる」

「その可能性がどれくらいあると思う？」

「かぎりなくゼロに近いですね」

車が進み、爆破された工場はどんどん遠ざかっていく。エルシーもすぐに気持ちを切り替えた。急進派の活動家がみんなマルカムみたいな人間だったら、今後二度とかかわり合いになりたくない。それに、フロリダが待っている。

そのうち、エルシーとスタインベックは、作家になるにはどうしたらいいかと話しはじめた。

「まずはタイプライターを買わなくちゃね」

「エルメス・ベビーをお勧めするよ。持ち運びができて、インクリボンの交換も簡単だ。本格的に使うなら、ロイヤルかアンダーウッドがいい」

「オーブリーおじさんはレミントンを使ってたわ。貯金すれば一台買えるかも」

「物語が自分の中からわきでてくるんなら、紙と鉛筆さえあれば書きとめることができる。わたしもそうすることがある。いきなり頭の中に文章が浮かんでくることがあるんだ。それも、まとまった分量のものがね。そういうときはすぐに書きとめないと忘れてしまう。わたしは音楽をききながら書くのも好きだ。バッハとか、ストラヴィンスキーの小品もいいね」

「バッハは好きよ」エルシーは考えながら答えた。「ストラヴィンスキーはそうでもないけど。労働組合の物語はもう頭の中でまとまってるの？　タイトルももう考えた？」

スタインベックは小さく笑った。「マルカムの奮闘ぶりを見て、『疑わしき戦い』に決めた。もちろん、マルカムをそのまま登場させるんじゃなく、かっこよくて頭のいい青年にするつもりだ。舞台も、ノースカロライナの工場じゃなく、カリフォルニアの果樹園にする。ノースカロライナよりカリフォルニアのほうが土地勘があるからね」

「自分が詳しいことを題材にしなきゃならないの？」

「いや、自分が詳しいと思っていることを、だね。よく知っていると思っていたのにじつは全然知らなかったということはよくある。たとえば、きみはどうしてこの旅に出てきたんだい？」

エルシーが黙っているので、ホーマーが答えた。「アルバートを故郷に帰してやるためです」

「実際はそれだけじゃないだろう。ほかの理由がいろいろありそうだ」スタインベックはいった。

　ホーマーもエルシーも反論しなかった。そのとおりだと思ったからだ。ホーマーは話題を元に戻した。「『疑わしき戦い』のあとはなにを書くんです？」

「ほら、あの遊牧民みたいな人たちをおぼえているだろう？　ああいう貧しい人々を題材にしようと思う。ただし、これも設定を変える。オクラホマからカリフォルニアのブドウ園をめざして移動中ってことにするんだ」

「タイトルは？」

「まだ決めていないが、思いついたのは『収穫するジプシー』だ」

「ひどいタイトルね」エルシーがいった。ちょっと考えてから、思いついたことをぶつぶつと口にする。「ブドウ。ブドウ摘み。南北戦争の歌で、ブドウが出てくるやつがあったわよね。あれ、なんだっけ。ここまで出かかってるのに出てこない」

「『リパブリック讃歌』だ」ホーマーがいった。「積み重なった怒りのブドウが踏みつぶされる、とかいう歌詞だったな」

「それよ！」エルシーが声をあげる。「怒りのブドウ。完璧なタイトルだわ！」

　スタインベックは眉をひそめて考えこみ、やがて肩をすくめた。「大恐慌について書くことになったら、そのタイトルを使わせてもらうかもしれない」

「絶対よ。きっと書くことになるわ」

「書いたら、その作品はきみに捧げるよ。エルシー、すべてきみのおかげだ」

十六歳のぼくは、この世界のどこに自分の居場所を見つけたらいいだろうと考えていた。運転免許を取ろうとしたのもそのころだ。ほかの若者たちと同じように、運転免許は今後の人生に役立つはずだと考えていた。試験場に行くとき、父はぼくをビュイックの運転席に座らせてくれた。コールウッドから山をひとつ越えて、州警察の地方支部に向かう。どういうわけか、父はビュイックが好きだった。ビュイック以外の車には乗らなかった。

父の厳しい視線を受けながら、ぼくは慎重にハンドルを握った。山の斜面はヘアピンカーブの連続だ。「実技試験のときは速度制限に気をつけろ。ちょっとでもオーバーしたら不合格になる」

ぼくは汗をかいていた。試験のことを思って緊張したからではない。父に見られていたからだ。次男であるぼくのことになると、父はやたらと厳しい批評家になる。「うん、わかった」

「免許が取れても、運転は慎重にな。おまえが交通事故で死んだりしたら、母さんに〝あなたが悪いのよ〟って責められる」

お説教はたくさんだと思った。「お母さんこそ、いつもスピードを出しすぎだよ」

「ああ、そうだな。母さんは密造酒の運び屋連中から運転を教わったんだ」

ぼくの反応も待たずに――というか、ぼくはどう反応すればいいかもわからなかった――父はいった。「いっしょにいたら、そんなことはさせなかったんだが。父さんは別の場所にいて、詩を書いてた」

冗談をいうなんてめずらしいな、と思った。しかし父の顔はまじめそのものだった。

「詩を?」

「最初で最後だ」

「ピンと来ないなあ」

父は首を横に振った。「ついでに、残りも話すとするか」

ぼくはハンドルを切ってカーブを次々に曲がっていった。父の視線がハンドルからそれたのがありがたかった。「夜だった。場所はノースカロライナ。この話、母さんからきいてないのか?」

「きいてないよ。全然」本当はきいたことがあったが、父にしゃべっていてほしかったので嘘をついた。

「スナブノーズって知ってるか? 銃身の短いピストルのことだ。悪党どもが好んで使うやつだ。それを思い浮かべて、これからの話をきいてくれ」

第3部

◆◆

エルシーが暴走し、
ホーマーが詩を書き、
アルバートが
現実を超越する

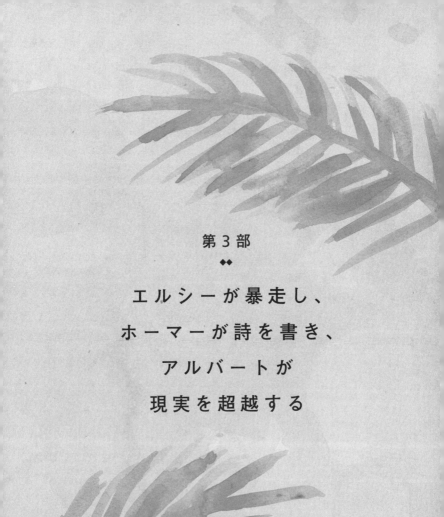

15

ホーマーはなんとかウィンストン・セーラムにたどりついた。勘と、ときおり見かける道路標識だけが頼りだった。エルシーは眠っていて、アルバートもキルトにくるまって寝ていた。アルバートの背中には雄鶏がとまっている。

鉄道の駅に着くと、スタインベックは無言で助手席を出て運転席側にまわり、ホーマーに最後の握手を求めた。「楽しかった。エルシーの面倒をしっかり見てやれよ。こんな女性はめったにいない」

「いつまでいっしょにいてくれるか、わかりませんけどね」

「悲観的だな」

「ええ、まあ。強情だし、なにを考えているのかわからないし」

「いいことを教えてやろう。わたしが理解できる女は、自分で書いた物語に出てくる女だけだ。だがそういう女たちも、なにを考えているのか、ときどきわからなくなる」

ホーマーは渋い顔をしてうなずいた。「ジョン・スタインベック、さようなら。新しい作品を楽しみにしています。雄鶏のこと、どうもありがとう」

スタインベックは歩きだしたが、途中で足を止めて振りかえった。「普通の雄鶏じゃなさそうだな。どこが特別なのかうまくいえないが、ただの鶏じゃない。ずっと大きな生き物に思える」

「いや、ただの雄鶏ですよ」

スタインベックはうなずいた。「ああ、たしかにそうなんだが」帽子に指を添えてから、また歩きだした。駅舎に入ってしまうまで、ホーマーはそのうしろ姿を見送った。

雄鶏が飛びあがってホーマーの肩にとまり、体を寄せて甘えてきた。「おまえ、どうしてここにいるんだ？」ホーマーはきいたが、雄鶏は答えずに甘えてくるだけだった。ホーマーは車を出した。町を抜けると、南と思われる方向にハンドルを切った。

それから何時間もたった。アルバートの軽いいびきがきこえる。雄鶏はホーマーの耳元で丸くなり、エルシーは深い寝息をたてている。ホーマーは暗い道路を走りつづけた。まわりは鬱蒼《うっそう》とした森。通りがかりの人に方向をきくのはいつも気が進まないが、ときおり遠くのほうに石油ランプの灯が見えるだけの暗い道路を走っていると、だれかが通りかかってくれたら、と思わずにいられなくなる。この道には終わりがなさそうだ。いつまでもどこまでも続いて、地の果てのさらに向こうまで伸びているのだろう。そんな突拍子もない思いがわいてくる。そんなはずはないとわかっていても、そう思ってしまう。暗くて謎めいた森が、一キロごとに迫ってくるように感じられる。

さらに悪いことに、ビュイックのエンジンがときおり妙な音をたてるようになった。どこかに車をとめられる場所はないだろうか。そこで朝まで待ってから修理をしたい。そう思ったとき、小さいが明かりのついたガソリンスタンドが見えてきた。隣には修理工場と廃棄車置き場がある。ヘッドライトに〈ガソリンと修理のヴァーミント〉という看板が浮かびあがった。ホーマーはほっとした。少しは運があったようだ。

明るい修理工場には男がふたりいて、おんぼろトラックのボンネットを上げて中を調べている。胸当てつきのオーバーオールを着た修理工たちは、近づいてきたビュイックの不自然なエンジン音をきいて驚いたようだ。エンジンはぷすぷすといって、とうとう止まってしまった。ひとりがぼろ布で手を拭きながら近づいてきた。「やあ、調子が悪そうだな」ビュイックをのぞきこみ、低く口笛を吹いた。「いい女じゃないか。べっぴんさんだ。妹さんかい?」

「妻だよ」ホーマーは答えた。エルシーのことをそんなふうにいわれるのはおもしろくない。しかし、いまはとにかく助けが必要だ。怒っている場合ではない。「エンジンの調子が悪いんだ。自分で直せると思うんだが、工具がないとどうにもならない。貸してもらえないかな」

もうひとりの男も出てきた。油でてかてかした髪に工場の照明が当たってぎらぎら光っている。

「どうした、ヴァーミント」

「ミルドレッドがちっとも顔を見せないが、代わりにこんな美人が来てくれた」

さらにもうひとり、ガソリンスタンドのほうからやってきた。ホーマーは若干の圧迫感をおぼえはじめた。三人目の男はキャンヴァス地のズボンと汚れたTシャツを着ている。三人とも年齢は同じくらい。二十代なかばだろう。泥だらけで歯が何本か欠けているところもいっしょだ。いますぐ車を出してここから立ち去りたい——が、おそらくエンジンがかからない。そう思っていると、ヴァーミントと呼ばれた男が気さくな口調で話しかけてきた。「すまない。奥さんのことで失礼なことをいっちまった。悪かった。ちょっと疲れてたもんで。助けが必要なら力になる。おれたちはそのためにここにいるんだ。そうだろう？」

嘘はなさそうな表情だった。ホーマーはほっとした。「ありがとう。助かるよ」

そのとき、エルシーが目をさました。あくびをして体を伸ばす。ここが修理工場とガソリンスタンドだということに気づいたようだ。窓から顔を出す。「お手洗い、あるかしら？　森に行かなきゃだめ？」

てかてかの髪をした男がガソリンスタンドを指さした。「あの裏にトイレがあるよ」

エルシーはビュイックからおりると、ドアをあけっぱなしにしたまま、小走りでトイレに向かった。修理工場とガソリンスタンドのあいだの薄暗い道を通っていく。ホーマーはビュイックのボンネットをあけて、中をのぞきこんだ。「スパークプラグがやられてるみたいだ。会社の売店で買ったんだが、あそこにあるものはたいてい、店に届いた時点で古くなってる」

「この車に合うプラグはここにはない」ヴァーミントがいった。「だが、いま入ってるやつをはずして、きれいに掃除してやればいい。ほかに悪いところがあれば、それも見つかるだろうし」

「いくらかかる？」ホーマーはきいた。

「ああ、大丈夫だ。スパークプラグの掃除くらいならお代はいらない。ちょっと見てみよう」

エルシーが修理工場に戻ると、ホーマーと若者のひとりがエンジンをいじっているところだった。エルシーはアルバートを車からおろして、足を伸ばさせてやった。車の近くを歩かせていると、古いトラックに寄りかかっていた若者ふたりのうち、てかてかの髪をしたほうの男が声をかけてきた。「やあ、こんばんは」もうひとりはにやにやして見ている。

エルシーはいつでも挨拶だけはきちんとするようにしている。「こんばんは」

「おれ、トロイってんだ」てかてかの髪の男がいった。

「おれはフラップ。よろしく」にやにやした男も名乗る。

「わたしはエルシー。この子はアルバートよ」

「それ、いったいなんなんだ？」フラップがきいた。「クロコダイルかなんかか？」

「フロリダのアリゲーターよ。故郷に連れてってあげるところなの」

「ワニにも故郷があるのか。どんなところだ？」

「オーランドよ」

フラップは、オーランドってどこだろうという顔をしている。トロイはなにか考えているようだ。「奥さん、そのワニといい、あんたのようすといい、そのへんの女とはちょっとタイプが違うようだ。おれ、的外れなことをいってるかい？」

エルシーは考えたがよくわからなかった。「それ、どういう意味？」

トロイは顔を横に向けて、嚙み煙草で黒くなった唾液を吐きだすと、口元を拭いた。「一《いち》か八《ばち》かのチャンスに賭けるのが好きなタイプじゃないか？　そして突拍子もないことをやる。違うかい？」

「まだよくわからないわ」

「わかってるくせに」

エルシーはトロイとフラップの目つきが気に入らなかった。マルカムと同じだ。いや、マルカムより露骨な感じがする。ホーマーが両手にスパークプラグをのせて、歩いてきた。修理工場に運ぶつもりらしい。「長くかかりそう？」エルシーはきいた。

「できるだけ急ぐよ」ホーマーはそういって、ヴァーミントといっしょに工場に入っていった。

トロイに舐《な》めるような目で見られているのを感じて、エルシーはいった。「アルバートってすごいのよ。男の人の脚を嚙みちぎったことがあるの」

トロイはにやりと笑った。「嘘だね。サイズ的に無理だ」

「小柄な男性だったから。あなたくらい」

トロイが真顔になった。「襲ってきたら、殺してやる」

「近づかなければ平気よ」

まもなくホーマーが修理工場から出てきた。スパークプラグをセットしなおして、ビュイックのエンジンをかける。ホーマーが運転席に座り、ヴァーミントが助手席に座った。「ちょっとテストしてくるよ」ホーマーはエルシーにいった。

「すぐ戻ってきてね」

「五分もかからないよ」ホーマーはそういって、車を出してしまった。

エルシーは、ホーマーの判断が間違っているような気がしてならなかった。そして自分も対応を間違えた。なにがなんでもいっしょに行くというべきだった。両腕で自分の体を抱きしめる。暖かい夜だというのに、寒気がした。

16

五分たち、十分たった。エルシーは自分の身を守るため、アルバートを連れてガソリンスタンドに移動した。そこなら少なくとも明るく照らされている。アルバートの脇に膝をついて頭をなでてやった。自分の不安を鎮めるためだった。フラップとトロイがやってきて、自販機の炭酸飲料を買うと、年代物の黒いストーブのそばに置かれた椅子に腰をおろした。「このあたりでそんなものが見られるとは思わなかった」フラップがいった。目はアルバートを見ている。トロイの目はエルシーを見たままだ。

車が一台やってきた。エルシーが助けを求めようかと思っていると、フラップが「いとこのステュアートだ」といってガソリンを入れはじめた。トロイはカウンターの奥に移動したが、それでもエルシーから目を離そうとしない。エルシーはトロイのなにもかもが気に入らなかった。においも、汚い服も、機械油を何リットルも使ったかのようなてかてかの髪の毛も。人をばかにしたような笑みをいつも浮かべているのも気味が悪い。おまえの知らないこともおれは全部知っているんだぞ、といわんばかりだ。

トロイは壁の時計に目をやった。「旦那とヴァーミント、遅いな。なんかあったんじゃないのか。奥さん、おれとふたりでようすを見に行かないか？」

「ひとりで行ってきて。わたしはアルバートといっしょにいるから」

「いや、奥さんも行かなきゃだめだよ。奥さんなら車のナンバーを知ってるから、警察に届けに行ける」

「ナンバーは紙に書いて渡すわ」

「おれ、昔から数字を読むのが苦手なんだよ」

「そういえばわたし、ナンバーは知らないんだった。ちゃんと見たことがないの。ウェストヴァージニアのナンバーなのは間違いないけど、わかるのはそれだけ。それくらいならあなたもおぼえられるでしょ？」

トロイがカウンターのこちら側に出てきた。エルシーは体に力をこめて、すぐにでも駆けだせるようにした。しかしトロイがエルシーに一歩近づいたとき、アルバートが口を大きくあけて、しゅうっという音をたてて威嚇した。エルシーがそれまできいたことのないほど大きな威嚇音だった。水を入れたヤカンが十個以上、同時に沸騰したみたいな音だ。トロイは足を止めて尻のポケットに手をやり、銃身の短いピストル《スナブノーズ》を出した。「襲ってきたら殺すといっただろう」

「じゃ、カウンターの向こうにいてちょうだい」

フラップが戻ってきた。油まみれのぼろ布で両手を拭いている。「おいおい、トロイ、銃をしまえよ！」

トロイはまたへらへら笑いだした。「そいつが脅してきたんだ」

「ねえ、おかしいわ」エルシーはフラップに必死で訴えた。「ヴァーミントって人、ホーマーになにかしたんじゃない？　フラップ、お願い。あなたはいい人みたいだから。ねえ、警察に届けてくれない？」

フラップは首を横に振った。「警察なんか必要ないさ。奥さん、おれたちのことを誤解してるんじゃないか？　おれたちはあやしい人間じゃないし、なにも心配しなくていい。ヴァーミントはやさしい男だ。犬のノミだってつぶせやしない」

「ようすを見に行こうっていったんだが、このお嬢さん、なぜか怒っちまってさ」トロイは腹を立てていた。

このままだと危ない。エルシーはそう確信していた。「トロイ、あなたと行くのはいや。フラップとなら行くわ」

トロイとフラップは顔を見合わせた。トロイが肩をすくめる。「勝手にしろよ。フラップ、そういうわけだ。旦那とヴァーミントをさがしに行ってやれよ」

「アルバートも連れていくわ」

「そいつは無理だ」フラップがいった。「トラックの助手席にワニなんか乗せられるもんか」

トロイがまたカウンターのこちらに出てこようとした。アルバートが威嚇して口をあける。トロイは飛びあがるようにしてうしろにさがった。「フラップ、ワニを置いていったら、おまえたちが戻ってきたときには死んでるぞ」

「修理工場に閉じこめておこう」フラップがいった。「それなら問題ない」

エルシーはアルバートをなでて興奮を鎮めてやった。トロイの手を逃れてホーマーをさがすためには、この条件をのむしかない。うなずいていった。「わかったわ。アルバート、いい子で待っててちょうだい。すぐ戻ってくるから」

アルバートを修理工場に連れていってドアを閉めたあと、エルシーはトラックの助手席に乗りこんだ。ベンチタイプのシートは油でぎとぎとだった。フラップがトラックを道路に出す。ヘッドライトの光が弱くて、前があまりよく見えない。道路も、両側の森も。フラップを信用したといっても、トロイよりはましだと思っただけだ。ほかに方法がなかった。エルシーは心の中で祈った。アルバートが無事で待っていてくれますように。ホーマーがすぐに見つかりますように。ホーマーに会ったら思い切り文句をいってやる。それだけは心に決めていた。

何キロか進んだところで、フラップはハンドルを切った。未舗装の脇道に入る。「ヴァーミントの家があるんだ。先にそこを見てみよう」

そうするのがもっともだとエルシーは思った。しかし、フラップが正直者だという確証はない。助手席のドアハンドルに手をかけて、なにかあったらすぐに逃げられるように心の準備をした。でこぼこで曲がりくねった脇道を何キロか進み、エルシーが「もう戻りましょうよ」といったとき、粗末な小屋が見えてきた。窓に明かりが見える。小屋の前には古い車が何台かとまっていた。そのうちの一台は軽量コンクリートブロックの上に置かれている。

フラップはトラックをおりると、助手席のほうにまわってきてドアをあけた。「中に入ろう」

「だれがいるの？」

「友だちだ。そいつにきけば、ヴァーミントと旦那がどこに行ったかわかると思う」

エルシーがためらっていると、フラップが手を伸ばしてきた。エルシーは体を引いてその手を避け、自分でトラックからおりた。駆けだそうとしたが、フラップに腕をつかまれた。「なにもしないから安心しろ。中に入って話をきいてくれ」

フラップは小屋のドアを押しあけた。錆びついた蝶番《ちょうつがい》がいやな音をたてる。そしてエルシーの腕を引っぱって中に入れた。テーブルについていた、白いシャツに赤いアームバンドをした男が顔を上げた。頭にはしゃれた中折れ帽がのっている。顎ひげを伸ばしてきれいに整えているが、まだ若そうだ。こんな場面だというのに、エルシーはつい男に見とれてしまった。いままでに会った男性の中でいちばんハンサムかもしれない。「この男の話をきいてやってくれ」フラップはそういうと、エルシーの腕を放した。

ひげをたくわえたハンサムな男は、トランプでソリティアをしていたらしい。カードの横には、透明な液体が半分ほど入ったグラスと、黒いリボルバーがある。「この女は？」男はそういって身をのりだし、エルシーの全身をざっと眺めた。青い目がエルシーの印象に残った。ホーマーの目より青いかもしれない。ホーマーこそだれよりも青い目をしていると、いままで思っていたのに。でも、ホーマーの目はきりっとして涼しげだ。この男の目は温かい。とても温かい感じがする。

「エルシーって名前だ」フラップがいった。

男は椅子をうしろに引いて立ちあがり、テーブルのこちら側に出てきた。無遠慮にエルシーの髪に触れる。エルシーははっとして頭をうしろに引いた。「怖がらなくていい」男はそういって、フラップに尋ねた。「いくら払った?」

「お金なんてもらってないわ。あなた、何者なの? わたしになんの用?」

男は眉をひそめた。「ダンサーじゃないのか?」

「見つからなくてね」フラップが答える。「だが、この女のほうがいいんじゃないか? ノーメイクでやさしそうで、すれてない。確実にシャーロットまで行ける」

「帰して。人を誘拐して、ただですむと思ってるの? 大変なことになるわよ」

男は中折れ帽を取った。歯もきれい、とエルシーは思った。ちょうどいい濃さの茶色の髪を真ん中分けにしている。笑いかけてきた。歯もきれい、とエルシーは思った。トロイやフラップやヴァーミントみたいに、煙草のヤニがついていない。「すまなかった。女を連れてきてくれとトロイとフラップに頼んだが、誘拐してこいとは頼んでない。フラップ、そうだったよな? まあいい、外に出て車に荷物を積んでくれ。続きはあとで話す」

フラップは肩をすくめて外に出た。ドアが閉まる。エルシーは振りかえり、白いシャツの男と向き合った。男のズボンは灰色で、きちんとプレスされている。ガソリンスタンドの三人組とはまったく違うタイプだ。「あなた、何者? わたしになんの用なの?」

「デンヴァーと呼んでくれ。おれのファーストネームだ。コロラドに行ったことのある母が、デンヴァーでの日々を忘れられなかったらしくてね」

「いいんじゃない？　デンヴァーって名前、ちっともおかしくないわ」

「喉が渇いてないか？」

「そのグラスに入ってるような安酒はいらないわ。お水をちょうだい」

デンヴァーはキッチンに行った。シンクのそばに水のポンプがある。棚からグラスを取ってポンプで水を出し、一度すすいでから、水を注いだ。グラスをエルシーに差しだす。椅子を引いて勧めてくれた。「腹は減ってないか？」

「大丈夫」本当はすいている。でもここは我慢すべきだ。なにを入れられるかわからない。部屋の隅にある乱れたままのベッドに連れていかれて、好きなようにされてしまう。勧められた椅子に座って水を飲んだ。くんだばかりの水だから安全だろう。ほんのり甘い。手の甲でそっと口元を拭いた。「なんの用なの？」

デンヴァーはさっきの椅子に戻り、エルシーをじっくり観察した。「今夜、シャーロットまで逃げるんだ。女とふたり連れなら、警察は夫婦か恋人同士だと思ってくれるだろう。ただ、誤算だった。ダンサーかなにかを雇ってきてくれと頼んだのに」

「わたしはダンサーなんかじゃないわ。人妻よ」

デンヴァーは微笑んだ。「それはそれで完璧だ。奥さんの役を演じてくれたら百ドル払う。いや、二百ドルだ」

エルシーは驚いて目を丸くしたが、断った。「無理よ。わたしは夫をさがしてる途中なの。彼、エンジンの修理をしたあと、ヴァーミントといっしょに車のテストに出かけていって、それっきりだから」

「ヴァーミントといっしょなら心配ない。やつは悪いことはできない。なるほど、事態がのみこめた。いろいろと誤解があったようだな。きみはどこから来た?」

「ウェストヴァージニア。でもフロリダにいたこともあるわ」

デンヴァーは微笑んだ。素敵な笑顔! エルシーは思わずうっとりしてしまった。「で、これからのことだが。きみが行きたくないというなら、ここに残していってもいい。おれが逃げたあと、ヴァーミントに連絡を取って、きみの居所をご主人に伝えてもらう。だが、きみがおれといっしょに逃げてくれたら、フラップがご主人を迎えに行き、シャーロットに連れてきてもらう。きみたち夫婦はシャーロットで落ち合うことになる」

「いますぐここに夫を連れてきて」

「それはできない。フラップには荷物を車に積んでもらわなきゃならないんだ。それに、きみの夫が警察に行ったりするとまずい。やはり、いっしょに逃げてもらってシャーロットで落ち合うのがいちばんだ」

「わたしのワニはどうなるの?」

「ワニ?」

「わたしたち、ワニのために旅に出てきたのよ。フロリダの故郷に帰してあげるの。なのにこんなことに巻きこまれて、ガソリンスタンドに置いてこなきゃならなかった。うちのワニ、アルバートっていうの。アルバートや夫がかすり傷ひとつでも負ったら、わたしはあなたたちを追っかけてって、みな殺しにしてやる」エルシーは顎をつんとそらした。「大げさにいってると思ったら大間違いよ。わたしにはチェロキー族の血が流れているんだから」

デンヴァーはくすくす笑った。「フラップにアルバートも連れてこさせるよ。きみはおれといっしょにシャーロットへ行くだけでいい」

エルシーは考えて考えて、ひたすら考えた。ふと、テーブルのトランプに目をとめた。「そのソリティア、うまくいかなかったみたいね」

「こういうのは苦手でね」

「フラップが車に積みこんでる荷物ってなに？」

デンヴァーはグラスを掲げてみせた。「酒だ。ムーンシャイン、ホワイトライトニング、コーンスクイージングズ、クリアデス。ノースカロライナでは最高級の酒だ」

「あなたたち、誘拐だけじゃなく、酒の密造までやってるの？」

デンヴァーは微笑んで、ゆっくり首を振った。「いや、おれは運び屋だ。ここノースカロライナを含むいくつかの州でいちばんの運び屋と呼ばれる男だ。蒸溜所から酒を夜中のうちに運びだす」

「あなたたち、ギャングだったのね」

「いや、違う。ギャングじゃないし、運び屋はおれひとりだ」

「トロイとフラップとヴァーミントは？」

「フラップはおれの弟だ。トロイとヴァーミントはいとこ。ときどき手を貸してもらうだけだ」

エルシーはわかったことすべてを合わせて考えてみた。「フラップは本当にホーマーとアルバートをシャーロットに連れてきてくれるのね？　間違いない？」

デンヴァーは片手を差しだした。「ああ、間違いない。誓ってもいい」

エルシーはデンヴァーの目を見た。やさしくて温かそうなだけではない。誠実そうに見える。差しだされた手に自分の手を重ねた。「二百ドルは前払いにしてくれる？」

デンヴァーはエルシーの手を握り、立ちあがった。「いまのが契約書のサイン。いまのところはこれでじゅうぶんだが、できればハグとキスもしたいもんだな」

デンヴァーは本当にハンサムだ。ハグもキスも、状況によっては大歓迎だったかもしれない。でもいまはまずい。エルシーはいった。「あなたとシャーロットまで行くわ。でもこれだけははっきりいっておく。わたしに指一本でも触れたら、命はないと思ってちょうだい」

デンヴァーは天井を向いて笑った。「すごいな。こんなに肝の据わった女ははじめてだ！」くすくす笑いながら立ちあがる。「きっと楽しんでもらえる。信じてくれていい」

どういうわけか、エルシーはわくわくしていた。どんな冒険が待っているんだろう。「昔から憧れてたの、ギャングの愛人ってやつに」

デンヴァーは首を左右に振った。「エルシー、おれはギャングじゃないといっただろう。きみも愛人なんかじゃない」

「ボニーとクライドみたいに詩を書こうかしら。えっと、たしか……〝ジェシー・ジェイムズの物語を読んだかい。その生きざまと死にざまを。もっと読みたい？　だったらボニーとクライドの物語を読むといい〟だったわね。デンヴァーとエルシーじゃ韻がいまいち合わないけど、工夫してみるわ。ねえ、わたしも運転していい？」

「だめだ！　これは詩のネタになるようなことじゃないし、サンデードライバーのピクニックでもない。仕事なんだ。きみは助手席に座っておとなしくしていてくれ」

エルシーは顔をしかめた。青い目がどんなに温かくても、危険な雰囲気がどんなに魅力的でも、あくまでも女に指図しようとするところはホーマーと同じだ。それが気に食わない。できるだけ認めまいとしてきたけれど、短いあいだでもホーマーと離れていられたのはうれしかった。なのに結局は同じだったなんて。古いプランテーションで夜を過ごしたとき、ホーマーはバディと比べられて傷ついたはずなのに、やさしく接してくれた。工場の従業員を率いてデモ行進をして石をぶつけられたときも、やさしく抱きしめてくれた。ちっとも大丈夫じゃないのに、大丈夫だよと力づけてくれた。考えてみれば、アルバートを連れて旅に出てからというもの、ホーマーがうるさく指図してくることはあまりなかったような気がする。自分がホーマーをどう思っているのか、よくわからなくなってきた。いまはそのことは考えないほうがいい。先のことだけを考えよう。男らしさを絵に描いたような男との旅がはじまる。

デンヴァーが助手席のドアをあけてくれた。ふたり並んで車に乗りこむ。デンヴァーの言葉を借りれば、いよいよこれから〝人生のワイルドな一面を経験する〟のだ。

17

ホーマーはビュイックを走らせていた。妙な音はきこえなくなったが、まだなんとなく調子が悪い。「スパークプラグを掃除したら、あとはエンジンから汚れを吐きださせればいい」ヴァーミントがいった。「もっとアクセルを踏むんだ。スロットルバルブが開くように」

ホーマーはアクセルを踏んだ。エンジンがガラガラと音をたて、やがて調子よく動きだした。さらに二キロか三キロ進んだところで、ホーマーはスピードを落とした。「そろそろ戻ろう」

「いや、あと三キロくらい走ってみよう。念のためだ」

「Uターンして走ってもいいだろう。エルシーが心配する」

「だめだ。そのまま走れ」ヴァーミントがいった。脅すような口調になっている。「おれのいうとおりにしろ。そのまま走れ」

こうなるんじゃないか、どこかでそう思っていた。ホーマーはハンドルを握る手に力をこめて、思い切りブレーキを踏んだ。ヴァーミントはダッシュボードに突っこみ、フロントガラスに頭を強打した。シートにへたりこんでホーマーを見る。額から血がひと筋、流れ落ちてきた。「なんのつもりだ?」

ホーマーは車の外に出て助手席側にまわると、ヴァーミントを引っぱりだして道路に突き倒した。「歩いて帰れ」

ヴァーミントは膝立ちになった。鼻からも血が出ているし、髪が目に入っている。そんな状態でも、頭はなんとか働いていたらしい。尻のポケットに手を伸ばし、銃身の短いピストルを握った。「車に戻るな！ そっちに行け」ピストルを森のほうに振る。

ホーマーはすぐには動かなかった。「どうしてこんなことをする？ 金が目当てか？」

「金じゃない。あんたの時間だ」ヴァーミントはピストルをもう一度振った。「そっちに歩いていけ。あの切り株に座ってじっとしてろ。いうことをきかないと撃つ。人を撃つのはこれがはじめてじゃない」

ホーマーはピストルを見て、切り株を見た。そこに行って腰をおろす。ヴァーミントは切り株の正面にある大きな岩に座った。手の甲で鼻をぬぐい、血がついているのに気づくと、額に手をやった。やはり血で濡れている。「くそっ、よくもやってくれたな」弱々しい声でいう。

「いつまでここに座ってなきゃならないんだ？」何分かして、ホーマーはきいた。

「朝までだ」ヴァーミントが答えた。ピストルを持った手を振りまわし、たかってくる蚊を追い払う。

「朝までこんなところにいたら、蚊に食われて死んでしまう」

「その切り株から一歩でも離れたら、銃弾に食われて死ぬことになるぞ」

車の音がする。ホーマーは音のする方向に目をやった。助けを求めようかと思ったが、その思いを読み取ったかのように、ヴァーミントがいった。「助けを求めようなんて、考えるだけでも間違いの元だ。ちょっとでも動いたり声を出したりしたら、撃つ」

車は大きなパッカードだった。ドライバーは車をとめて窓をあけた。「なんで道路の真ん中に車をとめてるんだ？　そのうちぶつかられるぞ」

「大きなお世話だ」ヴァーミントが答えた。ピストルは見えないように隠していた。

ドライバーは肩をすくめて、車を出した。それよりあとは、一台の車も通らなかった。蚊の大群が襲ってくる。昆虫の習性というのはたいしたものだ。多くの蚊は血を流しているヴァーミントに引き寄せられていく。ありがたい、とホーマーは思った。

ヴァーミントは頬を刺されたらしい。ピストルを持った手で蚊を叩きおとそうとした瞬間、引き金を引いてしまった。銃弾が耳の端をかすめた。ヴァーミントは叫び声をあげてその場に転がった。汚い言葉を連発し、ようやく元の場所に座ったものの、片手を耳にあてて、情けない声をあげて泣きはじめた。そのとき、ホーマーが切り株から腰を上げて駆けよってきたことに気がついた。周囲を見まわし、ピストルに手を伸ばしたが、ホーマーのほうが早かった。取っ組み合いになったが、ホーマーのほうが強い。ピストルを奪おうとするヴァーミントの手を振り払って立ちあがり、命令した。「あっちへ走れ。止まるな」

ヴァーミントはホーマーの手中にあるピストルをちらっと見ると、森の中に駆けだした。罵声と、茂みを分け入っていく音がしばらくきこえていたが、やがて、大きな悲鳴が響き、そのあとはなにもきこえなくなった。なにかあったんだろうか。あったとしたら、よくないことに違いない。崖から落ちたか、クマに襲われたか。どっちにしろ、いまのホーマーにはどうでもいいことだった。ビュイックに戻り、グローブボックスにピストルをしまうと、車をUターンさせた。ガソリンスタンドに戻らなくては。どんな事態が待っているのか。

18

デンヴァーは左手でハンドルを持ち、右手をベンチシートの背にかけていた。エルシーは気づかないふりをしていたが、指先が肩に触れそうになっている。もう真夜中を過ぎた。暗闇の中、灰色の道路がうしろへ流れていく。

直線道路が終わって、急カーブに差しかかった。デンヴァーはすばやくハンドルを切る。タイヤをきしらせることもなく、あっというまにカーブを曲がりきった。エルシーの体が横に滑った瞬間、デンヴァーの手が肩に触れた。車高の低いクーペがまっすぐ走りはじめると、エルシーは体を元に戻した。額にかかる髪をうしろにかきあげ、平静を装う。スピードが速すぎるからといって、肩に触れられたからといって、いちいちびくびくしていてはだめだ。

小さな集落が見えてきた。どの家にも明かりはついていないし、街灯もない。家も景色も、車のヘッドライトに照らしだされては闇に沈んでいく。一瞬、エルシーはフェンスのそばに立つ牛の姿に目をとめた。「一点」

「なんだい？」デンヴァーの指先がエルシーの肩をくすぐっていた。

エルシーは肩の位置をずらして指を避けた。「道路のこちら側に牛がいたから、わたしが一点。いまのところ一対ゼロよ」

「なんの話だ？」

「牛発見ゲーム。道路沿いにいる牛を数えるの。あなたは道路のそっち側、わたしはこっち側。白い馬は十点。墓地は零点に戻る」

デンヴァーは小さく笑った。「ゲームが好きなのか？」

「ええ、好きよ。でもあなたはそういうのとは違うゲームをしたいみたいね」

「おれを誤解してるようだな」

エルシーは背もたれにかかっているデンヴァーの手を押しのけた。「いいえ、正しく理解してるわ。女はみんな自分に夢中になると思ってるでしょ？　そうかもしれないけど、わたしは別。わたしは結婚してるから」

「それは知ってる」デンヴァーは両手でハンドルを握った。「だが、つき合ってくれる人妻もこれまでに何人かいたぞ。聖書にだってそういう話はある」

「いやらしい話はききたくないわ」

デンヴァーが突然アクセルを踏みこんだ。エルシーの体がシートに沈む。「しっかり踏んばってろ」

そのとたんサイレンが響いた。うしろの窓にライトが当たる。反射する光の中にデンヴァーの顔が浮かびあがる。悪魔のように笑っていた。

デンヴァーがどんなにアクセルを踏んでも、うしろの車は離れずついてくる。「新人でも雇ったか。なかなかの腕だな」デンヴァーは猛スピードのまま、ヘアピンカーブの連続をクリアしていった。タイヤは悲鳴をあげるものの、デンヴァーのハンドルさばきは余裕たっぷりだ。

前方に二台の車が横向きにとめられ、懐中電灯が五つか六つ振りまわされている。それでもデンヴァーはまったくスピードをゆるめようとしない。エルシーは車の床に両足を踏んばり、股のあいだに両手を置いて、シートをぐっとつかんだ。もうだめだと思った瞬間、デンヴァーがブレーキを踏みこんだ。車は横滑りし、百八十度回転して止まった。デンヴァーはすかさずアクセルを踏んだ。足が床を踏みぬきそうな勢いだった。エルシーの悲鳴はタイヤの悲鳴にかき消された。ゴムの焦げるにおいが車内に充満する。

デンヴァーのクーペは、うしろから来ていた車に向かって驀進《ばくしん》しはじめた。ヘッドライトが迫ってくる。車内が明るく照らされたかと思うと、暗くなった。クーペは猛スピードで走りつづける。不気味な静寂の中、エルシーの目に映ったのは車の裏側だった。振りかえると、うしろの窓の中に、ひっくり返って側溝にはまった車が見えた。

ふと気づくと、デンヴァーが歓声をあげていた。「イヤッホウ！」何度も何度も叫ぶ。しばらくそのまま走ってから、未舗装の脇道に入った。車をとめてエンジンを切る。過熱した金属が冷えて、虫の声みたいな音をたてはじめた。

エルシーは詰めていた息を吐きだそうとしたが、それより早く、デンヴァーの腕が肩にまわされ、強く抱き寄せられた。汗のにおいがした。男らしいにおいだ。エルシーはそのままでいたい気持ちを振り払って、デンヴァーの腕から逃れた。そのままでいたいなんて、なにを考えてるの。自分で自分を叱ったが、しかたないわよと思う気持ちもあった。「デンヴァー、運転がうまいのは認めるわ。でも、だからといってまだキスはしないわよ」

デンヴァーは体をまっすぐに戻した。にやりと笑う。「〝まだ〟？　いつか許してくれるのか？」

「シャーロットに着くまではだめ。無事に到着したら、キスしてあげる。でも、本当にシャーロットまで行けるの？」

デンヴァーが真顔になった。「どういう意味だ？」

「あちこちで警察が待ち構えてるんでしょ？」

「ああ。だがおれは捕まらない。捕まったことがない」

「じゃ、もう一度いうわね。シャーロットに着いたらキスしてもいい。警察に捕まらず、けがもなく、無事に着いたらね。警察に追われないルートはないの？」

「時間がかかりすぎる」

「別にいいじゃない。日が昇ってからシャーロットに着いたほうが、ほかの車に紛れやすいわ。ポリ公に疑われずにすむでしょ」

「ポリ公？　そんな言葉、どこでおぼえたんだ？　ジェイムズ・キャグニーの映画か？」楽しそうに笑ってから、また真顔になった。「きみは意外に頭がいいな。キスの前払いはだめか？」

エルシーはひとつ息をついて、誘惑を振り払った。そんなことはできない。いや、してはいけない。「シャーロットに着いてからだといったでしょ」声が少しだけ震えていた。

19

ホーマーがガソリンスタンドに戻ると、トロイがいた。驚いた顔をしている。まさかあんたが戻ってくるとは、という顔だ。しかもヴァーミントの持っていたスナブノーズ・ピストルを持っているとは、思ってもみなかったのだろう。

「エルシーはどこだ？」

トロイの手がベルトに伸びた。自分のピストルをつかもうとしている。「動くな」ホーマーはそういうと、トロイのピストルを奪って自分のベルトに挟んだ。「もう一度きく。嘘はつくな。本当に撃つぞ。妻はどこだ？」

「フラップといっしょにあんたをさがしに行った」

「嘘だ」ホーマーは天井に向けて一発撃った。石膏がばらばらと落ちてくる。煙と埃が消えるのを待って、もう一度きいた。「エルシーはどこだ。答えないと、次の弾はその頭をぶち抜くぞ！」

トロイは口を開き、嘘をつこうとした。しかしホーマーの指に力がこもるのを見て、思いなおした。「撃たないでくれ。あんたの奥さんはある男といっしょにサンダーロードを走ってる。そいつは女を連れて逃げたかったんだ。夫婦のふたり連れってことにすれば、真夜中に時速百四十キロで走ってても、それほどあやしくないからな」

ホーマーはきかされた言葉の意味を必死に考えたが、さっぱりわからなかった。「サンダーロードってなんだ？」

「警察をまいてシャーロットまで逃げる道のことをサンダーロードっていうんだ。どのルートであろうとね。そいつはデンヴァーって名前で、運転の腕はこのへんでピカイチだ」

「どこに行けば会える？」

「シャーロットだ。〈サンシャインモーテル〉を定宿にしてる」

ホーマーはまわりを見た。「ワニは？」

「修理工場に閉じこめてある」

「雄鶏は？」

「雄鶏？　あんたそのうち、森のクマはどこに行ったとかなんとかいいだすんじゃないのか。雄鶏なんか知らねえよ」

ホーマーはガソリンスタンドの奥に目をやった。ガソリンの缶を積みあげた横に物置がある。

「あそこに入れ」

「いやだ」

ホーマーは天井に向けてピストルをもう一発撃った。石膏が落ちてくる。トロイは物置に駆けこんでドアを閉めた。「勝手にあけたら撃つぞ」

「あけないよ」トロイの声がドアごしに小さくきこえてくる。

ホーマーは修理工場に歩いていった。ドアに南京錠《ナンキン》がかかっている。あたりを見まわすと、錆だらけの古いスパナがあった。それで南京錠を殴りつける。何度かやるうちに錠が壊れて落ちた。ドアをあけると、アルバートは大きなトラクターのタイヤの中で丸くなって眠っていた。雄鶏もそばにいる。「起きろ、出かけるぞ!」

アルバートを抱えあげた。いいようのない不安のせいで力が出る。ビュイックに運んでたらいに入れてやると、雄鶏も乗りこんでアルバートの背中にとまった。ホーマーが運転席に座ったとき、トロイがガソリンスタンドから出てきた。銃身を短く切りつめたショットガンを持っている。

アクセルを踏み、道路をジグザグに走った。一キロか二キロ走ると、胸のどきどきいう音が耳までは響かなくなった。あとは神に祈るだけだ。「神様、どうか間に合いますように。エルシーを助けだせますように!」

神様はホーマーの祈りなど知ったことかと思ったらしい。シャーロットはこっちの方角だろうと思って選んだ道を一時間ほど走ったところで、完全に、とことん、徹底的に、道に迷ってしまった。しかも、ビュイックがまたもやぷすぷすと情けない音をたてはじめた。やけになって何度か角を曲がってみたが、フェンスに囲まれた牧草地がときおり見えるだけ。牛や羊や山羊をさがしに来たわけではないのに。

ガラガラという派手な音をたてたのを最後に、車がとうとう止まってしまった。あとは歩くしかない。アルバートのリードを持って歩いていると、一キロも行かないうちに、アルバートは道路の脇に出て「ノーノーノー」と鳴いた。ホーマーは赤ん坊を抱くようにアルバートを抱きあげた。雄鶏は偵察をするかのように先頭を歩いていたが、しばらくするとホーマーの肩にのった。

前方に農家が見えてきた。天の助けとしか思えない。農家だと思ったのは、母屋の横に納屋と家畜用の囲いがあったからだ。囲いの中には白い馬がいる。「十点だ」ホーマーは思わずつぶやいた。エルシーはこのゲームが好きだった。それを思い出して、ホーマーは暗い気分になった。エルシーはいまこの瞬間もサンダーロードを走っている。いっしょにいる男が殺人鬼だったらどうしよう。不安が嵩《こう》じてパニックにならないように、必死で気持ちを落ち着けた。いま慌ててもしかたがない。キャプテンがいつもいっていた。「理性を失って、いいことはなにもない。困ったときは足を止めて状況をじっくり分析しろ。こうするべきという結論が出るまではなにもするな」

歩いているあいだずっと考えつづけた。しかしなにも思いつかない。頭の中にあるのは、ビュイックを直してシャーロットの〈サンシャインモーテル〉に行くということだけ。そこに行けばエルシーに会えるはずだ。農家にたどりついたときには疲れはてていた。ポーチにはロッキングチェアがふたつあった。ぶらんこもある。ドアをノックしようかとも思ったが、住人はきっともう寝ているだろうし、家には入れてくれないだろう。なんといってもワニ連れだ。

家にはなんの線もつながっていない。電話も電気も通じていないのだろう。ロッキングチェアの片方に座り、靴を脱いで、まめのできた足を解放してやる。できるだけ音をたてないように気をつけた。そこに座ったまま、爪先を動かしたり椅子を軽く揺らしたりしながら考えた。やっぱりこの家の人を起こそうか。いや、もっと歩いて電話をさがしたほうがいいだろうか。しかし、考えていられたのはものの数分だった。ホーマーはそのまま眠りに落ちてしまった。

目覚めたとき、雄鶏が何羽も鳴いていた。太陽が、道路を挟んだ向こうに広がる牧草地の上に出てきたところだった。なにやら物音がする。ふと見ると、薄い灰色の目をした男がホーマーの顔をじっと見ていた。ひどく痩せた体につなぎを着て、もうひとつのロッキングチェアに座っている。

不思議な服だ。こんな顔はいままでに見たことがない。石膏のように真っ白な肌。髪も真っ白だ。漂白剤に頭を突っこんだのかと思うくらい白い。先天性白皮症《アルビノ》ではないだろう。アルビノの人の目はピンク色だときいたことがあるが、この男の目は灰色だ。しかし、アルビノに近いのはたしかだ。

ホーマーはかがんで靴を持った。「すみません。ちょっと休ませてもらっていました」

「ああ、そのままで」男は気さくな口調でいった。「居心地のいいポーチを作りたくてね。きみがくつろいでくれたんなら、そんなにうれしいことはない」

ホーマーは靴を履いた。まめが靴底に触れたとき、思わず顔をしかめた。「車が壊れて、そこから歩いてきたんです。けど疲れてしまって。できるだけ早くシャーロットまで行かなきゃならないんです。力を貸していただけませんか」

男はホーマーの頼みを無視していった。「ワニを連れてるんだな。雄鶏も。おとなしい鶏だ。うちの雄鶏が鳴いても声をあげなかった」

「礼儀正しい鶏なんです。ワニの名前はアルバート。妻のペットです。フロリダの故郷に帰してやろうと思って、旅をしているところです」

「なるほど。で、奥さんは？」

「シャーロットに行きたいのは妻のためなんですが、妻はデンヴァーという名前の男に誘拐されました。サンダーロードを走るのが仕事だときいています」

男の唇がかすかに動いた。微笑んだんだろうか。「ああ、なるほど。デンヴァーは密造酒をシャーロットへ運ぶ仕事をしている。たいていは横に女を乗せるんだ。なんの罪もない愛妻家を演じるためにね。奥さんを誘拐したのはそのためだろう。だとすれば、なに、心配はいらん。やつはレイプや殺人をする男じゃない。車を飛ばすのが好きなだけだ。ところでさっき、靴を履くときに顔をしかめたな。まめでもできてるのか？」

ホーマーはデンヴァーがどういう男かを知ってほっとしたが、足が痛いのはどうしようもなかった。「ええ。新しい靴なんです。もともとこんなに歩きまわるための靴じゃないし。デンヴァーを見つけるにはどうしたらいいですか？」

「シャーロットに行ったら、いつも一週間くらい滞在するらしい。〈サンシャインモーテル〉ってとこが気に入りときいてる。おそらくそこにいるだろう。わたしはカーロス。きみは？」ホーマーはますますほっとした。〈サンシャインモーテル〉に行けばデンヴァーがいるらしいというのがたしかになったからだ。「ホーマーといいます」

カーロスは手を叩いて喜んだ。「うれしいねえ！　ホーマー、ギリシア語ならホメロスだな。賢人であり書記官であり作家であり詩人でもあった、あのホメロスと同じ名前とは。〝大嵐が女の満潮を呼ぶ。命と愛の証《あかし》を求める男はひざまずき、神々の霊酒を口にする〟。わたしが先週書いたばかりの詩だ」

「すばらしいですね」ホーマーはいったが、心の中ではそうは思っていなかった。

「ホーマー、きみもなにか書くのか？」

「いえ、書くのは炭鉱の日誌くらいですね。キャプテン・レアードがいうんです。現場監督はみんな日誌を書くべきだと。ぼくはまだ現場監督じゃないけど、書くようにしています」

「たとえばどんな文章だね？」

ホーマーは記憶をたどった。「採掘量三十二トン。送水ポンプが故障。電気ケーブルを修理したが、しょっちゅう切れる」

カーロスはとてつもなくうれしそうな顔をして空に目をやったが、視線はポーチの屋根に阻まれているはずだ。しばらくして視線を下げた。「わたしには少々難解だが、深い意味がこめられているように思える」

玄関の網戸の向こうから軽い足音がきこえてきた。女性がポーチにあらわれる。こんなにきれいな人が世の中にいたのか、とホーマーは思った。しみひとつない浅黒い肌、すっと通った鼻筋、ふっくらした唇。両手にゴールドの指輪をいくつもつけている。石はルビーかガーネットだろう。

両の手首には、さまざまなデザインのゴールドのブレスレット。頭にはスカーフを巻き、申し分ないプロポーションの体に青いシルクのドレスをまとっている。

ホーマーは立ちあがった。彼女が美しいうえに異国情緒にあふれていたからではない。初対面の女性には立って挨拶するようにと、母親に教えられていたからだ。

「スフレ」カーロスがいった。「お客さんだよ。ホーマーさんというそうだ。作家さんでね、アルバートというワニを連れて旅行中だ。あずき色の雄鶏がそこにいるだろう。鮮やかな緑色の尻尾のやつだ。そいつは名前がない。まあ、名前のない神々や天使もたくさんいるからな。だがその雄鶏も旅の友だそうだ。ホーマー、スフレを紹介しよう。わたしの大切な女性だよ」

「ぼくは作家ではなく鉱夫です」ホーマーはいった。カーロスはこの魅力的な女性のことを〝大切な女性〟といい、妻とはいわなかった。どういうことだろう。妻以外の女性といっしょに暮らす男に会ったのははじめてだ。ゲアリーの近くのアナウォルト山でいっしょに暮らす年寄りの兄妹がいるのは知っているが、そういうのとは違う。

スフレと呼ばれた女性はアルバートをしげしげと見た。アルバートはエルシーを見るときと同じ表情で――つまり、うっとりした表情で――女性を見あげた。スフレはそれからホーマーに視線を移した。ホーマーはその目を見ずにはいられなかった。底無しの井戸みたいな漆黒の瞳。その井戸に落ちて、永遠にあがってこられなくてもいい――そう思ってしまいそうな瞳だった。ホーマーは同時に、そんなふうに考えていることが相手にすべて伝わってしまっているような気恥ずかしさを感じた。

「ようこそ」スフレがいった。「カーロスと共作を？」

「いえ……ぼくは妻を救いだしに行くところなんです」

「運び屋のデンヴァーをさがしているそうだ。奥さんが誘拐されたので心配だといってね。だが心配はいらないと話していたところだ」カーロスがいった。「ああ、いっしょになにか書こうと思っていたところだ。だがその前に、朝食を用意してくれないか」

ホーマーはだれかといっしょになにかを書くなんてごめんだと思った。しかし、ふたりに協力してもらうためにはしかたがない。スフレとカーロスのあとについて応接間に入った。豪華な家具が並び、赤のベルベットと金めっきで統一されている。こんなすごい部屋は見たことがない。その応接間を抜けて、さらにキッチンへ行く。すでにテーブルがセットされていた。カーロスに勧められて椅子に座ると、スフレが朝食を出してくれた。ペストリー、卵料理、果物。果物は見たことのない形をしていたが、乾燥イチジクのお菓子を高級にしたような味がした。コーヒーは濃くて香り高く、いままで飲んだコーヒーの中で最高の味だった。

ホーマーに朝食を出したあと、スフレはアルバートにもなにか食べさせてやらなくちゃといって出ていった。すぐに戻ってきて、こういった。「チキンが好きなようね。あの雄鶏がお友だちだなんて、不思議、不思議」

「ぼくも不思議なんですよ」ホーマーは答えて、イチジクのような果物を食べた。本当においしい。「あの雄鶏、アルバートの頭にのるのが好きで。アルバートもいやがらないし」

「あなたも普通の人じゃなさそうね。あんな動物たちをお供にして旅をするなんて。あの雄鶏、ただものじゃないわ。ワニもそう。こんなこと、いまさらわたしがいう必要もないんでしょうけど」

ホーマーはそういわれてもピンと来なかったが、とりあえずうなずいた。それより、どうしてカーロスはスフレをテーブルにつかせないんだろう。それに、どうしてスフレは頭にスカーフを巻いたままなんだろう。キッチンには薪《まき》ストーブがあるし、日差しも入って暖かいのに。スフレがまたキッチンから出ていったとき、ホーマーはカーロスに尋ねてみた。

「きみの前では絶対にヒジャブを取らないだろうな。夫以外の男の前では、常にヒジャブをしていなくてはならないんだ。わたしは彼女の夫ではないから、わたしの前でもヒジャブをはずさない」

「ノースカロライナの決まりかなにかですか？」

カーロスはのけぞるようにして、楽しそうに笑った。「いやいや、そうじゃない。スフレはムスリムなんだよ。アラビアのムハンマドを信奉している。もっとも、彼女はイラン人なんだがね。よきムスリムの女はみな、あんなふうにヒジャブをつけるものなのだ」

ホーマーはムスリムという言葉をきいたことはあったが、頭に浮かぶイメージは、子どものころに読んだ『アリババと四十人の盗賊』や『アラジンと魔法のじゅうたん』を混ぜ合わせたようなものだった。

カーロスがいった。「もちろん、関係を持つときはヒジャブを取る。だがそのときは部屋を真っ暗にする。髪が見えないように」

ホーマーの顔が赤くなった。スフレの髪はきっと黒々として艶があり、長くて豊かなんだろう。女の髪はそういうのがいちばんだ。それにしても、ここは魔窟か？　結婚もしていない男と女がひとつ屋根の下で暮らして、肉体関係まで持っているなんて。カーロスに目をやった。あの色の白さは、もしかしたら病気のせいかもしれない。だとしたら、スフレのように豊満で見るからに情熱的そうな女性を相手に、どうやってそういう行為をしているんだろう。いや、そんなことは考えるだけでも罪深い。疑問は忘れて食事に専念することにした。しっかり食べて力をつけないと、エルシーを追いかけることはできない。食べ終わると礼をいった。「カーロス、朝食をありがとうございました。もう行かないと」

「どこへ？」

「まずは車のところへ戻って、直せるかどうか見てみます」

「車の話をしていなかったな。わたしは工場を持っていてね。工具もなにもかも揃っているから、そこで修理すればいい。トラクターがあるからそれで牽引もできる。きみの車を引っぱってこよう」

「助かります」

「ただし、肝心のトラクターが故障しているんだ。わたしは機械のことはなにもわからない。スフレが直そうとしてくれているんだが、手を貸してやってもらえないだろうか」

「ええ……」ホーマーは頭の中を整理していった。車まで歩いて戻っても、動かせなければどうにもならない。エルシーを見つけられるかどうかは、トラクターを直せるかどうかにかかっている。「わかりました。トラクターはどこに?」

カーロスは微笑んだ。キッチンに戻ってきていたスフレも微笑んだ。ホーマーも微笑むしかなかった。スフレにこちらへといわれ、立ちあがって納屋に行った。トラクターが置いてある。

エンジンボックスを巣箱代わりにしていた鶏たちを追い払ってから、古いトラクターを観察してみた。重大な問題はなさそうに見える。エアフィルターとキャブレターをきれいにして、エンジンオイルを交換し、エンジンのベルト類のゆるみを取り、ラジエーターの水漏れを直してやればいい。それらの作業をできるだけ手早くやったが、終わったときには昼になっていた。

トラクターのエンジンがかかると、スフレはホーマーの頬にキスをした。「あなた、天才ね」ホーマーに寄り添ってそういった。ホーマーは、妻以外の女性とこんなにべったり近づくのははじめてだった。額に玉の汗が浮かぶ。

「じゃあ、お昼ごはんにしましょう。ナッツとナツメを持ってくるわ。ここにいてください。すぐ戻ります」

「いや、早く車を取りに行きたいんですが」

「すぐだから、お願い。しっかり食べて栄養をつけるまでは、どこにも行かないでね」

スフレの申し出を断るのは失礼な気がした。それに、彼女のいうとおり、食べて力をつけなくては。外に出ると小さな小屋があり、そこにアルバートがいた。ちょっとようすを見てから納屋に戻る。まもなくスフレが戻ってきた。ナッツとナツメを盛った皿と、ワインの入った水差しを持っている。「ワインは自家製よ」

スフレは低いテーブルを持ってきて、干し藁《わら》の上に腰をおろすと横をぽんぽんと叩いた。「どうぞ。トラクターが直ったお祝いをしましょう」

ホーマーは勧められるままに座った。「カーロスを呼ばなくてもいいんですか?」きいているうちにも、グラスにワインが注がれる。

「カーロスはいつも、朝から詩を書くのに専念するのよ。そしてお昼までには寝てしまうの。今日も、もうベッドに入っているわ。何時間かしないと起きてこない。ねえ、飲んでみて。とてもおいしいから」

ホーマーはワインを飲んでみた。たしかにすばらしい味だった。

「ナツメとナッツもね。このワインにすごく合うのよ。ひと口食べるごとにワインを飲むの」黒くて艶のある髪が、少しだけヒジャブからこぼれた。髪が見えることでこんなに心が惹きつけられるとは、思ってもみなかった。体温が上がったような気がする。スフレがワインを注ぎたし、ナッツとナツメを勧める。ホーマーはてのひらいっぱいに取った。

「本当によかったわ」スフレはナッツとナツメの皿をテーブルに置き、干し藁のベッドに身をあずけた。「トラクターのない農場なんて農場じゃない。それと同じで、女のいない男は男じゃないし、男のいない女は女じゃない」

ホーマーはその言葉の意味を考えようとしたが、ワインのせいで考えがまとまらない。「男のいない農場は女じゃない?」

スフレはにっこり笑って、気だるそうに伸びをした。「男のいない女は農場じゃない」ホーマーの手に触れて、腕へと指を滑らせる。「でも、男と女がいっしょになれば、農場ができる。トラクターで耕さなくちゃ」

スフレの言葉のひとつひとつが、意識の中になにかを形作っていく。この感覚はなんだろう。ワインもとてもおいしい。スフレが両手を首のうしろにまわしてきた。もう少しワインを飲もうか。ナツメとナッツももっと食べよう。しかし……まぶたが重くなってきた。もうあけていられない。

目覚めたとき、ホーマーは藁の上にうつぶせになり、口には藁をくわえていた。

20

デンヴァーの文句が止まらない。エルシーのアドバイスに従ったせいで退屈でしかたがない、というのだ。エルシーはいいかえさなかった。警察の車と無鉄砲なカーチェイスをするのはもうたくさんだ。そのうちデンヴァーは道に迷ったといって、もう使われていない納屋の裏に車をとめた。エルシーは後部座席で眠り、デンヴァーは運転席のシートを倒していびきをかきはじめた。

やがて朝日が昇ると、ふたりは目をさました。デンヴァーが車をおりる音がしたが、エルシーは寝たふりを続けた。トランクが開く音をきいてようやく体を起こした。「本当に道に迷ったの？」

「まあな。このへんの道路には詳しいつもりなんだが、春の洪水でいくつか道が使えなくなったようだ」魔法瓶をあけて、蓋にコーヒーを注いだ。「腹は減ってないか？」

「ちょっとね」エルシーはドアをあけて、草の中に裸足で立った。「あの納屋にトイレはあるかしら」

「おれはあの裏にまわった。きみもそうするといい。濡れてるところに気をつけろ」

エルシーは少し迷って納屋をにらみつけていたが、結局はそこを使うことにした。戻ってくると、デンヴァーはバスケットをあけて、リンゴとオレンジを取りだしたところだった。エルシーはリンゴを選び、魔法瓶の蓋でコーヒーを飲んだ。「もう少しちょうだい」エルシーがいうと、デンヴァーは快く残りのコーヒーを注いでくれた。

「まずはハイウェイにたどりつかないとな」デンヴァーはバスケットを片づけた。「でないと今日じゅうにシャーロットまで行けない。カーチェイスをあと何度かやるかもしれない。覚悟はできてるか？」

「もういや。ギャングの愛人に憧れるのもやめたわ。ねえ、どこかでおろしてくれない？」

「旦那はシャーロットまで行くはずだ。会いたければ、このままおれといっしょに行くしかない」

「警察に止められたら？　わたしまで逮捕されるかも」

デンヴァーは肩をすくめた。「それくらいですめばいいけどな」

「え、どういうこと？」

「そらきた！」デンヴァーがいった。脇道に車が一台あらわれた。サイレンを鳴らして、こっちに向かってくる。銃声が響いた。「州警察だ。車に乗れ！」

エルシーがためらうことなく車に乗ると、デンヴァーがアクセルを踏みこんだ。牧草地を突っ切る。はずれに低木の茂みが並んでいた。その茂みの裏に隠れていたフェンスごと突き破って走りつづける。警察の車もあとについてきた。助手席の窓から制服警官が身をのりだし、ピストルを構えている。

デンヴァーは車を横滑りさせて向きを変えた。再びフェンスを破って警察の車とすれちがい、直進した。警察の車も急ブレーキをかけ、Uターンして追いかけてくる。エルシーは笑顔になっている自分に気がついた。デンヴァーも気づいたらしい。「楽しんでるか？」

「そうみたい」

「ギャングの愛人になれそうだな」

側溝のくぼみで車が大きく揺れる。再び脇道を走りはじめた。「よし、道がわかったぞ。ハイウェイはあっちだ。ゆうべはこの分岐を見逃したようだ」

「また来た！」エルシーがいった。サイレンが再び追いかけてくる。

デンヴァーはバックミラーに目をやった。「踏んばれ！」

エルシーは足を踏んばった。車は屋根つきの橋に向かっていく。橋の手前に大きな看板があった。〈危険。渡るな〉とある。カーチェイスのスリルを楽しむどころではなくなった。怖い。

デンヴァーはかまわず橋に突っこんだ。クーペの大きなエンジンの下で、橋が地震みたいに揺れる。渡りきったところに段差があり、ハイウェイに乗ることができた。振りかえってみると、警察の車は橋の手前で止まっている。「やったわ！」

エルシーの歓声は途中で消えた。銃弾がうしろの窓に当たり、ガラスの破片が髪に降りかかる。エルシーは悲鳴をあげた。別の車がうしろから来た。サイレンが鳴り響く。

「見てろ！」デンヴァーは叫んで、なにかのレバーを引いた。そしてバックミラーを見る。「くそっ、だめだ。うしろからオイルが出るはずなんだが。道路を滑りやすくしてやる油だ」

「すぐには効かないわよ」エルシーはうしろを見た。警察の車が後れはじめた。少し気持ちが落ち着いたので、髪についたガラス片を払い落とした。「そういうオイルって濃いから、きれいに流れないものなんじゃない？」

デンヴァーはなるほどという顔をした。「ウェストヴァージニア育ちのわりに、物知りだな」

「あなたはなんにも知らないのね。男のくせに。ねえ、画鋲《がびょう》かなにかない？　窓から撒いてパンクさせてやる」

デンヴァーは笑った。「もっといいものがある。うしろに移動して、シートを手前に倒してみてくれ。箱があるから、それをこっちにくれ」

エルシーはいわれたとおり、隙間から体をねじこんで後部座席に移動し、シートを手前に倒した。段ボールの箱があった。助手席に戻って箱をあけると、円筒形のものが五本ほど入っていた。一本一本が大きなバナナくらいのサイズだ。「これなに？　ダイナマイト？」

「いや、自家製の爆竹みたいなもんだ。グローブボックスにマッチが入ってる。火をつけてうしろに投げてやれ」

「本気で怒らせるとまずくない?」

「もう窓を撃たれた。やらなきゃ捕まる。捕まりたくないんだろう? だが気をつけろ。火をつけたらすぐ投げるんだ」

エルシーは、なにいってるのという顔をした。火をつけたらすぐ投げるなんて、いわれなくてもわかっている。デンヴァーがわざと速度を落とし、警察の車との間合いを詰めると、一本目に火をつけてうしろに投げた。続く二本目までは、道路で弾んで路肩に飛んでいった。それでコツがつかめた。三本目を警察車のボンネットにのせることができた。車は路肩の側溝にはまり、ひっくり返った。炎があがる。

「大変!」エルシーは叫んだ。「戻って!」

デンヴァーは唇を噛んで、大きなため息をついた。スピードをゆるめてUターンすると、ひっくり返った車のところに戻った。すでに炎は消えて、ボンネットから煙が出ている。乗っているのは制服の州警官ひとりだけ。車から這いだして草の上に仰向けになっている。

まだ若い警官に、エルシーは声をかけた。「おまわりさん、起きて!」すがるようにいう。「デンヴァー、大変よ。この人死んじゃったの?」

デンヴァーは警官の横に膝をつき、警官の頬を何度か叩いた。「おい、目をさませ」

警官は目をあけた。ぼんやりした目でデンヴァーを見ると、体を起こした。しかし動きはゆっくりだ。頭をこする。「デンヴァー、おぼえとけよ」うなるようにいう。

警察の車がもう一台やってきた。大柄な男が近づいてくる。昔ふうのカイゼルひげをたくわえている。着ている制服が若者とは違う。「デンヴァー、逃げきれなかったか」

「ちょっと調子に乗りすぎた」デンヴァーはいった。「エルシー、サンダース保安官だ。ゆうべひっくり返ったのは、この男の部下だ。保安官、やつは無事か？」

「ああ。だが、おまえのせいでうちの車がまたオシャカになった。今年で二台目だ。手加減してくれと頼んだだろう。おれの部下はおまえを見逃すってわかってるんだから」

エルシーにはわけがわからなかったが、もしやと思ってきいてみた。「あなたたち、グルなの？」

「保安官はおれのいとこだ」

保安官は口元をゆがめて微笑んだ。「どこの店で踊ってるお嬢さんかな？」

「わたしはダンサーじゃないわ。誘拐されたの」

「まあ、間違っちゃいないな」デンヴァーも認めた。

サンダースは肩をすくめた。「よう、ボビー・ハンク」州警察の警官に声をかけた。若い警官はすでに立ちあがっていた。ぴかぴかの革靴を履いている。いかにも生真面目そうな若者だ。

ボビー・ハンクと呼ばれた若者は両手の親指をベルトにかけた。「ぼくが不正に加担すると思ったら大間違いですよ。全員逮捕してやる」

「なにいってるの。あなたの車がひっくり返って燃えてるから、心配してわざわざ戻ってきてあげたのに」エルシーがいった。

「爆竹なんか投げつけられなかったら、ひっくり返りもしなかったし、燃えることもなかった」

「いいえ、あなたの運転が下手なだけよ。わたしたちを逮捕なんてできないわ」

ボビー・ハンクはエルシーの屁理屈《へりくつ》を受け入れるかどうか迷っているようだったが、やがてこういった。「車を一台つぶしたらどうなるかわかってるのか？　ぼくのせいじゃないのに、責任を取らなきゃならない。給料から天引きされるんだ。責任を取ってくれ」

「いくらだ？」デンヴァーがきいた。

「あんたの儲けの四分の一。いや、半分だ」

「デンヴァー、払ってやれよ」サンダース保安官がいった。「警察官はこれくらい清廉潔白じゃないとな」

デンヴァーはやれやれと首を振り、両手を上げた。降参だ、といいたいらしい。「おれの車に乗るか？」ボビー・ハンクにきいた。

「いや、ひっくり返る前に無線で署に連絡した。もうすぐ援軍が来る。急いだほうがいいぞ。金の送り先はわかるか？」

「ああ、きっと連絡する」デンヴァーは約束した。

デンヴァーとエルシーはクーペに戻り、その後はなにごともなくシャーロットの〈サンシャインモーテル〉に到着した。デンヴァーはエルシーを連れてフロントを訪れた。エルシーはホーマーのことを尋ねたが、スタッフはなにもきいていないという。「こちらのマダムもお泊まりで？部屋をご用意しましょうか」

デンヴァーがいった。「いや、おれの部屋で待っててもらうよ」

「待つ？」スタッフがきく。

「おれはちょっと出かけてくる」

エルシーを部屋に案内したあと、デンヴァーは戸口でいった。「約束のキスは？」

「夫がここにいるっていったじゃない」

「そのうち来るだろう。さあ、こっちを向いて」

「夫の顔を見るまではだめ。それに、二百ドルもちゃんと払ってね」

「まいったな。しっかりした女だ」

「ウェストヴァージニアで育つとこうなるの」

「ノースカロライナに住んでてよかったよ」

「デンヴァー、よろしくね。お金と夫のこと」

デンヴァーは決まりが悪そうに首のうしろをかいた。「すまないが、金はあとで送らせてくれ。そんなに大金を持ち歩いてるわけじゃないし、今回の儲けはだいぶ目減りした。住所は？」

「もし本当に送ってくれるなら、わたしの母宛てにして。ウェストヴァージニア州ソープのミニー・ラヴェンダー。それだけで届くわ」

デンヴァーはベッドサイドテーブルのペンを取って、新聞の切れ端に住所をメモした。それをシャツのポケットに入れる。「必ず送る」

「夫は？」

「それも大丈夫。きっとここに連れてくる」

「そのうちヘビのいうことまで信じてしまいそう」

デンヴァーは苦笑した。「で、やっぱりキスはだめかい?」

「またね、デンヴァー」エルシーはデンヴァーを部屋から押しだした。

デンヴァーが外に出て車に乗りこみ、離れていく。モーテルのスタッフがやってきた。洗いたてのシーツを抱えている。「めずらしいな、デンヴァーが女を置いて出かけるとはね。なら、おれとキスでもするかい?」

エルシーはデンヴァーの車からくすねてきたスナブノーズをポケットから出した。「使いかたはわかってるわ」

スタッフはエルシーにシーツを差しだした。「失礼」

「また来たら、謝るだけじゃすまないわよ」エルシーはいってシーツを受けとり、ドアを閉めた。熱いシャワーを浴びようか。やわらかいベッドもある。もう少し待っていれば――本当に〝もう少し〟でありますように!――ホーマーがやってくる。アルバートをフロリダに連れていける。

シャワーを浴びながら、エルシーはふと気がついた。どうしてデンヴァーのような男に魅力を感じたんだろう。猛スピードで車を飛ばすのが好きで、危ないことをやっていて、ハンサムだから? でも、あの人はあの人なりに、愛情に飢えているんだと思う。女相手にかっこいいところを見せていないと自分のプライドを保てない、そういう人なんだろう。そんな人とずっと旅をするのは耐えられない。フロリダまでの旅の相棒がホーマーでよかった。ホーマーにはいろいろ欠点もあるけど、そのほとんどは、お人好しな性格の裏返しなのかもしれない。ホーマーとなら、この先も旅を楽しめる。

21

口の中の藁を取って、酔っている場合ではないと自分にいいきかせると、ホーマーは隣で眠っているスフレを起こした。トラクターに乗りこんで納屋の外に出る。トラクターには座席がひとつしかないが、スフレがいっしょに行くといってきかないので、ふたりで乗ることになった。スフレがホーマーのうしろに座り、両腕をホーマーの腰にまわす。手にはほとんど空になったワインボトルが握られていた。行きも帰りも、体をぴったりくっつけたままだった。「あなたの背中、最高にいいにおい」トラクターの走行音に混じってスフレの声がきこえた。

ホーマーはなんと答えていいかわからなかった。背中のにおいなんて、いままで考えたこともなかった。早くビュイックを修理してエルシーをさがしに行きたい。

ビュイックを見つけると、スフレはワインを飲みほして、空き瓶を後部座席に放りこんだ。ホーマーは牽引用のケーブルをつないだ。家に戻ると、カーロスが納屋の入り口で待っていた。ビュイックを中に入れ、トラクターのうるさいエンジンを切る。カーロスがスフレにいった。「さぐるつもりはなかったんだが、大切なお客さんとふたりでナッツとナツメを食べたんだな。ワインを飲んで、干し藁で眠ったと見える」視線をホーマーに向ける。「スフレとのランチは楽しかったかな?」

ホーマーは頬が赤くなるのをどうすることもできなかった。「とてもおいしかったです。ちょっと昼寝してしまいました」

「そうか」カーロスは壁にかけてあった熊手を取った。先端の刃が、あけっぱなしのドアから入ってくる日差しを受けてぎらりと光る。トラクターからおりないほうがよさそうだ、とホーマーは思った。カーロスが熊手を武器のように構えている。「干し藁のくぼみと皿に残ったナッツを見て、アイディアが浮かんだ。熊手を見たら、もっといいアイディアが浮かんだ。どんな詩ができたか、きいてみたいか?」

「ええ、きいてみたいわ。わたし、あなたの作品が大好きだもの」

「ホーマー、きみはどうだ? わたしの作品をどう思う?」

ホーマーは答えなかった。どう答えていいかわからなかったのだ。するとカーロスがいった。

「ふむ、答えないのももっともだ。まだあまりきいたことがないからな。だがきみは、わたしのスフレといっしょに過ごして、さぞかしすばらしい詩を作ったことだろうな!」

「あら、とんでもない。このかた、ワインを飲んですぐに酔ってしまったの」

「本当か? ホーマー」

「はい、記憶にあるかぎりはそうです」ホーマーは用心深く答えた。

カーロスはうしろを向き、熊手を小麦の袋の上に投げだした。小麦の粒がこぼれてくる。黄金色の涙みたいだ。カーロスは詩を暗唱した。

あなたの体にひそむ熊手
その鋭い刃先に突かれたわたしの心から、血が激しく流れだす
惑わされたわたしの情熱は歓喜の地平線を越えていく
愛する人よ、熱と油と干し藁の散らかる納屋の中で
あなたはわたしの燃える心に、神々の霊酒のような唇を与え
もうひとつの愛を打ち消してしまう
わたしはその愛にすがらねば生きていけないと知っているのに

詩はさらに続いたが、ホーマーにはちんぷんかんぷんだった。暗唱を終えたカーロスは、何キロも走ってきたあとのように、息を激しく弾ませていた。

「すばらしい詩だわ!」スフレが褒めたたえる。

カーロスはホーマーを見た。「ホーマー、きみと創作がしたい。つき合ってくれるか?」

「けど、車を直さないと」

「現実はつまらないものだな」カーロスはため息をついた。「車の修理を邪魔するつもりはないが、ここを出ていく前にひとつだけでも共作がしたい。よろしく頼む」スフレに手を伸ばす。

「スフレ、ちょっといいか？　ふたりになりたい」

スフレは微笑んで目を輝かせた。「ええ、いいわ」

ふたりは手に手を取って納屋を出ていった。ホーマーはほっと胸をなでおろした。ようやくひとりになれた。それに、熊手で刺されなくてよかった。車を直そう。できればカーロスとスフレが戻ってくる前に出かけてしまいたい。キャブレターがいちばんあやしい。南部で売られているガソリンはあまり純度が高くないからだ。

残念ながら、スフレはすぐに戻ってきた。藁の山に座って、大きくてやさしそうな黒い瞳でホーマーをじっと見つめる。ホーマーは落ち着かない気分だったが、それでもせっせと作業を続けた。キャブレターを掃除して、靴下工場の爆破で傷ついた幌をテープで補修する。それが終わると、すべてを元通りにしてからエンジンをかけてみた。はじめは大きな音がしたが、すぐに落ち着いた通常のエンジン音に変わった。そのとき、スフレが立ちあがって片手を差しだした。「うちのトラクターと工具のおかげで車が直ったのよね？　感謝してくださるなら、ちょっと散歩につき合っていただけない？」

「アルバートの世話をしないと」ホーマーはいった。どこであろうと、スフレとふたりで出かけるのは避けたい。帰ってきたら、カーロスが熊手を持って待ち構えているかもしれない。

「お願い。カーロスのことは心配いらないわ。ついてきてくれるだけでいいの。あなたのためにもなるし」

スフレはホーマーの手を取り、ぎゅっと握った。ホーマーが予想していたよりずっと力強い、ごつごつした手だった。農家の人間の手だ。納屋を出て小さな池のほとりに行った。葦《あし》や蒲《がま》がたくさん生えている。そこにアルバートがいた。正確にいうと、アルバートの目だけが泥水の上に出ていた。

スフレはホーマーの両手を握った。ホーマーは電気が走ったような気がした。「あなたは現状に満足しているのね。自分がどういう人間か、すっかりわかった気になってる。けど、矛盾してるわ。あなたがこの旅に出たのは、本当の自分を見つけだすためだったんだから」

「いや、ぼくは単にアルバートを故郷に連れていきたいだけだ」

「ねえ、わたしたちはまだ知り合って間もないわ。でもわたしにはわかる。あなたがしてることはそれだけじゃない。旅に出てわかったことがいろいろあるんじゃない？」

「ヴァージニアとノースカロライナを通りぬけるのは、思ったより時間がかかるってことはわかったよ」

スフレは微笑んだ。「それだけでも大発見ね。たいていのことは、思ったより時間がかかるものよ。それじゃ、愛はどう？　人を愛するのも、思ったより時間がかかるものだと思う？」

「愛のことはよくわからないな」

「そうね。それは正しいわ。けど、この旅は、あなたがよくわからないっていう愛を知るための旅なんじゃない？　そのために一キロ一キロ進んでいるのよ」

ホーマーは目をぱちくりさせた。それが真実だったのか。エルシーへの愛が心の中でまぶしく輝きだした。「エルシーを見つけないと」

「どこにいるの？」

「シャーロットの〈サンシャインモーテル〉」

「どうやって見つけるの？」

「車に乗って、人に道を尋ねながらシャーロットをめざす」

「ええ、そうすればその場所へは行けるけど、彼女の心は見つかるかしら」

ホーマーは考えこんだ。「わからない」

「アルバートを故郷に連れていけば、彼女の心は見つかると思ってる？　ううん、彼女の心をどうやって見つけたらいいか、あなたにはもうわかってるはず。わかってるってことに気づいていないだけ。よくきいて。わたしたちはこれから家に戻る。あなたはカーロスといっしょに詩を書くことになる。あなたの心の中にあるもの、いままであったもの、それをすべて言葉にしてみるといいわ」

「そんなことをしてエルシーが見つかるんだろうか」

「そうしないと見つからないわ」

そのときの会話はそこまでしかおぼえていない。緑の牧草地がどこまでも広がっていた。闇に沈んだ池には、赤いホタルのようなアルバートの目が浮かんでいた。そのあと、ホーマーは真っ白な部屋の中にいた。空気までが真っ白だった。その中で、ひたすら文字を書きつづけた。朝日が昇るまで書きつづけ、それからもさらに書きつづけ、ようやく、心の中にあることをすべて文字にすることができた。書きおえた瞬間、真っ白だった部屋がキッチンになった。目の前に座っているカーロスとスフレの姿が見えた。ふたりはホーマーの書いたものを読んでいる。スフレが顔を上げて微笑んだ。「おかえりなさい」スフレはそういって、一枚の紙を差しだした。自分の書いた文字が並んでいる。「読んでみて。真実が明らかになっているわ。地球が太陽のまわりを回っているのと同じくらい大切な真実が」

「ああ、驚いたな」カーロスもいう。

ホーマーは自分の書いたものを読んだ。なぜか息苦しさをおぼえる。ふたりに断って外に出ると、納屋のまわりを歩きまわった。ふと、緑の牧草地の中に、草の色がまわりと少し違う部分があることに気がついた。墓だ。まだ新しいように見える。それより年月のたった墓もいくつかある。いったいどんな人が埋められているんだろう。

「そいつらは詩人じゃなかった」カーロスがうしろに来ていた。「真実を明らかにしてくれなかった」

「え……だれなんです?」ホーマーはきいた。

「芸術を理解しないやつらだ。スフレがひとときの喜びを与えたあと、わたしが完璧な死を与えてやった」

ホーマーは話の続きを待った。冗談だよといって笑ってほしかった。しかし、待っていてもカーロスはなにもいわない。ホーマーは「ぼくはもう行きます」といった。

カーロスはうなずいた。「ああ、そうだな」

ホーマーが歩きだしたとき、カーロスがいった。「ワインで眠ってしまったのはラッキーだったな」

アルバートと雄鶏が後部座席におさまると、ホーマーは車を出した。バックミラーに詩人とその愛人の姿が見える。スフレが一枚の紙を掲げて指さしている。たくさんあるうちのどの一枚なのか、ホーマーにはわかるような気がした。真実が明らかにされている、といっていたやつだ。

きみを見つけたい。
きみがいやだといっても
ぼくはきみをさがす。
きみがぜったいいやだといっても
ぼくはきみをさがす。
きみが見つからなくても
ぼくはきみをさがしつづける。
さがせば愛が見つかるだろう。
大切なのはさがすこと。

ひたすら車を走らせる。どこまでが現実でどこからが夢だったんだろう。夢と現実がごちゃまぜになっていて、考えても混乱するばかりだ。そこで、考えるのをやめた。いまはエルシーを見つけることだけに集中しよう。「サンシャインモーテル」何度も口にした。それが地図であるかのように。何人もの人に道を尋ね、ようやくたどりついた。エルシーがドアをあけてくれた。ホーマーはエルシーを抱きしめようとしたが、エルシーに押しのけられた。「どれだけ待ったと思ってるの」

「すまない」

「アルバートに会いたい」

ホーマーは一歩さがり、エルシーがモーテルの入り口の階段を駆けおりるのを見守った。ビュイックのドアをあけ、笑顔のワニを抱きしめる。ホーマーは、ほんの数時間前に農場で書いたばかりの言葉を思い出した。

エルシーは見つかった。

しかし、重要なのはそのことではない。

さがしたということが大切なのだ。

モーテルを出発したあと、ホーマーは気がついた。スフレとカーロスにはだいじなことを教えてもらったが、それだけではなかった。有り金全部と、サンダーロードの悪党どもから奪ったピストル二挺《にちょう》がなくなっていた。

八歳の夏。ヴァージニア工科大学の一年生から二年生になるときだった。コールウッドの炭鉱で父の手伝いをしていた。母はその夏、コールウッドにいなかった。父を説得してローンを組み、サウスカロライナ州にあるマールの入り江のそばに家を買ったのだ。

七月四日の独立記念日を祝うイベントとして、労働組合チームと経営者チームのソフトボールの試合が計画されていた。ぼくは若くて、多くの炭鉱労働者のようにくたびれていなかったから、労働組合チームに加わってほしいと頼まれた。経営者チームのほとんどは若い現場監督だ。驚いたことに、父はアンパイアになった。父がソフトボールのルールを知っているなんて、意外だった。どんな種類であれ、球技のことなんかなにも知らないだろうと思っていたからだ。

労働組合チームが勝った。ぼくはホームランを打った。試合後、労働組合の組合長をしているデュボネットさんに声をかけられた。デュボネットさんと父は、炭鉱の経営とはどうあるべきかという点で意見が合わず、高校の同級生だったのに、友だちづき合いをまったくしていない。「きのう、きみのお母さんから電話があってね。きみが試合に出て、ホーマーがアンパイアをやるときいて、きみにある話をきかせたほうがいいと思ったというんだ。きみのお父さんの話でもあるが、お母さんの話でもある」

母は、なにをするときも本当の目的を隠して行動する人だ。そこでぼくは何気なくきいた。「理由をいっていましたか?」

「お父さんが本当はどういう人なのか、きみは知らないし、そろそろ知ってもいいころだろうから、といっていたよ」デュボネットさんはそういって頭をかいた。「わたしにとってても新鮮な話だった。お父さんについても、それからお母さんについても、知らなかったことがいくつかあったよ。しかし、きみのお母さんはおもしろい人だね」

「ええ、ぼくもそう思います」

デュボネットさんに連れられて売店に行った。デュボネットさんはビールを買って、ぼくにはロイヤルクラウン・コーラを買ってくれた。ぼくはコーラを飲みながら、コールウッドの労働組合長の口から母の話をきいた。デュボネットさんは、父が心底嫌っていると同時に心から尊敬している人物でもある。高校のときはアメリカンフットボールのキャプテンだったそうだ。つまり、母はもともと、そのデュボネットさんとダンスパーティーに行くはずだったのだ。母が心変わりして、青い目をした痩せぎすの若者といっしょに行くことになって、振られてしまった。青い目の若者はぼくの父、ホーマーだ。

第4部

ホーマーは野球選手になり、エルシーは看護師になる

22

　ホーマーとエルシーとアルバートと雄鶏の旅は、ガラスの割れる音とともに、いきなり中断した。ガラスの破片がホーマーの顔や胸や手に降ってくる。膝に積もったきらきらの破片を、ホーマーは信じられない思いで見つめていた。頬に刺さった破片を指でつまんで取ると、皮膚にあいた穴から血が流れ落ちた。

「なんなの、ホーマー」後部座席のエルシーも仰天していた。

「フロントガラスをぶちぬかれた」

「いったいだれがそんなことをするのよ」

　ホーマーは答えられなかった。彼自身もわけがわからなかったからだ。まず考えたのは、エルシーをさらったギャングがあとをつけてきたんじゃないか、ということだ。しかし、周囲を見まわしてもギャングの姿などない。なにもない空き地が広がっているだけだ。ゆうべやってきたときは気づかなかったが、ここは近くのスタジアムの駐車場らしい。さらによく見ると、入り口はこちらという看板に、スタジアムの名前と、ここがどういうスタジアムかという説明が書いてあった。

フェルドマン・フィールド
一九一二年のコースタルリーグ・チャンピオン、
ハイトップ・ファニチャーメーカーズのホームスタジアム

車をおりてみると、窓ガラスを割ってホーマーの顔を傷つけた野球のボールが転がっていた。腹が立ったので、それをつかんで思い切り投げた。ボールはフェンスを越え、さらに観客席を越えて飛んでいった。気は晴れたが、問題解決には一歩も近づいていなかった。割れたフロントガラスをどうしたらいいだろう。そもそも直せるんだろうか。一九二五年型のビュイック・コンバーチブルツーリングカーは、大量生産された車種ではない。こんなノースカロライナの片田舎で、これに合うフロントガラスを扱っている修理工場があるだろうか。あるとしても、ホーマーもエルシーも一文なし。食べ物もない。しかも、警察に捕まる可能性さえある。理由その一——銀行強盗を目撃した（そのあいだに一ペニーを盗んだ）。理由その二——靴下工場爆破にかかわっていた。理由その三——詩人の農場で何人もの人が殺されて埋められているかもしれないのを知っている。理由その四——密造酒を運んだ。ここまで整理してみて、ひとつの結論が出た。非常にまずい。

エルシーが後部座席のドアをあけておりてきた。「いったいなにをやったの？　フロントガラスを割るなんて」

「いや、ぼくはなにもやってない。野球のボールが飛んできたんだ」ホーマーはスタジアムを指さした。「たぶんあそこから」あたりをきょろきょろと見まわした。ここがどこなのかを知りたい。駐車場とスタジアムの向こうには、煉瓦造りの低い建物が並んでいる。町があるんだろう。フロントガラスは割れていても、町まで乗っていくことはできる。ただ、町まで行ったとしても、直してもらえるとはかぎらないし、代金を払うこともできない。

そのとき、ひとりの男がスタジアムのゲートから出てきた。看板の下をくぐったところでビュイックとその所有者に気づいたらしく、まっすぐこっちに向かって走ってくる。白いシャツにサスペンダー、灰色のズボン、ツートンカラーの靴。なにやら意を決したような顔をしている。ボールを持った手を上げた。「これを投げたのはあんたかい？」

「この車のフロントガラスを割ったのがそのボールなら、そうです。ぼくが投げました」ホーマーは答えた。

男はフロントガラスを見て顔をしかめた。「ここに車をとめるなら、ときどきボールが当たることがあるくらい覚悟してもらわないと」ボールをホーマーに投げてよこす。「もう一度投げてくれ」

「どこへ？」

「スタジアムの中へ」

ホーマーはいわれたとおりボールを投げた。軽々とスタンドを越えていく。まもなく野球チームのユニフォームを着た男があらわれた。マスクと胴当てをつけているところから見て、キャッチャーだろう。ボールを持っている。「反対側のスタンドまで飛びましたよ、トンプソンさん」

「ジャレド、この若者だ」サスペンダーの男がいった。

キャッチャーはボールをホーマーに返すと、かなり離れたところまで走っていってしゃがんだ。

「ここに」キャッチャーミットを拳で叩く。

「投げてみてくれ」サスペンダーの男がいう。

「ホーマーはコールウッド・ロビンズでプレイしてたの。去年はリーグ優勝したのよ」エルシーが話に割りこんだ。

「プロの選手なのか？」

「いえ、ぼくは鉱夫です」ホーマーはいって振りかぶり、キャッチャーめがけてボールを投げた。スピードボールはまっすぐ飛んで、キャッチャーミットに吸いこまれた。キャッチャーはわっと声をあげ、ミットから手を出して振った。「すごい！」

サスペンダーの男はなにか考えこんでいるようだった。「プレイしてたのはプロリーグじゃないんだね？」

「炭鉱会社がスポンサーについてるだけで、試合に出たからってお金なんかもらえません。それで答えになってますか？　従業員の名誉にかけてプレイするんです」

「プロになろうと思ったことはないのか？　それだけの肩をしているのに」

「鉱夫はたいてい、いい肩をしてますよ。仕事で鍛えられてるから。ぼくが特別というわけじゃありません」

「リーグ優勝したとき、金杯をもらったのよ」エルシーがいう。

「エルシー、あれは全員がもらったんだ。キャプテンが手配してくれて」

「でもあなたはチームでいちばんうまかったわ」

「そりゃ、そうだろう」サスペンダーの男は片手を差しだした。「ジェイク・トンプソンだ。ハイトップ・ファニチャーメーカーズの監督をしてる。コースタルリーグだ。監督だが、スカウトも少々やっている。入団テストを受けてみないか?」

ホーマーは眉をひそめた。「それより、フロントガラスを弁償してもらえるとありがたいんですが。ぼくたち、フロリダまで行くんです。町に、この車を直せる人はいませんか」

「見つけてあげよう」トンプソンがいった。「あちこちに声をかけてみる。ただ、時間は少しかかるだろう。特別注文で、デトロイトから運んでくることになりそうだ。それはそうと、スタジアムに来ないか。食事をごちそうするよ。奥さんにも。トイレも使ってもらってかまわない。それからちょっとバッティングを見せてくれ。きみの実力が見てみたい」

「ホーマーはほとんどの試合でホームランを打ったのよ。ホーマーじゃなくてホーマーズって呼ばれはじめてたわ」

「エルシー、ホームランを打った人はみんなホーマーって呼ばれるんだ」ホーマーは照れくさそうに微笑んだ。「まあ、それなりに打ったけど」

「ピッチャーのレベルが違ったのかもしれないな。このリーグのレベルでどれだけやれるか見てみよう」

エルシーはアルバートのほうを見ていった。「ワニもおなかをすかせてるんですけど」

トンプソンはアルバートを見た。アルバートは目をさまして、車の窓から顔を出していた。

「ハンサムなワニだねえ」

「そうでしょう？」エルシーが喜んだ。

トンプソンが肩をすくめた。「連れてきてかまわないよ。スタジアムには犬もたくさん来てるんだ。前の座席には雄鶏がいるね。ポップコーンを買ってやろう」

エルシーがアルバートをたらいに入れると、ホーマーとキャッチャーがたらいを持ち、ホットドッグ屋に行った。店主が後片づけをしているところだった。「ボブ、腹ぺこの客を連れてきた」トンプソンがいった。「ホットドッグを頼む」

店主は奇妙な一団を見て応えた。「卵とトーストならできますよ」

「じゃあそれで。ホーマー、ホームベースに来てくれないか」トンプソンは指笛を吹いた。「フランコ！　ピッチャーマウンドに立ってくれ。お相手を連れてきた」

そのへんにバットが何本も転がっている。ホーマーは手近な一本を拾ってバッターボックスに立った。キャッチャーが定位置について声をかけた。「気をつけろよ。狙ってくるからな」

ホーマーがその言葉の意味をはかりかねていると、ボールが頭めがけて飛んできた。ぎりぎりで避けることができた。ボールはキャッチャーミットにおさまり、〝バン！〟といい音をたてた。

「フランコ、まじめにやれ！」トンプソンが怒鳴った。「真ん中低めを投げろ」

フランコと呼ばれたピッチャーはがりがりで、着ているユニフォームが少なくともワンサイズ大きい。ボールに唾を吐きかけて、肩をすくめた。「了解」といって振りかぶる。

ボールがピッチャーの手を離れ、不規則に揺れながら、真ん中くらいの高さに飛んできた。スピットボールだ。スピットボールはコールフィールドリーグでも使われる。理詰めで考えるタイプ、しかも頭の回転の速いバッターにとっては、最高の球だった。ホーマーはボールの揺れを目で追い、スピンの具合を計算して、ここだというところにバットを出すだけでよかった。ボールはバットの芯に当たり、外野のいちばん深いところのフェンスを越えていった。

両手の親指をサスペンダーにかけて見ていたトンプソンが、サスペンダーをぱちんと鳴らした。

「まいったな」

「トンプソンさん、うちの人ってすごいでしょ」エルシーは鼻高々だった。

「ああ、すごい。フランコ、カーブを投げてくれ。次はスライダー。本気で投げろよ」

フランコはかっとした表情で投げてきた。ホーマーはどの球も軽々とフェンスの向こうに打ちかえした。

「ホームランじゃなく、転がしてみてくれ」トンプソンがいった。「フランコ、チェンジアップを頼む」

フランコが思い切り投げてくる。高めの直球だ。ホーマーは三塁方向に打ちかえした。ラインのわずか内側にボールが転がる。

トンプソンは微笑んだ。「こっちに来てくれ。紹介したい人がいる」

ホーマーは監督についていった。エルシーも同行する。車椅子の男性が、若い女性に車椅子を押されて、球場に入ってきた。トンプソンが近づいていく。女性はブロンドで、濃紺のきちんとしたスーツを着ている。シャツは白のピンストライプ。「こんにちは、フェルドマン夫人」トンプソンは女性を見て帽子に手をあてた。「こんにちは、フェルドマンさん。この若者の実力を見せてもらったところです。一試合二十ドルで雇いたいと思います」

「二十ドル！」エルシーは驚きを隠せなかった。「何試合ですか？」

トンプソンはちょっと静かにというように手を振った。「いかがでしょう、フェルドマンさん。いい戦力になると思いますよ」

男性は震える声でなにかいったが、ほとんどききとれなかった。「……かあわん」

「あなた、この人の腕はあたくしが確かめるわ」ブロンドの女性がいう。

「なんていったんですか？」エルシーがきいた。

「かまわん、とおっしゃったんだ」トンプソンが答えた。

「夫はこれからジョージア州のホットスプリングスに行くところなんです。療養のために」女性はトンプソンにいった。「ここにはしばらく来られないので、ご挨拶にうかがったんですよ。そのあいだはあたくしが経営に当たります」

「いや」フェルドマン氏がいった。「ホッスプリン、行かない」

「行かなきゃだめよ」女性の声には苛立《いらだ》ちが感じられた。「ここには看護師がいないんだもの」

「わたし、看護師さんになりたかったな」エルシーがいった。

「奥さん、看護師なのかい？」

「資格があるの？」球団経営者の若い妻が鋭い目をしてきいた。

「修了証書は持ってます」エルシーが答えた。

ホーマーは気づいていた。エルシーがいっているのは秘書養成学校の修了証書のことだ。「エルシー、それは……」

エルシーは作り笑いを浮かべたまま、口元を動かさずに小声でいった。「ホーマー、わたしたちお金がないのよ」

「どうです、フェルドマンさん」トンプソンがいった。フェルドマン夫人はまだ訝しげな顔をしている。「すばらしい夫婦に出会えましたよ。ホームランも打てるピッチャーと、看護師の妻。理想的じゃありませんか」

「アイゲーター」

「え？　いまなんて？」

フェルドマンは麻痺《まひ》した手を上げて、震える指先をアルバートに向けた。「アイゲーター！」

監督は指の先を目で追った。アルバートが歯のあいだからホットドッグをのぞかせながら、不思議そうな顔をしてこちらを見ている。「アリゲーターとおっしゃったんですか？」

「アイゲーター。マッコットにしろ」

「マスコットにしろといっているんですわ」フェルドマン夫人がいって、青い目を丸くした。

「アルバートをマスコットに？」エルシーがいった。

「アルバートをマスコットに？」ホーマーもいった。

「新しいマスコットか」トンプソンはちょっと考えた。「なるほど。アリゲーターは強くて賢いイメージだ。しかし、家具メーカーのチームにワニですか。合わないような気がしますが」

「かあわん」フェルドマンがいった。これで決定だ。

23

エルシーは昔から、自分の人生はジグソーパズルみたいなものだと思っていた。それも、完成図のないやつだ。ありがたいことに、そしてなにより驚いたことに、ホーマーが〈ハイトップ・ファニチャーメーカーズ〉（新しいマスコットがワニなので、チーム名はまもなく〈ガブリエルズ〉に変更された）でプレイをはじめたとたん、すべてのピースがうまくはまって、完璧な絵ができたような気がしてきた。ホーマーは人が変わったようだった。顔を合わせれば野球のことしかしゃべらない。キャプテン・レアードにもらった二週間の休みが終わってしまっても、なにもいわないし、コールウッドの話もしない。ホーマーがなにを考えているのか、エルシーにはさっぱりわからなかった。コールウッドに帰るつもりがあるのかどうかさえわからない。しかしエルシーは無理に知ろうとは思わなかった。父親の〝寝た鉱夫は起こすな〟という教えを実践していた。

ホーマーはスタジアムの掃除用具室をねぐらにして、エルシーはフェルドマン夫妻の屋敷で暮らしていた。エルシーの考えでは、理想的な夫婦の生活だった。エルシーは好きなことができるし、ホーマーも好きなことができる。法律的にはちゃんとした夫婦だが、生活は別々。わがままな考えかたかもしれないが、別にどう思われてもかまわない。こうしようとしてこうなったのではなく、たまたまこうなっただけなのだから。

毎朝、エルシーはわくわくしながら看護師の白衣に着替える。糊《のり》のきいたスカートとブラウス。ローヒールの白い靴。どれもフェルドマンが用意してくれたものだ。フェルドマンはいい患者だった。なにをしてもお礼をいってくれるし、だからこそ、だれも気づかないようなことまでしてあげられる。フェルドマンが目覚めるときにはそばにいて、自分で作った朝食を運ぶ。卵料理、ベーコン、トースト、コーヒー。病人は粥《かゆ》を食べるものだと家の料理人にいわれたが、そんなものは一度も出さなかった。それからバスルームまでフェルドマンを連れていく。車椅子から抱きあげてバスタブに入れてあげるのも、エルシーひとりでやった。ウェストヴァージニア女のたくましさがここでも発揮されたというわけだ。次は図書室へ車椅子を押していって、フェルドマンに頼まれた本をさがしてくる。薬をのませるときに用意するのは水道水ではない。庭の井戸から水をくんでくる。フェルドマンは井戸水のほうが甘みがあっておいしいという。だったらそのほうが体にもいいはずだ。フェルドマンが本を読んでいるあいだは脚のマッサージ。前は死人のような灰色をしていたのに、すっかり血行がよくなった。薄くなった髪をとかし、骨ばった肩をさすり、常にそばに座って、頼まれたらなんでもしてあげる。

なにより、フェルドマンとの会話が楽しかった。はじめはききとりにくかった言葉も、なんなくききとれるようになった。ホーマーをはじめ、炭鉱のだれと話すより、フェルドマンとの会話はおもしろいし、ためになる。人生や恋の話（エルシーはバディのことを話し、フェルドマンは結核で死んだという最初の妻の話をした）。古代社会や現代社会の哲学。政治（フェルドマンはニューディール政策はだめだといい、エルシーは時間がたてば効果が出るだろうと考えていた）。ヒトラーとスターリンはどちらも卑劣な男だが、ムッソリーニはフェルドマンにいわせると悪役というより喜劇役者だった。宗教の話もした。フェルドマンはユダヤ教徒で、エルシーはキリスト教のメソジスト派。共通する部分もあるが全然違う宗教だね、などと話し合った。ほかにもさまざまなことを話題にした。一週間もたたないうちに、フェルドマンはエルシーなしでは生きていけないようになり、そのことをエルシーだけでなく〝若いフェルドマン夫人〟（世間ではみながそう呼んでいた）にもいった。医師も含めて、フェルドマンの声の届く範囲にいる人間ならだれでもそのことを知っていた。

ハイトップは小さな町だった。メインストリートは百メートルたらず。新旧にかかわらずどの住宅も、屋敷も、ぼろ小屋も、郡庁舎広場から二キロ以内のところに立っていた。フェルドマンの屋敷は小さな丘の上にあった。ネオジョージアン様式の建物で、ポーチがとても広かった。部屋数も多かったので、エルシーもひと部屋を使わせてもらうことができた。広々とした部屋も、天蓋つきのベッドも、アンティークの椅子やテーブルも、エルシーはとても気に入っていた。部屋には本棚もあって、金文字でタイトルが書かれた古典がたくさん並んでいた。屋敷の図書室はとても充実していたが、エルシーは郡庁舎の隣にある図書館にも行って利用者カードを作り、看護の仕事に関係のある科学や医療処置についての本を片っ端から借りてきた。看護師の仕事を学ぶには頭でっかちな内容の本が多く、それがマーティン・クラウアーズ医師の目にとまった。クラウアーズはハイトップで唯一の医者で、フェルドマンのかかりつけ医だった。医師は姑息《こそく》かつ綿密に計画を立てて、図書館でエルシーを待ち伏せた。

そのとき、エルシーは看護師の白衣を着ていた。「ヒッカムさん」クラウアーズは声をかけた。「医師のクラウアーズです。フェルドマンさんの主治医の、といえば思い出してもらえるかな。あなたのようにやさしい天使に出会うことができてうれしいですよ」

エルシーの見たところ、クラウアーズは六十代。威厳のある男性だ。髪は白く、口ひげをたくわえ、山高帽をかぶっている。話しかけてきたときは、その帽子をちょっと持ちあげていた。

「フェルドマンさんからうかがってます」エルシーはいった。社交辞令ではなく本当に噂をきいていた。ただし、フェルドマンからきいたのは「やぶ医者め」という言葉だけだ。エルシーはその言葉の意味を知らなかったが、何度かきいてわかってきた。さらに何度かきくうちに、フェルドマンがその言葉に愛情をこめていることも理解できるようになった。フェルドマンとクラウアーズは昔からの友だち同士だったのだ。

「わたしもフェルドマンからきみの話をきいている」クラウアーズはいった。「かいがいしく世話をしてもらって、フェルドマンはとても喜んでいるようだ。だが、どうしてそんなに看護の本ばかり……。きみ、どこの学校を出たといっていたかな」

医師にきかれて、エルシーは窮地に陥った。ごまかして逃げることはできない。こうなったら真実を話すだけだ。「オーランド秘書養成学校に行ってました」

クラウアーズ医師はにっこり笑った。「つまり、きみのしていることは、一種の詐欺行為だ」

エルシーは医師の目をまっすぐに見た。「わたし、看護学校を卒業したなんてひとこともいってません。たまたまフェルドマンさんがそう思いこんだだけです」

クラウアーズ医師はおもしろがっているようだった。「必要とあればフェルドマンに注射もできると？」

エルシーの顔が赤くなった。「それは……そこまではやったことがありません」

クラウアーズは山高帽を床に置き、黒い鞄を開いた。取りだしたのはオレンジをひとつと、いかにもおそろしげな注射器が一本。「これで練習するといい」正しい注射のやりかたの手本を見せてくれた。オレンジと注射器をエルシーに差しだす。「やってごらん」

エルシーはやってみた。「これでいいの？」

「才能があるね」クラウアーズはまた鞄に手を入れて、注射器を二本と、薬液を何本か取りだした。「フェルドマンの痙攣《けいれん》が止まらなくなったり、白目をむいたり、しゃべっている途中で息ができなくなったりしたら、これを注射するんだ。尻がいい。きみを頼りにしているよ。わたしの目になり、耳になり、ときには両手になってもらいたい」本を指先でとんとんと叩く。「このことはわたしたちだけの秘密だ」

エルシーは注射器と薬液を受けとってハンドバッグにしまい、クラウアーズにお礼をいうと、再び勉強に取りかかった。フェルドマンの病状は思っていたより重篤で、すばやい処置が必要なものらしい。

図書館に通って勉強しているうちに、エルシーはある熱病について書かれた本を読んだ。紹介されている症状は、弟のヴィクターにあらわれたのと同じだった。エルシーの目に涙がこみあげてきた。できるだけすみやかに体温を下げることが必要である。もっとも有効なのは、患者の全身に氷嚢《ひょうのう》をあてること。

エルシーははっと息を吸い、それをはあっと吐きだした。「氷嚢。知っていれば助けてあげられたのに!」

フローレンス・ナイチンゲールの伝記も読んだ。看護師すべての手本になった女性だ。ナイチンゲールいわく、涙は看護師にふさわしくない。だからエルシーは涙をこらえた。しかし、心の中では涙を流さずにいられなかった。同じ思いが何度も何度も胸に去来する。知識さえあれば、ヴィクターを助けてあげられたのに!

エルシーはしばしばフェルドマンを連れてスタジアムに行った。チームの練習を見ることもあれば、ホームスタジアムでの試合を観ることもあった。エルシーはがっかりしていた。試合のとき、ホーマーはいつもベンチに座っているだけでプレイをしない。どういうことなんだろう。練習ではまるで稲光のような速い球を投げるし、次々にホームランを打つのに! 監督がフェルドマンに挨拶に来たとき、エルシーは監督に直接きいてみた。「トンプソンさん、どうしてうちの人は試合に出ないんです？」

トンプソンは、選手の妻にゲームの采配について説明するのを好まないらしかった。それでも最低限の答えはしてくれた。「そのうち出られる。時機がくればきっとだ。心配しなくていい」

「心配なものは心配なんです。ホーマーがベンチにあきあきして、炭鉱に帰るといったらどうするの？」

「タイミングってものがあるんだ。辛抱強く待ってもらうしかない」

エルシーは少し考えてからいった。「フェルドマンさんはどう思うかしら」

トンプソンは眉を吊りあげた。「オーナーに訴えるつもりか？　監督の采配に不服があると」

「不服じゃありません。ホーマーがプレイできない理由が知りたいだけです」

トンプソンはそれをきいて、思うところがあったらしい。「説明が必要なようだな。コースタルリーグはほかのリーグと違って、ワンシーズンに優勝争いが二回ある。つまり、前期と後期があるってことだ。チームのオーナーにとっては、優勝争いが多ければ多いほどいい。お客さんがたくさん来てくれるからね。監督にとっては頭痛の種だが、オーナーの希望とあれば、前後期制でやっていくしかない。来週、総当たり戦がはじまる。その結果によって、前期のトップ二チームが決まるんだ。そのときまできみのご主人を温存しておこうと思っているんだよ。いわば、われわれの隠し玉だ」

「ホーマーが隠し玉？」

トンプソンは咳払いをしてうなずいた。

「お金を賭けたりもするの?」

トンプソンはまた咳払いをした。帽子に軽く触れて「奥さん、ごきげんよう」といって離れていった。エルシーは横目でトンプソンを見送りながら、ホーマーを試合に出させる方法はないものかと考えていた。あれもだめ、これもだめ。結局は、さっき監督を脅したとおり、フェルドマンに直訴するしかなさそうだ。

動きの鈍そうなバットボーイがやってきた。ハンフリーという名前で、アルバートの世話を担当している。「奥さん、アルバートの餌って一日何回やればいいんだ? いつも腹をすかせてるみたいなんだ」

体が小さいので観客からは子どもだと思われることが多いが、ハンフリーは三十二歳の立派な大人だ。エルシーはハンフリーのことを気に入っていた。いつも感じよく接してくれる。「一日に一度でじゅうぶんよ。機嫌よくしてる?」

「ああ。けど、二回嚙まれた」ハンフリーは袖をまくって嚙み跡を見せた。

エルシーは看護師らしくハンフリーの傷を調べてみた。たいした傷ではない。「血は出た? 出なかったのね。それなら、これはアルバートからの警告よ。なにかいやなことをされて、やめてくれっていってるの。そのときなにをしてたかおぼえてる?」

「別になにも悪いことはしてなかったと思うけどなあ。けどまあ、ワニにとってなにがよくてなにが悪いかなんて、おれにはわかんないからね。そういえば、おれが嚙まれたときは二回とも、あそこのふたりがアルバートのそばにいたっけ。それでアルバートがピリピリしてたのかもしれない」

　エルシーはハンフリーが指さした男たちを見た。ひとりは背が高くてがっしりした黒人で、もうひとりはハンフリーよりも小柄だ。労働組合のキャンプにいたコンビとよく似ている。ホーマーが銀行強盗だといっていたふたり組だ。でも、どうしてこんなところに？　エルシーは凸凹コンビを観察しつづけた。ホーマーにいっておかなければ。あのふたりは何者なんだろう。そう思ったとき、ふたりがエルシーに気がついた。帽子を軽く上げて、そそくさと物陰に隠れてしまった。あのふたりには暗いところが似合っている。

　まあ、取るに足りない男たちだ。いまは気にしなくていいだろう。「頼りにしてるわ。アルバートのこと、よろしくね」エルシーはハンフリーにいった。「雄鶏はどうしてる？」

「アルバートのそばにいるよ。ホットドッグの残りのパンくずをやってる」

「ありがとう。ほかになにかある？　大丈夫ね。じゃ、もう行くわ。わたしも仕事があるから」

　ハンフリーはエルシーに敬礼して離れていった。その背中を見送りながら、エルシーは小さなため息をついた。スタジアムとフェルドマンの屋敷の両方で、困ったことが起こらないように目を配っていなければならない。がんばってはいるが、なかなか大変だ。それに、思わぬ事実を知ったせいで、心に重荷を抱えてしまった。ホーマーがほかの選手たちといっしょにフィールドに出ていくのを見かけて、思わず声をかけた。「わたし、ヴィクターを助けてやれたかもしれないの」

ホーマーはスパイクシューズを履いた足を止めた。「えっ?」

「ヴィクターを助けてやれたかもしれないの」

ホーマーは近くにやってきた。「どうやって?」

「氷嚢で全身を冷やしてやればよかった。本にそう書いてあったの」

ホーマーはどうかなという顔をした。「ゲアリーの炭鉱で、氷なんかどうやって手に入れるんだ?」

そのとき、若いフェルドマン夫人がエルシーに近づいてきた。「あたくしの許可なく、夫をスタジアムに連れてこないでいただける?」きつい口調ではきはきという。「妻として、夫がどこにいるのか把握しておかねばならないのよ」

「運転手にはいいました」エルシーは答えた。「伝わってると思ってました」本当はこういいたかった。あなた、運転手の部屋に入り浸ってるでしょ。そういうことをきく機会はいくらでもあるんじゃないの? しかし黙っていた。

「きいてないわ」フェルドマン夫人はつんとすましていった。「今日からは、徹底してちょうだい。あたくしの許可なく夫を連れださないこと。あたくしが認めた以外のものを夫に食べさせないこと。あたくしが認めた以外の薬を与えないこと。夫の世話に関して、あたくしが認めた以外のことをしないこと。わかったわね?」

「フェルドマンさんをおトイレに連れていくのもそうですか?」エルシーは愛想のいい口調できいた。「だとしたら、奥様に同行をお願いしないと。足元がちょっとふらつくようなので」

フェルドマン夫人の表情が曇った。「あなたの小切手はあたくしが書いてるってことをお忘れなく」

それをいわれると弱い。エルシーは愛想笑いを消して答えた。「はい」

「エルシー、あたくしも昔は貧乏で、食べるものにも不自由してたくらいだったのよ」

ふうん、そう。食べるものには不自由しても、金持ちの結婚相手には不自由しなかったのね。

「あたくしも働いていたの」

ふうん、そう。歩道や街頭に立ってさえいればできる仕事もあるんだから。あなたにはそういう仕事がお似合いよ。

もちろん口には出さず、心の中でつぶやくだけにした。

「頭の悪い野球選手たちの見物が終わったら、さっさと家に連れて帰ってちょうだい」フェルドマン夫人はそういって、ハイヒールをかつかついわせて離れていった。なによ、あの女。エルシーはそう思う一方で、感心していた。どこに行くにもあんなピンヒールを履いているなんて、それだけでもすごい。

ホーマーの言葉も耳に残っている。ゲアリーの炭鉱で、氷なんかどうやって手に入れるんだ？　たしかに、氷なんかどこに行っても買えなかっただろう。会社の売店でもなかっただろうし、両親は車を持っていなかったから遠くに買いに行くこともできなかった。車なんか持っているのは炭鉱の経営者だけだった。でも、馬ならいた。郡都のウェルチまで行けば氷くらい手に入ったはず。できるだけたくさん買えば、溶ける前に持ち帰ることができたかもしれない。

考えれば考えるほど、ホーマーの言葉に腹が立ってくる。わたしだってやろうと思えばなんでもできるのに。バディ・イブセンだったら、きっとこういってくれただろう。声まできこえるような気がする。「エルシー、だれかにできることで、きみにできないことなんてない。だけど自分を責めちゃだめだ。悪いのは炭鉱会社なんだから。敷地内に製氷室くらい作っておくべきだったんだ」

そうよ。夫だったらそれくらいのことをいってくれてもいいはず。なのにホーマーときたらどう？　いつだって理屈ばっかり。ゲアリーの炭鉱で、氷なんかどうやって手に入れるんだ？

「なんとかなったはずなのよ」小さくつぶやいた。「氷が必要だってわかってたら、きっと手に入れてたはず」

屋敷に戻ると、さっきの妻とエルシーの会話をきいていたらしいフェルドマンがいった。「つあがひろいことをいってすあない」なんといったのか、エルシーにはすぐにわかった。〝妻がひどいことをいってすまない〟だ。

「いいんです、フェルドマンさん。フローレンス・ナイチンゲールの話をきいたことがありますか？」

「最初ろ看護師」

「そうです。最初の看護師。あの人がここにいたら、きっと奥様より厳しかったはずです」

フェルドマンは微笑んだ。「ヒッケムさんが来てくえてよかった」

エルシーはにっこり笑った。「フェルドマンさん、わたしもあなたが好きですよ。お風呂に入りますか？　それはそうと、ホーマーはまだ試合に出られないんです」

24

ホーマーは妙なところで足どめを食っていた。妻のペットのワニをフロリダに連れていくための急ぎの旅行だったはずなのに、まったく違う状況に陥ってしまった。キャプテンなら、これを宿命と呼ぶかもしれない。しかし、この状況をどう呼ぶかなんてどうでもいい。炭鉱の外の世界はおかしなことだらけだ。巻きこまれて身動きが取れなくなってしまった自分が情けない。

キャプテンに電報を打とうか、とも考えた。コールウッドに帰るための費用を送ってもらうのだ。しかし、プライドが許さなかった。二週間の期限が過ぎてしまったときも、そのことを電報で知らせようかと思ったが、できなかった。キャプテンだってカレンダーは持っている。約束の期限を過ぎた時点で、なんらかの措置を取ろうと決めているだろう。かつての部下から泣き言みたいな電報を受けとろうが受けとるまいが、やるべきことをやるだけだ。かつての部下にばかにされたと思って怒っているかもしれない。とにかく、コールウッドに帰ったら、借りた百ドルを返して、受けるべき罰を受けるとしよう。そのためにも、早く旅を再開できるように最善を尽くさなくては。球団はビュイックの修理を請け負ってくれた。エルシーにも仕事をくれた。いまはここにいて車が直るのを待ち、金を貯《た》めることだけを考えよう。考えをそこまで整理すると、肩の力が抜けた。思わぬ場所に落ち着くことになったが、ここでせいぜいがんばるとしよう。ときには少しくらい浮ついた気分になったっていいじゃないか。いつもなら、そんな気分になった自分を戒めるところだ。ウェストヴァージニアの男には不似合いな、なんともいえない不思議な感覚。これがなにかを〝楽しむ〟ということなんだろうか。

ダグアウトの柱に寄りかかってスタジアムのフィールドを眺めるのも、〝楽しみ〟のひとつだった。鮮やかな緑色の外野。フェンスに並ぶ派手な広告。赤茶色のベースラインと、所定の位置に置かれた真っ白なベース。黄色っぽい色をしたホームベースのうしろには、ファウルボールが飛んでいかないようにするための灰色のネットが張ってある。ピッチャーマウンドも魅力的だ。男の力が試される、勝負の場。まわりの観客席を見ているのも楽しい。人がいないときでも、常に空気がざわめいているように思える。

フィールドのにおいも大好きだ。青い芝は、命と泥のにおいがする。土の中で暮らす虫のにおいも混じっているのだろうか。客席のスタンドからは、木材とペンキとタールと日光のにおいがする。できたてのポップコーンのにおいは、永遠にそこにしみついているかのようだ。洗濯したてのユニフォームのにおいや、滑りどめのついた靴のつんとしたにおいもいい。汗や整髪料のしみついた帽子のにおいも嫌いではなかった。そしてなによりたまらないのは、牛革で作ったボールのにおい。

さらにうれしいのは、毎日なにかしらの学びがあるということだ。まだ試合に出られないことなど、ちっとも気にしていなかった。もっといろいろ教えてもらって、しっかり準備ができてから出場したほうがいい。コールウッドのチームメイトもすばらしい選手だったが、みんなプロの選手ではなく炭鉱の鉱夫だ。コールフィールドリーグでは、体力と力が勝負の決め手だ。ピッチャーは力まかせに投げるだけ。たまにスピットボールを投げる以外は、これといったテクニックにも頼らない。十球のうち九球は、高さの違いこそあれ、ストライクゾーンのどこかにずどんとおさまる。しかし残る一球はバッターの頭に当たる。デッドボールを頭に受けて命を落とした鉱夫が何人もいる。すべては体力勝負だった。ランナーは相手の選手に体当たりでブロックされたり、腕を引っかけられて地面に転がされたりする。鼻にパンチが飛んでくることもある。アンパイアはラフプレイに寛容だ。鼻血を出したり骨折したりする選手が多ければ多いほど観客が喜ぶのを知っているからだ。

コースタルリーグでは、そういうラフプレイは許されない。力だけではなく戦略が必要だ。練習試合のとき、それがはっきりわかった。ホーマーが走者を三人も背負ってしまったとき、トンプソン監督がピッチャーマウンドにやってきた。「監督、なにがいけないんでしょう」ホーマーは帽子の中に手を突っこんで頭をかきながら、きいた。

「すべて全力で投げているだろう。それがいけないんだ。球質がすべて見破られてしまった。そうなると、バッターはボールにバットを当てるだけでいい。ひとつきいていいか。きみはどういうピッチャーになりたい？」

「まあ、いいピッチャーになれればと」

トンプソンは噛み煙草の唾を吐きだした。トンプソンはこれがあまり得意ではない。いつも自分の靴やズボンにかけてしまう。しかしピッチングのコツはよくわかっていた。「いいピッチャーなのに勝てない、そんなやつはいままでにたくさん見てきた。そうじゃなくて勝てるピッチャーになりたいんだろう？　だったら、いいピッチャーになんかなろうとするな。目の前のバッターをひとりひとりアウトにしていけ。わかるか？」

なるほど、とホーマーは思った。考えてみればそのとおりだ。そこで、こう答えた。「すばらしいヒントです。まさにそのとおりです」

「よし。前からきみを見てきたが、フォークボールが向いてそうだな」

「フォークボールですか？」

「ああ、手が大きいからフォーク向きだ。スプリッターという呼びかたもある。ボールはこんなふうに握る。ボールを指で深く挟む感じだ。握る強さはほどほどにして、丸い縫い目《シーム》の上側に人さし指と中指をかける。あとは普通にストレートを投げるのといっしょだ。狙ったところにまっすぐ投げればいい。手首は返さず、固定したままだぞ」トンプソンはホームベースのほうに顔を向けた。「見ろ。ブルノスキがきみをにらみつけてバットを振ってるだろう？　きみがどんな球を投げてくるか、やつにはわかってる。直球が来たら打つぞ、と思ってるはずだ。だったらまったく違う球を投げてやれ。途中までは直球に見えるが手元で変化する球なら、気づいたときにはもう遅い。わかるな？」

ホーマーはうなずいた。いわれたとおりにボールを握る。シームの模様が道路の地図みたいに思えた。

「ピッチングってのは家を建てるのと同じだ」監督が続ける。「まずはしっかりした基礎を作る。きみは才能もあるし、うまい。だがテクニックがない。これからどんどん身につけていけ。きみと同程度の、いや、きみよりいい肩をしたピッチャーを千人集めても、きみほど伸びる選手は見つからないだろう。なぜかわかるか？」

「いいえ」

「実力があるだけでなく、頭がいいからだ。きみはゲームを頭で理解しようとしている。なにがどんなふうに動いて、その動きが次のどんな動きにつながって、その結果どうなるか、それをちゃんと理解している」

トンプソンに褒められて、ホーマーは恥ずかしくなってきた。「いや、そうでもないと思いますけど」

「いや、間違いない！　きみの筋肉は鋼鉄のようだが」トンプソンはホーマーの右腕を握った。「本当の強さはここにある」ホーマーの頭を指さす。「チェンジアップを混ぜて投げてみろ。バッターは打つのをあきらめる。どうしてなのか自分でもわからないが、あきらめてしまうんだ。なぜか。きみのほうが頭がいいからだ。分子レベルで出来が違う。それが相手にもわかるんだろうな。それだけじゃない。きみにはガッツがある。勇気がある。根性がある。まあ、ほかにもいろんないいかたがあるだろうが。駐車場ではじめて会ったときからそう思っていたんだ。なあ、ふたりでもっと上をめざさないか。メジャーだって夢じゃない。すぐれた選手を見つけだせば、監督もいっしょに出世できる。わたしをこのリーグから卒業させてくれ。頼んだぞ！」

ホーマーはメジャーリーグのことなど本気にしていなかったが、とにかくいわれたとおりにボールを握って投げた。ボールが手から離れたときは、だれの目にもストレートに見えただろう。しかし、最後の最後に、バッターの膝あたりまですとんと落ちた。ブルノスキは大きく空振りして、ボールはキャッチャーミットにおさまった。

ブルノスキは悪態をついた。「手元で見えなくなった」キャッチャーにいった。

キャッチャーはミットにおさまったボールを見つめた。「フォークだ。すげえフォークだ。あんな剛速球のフォークなんてはじめて見た」

ホーマーはあっというまにほかの球種もいくつかおぼえた。カーブ、ライトカーブ、スライダー。しかしいちばん力を入れたのはフォークだ。自分の決め球であるフォークボールをどんどん改良していった。相手チームのピッチャーもよく観察して、チェンジアップや戦略を参考にしていった。炭鉱で学んだことは野球にも通じるとわかった。すなわち、成功した人を観察すれば自分も成功できる、ということだ。しばらくたって、トンプソンのいうことは正しいと思うようになった。本気でがんばれば、そして自分がそうなりたいと望めば、メジャーにだって行けるかもしれない。

そう信じていたところにあらわれたのが、タイ・カーンズだった。カーンズはメジャーリーグのいくつかのチームでプレイしたことがあり、ワールドシリーズに行ったこともあるという。しかし、怒りっぽい男だった。腹が出ていて腕もただ太いだけ。赤ら顔に不機嫌な表情を浮かべている。メジャーでプレイできなくなって、トリプルAでもなく、ダブルAでもなく、Aでもなく、さらにその下、ノースカロライナのチーム――おそらくBクラスにも届かないようなレベルのチーム――に拾われたことで、相当腐っていたのだろう。クラブハウスに入ってきたカーンズは、知り合いの選手何人かと言葉を交わし、まわりにいるだれがどういう人間かというのをきいたあと、ここにいるアマチュア選手どもにメジャーのやりかたを教えてやろうと考えたらしい。荷物でいっぱいのバッグにスパイクシューズを結びつけたものをホーマーの足元に投げてよこした。

「洗濯して手入れしとけ」

ホーマーは、汚れ物を洗濯しろだの靴を手入れしろだの、ほかの男からいわれたのははじめてだった。体が動かない。カーンズが、なんだこいつというように目を細め、ひげの生えた顎を前に突きだした。「きこえなかったのか。手入れしとけっていったんだ」

どの世界にも、新入りのいじめやしごきはある。ホーマーも経験があった。炭鉱でも、新人は必ずいじめられたりこき使われたりする。ホーマー自身、レール矯正器をひとりで取ってこいといわれたり、弁当箱の中身をぶちまけられたりしたことがある。それくらいのことはあるのが普通だと覚悟していた。しかしこの男の態度はそういうのとは違う。どんなに偉い選手なのか知らないが、なんのユーモアもない。炭鉱のしごきには愛があったのに、それがない。ホーマーは答えた。「自分でやったらどうです？」

カーンズは驚いたようだ。「おれはプロの選手だぞ。新聞に名前が出たこともあるんだ。おまえはなんだ？　たかが鉱夫のくせに、どういうつもりだ」

「いまはピッチャーです」

カーンズは笑ったが、その声は笑い声というより怒声に近かった。「ベンチからなにを投げるってんだ。試合に出たければいわれたとおりにしろ。監督にとりなしてやるぞ」

ホーマーはむっとして答えた。「年齢を考えてください。ベンチに入るのはあなたじゃありませんか」

カーンズは冬眠からさめたクマみたいにうなった。「坊主、おれに打てない球を投げられるってのか？」

「そんなのいくらでも投げられますよ」

ショックを受けたカーンズは、ずんぐりした手を上着の内ポケットに入れて、嚙み煙草の袋を取りだした。ひとつかみ口に入れて嚙みしめると、意地悪そうににやりと笑ってヤニまみれの歯を見せた。視線をバットボーイに移す。「おい、おまえ！　おれのバットにオイルを塗っておけ。ぐずぐずするな」

ハンフリーはカメみたいに頭を引っこめて、肩のあいだから声をもらした。「おれ、ワニに餌をやりに行かないと」

カーンズは口を大きくあけた。黒い唾が垂れる。「ワニに餌だ？　おまえ、ふざけてんのか」

バットボーイが答えられずにいるので、ホーマーがいった。「アルバートって名前のワニなんです。ぼくの妻のペットで」

「このチームのマスコットなんだ」キャッチャーのジャレドがいう。

「おいおい、ここは精神病院か?」カーンズは黒い唾で汚れた口元を拭いた。「バットを用意しろ! ワニなんかかまうな!」震える指をホーマーに向ける。「おまえ! フィールドに出てこい」

ほかの選手たちは金のやりとりをはじめた。どちらが勝つかの賭けだ。そして勝負を見るためにフィールドに出てきた。ホーマーはボールを握り、ピッチャーマウンドに向かった。カーンズは早くもバッターボックスに立ち、いまかいまかと勝負を待ちかねている。ハンフリーがカーンズのバットを持ってきた。リードをつけられたアルバートがついてくる。「さっさとバットをよこせ、このチビ。殺されたいのか!」カーンズがうなる。

脅されたハンフリーは思わずバットを落とした。そのバットに、アルバートが何気なくまたがった。ワニの大きな口を見たカーンズは、バットの一歩手前で動けなくなった。

ホーマーがやってきて無言でアルバートの尻尾をつかむとうしろに引っぱり、バットから離した。それからピッチャーマウンドに戻ると、前かがみになり、ボールを持った手を背中にあてた。指先でボールのシームをさぐる。

カーンズはハンフリーをにらみつけてバットを拾うと、いとおしそうにその表面をなで、土埃を落とした。何度か素振りしてからバッターボックスに入る。ホーマーに向かってうなずいた。

「ルーキー野郎のお手並み拝見だ!」

ホーマーはいきなりフォークボールを投げた。カーンズは大振りしたがバットは空を切り、ボールはキャッチャーミットにおさまった。

そのころにはトンプソン監督が出てきてアンパイアの位置に立っていた。「ワンストライク！」にやりとして叫ぶ。それからピッチャーマウンドに向かって叫んだ。「ホーマー、次はカーブだ。左に曲がるやつを投げろ」カーンズに笑いかける。「球種がわかってれば確実に打てるだろう？」

ホーマーはカーブを投げた。ボールは高速で飛んできて、インコースに大きく曲がった。カーンズはバットを振りもせず、ぼうっとしてボールを見送った。「ツーストライク」トンプソンがコールする。「内角ぎりぎりで入った。ホーマー、次はストレートだ。ど真ん中で勝負しろ。カーンズ、それなら打てるな？」

ホーマーはいわれたとおりの球を投げた。カーンズがバットを振る。球筋をとらえていたが、タイミングが遅い。ボールの衝撃でしびれた手をキャッチャーが振っているとき、カーンズはまだバットを振っていた。ベテラン選手は信じられないという顔をして、キャッチャーが掲げたボールを見た。

ホーマーは傲慢な男をやっつけてうれしいというより、なんだかかわいそうな気持ちになっていた。たしかにバットを振るパワーはすごい。あんなバッターはいままで見たことがなかった。カーンズの顔からはショックがうかがえる。だが執念も捨てきれないようだ。まだ勝負をあきらめたくないらしい。

「もう一球だ！」カーンズが叫ぶ。「おまえの球筋は読めたぞ！」

トンプソンが首を振った。「三球三振でアウトだ、カーンズ。これでおしまいにしろ」

「トンプソン、あんたには関係ない。あの若造は、おれには絶対打てないといいやがったんだ。いまのはウォーミングアップだ。さあ、若造、かかってこい。プロのバッティングを見せてやる！」

「ホーマー、やめろ」トンプソンは叫んだが、すぐに引っこんだ。「ジャレド、つき合ってやれ」キャッチャーにいう。

ホーマーはキャッチャーのサインを見た。フォークボール。ホーマーは指先をシームにかけたが、バッターボックスのほうに目をやって、思いなおした。シームから指をはずす。振りかぶって投げると、予想どおり、ボールはカーンズのバットにとらえられ、遠くに飛んでいった。センターフィールドのフェンスを越えたときもまだ加速しているほど、大きな当たりだった。

一瞬、カーンズはホーマーの目を見た。ホーマーの意図がカーンズにもわかったのだろう。しかしカーンズは笑ってトンプソンを振りかえった。「どうだい、監督」

「まだあんなに飛ばせるんだな、カーンズ。感心したよ。わがチームへようこそ」

トンプソンはマウンドからおりてきたホーマーを出迎えた。「きみのせいで賭けに負けた」

ホーマーは肩をすくめた。「けど、三振だったじゃないですか」

「打てるか打てないかの賭けだ。三球でやめてくれればよかった」

「ぼくのフォークもまだまだですね」

「いや、わざと打たせたのはわかってる。なんでだ？」

「あの人の尊厳を保つためです」

トンプソンは眉をひそめた。「わたしはきみを見損なっていたようだな。ホーマー、きみはいい選手だ。大物になれる力を持っている。だが大切なことを忘れている。さっきわざと打たせたのは、これをふたりの勝負にすぎないと思っているからだ。だが、勝負は当人たちだけのものじゃない。試合のためにあるんだ。試合の大切さを理解している男なら、自分に及ばない相手に手加減なんかしないものだ」

トンプソンは離れていき、ホーマーはひとり残された。どういうことだろう。ダグアウトを見る。ほかの選手たちはみなカーンズを褒めそやし、背中を叩いてやっている。どう考えても、自分が悪いことをしたとは思えなかった。

25

コースタルリーグの盛夏シリーズ優勝決定戦は、五試合。三勝したチームがチャンピオンだ。シーズン中盤までリーグトップを走っていたアレグザンダーシティ・クラムストンパーズが、選手の半数がダブルAのチームに移籍してしまったせいで十連敗したおかげで、ハイトップ・ガブリエルズが決定戦に出られることになった。相手はマリオン・スワンプフォクシズ。最初の二戦はマリオンのホームスタジアムで行われる。スワンプフォクシズは将来有望な若い選手の揃った強豪チームで、ガブリエルズに勝ち目はないというのが大方の予想だった。

エルシーはフェルドマンに付き添ってマリオンに行くことになった。車は運転手つきのキャディラックだ。フェルドマンは言葉に障害があるが、それにしてはよくしゃべる人だなあ、とエルシーは思っていた。マリオンまでの車中でも、いつものように哲学や宗教や政治についてのおしゃべりが続いた。エルシーはとうとう勇気を振りしぼって、フェルドマンに真実を告げた。

「フェルドマンさん、じつはわたし、看護師の資格なんて持ってないんです」

「知っとる」フェルドマンがいった。「医者、きいた」

「あのお医者さんが！　内緒だっていったのに、ひどい！　でも、ごめんなさい。いままで嘘をついてて」

フェルドマンは震える手でエルシーの腕に触れた。「エルシー……学校……行け……金は出してやう」

「看護学校に行かせてくださるの？」エルシーはフェルドマンの頬にキスした。「ありがとうございます、フェルドマンさん！」

「よおこんで」フェルドマンは自分の胸に手をあてた。「よおこんで」

「資格を取って、フェルドマンさんのために働きます。約束します！」

フェルドマンはにっこり笑った。「よおこんで」

マリオンでの試合には観客が詰めかけた。観客席は満杯で、席を取れなかった人々が自前の椅子を持ちこむほどだった。マリオンの人々はみな陽気で、自分たちのチームがハイトップのファニチャーメーカーズ――いや、ガブリエルズと名前を変えたのか？――を、こてんぱんにやっつけるのを楽しく見守った。相手チームの新しいマスコットも、マリオンの人々の人気者だった。

アルバートがマスコットとして活躍しているのを、エルシーは誇らしく見守った。ホーマーがたらいにハンドルと車輪をつけたので、ハンフリーはハンドルを持ってたらいを転がし、アルバートをあちこち連れてまわることができた。ホットドッグで誘えば、たらいの外を歩かせて観客を楽しませることもできる。小さなバットをアルバートにくわえさせてテニスボールを投げてやると、アルバートはバットを振ってボールを打った。空振りはほとんどしない。アルバートはなにもかもが楽しくてしかたがないようだった。食べ物のにおい、人々のざわめき、突然わきあがる歓声、走る選手、バットがボールをとらえる音、スタジアムの熱気。エルシーがスタンドを出て会いに行くと、アルバートは尻尾を振って喜び、歯をむきだして笑った。「アルバートは本当に奥さんのことが好きなんだねえ」ハンフリーがいった。

「バディ・イブセンからのプレゼントなのよ。ダンサーで俳優の」エルシーはいった。「昔、とても仲がよかったの」

「バディ・イブセン？　きいたことがないな」ハンフリーは正直にいった。

「いいのよ。そのうち名前をきくわ。きっと有名になるから」

「ヒッカムさんも知ってるのかなあ？　その人のこと」

バットボーイのくせに、なんて大胆なことをきいてくるんだろう。エルシーはそう思いながらアルバートの頭をなでた。力が入りすぎたらしく、アルバートがびくりとした。「もちろんよ」

「けど、それじゃあ……」ハンフリーはいいかけてやめた。

エルシーは顔を上げて眉を寄せた。「なあに？」

ハンフリーは続けた。「その、ヒッカムさんはイブセンさんのことで嫉妬したりしないのかなと思って。おれだったら嫉妬するなあ。我慢できないと思う」

エルシーは立ちあがり、ハンフリーを横目でにらみつけた。「ハンフリー、アルバートの世話をよろしくね。それだけしてくれればいいから」

ハンフリーは小さく頭を下げた。「はい」

エルシーはハンフリーを最後にもう一度にらみつけてからスタンドに戻ろうとした。フェルドマンが待っている。しかしどういうわけか、ふらふらとダグアウトのほうに歩きはじめていた。ベンチにホーマーが座っている。エルシーの顔を見て驚いたようだ。「調子はどう？」エルシーに話しかけられて、あらためてぎょっとしている。ただの挨拶という口調ではなかったからだ。

「わ、悪くないよ。最高だ。どうかした？」

「ううん、別に」

「いや、なにかいいたくて来たんだろう？　顔を見ればわかるよ」

「なにもないっていったでしょ」エルシーはホーマーに背を向けたが、顔だけ振りかえっていった。「今日、プレイできるといいわね」

ホーマーは肩をすくめた。エルシーは振りかえった。「ねえ、ホーマー。あなたってどうしてそんなに向上心がないの？」

「ほら、やっぱりいいたいことがあったんじゃないか。わかってるだろ、向上心はあるさ。ただ、ぼくはコールウッドの現場監督になるためにがんばってきたんだ」

「それは昔の話よ。いまは野球をしてるんでしょ。ベンチに座らされたまんまで文句もいわないなんて、向上心がないっていわれてもしかたないじゃない。わたしはそう思う」

ホーマーはあたりを見まわした。こんな会話、だれにもきかれたくない。ダグアウトにいる選手はもちろんみんなきいているに違いない。きいていないふりをしているだけだ。ホーマーは立ちあがり、エルシーに近づいて身をのりだした。「ぼくだってがんばってるんだ」

「もっとがんばったら?」エルシーはそういって離れていった。いうべきことをいってやった、そんな満足感が味わえるものと思っていた。夫のためになるアドバイスをしたのだから。しかし、実際はみじめな思いをしただけだった。あのバットボーイのせいだ。あの男が厚かましく図星を指してきたのが悪い。バディ・イブセンはまだ心の中にいる。ホーマーがいるべき場所に居すわっている。でも、そのうちきっとホーマーがバディを追い払ってくれるだろう。


ガブリエルズは第一戦を八対〇で落とした。六人いるピッチャーのうち五人が登板した。出番がなかったのはホーマーひとりだけ。ブルペンまでは行ったのに、結局は投げずに終わってしまった。翌日も出番はなく、ガブリエルズは連敗。もうひとつ負ければシリーズが終わってしまう。

試合が終わってホーマーがブルペンから出てくると、男がふたり立っていた。ひとりはとても背が低く、ひとりは長身で体格がいい。スーツにネクタイを締め、高価そうな中折れ帽をかぶっている。

ホーマーは足を止め、ふたりを見た。「スリックとハディか。あっちへ行け。ぐずぐずしてると監督を呼ぶぞ。警察に突きだしてやる」

「それは無理だな」スリックがいった。「おれたち、シーズンチケットを持ってるんだぜ」

「嘘だろう」

「腕の調子はどうだ？」スリックがきいた。

「悪くないが」

スリックがハディの顔をちらりと見た。「おまえ、どう思う？」

「おれの仕事は考えることじゃねえよ」ハディがうなり、脇の下をかいた。

「たしかにそうだな」スリックはそういって帽子のつばに二本の指をかけた。敬礼のつもりだろうか。そしてハディを連れて離れていった。

ホーマーはふたりを見送った。いやな予感がする。あのふたりはまたなにかを企《たくら》んでいる。いったいなにをするつもりだ？

26

シリーズ三戦目の朝、エルシーは目覚めて、なにかが違うと感じた。バルコニーに出て朝日を浴びていると、ハヤブサがあらわれてちょっとしたアクロバット飛行をした。とくに理由はなく、ただの気まぐれだろう。それが終わってエルシーが視線を上げると、ワニの形の雲があった。アルバートそっくりだ。口をあけて、笑っているように見える。下の部屋の窓が開く音がした。運転手が蓄音機でコール・ポーターのレコードをかけている。エルシーの大好きな『恋とはなんでしょう』だ。

エルシーは音楽に合わせてしばらく歌いながら、かすかな自己《じこ》憐憫《れんびん》に酔っていた。前にこの歌をきいたときにはバディといっしょだったのに。そのあと、着替えてフェルドマンの寝室に行った。バスルームの介助をしてからバイタルチェックをすませると、キッチンに行って朝食の支度をした。「エルシー、今日あ、勝つかな?」

「ホーマーが投げれば勝ちます」エルシーは答えた。「きっと勝つわ」

試合がはじまった。五回表の時点で三対〇でマリオンがリードしていた。トンプソンはブルペンに行ってホーマーに声をかけた。「ホーマー、投げてくれ。力の見せ場だぞ」

「こんな場面で、どうしてです?」

「こんな場面だからこそだ。まさにきみの出番なんだ」

「このあいだ、ふたりの男がブルペンにやってきました。背の高い男と低い男のふたり連れです。ぼくの知り合いです。あのふたり、なにかを企んでいます」

トンプソンはホーマーをまっすぐに見た。「ホーマー、これは野球の試合だぞ。試合はフィールドで行われるもので、客席にいる人間にはなにもできない。さあ、投げてきてくれ。ガブリエルズの一勝のために」

ホーマーはピッチャーマウンドに立った。マリオンのバッターは一球目を空振り。ホーマーは気分をよくしてもう一球投げた。やはり空振り。その後も、マリオンの選手たちはホーマーの投球に手も足も出せないままに試合が終わった。スコアは五対三でハイトップ・ガブリエルズの勝ち。五点のうちの一点は、ホーマーがレフトに放った豪快なホームランだった。

三塁をまわってホームに帰る途中、ホーマーは顔を上げて客席を見た。エルシーがフェルドマンの隣にいる。看護師の白衣姿で、誇らしげに微笑んでいる。ホームベースに足を置いたあと、ホーマーは帽子を取って、エルシーのいる方向に振った。エルシーも手を振って、投げキッスを送ってきた。ホーマーの胸は高鳴った。

翌日の試合はホーマーが先発し、バッターとしてもホームランを二本打った。結果はガブリエルズの快勝。五対〇だった。

これで戦績はタイ。最後の試合で優勝が決まる。

迎えた決勝戦、トンプソン監督は五回まではホーマーを休ませた。スコアは六対六。監督はそれからホーマーを手招きした。ホーマーはマウンドにあがって身をかがめ、背中にボールをあててから振りかぶる。投げたボールはバッターの目にも観客の目にもはっきり見えないほどだった。見送りの三振がさらに二人続いた。ボールは「どん！」という音とともにキャッチャーミットに吸いこまれた。

しかし、スコアは同点のまま動かない。続く二イニングもそのままだった。

九回の裏、ガブリエルズの最終バッター、ホーマーがベンチから立ちあがった。ダグアウトからフィールドに出る前のホーマーの肩に、トンプソンが手を置いた。「カーンズにわざと打たせたときのことをおぼえてるか？　あれから試合を経験して、きみもわかっただろう。試合がすべてだ。試合のためにプレイするんだ」

「試合のために」ホーマーは繰りかえして、ダグアウトから十メートルほど離れたところにバットを取りに行った。ハンフリーが用意したバットが並んでいる。たらいにのったアルバートにホーマーが近づいたとき、ハンフリーが突然その場でぴょんぴょん飛び跳ねて手拍子を打ちはじめた。客席にいるガブリエルズのファンが手拍子に加わる。ハンフリーは同時に、マリオンのファンをばかにするようなジェスチャーを取りはじめた。アルバートを指さしたあと、両手をワニの口に見立てて、なにかにかぶりつくような動きをしたのだ。ホーマーの耳に「ワニを殺せ！」という声がきこえてきた。マリオンのファンはいつも礼儀正しいのに、どういうことだろう。

ホーマーがバットに手を伸ばす前に、汚れたつなぎ姿の男がスタンドから飛びおりてバットをつかみ、振りあげると、アルバートに向かっていった。ホーマーはとっさに追いかけて、男の前に右手を出した。バットが右手を直撃する。ホーマーが倒れると、男はバットを放りなげてゲートから出ていった。

アルバートは無事だった。不思議そうな顔でホーマーを見ている。ホーマーは客席を見た。エルシーがいる。びっくりしてホーマーを見ている。ホーマーは次に自分の右手を見た。膝の力が抜ける。両チームの専属医師が走ってくる。しかし最初にやってきたのはトンプソンだった。トンプソンはホーマーの手だけでなく手首の骨までずたずたになっているのを見て、吐き気を催したようだった。

次にクラウアーズ医師がやってきた。「ホーマー、座って仰向けになれ」ホーマーはいわれたとおりにした。手も手首も、まだ痛くない。だがそのうち痛くなるのはわかっていた。トロッコに手を挟まれたり、ドリルで掘削中に手首に石が当たったりした鉱夫を何人も見てきた。直後は冗談をいって笑っているのに、坑道を出るころには赤ん坊みたいな泣き声をあげていた。それくらい痛むのだろう。猛獣が待ち伏せをしているようなものだ。はじめはおとなしくしているのに、突然歯と爪を立てて襲いかかってくる。

クラウアーズはホーマーの手を触診した。「骨が何本か折れてる。手首も折れてる。病院に行こう。ギプスを作らなきゃだめだ」

ホーマーは医師の手を振りほどいた。「打席に立ちます」医師と監督の両方にいった。

「なにをいってるんだ」トンプソンがいった。「そんな手でバットが握れるわけないだろう」

「左手で打ちます。ドクター、右手に包帯を巻いてください。やってくれないんなら自分でその鞄から包帯を出します。できるだけきつく巻いてください」

クラウアーズはトンプソンを見た。トンプソンは目を伏せ、顔をそらした。クラウアーズは包帯を取りだしてホーマーの右手に強く巻きつけた。「こんな手で打ったら二度と野球ができなくなるぞ」

「いずれにしても、もうだめでしょう」ホーマーは答えた。「それと、監督、やっぱり監督はぼくのことを見損なっていたようですね。ぼくは立派な選手じゃない。監督の求めるような選手じゃない。ぼくは試合のためじゃなく、人のためにプレイをしたい。この試合もそうです。フェルドマンさんのために勝ちたい。ぼくとエルシーに親切にしてくれた恩返しがしたいんです」

トンプソンは眉をひそめた。「ホーマー、わたしは監督だが、監督のいうことなんかいい加減なもんだ。真に受けなくていい」

「けど、ぼくは本気です」ホーマーはそういってバットを取り、左打者の打席についた。アンパイアとキャッチャーに向かってうなずくと、バットを構えた。マリオンのピッチャーは信じられないという顔でホーマーを見た。「さあ、来い!」ホーマーは叫んだ。全身に走る痛みをこらえてバットを強く握る。「全力勝負だ」

ピッチャーは全力で投げてきた。三球がミットにおさまる。ツーストライク、ワンボール。

四球目。ピッチャーが渾身《こんしん》の力をこめて投げた球は、風を切って飛んできた。煙がなびいているかのようだ。ホーマーは歯を食いしばり、目をぎゅっと狭めてバットを振った。バットが鞭《むち》のような音をたて、ボールが悲鳴をあげながら飛んでいく。いや、悲鳴をあげたのはホーマーだったかもしれない。ホーマー自身にもわからなかった。たしかなのは、ボールが遠くへ吸いこまれるように飛んでいったことだ。ライトのフェンスを越えて客席に飛びこんだ。

「やったわ」エルシーは声にならない声でいった。「ホーマーが打ったわ、ねえ、フェルドマンさん！」

しかし、フェルドマンは顔に笑みを浮かべて、死んでいた。看護師の資格がなくてもそのことはわかった。エルシーは膝をついてフェルドマンの手を握った。「わたしのいったとおりでしょう。ホーマーが出れば勝つって。そのとおりになったわ」ささやきながら、冷たくなっていく手を自分の熱い頬に押しあてた。

27

フェルドマンの弁護士は威厳のある紳士だった。名前はルイーズ・カーター。ニューヨークにいるふたりの妻から逃げてハイトップに来たばかり。捨てられた妻たちはお互いの存在を知り、力を合わせてカーターを重婚罪で訴えた。慰謝料を取るためだったが、残念ながらふたりとも、カーターがすでに有り金すべてをショーガールにつぎこんでしまったのを知らなかった。

幸い、カーターはニューヨークにこだわる必要はなかった。ノースカロライナで開業するライセンスを持っている。ノースカロライナのデューク大学を出ているからだ。おかげで、妻やショーガールやしつこい弁護士からも逃れて平和に暮らしている。いまのところ、大学時代の仲間たち――ノースカロライナ州知事もそのひとり――はカーターが帰ってきたのを歓迎していて、追いだすつもりはないらしい。追いだされてニューヨークに戻れば、身の危険はないにしても、訴追は免れない。カーターはハイトップに小さな事務所を構えている。クライアントリストの中には大資産家のフェルドマンの名前もあった。

フェルドマンが亡くなった翌々日。葬式はまだ何日も先だったが、カーターはマホガニーのテーブルにつき、そこに並んだフェルドマンの遺族の顔を眺めていた。純粋な好奇心だけでなく、これからおもしろいものが見られるぞという期待がどんどんふくらんでくる。未亡人のフェルドマン夫人はいまもハンカチで目元を押さえている（どういうわけかマスカラはまったく落ちていない）。ほかにフェルドマンの子どもがふたり。いかにも頭の鈍そうな息子のエイモスと、太って気難しそうな娘のエセル。どちらも、わざとらしく悲しんでいる継母を軽蔑の目で見ている。継母といっても、年は自分たちより十歳以上も下だ。「ルイーズ、さっさとはじめて」エセルがたまりかねて口を開くと、フェルドマン夫人はハンカチから視線を上げた。

「だよな、まったく」エイモスがいう。「遺言の中身が変わるわけじゃなし、いまさら泣き言をいってもはじまらないんだよ」

「そういうこと」エセルがいうと、フェルドマン夫人は泣くのをやめてかすかに微笑んだ。ハンカチをシルクのハンドバッグにしまい、ぱちんと口を閉める。

カーターは両手を合わせて三角形を作った。「じつは、フェルドマンさんは二週間前に遺言状を書き換えられました」

遺産を受けとるはずの三人ははっとして表情を曇らせた。そこにフェルドマンの看護師だったエルシー・ヒッカムが入ってきた。「遅くなってすみません」

「どうしてこの人がこんなところに?」フェルドマン夫人がきく。息子と娘は口をぽかんとあけたままだ。

「彼女の名前が遺言状の中にありましてね」カーターがいう。「ヒッカムさん、どうぞかけてください。ああ、そちらではなく、わたしの隣に」エルシーが席に着くと、カーターはエルシーの手をぽんと叩いた。「患者さんが亡くなって、さぞかし気を落とされていることでしょうね」ティッシュペーパーの箱を差しだす。「よかったら使ってください」

エルシーはティッシュペーパーに目をやったが、手は伸ばさなかった。

「カーター、遺言状を読んでくれよ」エイモスがうなるようにいった。

カーターは、壁際に置かれた椅子にすまして座っている若い女性の顔を見てうなずいた。女性の手にはリーガルパッドと鉛筆。「アシスタントのジョー・アン・ネルソンです。異議がなければ、彼女が議事を記録します」

だれからも異議は出ない。カーターは革のファイルを開いて、中の書類を出した。しばらく内容を読んでいるような格好をしたが、本当はすべて暗唱できるほど、何度も読みこんでいた。優秀な弁護士は優秀な俳優でもある。ときには芝居がかった間を置くのが効果的だ。顔を上げたとき、フェルドマン家の三人は、だれがいちばん強い視線で看護師をにらみつけられるかという競争をしているかのようだった。カーターの見たところ、勝者はフェルドマン夫人。しかもほかのふたりに大きく水をあけている。

カーターは咳払いをして仕事に取りかかった。いくつかの法律用語と州法の説明に続き、遺言状の内容を読みあげる。フェルドマン夫人には家を三軒と馬牧場、それに十万ドル。エセルとエイモスにはそれぞれ十万ドル。「資産の残りは」カーターが続ける。「看護師であり友人でもあるエルシー・ヒッカムが相続するものとする」

「資産の残りって？」エセルは顔面蒼白《がんめんそうはく》になっていた。「いったい、いくらあるの？」

「およそ三百万ドルですね。球団の評価額は含まれていません。なお、遺言状には補遺があります。球団を売却してはならない、とのことです」

フェルドマン夫人は驚くほど落ち着いていた。要注意だ、とカーターは即座に感じていた。

「そんな遺言書、認められないわ」

「わたしたちもよ」エセルがいった。エイモスも力強くうなずく。

「法的に有効な遺言書です」カーターが答えた。「このとおりにするしかありません」エルシーの顔を見る。「ヒッカムさん、なにかおっしゃりたいことは？」

「フェルドマンさんはいい人でした」

「そうよね、まったく」フェルドマン夫人がかっとしていった。「看護師ふぜいに簡単に手なずけられちゃうんだもの」

「そうよ、父は病気だった！」エセルが声を張りあげる。「その女に操られてたのよ！」テーブルの端をまわってエルシーにつかみかかろうとした。

フェルドマン夫人がエセルを引きとめ、片手を上げて、立ちあがりかけていたエイモスも制した。「カーターさん、あなたはもういいわ」冷静にいうと、弁護士に向かってひとつうなずいた。

「弁護士報酬は夫から受けとったんでしょ？　だったらいまここで解雇します。今後いっさいフェルドマン家にはかかわらないでちょうだい」

「ところが、わたしは資産相続執行人に指名されているんですよ」カーターはいったが、額には玉の汗が浮かんでいた。フェルドマン夫人を甘く見ると大変なことになる。いまようやくそれを実感した。肝の据わりかたといい、鋼のようなまなざしといい、引き結ばれた唇といい、並の女ではない。きっと尻にもぎゅっと力が入っていて、十セント硬貨一枚ねじこむこともできないだろう。

「また連絡を」未亡人はそういうと、余裕たっぷりに立ちあがり、スカートの裾を直した。継子たちの顔を見てうなずく。継子ふたりも未亡人のあとについて部屋を出ていった。

「ネルソンさん、ちょっとふたりにしてもらえるか」カーターがいった。

「承知しました」アシスタントはすばやく部屋を出た。

ふたりきりになると、カーターはいった。「ヒッカムさん、おめでとう」

遺言状が読みあげられてから、エルシーはずっと無表情なままだった。カーターとふたりきりになってようやく詰めていた息を吐きだし、笑みを浮かべた。「三百万ドルだなんて！　それに球団も。フェルドマンさん……」天井を見あげた。「どうもありがとう」

カーターは含み笑いをした。「おわかりかと思いますが、あなたへのご褒美としてのみ、こんな遺言状が作られたのではありませんよ。家族への懲罰という意味もあるんです。フェルドマン夫人が自分と結婚したのは金目当てだったことも、子どもたちが自分勝手だということも、フェルドマン氏はよくご存じでした。ただ、覚悟はしてください。面倒な手続きが山ほど待っています。それが終わらないと、なにひとつあなたの手には渡りません。あの三人のうちだれかが接触してきても、無言を貫いてください。言い争ってもなんの得にもならないし、いやな思いをするだけです」

「お金は好きなように使っていいの？」

「ええ、かまいませんよ」

「鉱山をひとつ買ってもいい？」

「ひとついわず、ふたつでも」

笑顔に影がさした。「ホーマーはなんていうかしら」

「ご主人ですか。あの試合、わたしも観ていましたよ。彼は今後も野球をするんでしょうか」

「いいえ、しないと思うわ」

カーターは立ちあがり、エルシーの手を握った。ティッシュペーパーに目をやる。「あなたは泣かないんですね。意外です」

エルシーは肩をすくめた。「フェルドマンさんは、自分がもうじき死ぬってわかってたんです。そのときが来ても泣いちゃだめだよといってました。悲しまないで喜びなさいって。こうやってわたしを喜ばせるつもりだったのね」

「ヒッカムさん、気をつけてください」カーターはエルシーを見送りながらいった。「あなたが悲しんでいようが喜んでいようが、フェルドマン夫人にとってはどうでもいいことでしょうから」

エルシーは歩いてスタジアムに行った。遺言書の文言と弁護士の話が繰りかえし頭に鳴り響いている。針飛びのするレコードみたいだ。信じられない。でも、もっともな話だという気もする。献身的に看護したんだから、ご褒美をもらったっていいはずだ。思わず顔に笑みが浮かぶ。コールウッドの炭鉱を買ったらどうなるだろう。自分のオフィスに、まずはキャプテンを呼ぼう。そして宿命とはなにかという話をしてやろう！

二日前の試合以降、エルシーはけがをしたホーマーといっしょに、スタジアム内の個室で休憩していた。フェルドマンも、スタジアムに来るとたまに利用していた休憩室だ。そこに行ってみたが、ホーマーの姿はなかった。ホーマーは観客席でフィールドを眺めていた。考えごとをしているようだ。エルシーは隣に座って声をかけた。「なにを考えてるの?」

「ここはいいところだなあって」

「コールウッド以外にも、いいと思う場所があるのね」

ホーマーは包帯を巻いた手を上げた。「コールウッドは生活の場所だよ。ぼくは鉱夫だ。ほかのことはぼくには向いてない。この手がそれを思い知らせてくれた」

エルシーは微笑んだ。フェルドマンの弁護士事務所に行ってきたことをどう話そうか。考えると楽しくなってくる。話すときはホーマーの顔をじっと見ていよう。でも、いつ話せばいい？　もう少し秘密にしておきたい。いままで、秘密らしい秘密なんて持たずに生きてきたのだから。

「ビュイックの修理が終わったし、お金も少しもらえた」ホーマーが話している。「フロリダに行こう。アルバートを故郷に帰して、ぼくたちも故郷に帰るんだ」

「わたし、もう少しここにいたいわ」エルシーは心の中で笑っていた。コールウッドの炭鉱を買うっていったら、ホーマーはどんな顔をするかしら！

うしろにだれかがやってきた。振りかえってみると、スリックとハディだった。

「失せろ」ホーマーがいった。

「冷たいな」スリックがいう。

ホーマーは首を横に振った。「せっかくだからきいておこう。あの事件にはハンフリーも噛んでたのか？」

「もちろんさ」スリックが答えた。「ただ、あんたが襲われたのは想定外だった。もともとは、ハンフリーがマリオンファンをからかって、怒ったファンのひとりが客席から飛びだしてきて、ワニの頭を叩き割るって計画だったのさ。そしたらあんたがまともに投げられなくなるだろうから。もちろん、手をけがさせちまえば、そのほうが手っとり早いわけだが」スリックは肩をすくめて、残念そうな顔をした。「あんたはそれでも打っちまったけどな」

エルシーはまだわかっていなかった。「スタンドから出てきた男も、お金で雇われてたの？」

スリックがみじめそうな顔をした。「おれ、なんでこう悪いことばっかりやっちまうんだろう。孤児院育ちだからかな。孤児院でだって、いいことと悪いことの区別くらいは教えてくれるんだが、ちっとも頭に入ってこなかった。もっとじっくり教えてもらえばよかったんだろうな。火なんかつけなきゃよかったよ……」

エルシーは頭が混乱するばかりだった。「いったいどういうこと？」

「エルシー、あの男がアルバートを襲おうとしたのは」ホーマーが説明した。「スリックに金で雇われたからだ。スリックはマリオンの優勝に金を賭けてた」

スリックが割りこむ。「ホーマーが出てきたらガブリエルズが勝つ。みんなそう思うだろ？　だからおれたちは相手チームに賭けて、総どりを狙ったんだ。もちろん、ホーマーにけがさせるつもりなんかなかった。狙ったのはワニだけだ。ワニが死ねばホーマーがショックを受けて、バットなんか振れなくなると思ってね」

「アルバートを殺そうとしたの？」エルシーはぱっと立ちあがり、スリックの顔面を殴りつけた。

スリックはうしろに倒れた。「うう、鼻が折れた」

「こっちの手のほうが痛かったわよ。それにあんたたち、ホーマーの手もこんなにしたくせに！」

ホーマーはエルシーの腕に手をかけた。「エルシー、落ち着けよ」

ハディは這うようにしてエルシーから離れていった。「おまえ、それ以上手を出したら、ただじゃすまないぞ」エルシーの手が届かないところまで行ってから脅しをかけてくる。

スリックは鼻から流れてくる血を拭いた。鼻が折れたばかりだというのに、まだ悪人ぶっている。「ワニがどこにいるか知ってるか？　誘拐されたらしいぞ」

エルシーはホーマーの手を振りほどき、拳を作った。「アルバートになにをしたのよ！　いわないと、また殴るわよ！」

スリックはポケットに手を入れた。出てきたのはハンカチ。もう一度ポケットをさぐって、紙切れを一枚引っぱりだした。エルシーはそれをひったくった。

「場所はそこに書いてある。急いだほうがいいぜ。でないと二度と会えなくなる」

「スリック、なにを目当てにそんなことを？」ホーマーがきいた。

スリックは立ちあがって、鼻にハンカチをあてた。「おれ？　おれはなにもいらない。金をもらって伝言に来ただけだ。フェルドマン夫人に頼まれたんだよ。あの女、あんたらから金を巻きあげるつもりらしい」

ホーマーはわけがわからず、眉間にしわを寄せた。「どういうことだ？　なんでぼくたちから？」

「奥さんにきけよ」スリックはそういって歩きだした。ハディを手招きする。

エルシーはスリックの持っていたメモを見た。「ここ、知ってるわ。マディソン公園よ！　町の南。フェルドマンさんの車椅子を押して、川沿いをよく歩いたの。急がなきゃ！」

「わかった、エルシー。急ごう。だがどういうことなんだ？　フェルドマンさんの奥さんが、ぼくたちから金を巻きあげようとしてるって」

「話せば長いから、車の中で話すわ。さあ、早く来て！」

ホーマーはエルシーについていった。「さあ、話してくれよ」ビュイックに乗りこむと、説明を求めた。

「わたし、フェルドマンさんから三百万ドルと球団を相続するの」

ホーマーはエルシーの顔を見た。「冗談をいってる場合じゃないだろう」

エルシーは、まったくもう、というように目を上に向けた。「いいから、とにかく運転して」

マディソン公園までは三十分かかったが、それからわずか二分後にはアルバートが見つかった。車輪をつけたたらいにのせられている。ハンフリーがそばにいた。ハンフリーはホーマーとエルシーの姿に気づき、走りだしたが、すぐにホーマーに追いつかれ、アルバートのところまで連れ戻された。

「ハンフリー」エルシーがいった。「あなたとアルバートをここに連れてきたのはだれ？」

「おれが自分で運転してきた」

「あなた、車なんて持ってないじゃない」

「ああ。フェルドマンさんの奥さんが、お天気がいいからアルバートを川沿いまで連れていって、といって、キャディラックを貸してくれたんだ。暗くなるまで帰ってくるなといわれた。あんたたちがアルバートを迎えに来るからって」

「じゃあどうして逃げたの？」

「ふたりとも、すごい顔をしてたから」

エルシーはそれをきいて考えた。「アルバートをここに連れてこさせたってことは、わたしたちを町から遠ざけておきたかったってことよね。ホーマー、ハイトップに戻りましょ。カーター弁護士のオフィスに行くわ。道はわたしが知ってる。早く、お願い！」

「いったいどういうことなんだ？」

エルシーは答えなかった。アルバートのたらいのハンドルをつかみ、引っぱる。ホーマーもあとを追って、アルバートとたらいをビュイックに乗せた。「いつになったら教えてくれるんだ。これはどういうことだ？」

「さっきのお金の話、冗談じゃないのよ。フェルドマンさんは本当に、わたしに遺産をゆずるといってくれたの。奥さんはそれが気に入らなかった。だからなにか企んでる」

ホーマーからは、とてもホーマーらしい答えが返ってきた。「そんな大金をきみにゆずろうとしたのがいけないんだ」

「ほら、行くわよ。あなたのプライドは出る幕じゃないの。お金はわたしがもらったんだし。いいから運転して」

ホーマーは口をつぐんで運転した。が、少し行ったところで止められた。町の境界線のところに検問所が作ってあり、ポズナーという名前の保安官が立っていた。エルシーがスタジアムで会ったことのある保安官だった。

「どうしたんですか?」ホーマーがきいた。

「ちょっと待ってくれ」保安官は自分の車に行って戻ってきた。雄鶏を持っている。それをアルバートのいる後部座席に放りこんだ。「連れていきたいだろうと思ってね」

ホーマーはわけがわからなかった。「どうしてうちの雄鶏を保安官が?」

「きみたちはもう町に用はないだろうから、連れてきてあげたのさ。この関門はきみたちのために作ったんだ。ここでUターンして旅を続けるといい。二度と戻ってこないように」

「でもわたし、町に用事があるの。だいじな用事よ。法律上の手続きを弁護士のカーターさんとすることになってるの」

保安官は額をかいた。「エルシーさん、それが、カーターさんは休暇で出かけるそうなんだ。ああ、たしかにそういってた。帰るまで家のまわりのパトロールをよろしくといわれたんだ」

「そんなの嘘よ。カーターさんがどこかに行っちゃうはずない。わたしがお金を相続するまでは」

エルシーは車をおりて保安官の腕をつかみ、道路脇の草むらに引っぱっていった。「保安官、きいて——」

「いや、そちらこそきいてくれないか」保安官はエルシーの言葉をさえぎった。「おれもこんなのおかしいと思ってる。だが、ハイトップを動かしてるのはおれじゃないんだ。カーターさんもそれに気づいたんだろう。驚いたとしかいいようがないんだが、カーターさんがエルシーさんたちの前で読みあげた遺言状は、なにからなにまで嘘だったらしい。新しい遺言状には、エルシーさん、あんたの名前は書かれていないそうだ。別の道から町に入って、フェルドマンの遺族たちを怒鳴りつけたければ、そうしてもいい。関係者をみんな困らせてやればいい。だがそんなことをしても相続のことはなにひとつ変わらない。このまま旅を続けるのがいちばんだ。気の毒だが、敵がでかすぎたんだな。旦那のけがも災難だった」

「そんなのおかしいわ」

「ああ、おかしい」保安官は町のほうを振りかえり、かぶりを振った。「どこに行ったたって、道理に合わないことはいくらでもある。おれもこの仕事についたときによく思ったもんだ。ちょっとしたことなら、おれが手を回すこともできるが、この件はとてもとても……。残念だった。そうとしかいいようがない。とにかく、あんたが遺産をもらう手だてはどこにもないってことだ。フェルドマンさん自身もこうなることを予測してたのかもしれない。せめて若い奥さんや子どもたちに冷や汗をかかせてやろうと思ったんだろう。おまえたちはひどい、看護師には感謝してる、それを伝えるための遺言状だったたってわけだ。その気持ちだけを受けとって、水に流してやったらどうだい」

ホーマーが近づいてきた。話をきいていたらしい。「エルシー、行こう。この話はおしまいだ」

エルシーの怒りが爆発した。わたしのお金の問題よ。口出ししないで！「わたしはあきらめない！　絶対あきらめない！」

「ヒッカムさん、奥さんを説得してくれ」

ホーマーはエルシーに両腕をまわして抱きしめた。エルシーは逃れようとしたが、ホーマーが腕に力をこめるので、息ができないくらいになった。「エルシー、この話はおしまいだ。恥をさらさないうちに行こう」

「恥さらしには慣れてるわ」エルシーはホーマーの肩に口をつけてつぶやいた。

「保安官、ひとつだけ」ホーマーがいった。「ふたり組の悪党がいるんです。ひとりはすごく背が低くて、ひとりは縦にも横にもすごくでっかいやつです。前会ったときはスタジアムをうろついてました。やつらは銀行強盗で、ほかにも悪いことばかりやってます」

「スリックとハディだな？　一時間前に逮捕した。霊柩車《れいきゅうしゃ》を盗もうとしてた。いったいなにに使うつもりだったんだろう」

「あいつら、叩きのめしてやって！」エルシーがいった。ホーマーにきつく抱きしめられて、息が苦しい。逃れようとするたび、ホーマーの腕に力がこもる。「あなたなんか嫌い。どうしてあのとき噛み煙草なんか持ってたのよ」エルシーはホーマーの胸に口を押しつけていった。「あなたなんかと結婚しなきゃよかった。あなたなんかどこかに行っちゃえばいい！」

「そうだね」ホーマーは穏やかにいった。

「エルシーさん」保安官がいった。「そして野球選手の鉱夫さん。よい旅を」

怒りがすうっと消えていき、エルシーは空気の抜けた風船のようになった。そりゃそうよ、お金なんてもらえるわけない。いつだって、欲しいものが手に入ったためしなんかないんだから。

エルシーがしゅんとしたのがわかったのか、ホーマーは腕の力をゆるめた。エルシーはホーマーから離れて車に戻った。ホーマーも運転席に戻ってきたが、ひどく顔をしかめている。「手が痛いの？　手首？」エルシーはきいたが、心配している口調ではなかった。

「両方だよ。痛くて死にそうだ」

「わたしが運転するわ」エルシーはそういって車をおりた。ホーマーがベンチシートを横に移動し、体を背もたれにあずけた。雄鶏がホーマーの肩にとまり、心配そうに羽をぱたぱたさせたあと、ホーマーの耳に体をくっつけた。

エルシーはビュイックをUターンさせると、うしろに手を伸ばしてアルバートの鼻面をなでて、車をマディソン公園に向けて走らせた。そっちが南だ。公園を過ぎて、さらに走りつづけた。太陽が傾き、右に落ちていく。ホーマーへの怒りはアップダウンを繰りかえしたり、妙な方向にねじれたり、まるで山あいの道路のようだった。わたしはお金をもらう資格がないっていうの？　どうしてあなたなんかが嚙み煙草を持ってたの？

しばらく行ったとき、ふとあることに気がついた。フェルドマンからもらった給料をスタジアムに置いてきてしまった。車を路肩にとめて、寝ているホーマーを揺りおこした。「ホーマー、お金は持ってる？」

ホーマーは目をぱちぱちさせた。「お金？」

「わたしのお金、スタジアムに置いてきちゃったの。あなたは持ってる？」

ホーマーはグローブボックスを指さした。「そこにあるよ」

エルシーはグローブボックスをあけた。エルシーがデンヴァーからくすねたスナブノーズが入っている。車を直した人たちはこれを盗まなかったということだ。エルシーは感心した。ノースカロライナにも正直者がいるらしい。ピストルのほか、お金が入っていた。札束を出して、数えてみる。「八十ドル。これだけ？」

「残りは父に送った。預かっておいてもらおうと思って」

「あなたのお父さんに預けたら、ポーカーですっちゃうわよ！」

がっかりしてお金をグローブボックスに戻すと、大きな音をたてて蓋を閉めた。ハイトップまで戻ろうか。いや、もうだいぶ遠くまで来てしまったし、なにより、もうだれかの手に渡っているに違いない。「最悪！　なんでこうなるの！」

そのまましばらく走ってからガソリンスタンドに寄り、ホーマーをトイレに連れていき、店員からアスピリンを買ってホーマーに飲ませた。腕のようすを見ると、ギプスから上が赤くなって熱を持っていた。大丈夫？　エルシーはきいたが、ホーマーは肩をすくめた。苦しそうな声がもれる。患部をぎゅっと握ってやりたい。わたしが苦しんだようにあなたも苦しめばいい、とエルシーは思った。しかしできなかった。夫をいたわってやらなければ。そんな価値なんてない男だとわかっていても。

夜になっても、エルシーは運転を続けた。いちばんよさそうな道を選びながら、小さな町や紡織工場やいろんな作物の畑——どういう作物か、エルシーにはさっぱりわからなかった——のあいだを走っていくと、やがて、独特なにおいが漂ってきた。もしかして、海のにおい？　大きな木々が道路沿いに並んで枝を広げている。枝から垂れさがるスパニッシュモスが、ヘッドライトの光の中に浮かびあがる。「迷っちゃった。道がわからない」ホーマーからはうなり声しか返ってこない。

とうとう、これ以上進めないというところまで来てしまった。道路がそこで終わっている。ビュイックのヘッドライトの中にあるのは一軒の古い家。その向こうはたぶん海。でもそこまではヘッドライトの光が届かなくて、はっきりわからない。海のにおいが鼻腔《びこう》を刺激する。アルバートもごそごそ動きだした。海のにおいのせいだろう。ホーマーがまたうなる。雄鶏は声ひとつあげない。

エルシーはまた「迷っちゃった」といい、エンジンを切った。シートの背に寄りかかる。このまま夜明けを待つしかない。朝が来たとき、ふたりを取り巻いていたのは、いままで知っていたのとはまったく違う世界だった。

十

五歳の夏休み、家族でサウスカロライナ州のマートルビーチに行った。レイジーヒルと呼ばれるところに滞在したのはその年が三回目。下見板張りの小ぶりな家が並ぶ小さな入り江だった。貸しコテージを経営するのはグラスゴー夫妻。ご主人のほうはハリウッド映画の元脚本家で、奥さんのほうはご主人の書いた映画に何度かエキストラで出演したことがあるそうだ。ふたりは当時のことをいろいろきかせてくれた。

レイジーヒルにいるあいだ、父はほとんど海に行かなかったし、母が出かけるのも数えるほどだった。歩いてすぐのビーチに行って、砂の上に座り、海をちょっと眺めて帰ってくる。父も母も、なにもせずにのんびりしているだけで満足らしかった。

ある日、朝食のあと、グラスゴー夫妻がぼくたちのコテージにやってきた。ご主人がコテージをもうひとつ建てるつもりなので、コンクリートを流しこむのはどうやったらいいか、父のアドバイスを求めに来たのだ。父がご主人と出かけていくと、グラスゴーの奥さんがいった。「エルシー、ジープでマールの入り江まで行かない？　ときどきほら貝が打ちあげられてるのよ。とても素敵なところだから、あなたも気に入ると思うわ」

母の答えをきいて、ぼくは驚いた。「ああ、あの入り江なら知ってるわ。隅々まで」

グラスゴー夫人も驚いていた。「まあ、どうして？」

母の答えはこうだった。「しばらく滞在したことがあるの。大昔、子どもたちが生まれる前にね」

兄はもうビーチに遊びに行ってしまっていたが、ぼくはまだコテージにいて、少年探偵ハーディボーイズ・シリーズの新作を読んでいた。母の答えをきいて、ぼくは思わず尋ねた。「それって、アルバートを連れてたときのこと？」

グラスゴーさんがぼくを振りかえった。「アルバートって？」

ぼくの口は止まらなかった。こんなおもしろい話、人にいわずにいられない。「ワニだよ。お母さんがバスタブで飼ってたんだ。お父さんは怖がってたんだって。バディ・イブセンがくれたワニなんだよ！」

母がぼくをにらみつけた。ぼくはしゃべりすぎたらしい。でももう遅かった。グラスゴーさんはそばの椅子に腰をおろした。「帰れなくなっちゃったわ。その話、きかせてちょうだい！」

母はうんざりした顔をしたが、ふたつのマグカップにコーヒーをいれて、ひとつをグラスゴーさんに渡した。ぼくは両手を枕にして床に寝そべり、天井を見つめながら母の話をきいて、いろんな光景を頭に描いていた。アルバートが何者で、どうしてフロリダに連れていくことになったか、という簡単な説明のあと、母はいった。「そんなわけで、ノースカロライナを出たあと、道に迷ってしまったの。自分がどこにいるのかもわからなかったけど、少なくともホーマーとアルバートがいっしょだった。雄鶏もね。あの雄鶏、どうしてわたしたちについてきたのかしら。あのときもわからなかったけど、いまもさっぱりわからない」

第5部

エルシーがビーチを愛するようになり、ホーマーとアルバートは沿岸警備隊に加わる

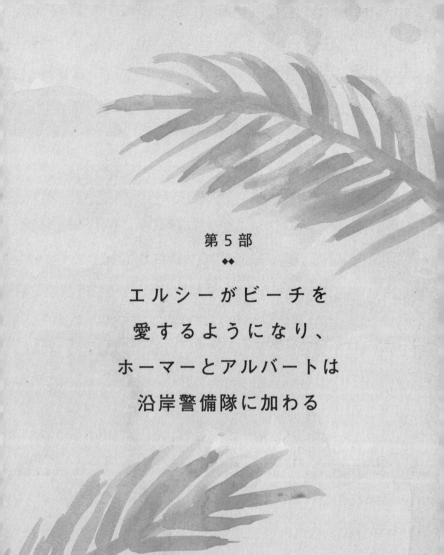

28

〈キャプテン・オスカーの宿〉は、波の音と、スパニッシュモスのからみついたピンオークの木々に囲まれたところに立っていた。昔は牧師館だった美しい建物で、ヒマラヤスギの板は風雨にさらされて灰色になっている。屋根はスレート貼り、玄関ポーチにはぶらんこが吊るされ、十以上のロッキングチェアが並んでいる。前庭の砂地にはススキとワイルドオーツが生え、すぐそばに手入れの行き届いた木製の船渠《ドック》がある。鉄製の鉤形の金具《クリート》にはトロール漁船が繋留《けいりゅう》されていることが多い。漁船の名前は〈ドロシー・ハワード号〉、通称〈ドロシー号〉だ。漁にもセーリングにも使えるが、波の高い日や風の強い日に遠くまで行くのには向いていない。船長のボブはこの船の特徴や扱いかたのコツを知りつくしていて、気前のいい大伯母を扱うように、この船を扱う。つまり、常に敬意を忘れないということだ。

　宿は働き手を募集していた。車で到着した翌朝、エルシーはその看板に目をとめた。エルシーは背筋をしゃんと伸ばし、髪に手櫛を入れ、スカートのしわを伸ばして、ドアをノックした。出てきた男は、船長にふさわしい正装をしていた。すなわち、ネイビーブルーの上着とズボンに白いつばつき帽という格好だ。

エルシーは看板を指さした。「なんでもやります。お給料次第ですけど」

男は杖《つえ》に頼りながらポーチに出てくると、ビュイックに目をやった。助手席ではホーマーが目を閉じて休んでいた。助手席のうしろの窓からはアルバートが顔を出して、好奇心いっぱいの目でこちらを見ている。その頭には雄鶏がのっていた。「たいした顔ぶれだな」

「ええ、そうでしょう。全部、わたしが面倒を見てるんです。夫は手と手首を骨折してしまっていて。でも求人に応募したのは夫じゃなくてわたしなのでご心配なく」

「なんでワニなんか連れてるんだ？」

「わたしたち、ウェストヴァージニアの炭鉱に住んでるんです。ワニが暮らすには向かない環境というか、まあ、だれが住むにも向かない環境なので、フロリダの故郷に帰しに行くところなんです。オーランド出身の映画俳優でダンサーの、バディ・イブセンからのプレゼントなんですよ」

「シカゴで映画を観たなあ」男はなつかしそうにいった。「無声映画だったが、ピアニストが出てくるやつだった」ビュイックに近づき、ホーマーのようすを見る。「脂汗をかいてるぞ。顔色も悪い。かなり具合が悪いんじゃないか」

「手の傷にばい菌が入ったんです。わたし、看護師をやったことがあるからわかります」

男が叫んだ。「ボブ、こっちに来てくれ！」すると、顎ひげをたくわえた若者がやってきた。カーキ色の作業着と、いかにも海の男という帽子をかぶっている。船渠で作業をしていたようだ。

「外科医を連れてこい。急げ。この若いのが死にかけてる」

「だれだよ、そいつ?」

「いまはだれでもいい。ウィルマに乗っていけ。急ぐんだ!」

ボブと呼ばれた男はエルシーを見て帽子を軽く上げ、小屋に入ると、雌馬を連れて出てきた。蹄の音を軽快に響かせながら、ゆうべエルシーが迷っていた道を走っていった。「いまのはキャプテン・ボブ、おれの息子だ」男がいった。「あとでゆっくり紹介するが、まずは医者だ。おれはキャプテン・オスカー。ここの主人だ。ご主人を中に入れよう」

エルシーとキャプテン・オスカーはホーマーを車からおろし、家に連れていくと、応接室のソファに寝かせた。「ホーマー、具合はどう?」エルシーは冷たい口調でいった。かわいそうだとは思っていなかった。責任感からきいただけだった。

ホーマーは答えなかった。うめき声もあげず、エルシーの冷淡でガラスみたいな目を見つめている。

「どうしてこんなけがを?」キャプテン・オスカーがきいた。

「野球のバットで殴られたんです」エルシーが答えた。「同時に人生にも殴られたというか。普通はどちらか片方だけど、この人の場合は同時にやられちゃって」

一時間後、医者がポンコツのフォードに乗ってやってきた。ひととおり診察したあと、いった。

「ご家族は?」

「わたしです。この人はわたしの夫です」エルシーがいった。

「ひどい感染症を起こして、腕まで腫れとる。明日までによくならなかったら、腕を切断しなくてはならん」医師はエルシーに薬の瓶を渡した。「アスピリンだ。三時間ごとに二錠飲ませるように。体温がさがる。あとは体とばい菌との戦いだ」

「この人、炭鉱夫なんです」エルシーはいった。怒りより誇らしさのほうが前に出た。「体は強いはずです」

「どんなに強い男の体にも、ばい菌は入っていく」医者は黒い鞄の口を閉じた。「明日、またようすを見に来る」

ホーマーは一階の寝室に移された。廊下の左側、二番目の部屋だ。それから、七十歳にも見えるし九十歳にも見えるキャプテン・オスカーは、応接室でエルシーと話し合った。「仕事が欲しいといったな。メイドなら募集しているが」

「やります。メイドのお仕事、やってみたいと思ってたんです」

「料理もしてもらうぞ」

「できます。コックさんにもなってみたかったし」

「ここの管理の仕事もやってもらう」手をさっと広げる。埃っぽい応接室やかびくさい家具を指しているらしい。「前は妻が仕切っていたんだが、妻が死に、娘のグレイスが引き継いだが、グレイスは結核にかかってしまった。おかげで全体が荒れている。メイド兼コック兼管理人になってくれるか？　いまは部屋代と食事代を給料代わりにしてもらうしかないが、客が来て儲かるようになれば、儲けの一部を給料として払うよ。歩合はそのときあらためて話し合おう。どうだね？」

「宿の管理人にも憧れていたんです」エルシーは片手を差しだした。キャプテン・オスカーがそれを握る。こうして、エルシーはメイド兼コック兼〈キャプテン・オスカーの宿〉の管理人になった。宿の売りは清潔な部屋とおいしい食事。食事の中心は魚料理だ。

翌日、医者がまたやってきて、ホーマーの腕を見た。ホーマーは相変わらず反応が鈍いが、医者に腕をさすられたときは痛そうに身をすくめた。「だめだ。切断しなきゃならん」

「切断だなんて、とんでもありません」エルシーは看護師のような口調でいった。ゆうべはかいがいしく夫の看病をしていた。責任感からやったまでで、本当は夫の顔を見るのもいやだった。

「あまりよくなっていませんけど、まったくよくなっていないわけじゃありません。色がほんの少し薄くなってきてるんです。先生にはわからないくらいかもしれませんけど。わたし、徹夜で付き添いました。アスピリンを飲ませただけでなく、氷水でタオルを冷やして、おでこにあててました。先生からそうしろといわれなかったのが不思議ですけど」

「ここに氷があるとは思わなかったからな」

「魚のアイスボックスに入ってました。先生、ギプスをはずしたらどうでしょう。こんなに汚れてるし、それに、腕が腫れてきつそうです。清潔で、もう少しゆるいものに交換したほうがいいと思います」

医者はむっとしていった。「奥さん、わたしは州の認可する医学校を卒業しとるんだよ。医師としての経験も積んどる。そのわたしがいっているんだ。腕を切断しないと、二、三日のうちにご主人は死んでしまう」

「切断はしないでください」エルシーはきっぱりいった。「そのせいで死んでしまったら、先生のいうことが正しかったんだと認めます」

医者はエルシーをしげしげと見つめた。険しかった表情がやわらぎ、まいったな、という顔になった。「頑固な奥さんだ。旦那さんの命を賭けるというのか」

「わたしの夫ですもの。夫の命を賭けることもできないなら、なんのための結婚でしょう？」

「結婚の意味がそういうものだとは思いもしなかったな」医者はそういったが、鞄をあけて、ギプスを切るための鋸《のこぎり》と、石膏の粉を取りだした。「新しいギプスを作ってやろう」

「手伝います。わたし、看護師の経験があるんです」

やがて、医者は鋸と石膏の空き袋を黒い鞄に戻した。「ご主人がわたしの見立てよりたくましいことを祈るのみだ。なにかあれば連絡を」

「きっと大丈夫です」

医者はしぶい顔をした。「では奥さん、ごきげんよう」

それから何日か、エルシーはホーマーにアスピリンを飲ませ、一時間ごとに氷水のタオルで体を拭いてやった。魚用の氷がなくなると、ビュイックを八キロほど走らせて氷屋に行き、キャプテン・オスカーのつけで氷を買ってきた。

キャプテン・オスカーはエルシーの献身的な看護ぶりを見て感心していた。「ご主人のことをよほど愛しているんだな」真夜中、灯油ランプでエルシーの手元を照らしてくれることもあった。

「氷さえあれば、弟のヴィクターを助けてやれたかもしれないんです」エルシーはホーマーの体を拭きながらいった。「無知のせいで病気に負けるのはもういや。この人が世界でいちばんの悪党だとしても、全力で看病します」

二日後、ようやくホーマーの熱がさがった。腕と手首の腫れも引きはじめ、腕に浮かんでいた赤い筋も消えた。エルシーが世話をしているあいだに、ホーマーは一度まばたきしてエルシーを見つめた。「やあ、エルシー。すごく寒い」

「ホーマー、あなた、すごい熱を出してたのよ。わたしが氷で冷やしてあげたから助かったの」

エルシーは氷水にタオルを浸し、ホーマーに見せた。

「けど、ヴィクターは助からなかったと思う」

「なんとでもいって」エルシーはホーマーの顔を窓のほうに向けてやった。砂に覆われた道路沿いにピンオークの木が並んでいる。「素敵な場所でしょう。わたしが連れてきてあげたのよ」

「ここ、どこだい？」

「サウスカロライナの海岸」

「コースからはずれたようだな」

「コースを決めるのはわたし。あなたは降りたんだから」

ホーマーはけがをした手を上げて、指を動かしてみた。「動く。感覚は鈍いけど」

「よくなるわ。いまはよくなることだけを考えて。わたしが働くから」

ホーマーはエルシーの顔を見た。「怒ってるのか」

「怒ってるわよ。これからも絶対に許さない。あなたは、わたしに大金はふさわしくないっていったんだから。わたしが働いたからもらえるお金だったのに。肝心なときにわたしの味方になってくれなかった」

ホーマーは眉間にしわを寄せて、ノースカロライナでの出来事を懸命に思い出した。「けど、それがぼくの正直な気持ちだったんだ」

エルシーは氷水をホーマーの膝にぶちまけた。「これがわたしの正直な気持ちよ」

ホーマーが口をあけた。抗議したかったのか、なにかききたいことがあったのかはわからないが、エルシーにとってはどうでもよかった。ホーマーをそのままにして、宿の掃除に取りかかった。隅から隅まできれいにするつもりだ。モップとバケツとほうきを持って、二階の右側二番目の部屋に入ると、驚いたことに、若い女性がいた。肘かけ椅子に座って窓の外を見ている。ローカントリーと呼ばれるこのあたりでは、人々はこうして波の音を楽しむのだろう。

「ごめんなさい」エルシーはいった。「お客さんがいらっしゃるなんて知らなくて」

女性はハイネックの白いブラウスと錦織のスカート、黒の編みあげブーツという服装だった。エルシーのほうを振りかえる。「客じゃないわ。わたしはグレイス。キャプテン・オスカーの娘よ。あなたはエルシーね。新しいメイドさん兼コックさん兼管理人さん」

そういえば、とエルシーは思った。キャプテン・オスカーには病気の娘さんがいるという話だった。療養所に行っているものと思っていたが、違ったようだ。「お掃除、あとにしたほうがよろしければ……」

「ううん、いいの。入って」グレイスは頬のこけた顔にかすかな笑みを浮かべて、エルシーの持っている掃除道具を見た。「そのモップもバケツもほうきも、わたしが使っていたものよ。肺病にかかる前のことだけど」

「肺病？」

「結核。肺病なんていうと、ヴィクトリア時代の小説みたいね。笑っちゃうわ」

「でも、大変な病気なんでしょう？」

グレイスは肩をすくめたが、白いブラウスに包まれた細い肩はほとんど動かなかった。「ええ、笑ってないと泣いてしまいそう。具合が悪くてこの部屋にずっといるんだけど、どうしても考えてしまうの。病気になっていなかったらいまごろどうしているだろうって。きっとハンサムな男の人と結婚して、頭がよくて元気な子どもたちに恵まれて、海辺でロマンティックな長い人生を楽しんだんだろうなって」

「これからそうなりますよ、きっと」

グレイスは痰《たん》がからんだような咳をして、首を振った。「わたしの運命はもう決まっているの。わかってる。そして――」ちょっと考えてから続けた。「――そのぶん、あなたの人生が豊かになるといいわね。人間なんて無力なものよ。天使たちの手に運命を握られて、どうすることもできないんだもの」

「ええ」エルシーは答えた。「わたしの夫も、いまとても具合が悪いんです」

「知ってるわ。わたしも下に行ってようすを見てきたの。たくましそうな人だった。きっとまた元気になるわ」そのあと、グレイスは事務的な口調になった。「ところでエルシー、これまでどんな仕事を経験してきたの？」

「仕事らしい仕事の経験はありません」エルシーは正直にいった。

「でもこれから一生懸命おぼえていくつもり」

グレイスは微笑んだ。「父はどうしてあなたを雇ったと思う？」

「働きたいといってきたのがわたしだけだった、そうきいてますけど」

「それは当たってるわ。けどそれだけじゃないと思う。あなたの足首がきれいだからよ。父はもう年だけど、女性の見た目にはうるさいんだから。でも、それは気にしないでね。父はいい人を雇ったと思う。まずは、キッチンのロールトップデスクの右側、いちばん上の引き出しをあけてみてちょうだい。わたしが管理人をしていたころにつけていた日誌があるわ。それを読めば、仕事のやりかたがわかるはず。読んだら、またここに来て。どんな質問にでも答えるから」

「質問攻めにしてしまいそう。迷惑にならないかしら」

「平気よ。わたし、あなたが来てくれてほっとしているの。父が祈っていたとおりになったから。父だけじゃない、わたしの祈りも叶えられた」

「わたしほど仕事熱心な人は見つからないはずです」エルシーは断言した。

「お客さんのいるお部屋は、毎日シーツを交換してね」

「洗濯板とたらいと洗濯紐は見つけたから、ちゃんとやります」

「お花もね。毎日、全部の部屋に」

「遠くまで歩きまわってきれいなお花をさがしてきます」

「キッチンは念入りに掃除してね。アイスボックスが空になってたわ」

「キッチンはしっかり掃除します。それと、お金さえあればアイスボックスに氷も入れておきます。新鮮な野菜も、おいしいお肉も」

「よかった。道路沿いに農家が何軒もあるから、新鮮な野菜も、きちんと塩漬けにしたお肉も手に入るわ。兄のキャプテン・ボブが魚をたくさん獲ってくるし。料理はできる？」

「残念ながら、得意というほどではなくて」

「シンクの上の戸棚にレシピがいろいろ入ってるから、せいぜい使ってちょうだい」

「助かります」

「それと、もうひとつ」グレイスがいった。「ローズっていう名前の子どもがいるの。ここから海岸沿いを二キロほど北に行ったところに住んでる。あの子にいろいろ手伝ってもらうといいわ。お給料代わりに食べ物をあげるといえばいい。とても頭のいい子で、この入り江のことはなんでも知ってる。なにかあったときにだれを頼ったらいいかってことも」

「できるだけ早く会いに行きます」

さらに何日かかけて掃除を終え、散らかっていたものを片づけたあと、エルシーはローズという女の子をさがしに行くことにした。入り江のぐずぐずした地面を北へ向かって歩いていくと、風雨にさらされてかなり傷んだ古い家が見えてきた。流木やがらくたを寄せ集めて作った家らしい。そこに女の子がいた。まだ十歳にもなっていないだろう。ポーチに座って、エルシーが来るのを待っているかのようだった。

「こんにちは」女の子は裸足の足をぶらぶらさせながらいった。「あたし、ローズっていうの」

「ローズ、あなたの名前をきいてきたのよ。〈キャプテン・オスカーの宿〉でわたしのお手伝いをしてくれない？　お礼は食べ物で払うわ」

ローズはこくりとうなずいた。「ワニを飼ってるって本当？」

「本当よ」

「触ってもいい？」

「もちろん。餌をあげてもいいわよ」

「じゃ、お手伝いする」ローズはわずかな持ち物を集めてエルシーといっしょに歩きだした。宿に着くと、いわれる前に、昔は山羊の小屋だった離れに自分の寝床を作り、やはりいわれる前に、家じゅうの窓を拭いて、キッチンにある銅の鍋やフライパンをすべてぴかぴかに磨きあげた。それからエルシーのところに来た。エルシーは四つんばいになって応接間の床を磨いているところだった。「アルバートに触ってもいい？」

エルシーは腰に拳をあてて体を伸ばし、黙ってローズをアルバートのところに連れていった。アルバートは、網戸で囲まれた裏のポーチに置かれたたらいの中にいた。雄鶏はアルバートの頭の上で寝ていたが、エルシーとローズが近づくと、目をさまして飛びおりた。

アルバートはにやりと笑って小さくうなった。挨拶のつもりだろう。エルシーが横に膝をつき、頭をなでる。「アルバート、新しいお友だちを紹介するわね。ローズよ。とっても働き者なの。なでてもらいなさい」

エルシーがうなずくのを見て、ローズも膝をついた。震える手を伸ばして、ごつごつしたアルバートの頭に触れる。頭をなでられたアルバートは気持ちよさそうに白目を見せた。「あたしのこと、気に入ってくれたみたい」ローズは小声でいった。

「アルバートは勘のいい子なの。はじめてだれかと会ったとき、その人と仲良くなれそうかどうかわかるみたい」

「アルバートくん、仲良くしようね。これからずうっと」

「ずうっと？　ずいぶん長いお友だちになれそうね」

「時間は最高のプレゼントなのよ。神様がくださったものの中でひとつだけ、人にあげられるもの。それが時間なの」

神様という言葉をきいて、エルシーははっとした。エルシーは小さいころから、父親が働いていた炭鉱会社にある教会に通っていた。しかし、時間が神様からのプレゼントだという考えかたはとても新鮮だった。教義にはなかったし、礼拝のときの説教でもきいたことがない。「ローズ、あなたは頭のいい子だってきいていたけど、本当にそうね」

「ありがとう、エルシーさん。そう思ってもらえてうれしいな」

ローズは働き者なだけでなく、楽しい相手でもあった。ワタリガニの捕まえかたも教えてくれた。古くなった魚の頭程度の餌と、紐と、長い柄のついた網があればいい。料理や掃除の方法も教えてくれた。ものおじしないタイプでもあった。その点は自分に似ている、とエルシーは思った。

ローズが手伝いに来てくれて一週間たらずのある日、庭に大きな犬があらわれた。ポーチに出たエルシーが見つけたとき、犬は口から泡を出して、ひどく怒ったような目つきをしていた。エルシーはローズを呼んだ。「狂犬病だわ」ローズが来ると、エルシーはいった。「放っておくと、きっとだれかが噛まれる」

ローズは犬をよく観察した。「あの犬、知ってる。サンディよ。ビューフォードさんちで飼われてたんだけど、餌をろくにもらえなかったから、森に逃げて自分で餌をさがすようになったの。病気のアライグマにでも噛まれたのかも」

「動いたら襲われるわ。ローズ、呼ばなきゃよかった。危険な目にあわせてごめんなさい」

「ううん、大丈夫。でもエルシーさんも協力して。フェンスに立てかけてあるシャベルが見える？　今朝あたしが庭仕事をするのに使ったの。あそこまで行ってシャベルを手に入れられればなんとかなる。そのあいだ、サンディの注意を引いて。噛まれないように気をつけてね」

エルシーは犬と自分との位置関係を考えた。「やってみるわ。シャベルで犬の頭を殴る気なの？」

「あれはサンディじゃない。サンディはとっくに死んだと思うことにする」

「そうね。でもつらいわね」

「つらくてもつらくなくても、やることをやらなきゃ」

エルシーはふうっと息を吐いた。「わかったわ。わたしが気を引く。用意はいい？」

ローズがうなずくのを見て、エルシーはポーチの床をどんどん踏みならした。「サンディ！

サンディ！　こっちよ！　こっちにおいで！」

犬は頭を振った。泡まじりのよだれを口から垂らしながら、エルシーに向かって走ってくる。足が少しおかしいようだ。階段でつまずいたが、体勢を立てなおすと、また走りだす。エルシーはポーチの手すりの上に立ってバランスを取った。その隙に、ローズが手すりを飛びこえてシャベルをつかみ、ポーチに駆け戻ってきた。犬の頭をがつんと殴る。頭蓋骨が砕けるいやな音がした。

ローズはシャベルを放りだし、犬のそばにかがみこんだ。「サンディ、ごめんね」血まみれの頭に手を伸ばした。

「触っちゃだめ」エルシーは手すりからおりて叫んだ。「死んでも病気がうつるかもしれない」

「つらい一生だっただろうな。ついさっきまで生きてきて、それまでは一度だって人を襲ったりしなかったのに」ローズは空を見あげた。「神様、この犬を祝福してやってください。天国で、おいしいものを食べさせてやってください」

「犬も天国に行くと思う？」エルシーはきいた。

「そうでなかったら、神様なんて名前だけの看板になっちゃう」

エルシーはローズを見た。「わたしを助けてくれたわね。ありがとう」

「あたしも助かった。あたしたちは助け合ったの。あたしたち、友だちだね」

エルシーは犬の死骸ごしに手を伸ばしてローズの頬と髪に触れた。「ありがとう」

エルシーは、ローズに連れられて海辺を歩くこともあった。エルシーにとってははじめての経験だった。浅い入り江に沿って歩いて大西洋岸まで出ると、どちらを向いても果てしなく海が広がっていた。風、波、ごうごうという音、砂の感触。エルシーはすっかり魅了された。ローズがいった。「ここは無限の浜辺《グランド・ストランド》って呼ばれてるの」

「ぴったりの名前ね。こんなに広いビーチなんて、想像したこともなかったわ」

ローズは、ビーチのあちこちに落ちている、平らで丸い貝を指さした。「あれはタコノマクラ」ひとつを拾って割ると、中から陶器の白くて小さな鳥みたいなものがいくつも出てきた。

「だれも見ていないところに、どうしてこんなきれいなものがあるのかしら」

「本当にね。あたしたちの見えないところにも、神様を讃《たた》える生き物がいるってことかな。ほかにもそういう生き物がたくさんいるのかも。あたしたちが知らないだけで」

「前にも神様の話をしていたわね。神様のこと、いろいろ知ってるの？」

「あたし、教会に行ったことはないんだ。けど、だれかがこの世界を作ったんでしょ？」

「たしかにそうね」なんて頭のいい子だろう。感心してしまう。

ローズは灰色の流木を指さした。ねじれてガーゴイルみたいな形をしたものが、砂に埋もれかけている。「船乗りたちは、ああいうのは人魚が作ったんだっていってる。タコノマクラもそうかもね」

エルシーは黒い矢尻に似たものを拾った。兄たちが近くの山にハイキングに行くと、いつも矢尻を拾って帰ってきたものだ。でも、これはちょっと違う。「ローズ、これはなあに？」

「サメの歯」

エルシーはそれをよく観察した。いわれてみれば、縁に細かなぎざぎざがある。肉屋の骨切り包丁みたいだ。表面はなめらかで、指先でなでていると気持ちいい。「でも、どうして黒いの？」

「さあ、どうしてかなあ。ときどき漁師がサメを捕まえてくるけど、歯は象牙みたいに白いよ」

「古い歯かもね」エルシーはいった。「恐竜みたいに」

「古くなったものって、海の中でばらばらになっちゃうんだよ」ローズはかがんで、青くてきらきらしたものを拾いあげた。「これもそう。ガラスのかけら」

エルシーはガラス片を受けとった。角が取れて丸くなめらかになっている。日差しを受けて宝石みたいにきらめいた。「きれいね」

「もとはガラス瓶かなにかだったんじゃないかな。長いこと砂の上で転がってもまれているうちに、こんなふうになるの。持って帰ったら？」

エルシーはガラス片とサメの歯をポケットに入れた。「ありがとう、ローズ」

ローズは肩をすくめて、波打ち際に落ちている大きな貝を指さした。「見て。クイーンコンク。すごくきれい！」

エルシーはローズの視線を追った。大きな巻き貝だった。ピンクと白で、表面がつるつるしている。手に取って、耳にあててみた。「こういうのを耳にあてると海の音がするものだと思ってたけど、なにもきこえないわ」

「中に生き物がいるから」ローズは貝を手に取り、中から出てきた灰色の足を見せた。「空気と日差しにさらされていたら、そのうち死んじゃう」

「海に戻してあげましょう」エルシーは海に足を踏みいれた。波の寄せるところまで歩いていってから貝を投げこんだ。「これでよし」

ローズがいった。「大胆ね。この時季はサメが出るのよ」

「運は大胆な人に向いてくるのよ」エルシーはそういったが、内心ではどきりとしていた。海は知らないことだらけだ。危険なこともたくさんあるだろう。でもどういうわけか、どんな危険が待っているのか知りたいような気もする。

ローズに連れられて、ビーチを歩いた。一歩ごとに新たな発見がある。女性のハンドバッグみたいな形をしてこの世に生まれ出るのを待っている、オニイトマキエイの卵。外国の蝶の羽みたいな色と形をした貝。波のそばを飛びまわるけれどけっして足を濡らさない小鳥たち。「イソシギ！」ローズが教えてくれる。

奇妙な生き物もいた。浅瀬で丸い頭を出して、泳いでいるというよりぷかぷか浮かんでいるだけの生き物。「カブトガニ！」ローズがいう。空気も独特だった。きれいで新鮮で、広大な海の王国のにおいが満ちている。

「最高にいい気分」エルシーはローズに対してというより、自分にいった。これが海。海がこんなに素敵だなんて！　そのすぐそばで、その中で、自分が生きているという感覚。「いつまでもここで暮らしていたいわ。ここで学べることをすべて学びたい」

「そうすればいいじゃない」

「ところがそうもいかないのよ。わたしって本当に幸せ、そう思いかけるたびに、その幸せが奪われていく。ローズ、あなたはどう？　幸せ？」

「まあまあかな。あたし、みなしごなんだ。家族ができたら本当に幸せって思えるのかも」

ふたりは歩きつづけた。エルシーの胸にはローズの言葉が残っていた。しばらくして、エルシーはいった。「わたしの人生がこれからどうなるか、それさえわかっていたら、あなたを家族にできるのに。いまは夫がいるけど、この先どうなるかわからないし……」

「そんなこといっちゃだめ！　きっと元気になるから。あたし、ときどきようすを見に行ってるの。具合はよくなってるよ」

「健康面以外にも問題があって、いっしょにやっていけなくなるかもしれない。あの人はあの人、わたしはわたし。合わないところがあるから」

ローズは顔をそらして水平線を見た。「ねえ、見て」突然いった。「ネズミイルカ！　ずんぐりした顔の形がおもしろいでしょ。それに、笑ったような顔をしてるの。やさしくて頭のいい生き物なんだよ。溺れかけた船乗りを何人も助けてくれた。幸運の印みたいな生き物」

エルシーは水面でたわむれるイルカたちを見ていたが、なぜか楽しめなかった。逆に、大きな悲しみが押し寄せてくる。世界はこんなに美しいのに、わたしはこれからどうなるんだろう。

29

エルシーが働くようになっていくらもたたないうちに、〈キャプテン・オスカーの宿〉の評判はあがり、週貸しの部屋は船乗りたちで満室になった。週末だけの客もたくさんやってくる。おいしいものを食べて、波の音をきき、人なつこくていつも笑っているワニに会うのが、客の目的だった。これに勢いをつけるために、キャプテン・オスカーは道路沿いの木に看板をかけた。

ワニのアルバートに会うだけなら無料！
土曜全日と日曜の午後限定。
おいしい食事と飲み物を〈キャプテン・オスカーの宿〉で。

当初、アルバートはリードをつけて前庭につながれていたが、男の子たちが尻尾を引っぱろうとするので、ホーマーがワニ小屋を作って、そこに入れられた。ちょうど柳の木陰だった。廃屋になった小屋で見つけた大きなバスタブを置いて水を張り、ワニが好きなだけ水浴びできるようにした。客がたくさん詰めかけたときは、ホーマーがワニ小屋のそばに椅子を置いて、監視のためにそこに座る。座っているあいだは、キャプテン・オスカーの持っている本の中から選んだ『白鯨』を読んだ。退屈だが、すばらしい本だった。

ときどき、雄鶏がワニ小屋にやってくる。アルバートの背中についている虫を取ってやることもあるが、それ以外はホーマーの肩にとまって丸くなっている。親は子どもたちに、ホーマーと雄鶏のことを「『宝島』に出てくるのっぽのジョンとオウムだよ」と教えたりする。ホーマーはいつも愛想よく客に接していたし、アルバートについての質問にも、おじさんたちは海賊とオウムなの、という問いにも喜んで答えていた。

ホーマーは途方に暮れていた。体調はよくなってきてはいたが、まだちょっと動くと疲れてしまう。エルシーだけでなくホーマーもこの宿が気に入っている。しかしエルシーの態度は気に入らない。やけに礼儀正しい言動の裏に、なによ、あなたなんて、という思いが見え隠れしている。怒っている理由はなんとなくわかる。フェルドマンの遺言だ。夫のせいで大金をふいにしたと思っているのだろう。しかしホーマーの考えはいまも変わらない。親戚でもない人からそんな大金をもらうべきではない。どうしたらエルシーの怒りがとけるのか。そもそもそんな日は来るんだろうか。本当に、どうしたらいいんだろう。

宿の収入の一部を、キャプテン・オスカーがエルシーに給料として払っていることは知っている。しかしたいした金額ではないはずだ。エルシーはいまでもフロリダに行きたいと思っているだろう。だったら自分も仕事を見つけなくては。ある日の午後、腕のギプスが取れて、手をそこそこ動かせるようになり、体力もだいぶ戻ってきたと感じたホーマーは、なにか手伝える仕事はないかとキャプテン・ボブにきいてみた。「手伝い？　たとえばどんな？」キャプテン・ボブは意外そうな顔をした。

「たとえば漁の手伝いとか」ホーマーはいった。「ドロシー号で毎日漁に出ているようだから」

キャプテン・ボブの唯一の相棒であり、一等航海士のマーリーが、デッキの掃除の手を止めて顔を上げた。「漁の手伝いより、海をなんとかしてほしいもんだ。最近は不漁続きでどうしようもない」

キャプテン・ボブはしばらく考えてからいった。「一日一ドルでどうだ？　それで不満ならあきらめてくれ。釣りはしなくていい。餌を用意して釣り針にかけたり、デッキを磨いたり、そのほか、おれやマーリーにいわれたことをやってほしい。一日の仕事は、おれが終わりと判断するまで終わらない。それでいいなら、明日の日の出から頼む」

ホーマーはうなずいて、翌朝の日の出とともに船に乗った。このときから漁師になった。最初の三日間は、船の手すりに寄りかかって、胃の中のものを魚に食べさせてばかりだったし、そのあいだは給料ももらえなかった。しかし四日目になると船酔いはおさまり、餌の魚を切ったり釣り針にかけたり、デッキを掃除したり磨いたりといった仕事ができるようになった。新しいことを学ぶのが大好きだし、きつい仕事も進んでやる。それからいくらもしないうちに、キャプテン・ボブとマーリーはホーマーを手ばなしで褒めるようになった。ホーマーは釣りもやらせてもらえるようになった。もっとも、釣果はいまひとつだった。

　ホーマーが漁師になって十日目、エルシーがいっしょに船渠まで歩いてくれた。エルシーはつばの広い帽子をかぶっていた。子どもが大人の真似をしているように見えて、とてもかわいらしい。妻にすっかり惚《ほ》れなおしたホーマーがきいた。「今日の予定は？」

「今日はパンを焼くわ。グレイスのレシピがあるの。わたし、昔からパン屋さんになってみたかった」

「ぼくはまだグレイスに会ってないんだ。いつも自分の部屋にこもっているよね」

「体の調子がとても悪いから、部外者が勝手に押しかけていったりしちゃだめよ」

　部外者か。ホーマーは傷ついたが、いいかえさなかった。エルシーがホーマーの腕に手を置いた。けがをしてからはじめてだった。「あなたが仕事をはじめてくれてうれしいわ。週末もアルバートの世話をしてくれるし、ありがたいと思ってる」

「どういたしまして」ホーマーはかがみこんで唇にキスしようとしたが、エルシーはさっと顔をそらしてしまった。ホーマーは顔を上げた。「マーリーがいってた。もう船酔いもしなくなったし、いい船乗りになれるだろうって」

　エルシーは笑顔を見せた。気持ちのいい潮風が吹きぬける。エルシーは帽子を軽く押さえて、ホーマーの頬に小さくキスをした。「船乗りさん、いってらっしゃい」

　ホーマーは愛情をこめて妻を見つめると、タラップ代わりにドロシー号に渡してある板を歩きだした。「おいおい、なにやってるんだ、女ったらしの新人め」マーリーがからかってくる。「先にもやいを解けよ。それから乗りこんで、板をしまうんだろ？　忘れたのか？」

ホーマーは船渠に戻ってもやいを解き、船に乗って板を引きあげた。キャプテン・ボブが操舵《そうだ》室《しつ》からホーマーを呼んだ。「舵輪を握れ」そういって一歩脇にずれる。

ホーマーは驚いた。「ぼくが？」

「よくやってくれてるからな。防波堤のあいだを通っていけば大丈夫だ」

ホーマーは舵輪を握った。ドロシー号の強い手応えを感じながら舵輪を操作し、砂州のあいだをとおっていく。「もう少しスピードを出せ」海に出る直前、キャプテン・ボブがいった。「でないと波に押し戻される」

キャプテン・ボブのいうとおりだった。スロットルを押したとき、船が大西洋から押し戻されるのを感じた。額に汗が浮かぶ。「キャプテン、舵輪をお返ししたほうがいいんじゃ」

「ドロシー号はおまえに任せたんだ」キャプテン・ボブはマッチを擦って、コーンパイプに詰めた煙草に火をつけた。「その調子その調子」キャプテン・ボブはぷかりとパイプをふかした。

大丈夫といわれても、ホーマーにはそう思えなかった。いまにも船が足元からすくわれそうな気がする。自分ではなく海の力に船が操られてしまいそうだ。しかし、強い波をもう一度受けたあと、船は落ち着いた。ホーマーはうれしくなって笑みを浮かべた。やったぞ、と一瞬思った。

「よし、交替だ」キャプテン・ボブがいった。「餌の準備を頼む」

ホーマーは船尾に行って、イカやタコが入れてある箱をあけた。ナイフを持ち、それらを小さな角切りにすると、釣り針につけていく。いい場所を見つけて錨《いかり》をおろしたら、それを海に落とす。キャプテン・ボブが場所を決めた。マーリーがためしに釣り糸を一本垂らすと、当たりがあった。リールを巻くと、小さめのフエダイがかかっていた。ホーマーはそこに目印のブイを投げ入れ、釣《つ》り竿《ざお》と糸とリールをすべてセットした。

一日でハタが一匹、カマスサワラが一匹、フエダイが三匹だった。「ガソリン代と、とんとんだな」キャプテン・ボブは愚痴をこぼし、船を岸に向けた。

入り江に帰る途中、ホーマーはきれいな夕空を見あげた。ピンクと青と紫と黄色に染まって、見たことがないくらい美しい。マーリーがよく冷えたビールを渡してくれた。ホーマーはビールがあまり好きではなかったが、友情の印だと思って受けとり、飲んだ。おいしい、という顔を作る。

「ホーマー、なにを考えてる?」マーリーがきいた。

「光の屈折です」ホーマーは答えた。「光の屈折のせいで、空があんなふうになるんだなあと」

マーリーは帽子の下から手を入れて、頭をぼりぼりかいた。「なにも考えてないのと同じだな。少なくとも、そんなのはものを考えてるうちに入らんよ」

ホーマーはビールを飲んだ。「なにを考えてたんです?」

マーリーはにやりと笑った。「女、酒、温かいベッド、雨漏りのしない屋根、魚」

「楽しそうでいいですね」ホーマーは本気でいった。

ドロシー号を繋留して魚をおろした。ホーマーがデッキを掃除する。すべて終わると、キャプテン・ボブがいった。「なんかおかしい。ほかの船はちゃんと獲れてる。獲れないのはおれたち

るんですか？」

ホーマーは興味を持った。「運気を変えるってことですか。船乗りならではのやりかたとかあるんですか？」

「そうだなあ」マーリーがいった。「験《げん》をかつぐってことなら、いろいろある。船の上で口笛を吹くと悪いことが起こるが、襟に触れば――襟のついた服なんか着てればの話だが――それを帳消しにできる。豚や雌鳥を船に乗せると運がよくなるともいうな。ホーマー、おまえの雄鶏を乗せてみるか。幸運の雄鶏みたいだからな」

キャプテン・ボブもいう。「いや、いちばんラッキーなのは、あのワニじゃないか？」

「たしかにラッキーなやつなんです」ホーマーはいった。「靴の箱に入れられてコールウッドまで送られてきたあとは、そのへんの子どもたちより大切に育てられた」

「なら、両方乗せてみるか」キャプテン・ボブがいった。「ジュジュが変わるかもしれないぞ。やってみる価値はある」

ホーマーはかぶりを振った。「それは無理だなあ。船酔いしたらかわいそうだし」

キャプテン・ボブはホーマーの顔をまじまじと見た。「ワニを本当にかわいがってるんだな」

ホーマーは笑った。「ぼくはただの運転手ですよ。ワニとエルシーの」

その日の夜、エルシーがグレイスのレシピを見ながらポテトパンケーキを焼いているところに、キャプテン・ボブがやってきた。隣の鍋では海老《えび》を豪快に茹《ゆ》でているところだ。「運気を変えたいんだ」キャプテン・ボブがいった。「アルバートを漁に連れていかせてくれないか」

エルシーは汗ばんだ顔にはりついた髪をうしろになでつけた。「だめよ。危ないわ」

「ホーマーだって船に乗ってる。それはいいのか？」

「それはホーマーの自己責任だもの。アルバートの心配はわたしがしてやらなくちゃ」

キャプテン・ボブは微笑んだ。「きみは本当にきれいだ。こんなにきれいな女性は見たことがない。どうだい、悪い気はしないだろう？」

「いったでしょ、わたしは結婚してるの」

「それはただの言い訳だな。きみはご主人のことなんか愛してない。いつも知らん顔してるじゃないか」

「大きなお世話よ」

「ほうら」キャプテン・ボブはうなずいた。「図星だな、エルシー。じゃあ、ここから先は、若くてハンサムな船長と、若くてきれいな女の物語だ。女は心が満たされず不幸だ。船長はそれを満たしてやろうとしている」キャプテン・ボブはエルシーの腰に手をまわした。「女と酒と嗅ぎ煙草をくれ。〝もうたくさんだ！〟と叫ぶまで。きみは復活の日まで、おれの願いをきいてくれる。その三つこそ、おれにとっての三位一体なんだ！」

「キャプテン、やめて」エルシーは腰にまわされた手をはぎとった。「わたしはそんなに軽い女じゃないわ。女を口説くのにキーツの詩を引用する人なんかいると思わなかった。よりによってキーツなんて、下品にもほどがあるわ！」

キャプテン・ボブは帽子を取った。「いまのはほんの小手調べさ。詩ならほかにもいろいろ知ってるんだ。きみの心を動かして、きみからおれにキスしたくなるような奥の手もね。だが、それを出すのはまだ早い。時機を待つとしよう。それはそうとして、謹んでお願いするよ。アルバートをドロシー号に乗せてやってくれないか」

エルシーは首を横に振った。「それは無理。うちの坊やを危ない目にあわせることはできないもの。お願い、わたしの見えないところに行ってちょうだい」

キャプテン・ボブは小さく笑ってキッチンを出た。エルシーはぷんぷん怒りながら海老の鍋をかきまぜた。「よりによってキーツなんて！」

夜、ホーマーとエルシーは自分たちの部屋にいた。クローゼットにドアをつけて小さなベッドを置きました、というくらいの狭い部屋だった。ホーマーがいった。「エルシー、どうするつもりなんだ？」

「どうするって？　なにを？」

「フロリダに行くのか？　それともずっとここにいるつもりか？」

エルシーはゆっくり考えた。「わからなくなっちゃった」ささやくような声でいって夫に顔を向けた。「わたしがここに残るとしたら、あなたはどうするの？」

「ぼくは漁師じゃない」

「ここを出ていくということね？」

「そうはいってない。どうしたらいいかわからないんだ」

「わたし、ビーチが好き。海が好き。ここにあるすべてが好きよ」

「じゃあ――」ホーマーはききたかった。ぼくのことは？　しかしきけなかった。「アルバートは？　アルバートはコールウッドにいても幸せにはなれないといっていただろう。ここはどうだい？　砂地の庭でフェンスに囲まれて、アルバートは幸せなんだろうか」

「わからない。考えてみるわ」

ホーマーはさらにいった。「ぼくのことは許してくれた？　少しだけでも許してくれていたらうれしい。フェルドマンさんのお金のことで怒っていたんだろう？」

「そんなこと、すっかり忘れてたわ。なにもかも忘れてたといっていいくらい。いま、ここで暮らすことで頭がいっぱいなんだもの」

エルシーは寝返りを打って、眠ってしまった。ホーマーはしばらく天井を見つめていた。エルシーは本当はどうしたいんだろう。揺りおこして問い詰めたかったが、そのうちホーマーも眠りに落ちていった。

翌朝、ホーマーがドロシー号に乗りこんだとき、キャプテン・ボブとマーリーが妙な目つきをしていた。ホーマーは不審に思ったが理由がわからず、ズボンの前があいているのかと思った。

しかし、ボタンはちゃんとかかっていた。

砂州のあいだから海に出たあと、理由がわかった。「エルシーのワニを連れてきた」マーリーがいった。「そんな目で見るなよ。キャプテン・ボブもおれも、ジュジュを変えたいんだ。アルバートは下にいる。いやあ、連れてくるのに苦労したよ」

ホーマーはハッチをあけて梯子《はしご》をおりた。アルバートはちゃんとそこにいた。たらいに入って、船の中をきょろきょろ見まわしている。無事を確認してから操舵室に行った。「エルシーのワニを盗むなんてひどいじゃありませんか！」

「ちょっと借りただけさ」キャプテン・ボブは落ち着いていた。「無事に帰せば問題ないだろう？」

「ありますよ。キャプテンたちがアルバートを盗みだしたら、ぼくも共犯だとエルシーに思われる」

「おまえが尻に敷かれてるのが問題なんだ。この船の船長はおれだ。船長としておまえに命令する。マーリーと協力して、アルバートを船首に運んでこい。海の神様によく見てもらわないとな」

これ以上言い合っても無駄だ。それに、海では船長の命令に従うのが昔からの掟《おきて》だ。ホーマーはキャビンにおりて、マーリーといっしょにアルバートを船首に連れてきた。アルバートは口を大きくあけて、ヤーヤーヤーといっている。「ここが気に入ったようだな！」マーリーがいった。ホーマーがにらみつけると、マーリーは言い訳した。「いいだしたのはキャプテン・ボブだ。おれは命令に従っただけなんだ」

「キャプテンのアイディアに賛成したんでしょう。ふたりとも、友だちだと思っていたのに」

「おれだって家族を養わなきゃならんからな」

「アルバートを船に乗せたくらいでなにかが変わると、本当に思ってるんですか？」

マーリーは肩をすくめたが、そのときキャプテン・ボブがここというスポットを見つけ、餌のついた鉤を放りこんだ。すぐには反応がなかったが、やがて当たりが来た。マーリーがリールを巻くと、いままでドロシー号に揚がったことのないような大きなハタがかかっていた。ホーマーは釣り針にどんどん餌をつけて海に放りこんだ。アルバート以外の乗員全員が驚いたことに、海面にはいろんな形や大きさの魚がばしゃばしゃとはね、泡を立てていた。どの魚も、早くデッキに揚げてほしくてたまらないとでもいうようだ。

キャプテン・ボブはうれしそうに魚をつかみあげた。「アルバート、おまえはすごい！　どの漁師も夢に見る幸運のワニだ！」

アルバートがどうやって海に飛びこんだのか、ホーマーには知りようがなかった。かかった魚を船尾で次々に引きあげていたとき、キャプテン・ボブが近づいてきた。「ホーマー」海を指さす。「ワニって、海水でも平気なのか？」

わからない。キャプテン・ボブの指さす方向を見ると、アルバートが海面を泳いでいた。船から離れ、カモメの群れに向かっていく。「追いかけてくれ！」ホーマーは叫んだ。

キャプテン・ボブは、えっという顔をした。「ここを離れろってのか？　こんな入れ食いの場所を離れられるもんか！」

「アルバートがジュジュを変えてくれたんじゃありませんか！」

「たしかにな」キャプテン・ボブはアルバートのほうを見て敬礼した。「ありがとよ、アルバート！」

ホーマーにできることはひとつしかなかった。エルシーのため、アルバートのため、全宇宙のため、やるべきことをやらねばならない。泡立つ海に飛びこんだ。

30

海は生きているかのようだ。そしておそろしい。体が海に浸《つ》かった瞬間、ホーマーはだいじなことに気がついた。泳ぎかたがわからない。

必死に犬かきで前に進んだ。怖くて止まれない。ドロシー号があとをついてきてくれていると思いたいが、振りかえることもできない。アルバートを追いかけることもろくにできずにいるうちに、アルバートのほうがホーマーに気づいて、戻ってきてくれた。鼻先と鼻先が近づくと、ホーマーはワニの体に両腕で抱きついた。「アルバート、助けてくれ！」

アルバートにしがみつくとすぐ、ホーマーはあたりを見まわした。ドロシー号がどこにも見えない。体が水にぐいぐい押される感じがする。強い海流に乗ってしまったらしい。行きたいのとは逆の方向に流されていく。

どれくらいの時間が過ぎただろう。たぶん何時間もたったはずだ。太陽が西に沈みかけている。ホーマーはアルバートにしがみついていることしかできなかった。アルバートはひたすら泳ぎつづけている。「アルバート、岸に連れてってくれよ」アルバートもそうしようとしていたのかもしれないが、その前に、一艘《いっそう》の船が近づいてきた。ホーマーは体ががくがく震えていた。冷たい大西洋に体温を奪われてしまっていた。それでも必死に顔を上げると、オーバーオールに麦わら帽の男がふたり、こちらを見ていた。ふたりとも、この出会いを喜んではいないようだ。

「こんなところに人がいるとはな」ひとりがいった。顔も腕も日焼けして褐色になっている。もうひとりの男は赤毛で、口に煙草をくわえている。「助けてやろう」

「だめだ。だれも助けるわけにはいかねえ」褐色の顔の男がいった。

「そいつはクロコダイルか？」

「アリゲーターです」ホーマーは答えた。歯がかちかち鳴っている。生意気にきこえたかと思って、つけたした。「間違えるのももっともです」

とうとう赤毛の男が手を差しだしてくれた。ホーマーはそれをつかみ、残る力を振りしぼってアルバートを抱え、船にあがった。「ありがとうございます」ホーマーはデッキに仰向けになった。息が切れていた。「祈りが通じました。おふたりのお名前は？」

「こいつはロイ・ボーイ」赤毛の男がいった。「他人の祈りに応えるような善人じゃないけどな」

「そいつはマーガンサーだ」褐色の顔の男がいった。「そのとおり、おれたちはそんな善人じゃない。若造、おまえは何者だ?」

「ぼくはホーマーです。このワニはアルバート」

「こんなところでワニなんかとなにをやってたんだ? おまえ、沿岸警備隊のやつじゃねえだろうな」

「漁船から落ちたんです。というか、アルバートが先に海に飛びこんで――」

「おれたちもツイてねえなあ。こんな密航者にぶちあたっちまうなんて」

「いえ、密航者じゃありません。遭難者です」

ロイ・ボーイはふんという顔をして手を振った。「いいか、おれたちの邪魔をしてみろ。おまえもワニも、あっというまに海にドボンだぞ」

「ぼくたちはいないものと思ってください」ホーマーはいった。

マーガンサーは不服そうだ。「チクられたらまずいな。名前なんかいわなきゃよかった」

「てめえが先におれの名前をいったんだろうが」ロイ・ボーイがいう。「だからおまえの名前もバラしてやった」まわりにさっと視線を走らせる。「だが、チクる相手もいなさそうだ」

「いや、あとになってチクるんじゃないか?」

「だれにもなにもいいません。約束します。あなたたちがなにをしている人でも、ぼくたちには関係ありません。岸まで乗せてってくだされば、それだけでじゅうぶんです。ぼくは――ぼくとか？」


妻は――マールの入り江の〈キャプテン・オスカーの宿〉にいます。きいたことはありますか？」

「ああ、ある。ってことは、ドロシー号から落ちたのか」

「そうです。ドロシー号って船です」

マーガンサーは首を振った。「キャプテン・ボブがききつけたら、間違いなく通報するぜ。こいつとクロコダイルをさっさと海に放りこんだほうがいい」

「クロコダイルじゃなくてアリゲーターです」ホーマーは訂正したが、やめておけばよかったと思った。自分たちを海に落とそうとしている男に向かって、偉そうなことはいわないほうがいい。

ロイ・ボーイはじっくり考えてからいった。「いや、だめだ」

「ありがとうございます」ホーマーはほっとしていった。「アルバートからもお礼をいいます」

ホーマーは毛布の上にアルバートをのせてやった。自分はずぶ濡れだったが、我慢した。しばらくするとマーガンサーがいった。「水、飲むか？　これに入ってるから、よかったら飲め」

ホーマーは差しだされた瓶をありがたく受けとった。古いウィスキーの瓶だった。中の液体をごくりと飲む。生ぬるくて、少しぬめりがあるような気がしたが、乾いた口をうるおすことはできた。残りをアルバートに与える。元気が出たのか、アルバートはホーマーの腕を逃れてロイ・ボーイの足に向かっていった。ロイ・ボーイはオールを振りあげた。「あと一歩でも近づいたら、殴り殺すぞ！　このクロコダイルめ！」

アルバートは足を止めて首をかしげ、頑丈そうなオールを見あげた。濡れた毛布の上に帰ってくる。ホーマーはアルバートの首に手をまわした。守ってやりたかった。そのままじっとして夜を迎えた。

星が出てきた。満天の星がまたたいている。マーガンサーがモーターを止めて、船を潮の流れにまかせはじめた。ホーマーは勇気を出してきいてみた。「マールの入り江はここから近いんですか?」

「黙れ!」マーガンサーがうなった。「遠い。いいか、ひとことでもしゃべったら、おまえとクロコダイルを海に突きおとしてやるからそのつもりでいろ。わかったな?」

「はい」ホーマーはなにもいってはいけないとわかっているのに、つい返事をしてしまった。しかしマーガンサーはそんな細かいことを気にするタイプではないらしい。ホーマーとアルバートは、濡れたままキャビンに放っておかれた。

空には三日月が出ている。紫色の雲が流れていった。穏やかな波が船を揺らす。と、ランタンの灯が見えてきた。とてつもなく大きなものが近づいてくる。木の壁の上に巨木が三本生えているかのようだ。

「よう、シオドージア」マーガンサーが小さく声をかける。

ランタンの横に顔があらわれた。「準備はいいか?」

「だれかひとり、こっちにおろしてくれないか。手助けがいる。手早くすませたいからな」

「オーケー」次の瞬間、荷造り用のネットが落ちてきた。続いて、ダンガリーのオーバーオールとキャンヴァス地の上着を着た黒人が飛びおりてくる。アルバートが警戒してしゅうっと声をあげると、男もアルバートに気づいて声をあげた。「クロコダイルだ！」すごい速さで梯子をのぼりはじめた。

「アリゲーターです」ホーマーはいってから後悔した。ロイ・ボーイに横っ腹を蹴られた。

「小さいから大丈夫だ」マーガンサーがいった。「おい、戻ってこい」

男は木の壁に張りつくようにしておりてきた。目がまん丸になっている。磁器の皿のようだ。

「そいつを近づけないでくれ」その後は、なにかの騒音にかき消されて、声がきこえなくなった。スチールのブームからロープのようなものが降りてくる。

「しっかり押さえててくれ」黒人にいわれて、ロイ・ボーイが鋼の紐で吊るされた袋をつかむ。ふたりは力を合わせてそれを船におろした。鋼がぱっとほどける。黄麻布の袋がいくつも転がり出てきた。

「急げ！」上から声がする。「このへんを小型ボートがうろついてるらしい」

黒人は袋の数を数えていた。「くそっ」

「どうした？」ロイ・ボーイが不安そうにきいた。

「十三だ」

「フレッチャー！」上の人間がいう。「荷をおろしたら、さっさと上がってこい！」

「マーシュさん、荷の数が十三なんだ」黒人は応じた。「ジュジュが悪い」

「いいから上がってこい」

黒人はしぶしぶ従った。ランタンの横の男が下を見ている。ホーマーにもその顔がよく見えた。

四角い顔に大きな口。口の両端のしわが目立つ。「今夜の取引はこれで終わりだ。荷物をよろしく。中身を確かめようなんて思うなよ。このままっすぐクラブピンチの入り江に運んでくれ。トラックが待ってる。じゃあな。こっちはもうエンジンをかけたし帆も張った。全速で航行する」

木の壁が離れていった。マーガンサーも船のエンジンをかけた。

「やったな！」ロイ・ボーイがはしゃいでいる。

「喜ぶのはまだ早いぞ。さっきの話をきいたろ？　パトロールボートがうろついてる。たぶん見つかるぞ。酔っぱらいの船乗りだと思わせよう」

「溺れかけた漁師とクロコダイルも乗ってるぞ」

「アリゲーターです」ホーマーはいった。疲れているせいか、警戒心が薄れていた。黙っていたほうがいいのはわかっているのに、好奇心からついついきいてしまった。「十三個の荷物、なにが入ってるんですか？」

「船の上で十三って数字を口にするな！」マーガンサーがいう。「不吉だ」

ホーマーはいいかえしたかったが、ぐっとこらえた。十三という数字を口にしたのは自分がはじめてではない。フレッチャーとかいう黒人が先だ。

「荷物のこともきくな。おれたちも知らない。ただの運び屋だからな」

船はゆっくり進んでいく。一キロも進まないうちに、スポットライトに捕らえられた。「止まれ！」大きな声がした。拡声器を使っているのだろう。「止まらないと撃つぞ」

マーガンサーとロイ・ボーイは両手でまぶしそうに目を覆っていたが、突然マーガンサーが叫んだ。「つかまってろ!」船の向きを大きく変えた。

「脅しじゃないぞ!」声がきこえる。

「ついてこいってんだ!」マーガンサーが笑い声をあげる。「追いつけると思ってんのか」

相手はこの挑戦を受けて立ったらしい。まもなくすさまじい音が響き、まわりのものがばらばらと音をたてて壊れはじめた。さまざまなものの破片が降ってくる。ホーマーは慌ててアルバートの上に覆いかぶさった。きこえるのは銃声だと気がついたとき、大きな水しぶきの音がふたつ続いた。顔を上げると、ロイ・ボーイとマーガンサーの姿が消えていた。銃声がやんだ。理由はすぐにわかった。海水がすごい勢いで船に流れこんでくる。船は沈み、ホーマーはまたもや海に投げだされた。アルバートがいない。抱きかかえていたのに、手をすりぬけてどこかに行ってしまった。このままはぐれてしまったらエルシーに殺される。

しかし、どうやらそうはならないようだ。理由その一。このままだと溺れ死ぬ。理由その二。船に衝突される。ライトに照らされた波がこちらに向かってくる。続いて、大きな鋼鉄の船の舳《へ》先《さき》が波を切り裂いて、ホーマーめがけて進んできた。

31

夕方、ドロシー号が戻ってきた。船倉には魚がいっぱい入っていたが、デッキには申し訳なさそうなキャプテン・ボブとマーリーの姿があった。ふたりによれば、魚が次々にかかっているあいだに、夫もワニもいなくなってしまったとのこと。これをきいたエルシーはまず、ひどく悲しんだ。取り乱しそうになった。しかし、炭鉱の女はどんなときでも冷静でなければならない――そんな教えが頭に刻みこまれている。涙を流し、歯嚙みして嘆き悲しみたかったが、その寸前で感情を押し殺した。キャプテン・ボブの話では、夫とワニは溺れ死んだと決まったわけではない。最後に見たのは泳いでいる姿だったという。エルシーの知っているかぎりでは、ワニは泳ぎが得意だ。ホーマーの泳ぎがどんなものだか知らないが、ゲアリー渓谷の男の子たちはみんな、犬かきくらいはできる。とすると、まだ望みはある。

宿の仕事もある。大型トロール漁船でアウターバンクスにやってきた船乗りたちの世話をしなければならない。エルシーにはそれが救いだった。まずは仕事をして、それから次のことを考えよう。キャプテン・ボブに「話の続きはあとで」といった。

「できるだけのことはしたんだ。海は情け容赦ないんだ、エルシー」

「わたしだって容赦ないわよ」

鉄の意志を持って宿に戻り、ローズといっしょに働き、腹をすかせた男たちに夕食をたっぷり振る舞った。

船乗りたちが満足し、食堂から出ていくと、食事をのせたトレイをグレイスの部屋に運んだ。

「持ってきても全然食べてくださらないけど、もう一度だけと思って持ってきました」

「必要なだけ食べてるから大丈夫よ。もう食事は持ってこなくていいわ。夜中にキッチンに行って、とらなきゃいけない栄養はとってるの。それより、ご主人、どうなったの？　海で行方不明だってきいたけど」

エルシーはわっと泣きだした。心の中のダムがグレイスの言葉で決壊した。「ワニもなの。わたし、どうしたらいいのかわからない」

グレイスは身をのりだした。「エルシー、どうするつもり？」

エルシーは涙を拭いた。「わからない」

「考えるのよ、エルシー。ご主人は行方不明で……」

「ワニも」

「そうね、ワニも行方不明。どうしたらいいか考えなくちゃ」

エルシーはじっくり考えて、とうとう口を開いた。「さがしに行く」

「海へ？　どうやって？」

方法はひとつしかない。「ありがとう、グレイス」エルシーはそういって一階におり、ポーチに出た。キャプテン・ボブとマーリーがほかの船乗りたちとおしゃべりしている。みんなリラックスしてパイプをふかし、ふくれた腹をさすっている。「船を貸して」エルシーはキャプテン・ボブにいった。

「エルシー、なにをいってるんだ」キャプテン・ボブは、くわえていたパイプを手にした。

「船が必要なの。ホーマーとアルバートをさがしに行くから」

キャプテン・ボブはしばらく考えてから、ばかにしたような口調でいった。「ふたつの理由で、それは間違ってる。ひとつは、あんたは船のことをまったく知らない。そしてもうひとつ。もう夜だ。夜の海は危ない」

「かまわないわ。船を出す方法と、どっちに行ったらいいかってことだけ教えてちょうだい。あとは自分でやる。昔から船乗りになってみたかったんだから」

キャプテン・ボブはふんぞりかえって笑みを浮かべた。そしてロッキングチェアから立ちあがり、トロール船の船乗りたちに向かってうなずくと、エルシーを連れて、柳の下のアルバートの小屋に近づいた。ここならみんなに話をきかれない。「いいか、エルシー。よく考えろ」キャプテン・ボブは、パイプの柄の部分をエルシーに向けた。「ホーマーもワニも行方不明だ。どうすることもできない。覚悟を決めるんだな。あんたは未亡人だ。海という愛人に夫を奪われたってことだ。せいぜい悲しむといい。何日かたったら——一週間もあればいいかな——おれの求愛を受け入れられるようになる。ずっとここにいられるぞ。そうしたいんだろう？　それが宿命ってやつだ。宿命って言葉を知ってるか？」

「もちろんよ」エルシーは答えた。「ちょっと待ってて」前庭を突っ切ってポーチにあがり、網戸をあけて中に入ると、網戸をばたんと閉めた。眠そうな船乗りたちがはっと目をさます。自分の部屋に入ると、キャプテン・オスカーにもらった小さなトランクをあけて、スナブノーズを取りだした。デンヴァーからくすねたやつだ。あれから何ヶ月もたったように思える。いや、もう何年も昔のことのようだ。弾が入っていることを確かめてから階段をおり、ポーチに出ると、また網戸をばたんと閉めた。船乗りたちがまた驚く。階段をおりて、砂地の庭を突っ切り、アルバートの小屋まで戻ってきた。キャプテン・ボブの顎の下にピストルの銃口をつきつける。「海に連れてって。そして夫とワニを見つけて。いますぐよ、キャプテン・ボブ。でないと頭を吹っ飛ばすわ」

キャプテン・ボブはパイプを吐きだした。「わかった」やれやれという口調だった。「そういうことなら、しかたがない」

32

まぶしい光がホーマーの顔を照らす。鋭い舳先が方向を変えた。ホーマーは深い海の底から伸びてきた手につかまれ、引きずりこまれそうになったが、そのとき、なにかが体の下にあらわれて、ホーマーを海面に持ちあげた。頭が水面から出たとき、ようやく状況がのみこめた。アルバートがまた助けてくれたのだ。ホーマーはアルバートにしがみつき、助けを求めて声をあげた。

いまにもホーマーに衝突しそうだった船はその場でぐるりと向きを変え、ホーマーに舷側を近づけた。たくましい筋肉のついた腕が伸びてくる。ホーマーのシャツをつかみ、続いてベルトをつかみ、海から引きあげてくれた。ホーマーはアルバートを抱えて離さなかった。

デッキに転がったホーマーは、空気に飢えたように呼吸をした。口から海水があふれてくる。目をあけると、船乗りの帽子をかぶった荒っぽそうな男の顔があった。ほかの顔もまわりにあらわれる。どの顔も、いかにも海の荒くれ者といった感じだった。「ありがとう」ホーマーはやっとのことでいった。声がまともに出ない。

アルバートは好奇心いっぱいにきょろきょろしていたが、しゅうっという威嚇音を出した。男たちのひとりに尻尾をつかまれそうになったせいだ。「やめてくれ」ホーマーはいって体を起こした。

つばなし帽をかぶった青年が、ほかの男たちを押し分けるようにしてホーマーとアルバートに近づいてきた。「ツイてたね。よく助かったよ」

「ここは？」ホーマーはきいた。

「ヘリン号。アメリカ合衆国沿岸警備隊の船だ」

「沿岸警備隊！　ぼくをさがしてくれてたのか？」

「いや、そうじゃない。密輸のパトロールをしてて、たまたまあんたを見つけた」

「密輸？　なんの？」

「金、銀、宝石、その他なんでも。メキシコから運んできて、ここらで荷揚げするんだ。ああ、ヴィントナー機関長が来た」

ヴィントナーはいかにも喧嘩っ早そうな男だった。ホーマーの前にあらわれると、さっきの青年の尻を蹴った。「邪魔だ、ドギー。そのクロコダイルをさっさと海に放りこんじまえ！」

「アリゲーターです」ホーマーはいった。「ここにいさせてやってください。ぼくの妻のペットなんです。アルバートといいます」

ヴィントナーはホーマーの顔を見た。「おまえはだれだ？　密輸の犯人だろう？」

「密輸には関係ありません。ホーマー・ヒッカムといいます。炭鉱夫ですが、いまは漁師で、ドロシー・ハワード号に乗っています。ワニが海に飛びこんだので、それを追いかけてぼくも飛びこみ、ある船に助けられたと思ったら、その船をみなさんが沈めてしまったんです」

ヴィントナーの表情が曇った。手を振りあげる。ホーマーを殴るつもりらしい。しかし直前に思いなおしたらしく、腕をおろした。「ここまででたらめな話は久しぶりにきいた。本当なら徹底的にこらしめてやるところだが、しばらく命拾いしたと思え。キャプテンが会いたがってる。いっしょに来い」

ほかの男たちがアルバートを取り囲み、捕まえようとしている。アルバートはひとりで抵抗していた。だれかが近づくたび、歯を見せて威嚇する。ホーマーは体を投げだしてアルバートをかばった。「ワニを海に落とさないでください。もし突きおとすなら、その前にぼくを」

「おまえら、ワニは放っておけ!」ヴィントナーがうなる。「キャプテンの指示を仰ぐ」

「ロープはありませんか? ワニのリードにできるような。アルバートにリードをつければいっしょに連れていけます」

「この船にロープなんてものはない。素人め! ラインといえ。ロープなんて言葉を使ったらこの船の船員とは認めない。いいな?」

「ぼくは船員じゃありませんけど」ホーマーは答えた。

ヴィントナーは笑った。吐き捨てるような笑い声だった。

つばなし帽の青年が、ロープにしか見えないものをホーマーに渡してくれた。「ラインだよ」

「なんでこれがロープじゃなくてラインなんだ」ホーマーは小声できいた。

「さあね。けど、いいことを教えてやるよ。それ以上はきかないほうがいい。ヴィントナー機関長にロープで——いや、ラインで——首を絞められたくなかったらね。あの人は本当にやりかねない」

ホーマーは肩をすくめ、ロープにしか見えないものをアルバートに巻きつけてリード代わりにした。ヴィントナー機関長がホーマーの腕をつかむ。「早く来い。キャプテンがお待ちかねだ!」

ヴィントナーは、大きな袋をひとつ持っていた。中には黄麻袋がいくつか入っている。海から回収したものだろう。ホーマーの腕を引いて歩き、そのうしろにはアルバートが続いた。捕まえようとする者がいなくなったので、アルバートは楽しそうにきょろきょろしはじめ、すぐに笑顔になった。

ブリッジにあがると、ヴィントナー機関長はハッチをノックした。低い声が響く。「入れ！」

ヴィントナーはホーマーとアルバートを引きずるように中に入れた。「キャプテン・ウルフ、こいつらを海から引きあげました！」

キャプテン・ウルフと呼ばれた男は、かかしみたいにがりがりで、死人みたいに青白く、顔にはすごい傷跡があった。頬はひげで覆われ、片方の目はよそを向いている。「ふうむ」うなるようにいった。「釈明したいことがあればいってみろ。気をつけろ。発言はすべて記録される」

どうやって記録するんだろう。ホーマーはそう思ったが、とにかく説明することにした。「はじまりは、船から海に飛びこんだことで……」

「仲間割れか？」

「いえ、違います。ワニが――妻のペットなんですが――海に飛びこんだので、ぼくもしかたなくあとを追って……」

「キャプテン、ここまでは全部嘘です」ヴィントナーがいった。「この男とクロコダイルは密輸船に乗っていたんです。われわれが海から救いあげました」

「密輸業者の仲間割れか！　機関長、このブリッジに犯罪者など連れてきてはならん！　密輸業者はこいつらだけか？」

「あとふたりいましたが、海に落ちました。いま死体をさがしているところです」

「ふたりの名前はわかるか？」キャプテンはホーマーにきいた。

「ロイ・ボーイとマーガンサーです」

キャプテンは顔をしかめた。「あいつらか！　ならほっとけ。サメの餌にしちまえばいい。機関長、ほかに用はあるか？」

「間違いなく密輸品と思われる物品を回収しました」ヴィントナーは持ってきた袋を差しだした。「やつらが〝お宝〟と呼んでいるものです」

「あけてみろ」

ヴィントナーは黄麻袋を取りだして、キャプテンの灰色のデスクに中身をぶちまけた。操舵室の弱々しい明かりの下でも、宝石はまばゆいほど光り輝いた。キャプテンはそのうちのひとつを手にして、舷窓にかざした。「エメラルドか。最高級品だな」そっと机に戻し、別の宝石を手に取る。「オパールだ。みごとな炎が入っている」次はネックレス。「トパーズとシルバー。職人の腕も一流だな。植民地時代のものだろう。袋はいくつあった？」

「十三です」

「ひとつを海に投げ捨てろ」

ヴィントナーは目を丸くした。「どれにしますか」

「どれでもいいから、早くいうとおりにしろ！　この船に十三という数字が存在してはならんのだ！」キャプテンはホーマーとアルバートを見た。「ブツはどこから来た？」

ホーマーは記憶をたどった。「これを持ってきた船には〈シオドージア号〉と書いてありました」

「シオドージア号か！　あのごろつきどもめ。何年も手こずらせやがって」キャプテンはホーマーの顔をじっと見た。「片手を上げろ」

「手を？」

「こっちだ」ヴィントナーがホーマーの右手を取った。てのひらを開かせ、腕を上げさせる。

「クロコダイルにもやらせろ」キャプテン・ウルフがいった。「右の前足を上げないと宣誓したことにならん」

「そんなことをしたら嚙まれます」ヴィントナーがいう。

「ドギーを呼べ」

ヴィントナーはハッチをあけてドギーを呼んだ。つばなし帽の青年が飛んできた。「お呼びですか、サー」

「クロコダイルの横にしゃがんで、右の前足を上げさせろ」

「嚙まれます、サー！」

「船長命令だ」

ドギーはこわごわ膝をつき、アルバートの右の前足を持った。アルバートは、この人はなんだろうという顔をしてドギーを見ていたが、やがて笑顔になった。ドギーも引きつった笑みを返した。

キャプテン・ウルフは肩をいからせた。「復唱しろ。わたくしは沿岸警備隊の一員として、ほかの隊員たちの命令に、中でもキャプテンと一等下士官の命令に忠実に従います」復唱しろといわれても、ホーマーはとっさに対応できなかった。展開が急すぎてついていけない。するとキャプテンがいった。「復唱しないと、殴り倒して海に放りこむぞ。クロコダイルも同罪だ」

「アリゲーターです」ホーマーは小声で訂正してから、復唱をはじめた。間違えたりつっかえたりしてばかりだったが、なんとか最後までいえた。少なくともいい終わって口をつぐんだ。次はとばかりに、みんながアルバートを見る。アルバートは低いうなり声をあげた。みんなはそれで満足したようだ。

「アメリカ合衆国沿岸警備隊にようこそ」ヴィントナー機関長がいった。「参考までにいっておこう。われわれの非公式モットーは、〝去る者は追わず〟だ」

ホーマーはようやく頭が回転するようになってきた。「炭鉱のモットーと似てますね」

キャプテンは宝石を黄麻袋に戻した。「機関長、宝石はすべてこの部屋に置いていけ。ひと袋は海に捨てるのを忘れるなよ。そして、こいつらを連れだせ。次に会うときまでに一人前の船員にしておけよ」

ヴィントナーはうれしそうに「アイアイサー！」と答え、袋をひとつ取って、ホーマーとアルバートをブリッジから連れだした。モップを持たせ、デッキの掃除を命じる。ホーマーはほっとした。とりあえず仕事にはありついた。アルバートはあっというまにみんなの人気者になり、小さな白いつばなし帽をかぶせられた（紐で頭に固定した）。みんなはアルバートを尊敬し、怖がると同時に、おもしろがっていた。ヴィントナー機関長は十三番目の袋を自分の部屋に隠した（自分にとってはひとつの袋で、十三番目ではないからだ）あと、アルバートを眺めた。「それにしても」だれに話しかけるでもなく、つぶやいた。「あいつは幸運のクロコダイルだな。こうなったら、運は完全におれたちのものだ」

ヴィントナーが考えたとおり、それから何時間もたたないうちに、ヘリン号は何ヶ月も前からさがしつづけていたシオドージア号を発見した。

ヴィントナー機関長は船長室にずかずかと入っていった。キャプテン・ウルフは密輸品の宝石を検分していた。いくつかはすでにポケットに保管済みだ。

「どうした？　なんの用だ？」キャプテンがいった。

「敵を発見しました！」

「シオドージア号か」

「イエッサー。シオドージア号は逃走中です」

「追え！　やつらに思い知らせてやれ。アメリカ合衆国の至宝である密輸禁止法を破ったらどうなるか！　血を流せ！　機関長、いいな？　血を流せ！」

33

ドロシー号はひと晩じゅう海をさまよいつづけた。真っ暗で、なにかがあっても見えるはずがない。それでもエルシーは捜索をやめようとは思わなかった。動いているものはないか、水が不自然にはねていないか、夫や愛するワニがもがいていないかと、暗がりに目をこらす。出航直前に乗りこんできた雄鶏が舳先に立って、鋭い目つきで闇をにらんでいる。なにも見えない。

水平線に太陽が顔を出した。カモメが新しい一日を出迎えるかのように飛んでいく。でも、エルシーにはまだなにも見えなかった。目が乾いてひりひりするくらい、必死で目をこらしているのに。そのうち、マーリーが声をあげた。「あそこに見えるのはなんだ？　死体じゃないか？」

エルシーの喉になにかがこみあげてくる。キャプテン・ボブは舵《かじ》を切って、死体らしきものに船を近づけた。マーリーは顔をしかめながら――水死体を見つけるのは悪いジュジュなのだ――死体をひっくり返した。サメにやられて顔がなくなっている。

「ホーマーじゃないわ」思い切って死体を見たエルシーがいった。

「ああ、顔がなくてもわかる」キャプテン・ボブがいう。「手の甲にアヒルのタトゥーがあるだろ？　マーガンサー・フィニーだ。マートル・ビーチをシマにしてたクズみたいなやつだが、とうとうこんな姿になっちまったな」

「死人の悪口をいうのはやめようぜ、キャプテン・ボブ」マーリーが両手をさっと動かしておまじないをして、海に漂っている死者の霊を追い払った。

「このまま流しておこう」キャプテン・ボブがいった。「親戚も悲しまないだろうし、葬式を出したがる人間もいないだろう。どうせ墓掘りはおれたちがやらされる。それも厄介だし、牧師をさがしてくるのも面倒だ」

「このまま放っておくなんて、だめよ」エルシーがいった。「人間なんだもの。敬意を払ってやらなくちゃ」

キャプテン・ボブはいやな顔をしたが、しぶしぶうなずいた。マーリーは何度も唾を飲みこみながら、エルシーの助けを借りて、かぎ竿で死体をデッキに引きあげた。死体の耳からウナギのような細長い生き物が出てきた。デッキをのたくったあと、海に戻っていった。

「海の生き物はあっというまにすべてを自然に返しちまう」マーリーは感心したようにいい、またおまじないをした。

エルシーはキャビンから防水シートを取ってきて、死体にかぶせた。雄鶏がやってきてエルシーを見あげ、不思議そうな顔をした。「どうしたの？」エルシーは声をかけて、気がついた。船が岸に向かっている。キャプテン・ボブにきいた。「どうするつもり？」

「マーガンサーを岸に連れてくんだ。死体を船に引きあげろってのは、岸に運べってことだろう？」

「そんなことといってないわ。まだまださがすわよ。この男はホーマーと関係があったような気がしてならないの。それに、夫が――夫とアルバートが――海に飛びこんだのはあなたたちのせいよ。そんなに簡単にあきらめないでちょうだい」

キャプテン・ボブはコースを変えようとしない。船が岸に向かって進みつづけるのを見て、エルシーはキャプテン・ボブにつかつかと近づき、スロットルを思い切りうしろに引いた。エンジンがいやな音をたてて止まった。「なにしやがる」キャプテン・ボブがいった。エンジンをかけなおそうとしたが、ぷすぷすいうだけでかからない。「壊れちまった。死体といっしょに漂流するはめになったぞ」

「エルシーさん、死体はすぐににおいはじめるぞ」マーリーがいって、防水シートをかけた死体に目を向けた。「ものすごい悪臭だ。この先ずっと、息をするたびに死体のにおいを思い出すことになるだろうよ」

「それでもかまわない」エルシーはきっぱり答えた。「キャプテン・ボブ、わたしをばかにするのはやめて。エンジンが壊れたなんて、わたしを怖がらせるための嘘でしょ。わたしは怖くなんかないわ。ピストルを持ってきましょうか？」

「おい！」マーリーが片手を耳のうしろにあてた。「いまの、きこえたか？」

エルシーとキャプテン・ボブは外洋を振りかえって耳をすました。「銃声だ」キャプテン・ボブがいった。

「一発や二発じゃないな」マーリーもいう。「戦争か？」

「どうせキャプテン・ウルフだろう。あいつは頭がおかしい」

エルシーは銃声のする方角を見つめた。「ホーマーたちはあそこにいるわ。絶対いる。見に行きましょう！」

「いや、行かない」キャプテン・ボブがいった。「キャプテン・ウルフは、歴代の沿岸警備隊長の中でもきわめつけの変人だ。とにかく銃を撃ちまくる。こっちから近づいていくなんて正気の沙汰じゃない。弾丸が飛び交う中に突っこんでいくようなもんだ」

エルシーは顔をしかめ、キャプテン・ボブを舵輪の前から押しのけた。「キャプテン、わたしが好きなんでしょ？　ええ、はっきりいったわ。もしわたしが未亡人になったら、これ幸いと、わたしを妻にするつもりだって。でも、夫が死んだのを確かめなきゃ、わたしは未亡人にはならないのよ」

キャプテン・ボブは訝しそうに眉間にしわを寄せた。「旦那がいなくなったらおれと結婚する気が少しでもあるってのか？」

「よくきく話よ。夫が死んだかどうかはっきりわからないと、女は何年もほかの男を拒絶しつづける。自分はいまもあの人の妻だ、といいつづけるの。ペネロペだってユリシーズを二十年も待ちつづけたんだもの」

「二十年も？」

「夫の生死がわからないって、それだけ大変なことなのよ」エルシーは力強くまばたきした。

キャプテン・ボブは怒りに体を震わせた。「おれはそんなに待てないぞ！」

エルシーは激しい銃撃戦の音がするほうを指さした。「あそこにあなたの求める答えがある。わたしの求める答えもね」

キャプテン・ボブはエンジンをかけた。エンジンはすぐに反応した。舵を大きく回して、ドロシー号を銃撃音の方角に向ける。雄鶏が再び舳先に立った。

「おい、キャプテン！」マーリーが情けない声をあげた。「本当に行くのかよ！」

34

「獲物を逃すな」キャプテン・ウルフは沿岸警備隊員たちに呼びかけた。「おまえらの求めてきた栄光が、すぐそこにあると思え！」

隊員たちはぼんやりして船長の顔を見た。意味がわからない。隊員の多くは、ついこのあいだまで母親の腕の中にいたひよっこたちだ。定収入が得られるときいて入隊した。あるいは、ビーチで寝ころんでいたところを叩きおこされて無理やり入隊させられたのもいるだろう。そうしてアメリカ合衆国沿岸警備隊の一員になったあと、訓練といえば、ヘリン号での作業だけ。栄光なんて求めていないし、ライフルの知識なんてないに等しい。ヴィントナー機関長が何人かに渡した弾薬嚢も、どう扱えばいいのかわからない。ほかに、反り身の短剣やナイフやブラスナックルも配られた。それを見ておもしろがる隊員はいても、闘志をたぎらせる隊員はいない。

キャプテン・ウルフはそんな状況をまったく理解していなかった。「いいか、戦闘が未経験の者がほとんどだろうが、そんなことは関係ない。おまえたちはアメリカ合衆国の戦闘員なのだ。戦いがはじまったら、最後までくじけるな。機関長、全員にライフルの使いかたを教えておけ。ライフルを持っていない者はナイフで戦え。楽勝だ！」

ヴィントナー機関長は、ライフルを渡された隊員たちに、弾のこめかたを教えた。「慎重に狙えよ。敵が見えてから引き金を引くんだ」

一部始終を見ていたホーマーは、自分はどうしたらいいんだろうと思った。渡されているのはモップだけだ。デッキ上を見まわすと、ハッチがいくつかあるのがわかった。キャビンに降りよう。いちばん近くにあるハッチに近づいていったが、途中でヴィントナー機関長に首ねっこをつかまれた。「おい、どこに行く?」機関長はモップの先端をへし折り、棒だけになったモップをホーマーに渡した。「これも立派な武器だ。リトル・ジョンもこんな棒を使ってロビン・フッドと戦った。おまえもしっかり戦えよ。商売仲間との戦いになるだろうが」

「仲間なんかじゃありません」ホーマーは答えて、モップの柄を見た。こんなものでどうやって戦ったらいいんだろう。

「クロコダイルはどうしますか」隊員のひとりがきいた。

ヴィントナー機関長は即答した。「あいつは海のクロコダイル、幸運のシンボルだ。称賛と感謝を忘れるな。あいつのおかげでわれわれの勝利は確実だ。われわれの……」ホーマーに身を寄せて、小声できいた。「なんて名前だったかな」

ホーマーはふうっと息を吐いた。「アルバートです。それと、クロコダイルじゃなくてアリゲーターです」

「クロコダイルのアルバートが、われわれを勝利に導いてくれる! さて、だれに運ばせるかな」ヴィントナーはドギーを指さした。「おい、ドギー、おまえと元密輸犯のふたりで、アルバートをシオドージア号に運べ。全員がそれに続いて、やつらを徹底的に打ちのめす。勝利はわれらのものだ！」

「ゆけ、ゆけ、アルバート！」隊員のひとりが叫んだ。「がんばれ、アルバート！」ほかの隊員が応じる。「われらのクロコダイル！　フレー、フレー、フレー！」

「おまえたち！」キャプテン・ウルフがブリッジから叫んだ。「戦闘準備だ。まもまく敵に追いつくぞ！」

　まもまくってなんだよ、と隊員たちは思った。敵の密輸業者たちもそう思っただろう。気がついたときには、シオドージア号がすぐそばにいた。舳先から煙があがったかと思うと、どん、ひゅうっ、という音がして、なにかがすごい速度でヘリン号にむかって飛んできた。ヴィントナー機関長が前に出る。隊員たちはうしろにさがった。「煙が見えた！　やつら、大砲を積んでるぞ。キャプテン！　豚野郎、起きろ！　寝ぼけてんじゃねえ！」ヴィントナーはブリッジを振りかえった。「キャプテン・ウルフ、スピードを上げろ！　なめくじ野郎どもの大砲をぶっこわしてやる！」

　キャプテン・ウルフは、ヴィントナー機関長の芝居がかった科白《せりふ》をきいて眉をひそめた。操舵室に戻り、舵輪を握る。「ホレイショ・ネルソンの名言に従うぞ」いままで舵輪を握っていた隊員にいった。「華麗な進軍などない。前進あるのみ！」

「ホレイショってだれですか、サー」隊員がきいた。

「歴史上もっとも偉大な提督だ。イギリス野郎だがな！」キャプテン・ウルフが叫ぶのと同時に、砲弾がブリッジを直撃した。船のあちこちに穴があいた。振りかえると、そばにいた隊員がデッキにのびている。「どうした？　釣りあげられた太刀魚みたいに、目ばっかりぎょろぎょろしやがって」

「大丈夫です」隊員はゆっくり体を起こした。

「武器を持て！　密輸船に体当たりするぞ！」

「体当たりですか、サー」隊員がいうのと同時に、船と船がぶつかった。反動で隊員がまたデッキに倒れる。船はありえない角度まで傾いていた。キャプテン・ウルフは一瞬よろけたが、武器庫を開いて反り身の短剣を取りだすと、操舵室からブリッジに躍りでた。「者ども、狙え！」叫んで短剣を振りまわす。「アメリカ合衆国沿岸警備隊の心意気を見せてやれ！」

あとは混乱あるのみだった。銃弾が飛び交い、警備隊員たちが逃げまどう。「者ども、狙え！」キャプテン・ウルフがブリッジから怒鳴るが、隊員たちは尻込みするばかり。「狙え！」といわれても、なにを狙ったらいいのかわからないのだ。

ヴィントナー機関長は、逃げまどう隊員たちを見て、ドギーからアルバートを奪いとると、シオドージア号に投げこんだ。デッキに着地したアルバートが口をぱくぱくしてみせると、密輸業者たちは一目散に逃げだした。「われらのクロコダイルに続け！」ヴィントナーが叫ぶ。

隊員たちはまだためらっていたが、アルバートのことが心配でたまらないホーマーが、真っ先に敵の船に飛び移った。敵のひとりが、鉈《なた》のような武器で襲いかかってきたが、ホーマーはモップの柄を野球のバットのように振って鉈を叩きおとし、敵の頭を思い切り殴りつけた。敵はへなへなと倒れこんだ。ほかの密輸人たちはおろおろしている。突如、戦いの主役になったホーマーとアルバートを遠巻きにしている。

「新入りとクロコダイルに続け！」ヴィントナー機関長の声が響く。よしとばかりに、隊員たちはいっせいに立ちあがり、敵船に乗り移った。隊員が大波となって押し寄せていく。あっというまに勝負がついた。血は流れたが、死者はほとんど出なかった。密輸犯のほとんどが潔く武器を捨てて、船を明け渡したからだ。これはラッキーだった。シオドージア号の船体にはヘリン号の体当たりで大きな穴があき、すでに沈みかけていた。

　ところが、最後まであきらめない男がふたりいた。鉈を構えてホーマーに向かってくる。ひとりは巨体、ひとりは短躯《たんく》。驚いたことにホーマーの知り合いだった。「スリックとハディか。そうだな？」

　ふたりは立ちどまってホーマーを見た。それからアルバートを見た。「違う」

「嘘をつくな、スリック。顔を見ればわかる。なんでこの船に乗ってるんだ？」

　スリックとハディは顔を見合わせた。スリックが答えた。「銀行強盗や靴下工場の爆破や野球賭博みたいなまっとうな方法じゃ、生活が成り立たないことがわかったんだ。だから海でひと儲けすることにしたのさ」

「フェルドマン夫人から金をもらったんじゃないのか？」

「もらった。だが、霊柩車を盗んで捕まったとき、保安官に取りあげられた。まったく、軽くひと息つくこともできやしない」

スリックもハディも悪党だが、なんだか気の毒になってきた。ジュジュが悪いのだろう。ホーマーはいった。「不幸な星の下に生まれたんだな」

「そのとおりだ。あんたとワニに知り合ったのが運の尽きだったかもな。だからあんたらには死んでもらう。ハディ、行くぞ。決着をつけよう」

ハディがうなずくと、ふたりは鉈を振りかざしてホーマーに向かってきた。ホーマーはハディの一撃をモップでかわしたが、スリックの鉈が迫ってくる。うしろは海だが、ほかに逃げ場はない。海に落ちるとすぐ、ばしゃんという音がきこえた。アルバートだ。スリックとハディはシオドージア号に取り残され、鉈を振りまわしながら悪態をついている。いつになく力強い罵声をあげていた。

アルバートがやってきて、ホーマーの体を支えてくれた。二艘の船が視界から消えていく。太陽が沈みはじめた。ピンクと紫と青に染まった美しい空の下で、ホーマーはアルバートを抱きしめた。不安が押し寄せてくる。暗くて冷たくて危険な海で、またひと晩を過ごすのか。しかしそのとき、さっきまで遠くにいた船が近づいてきて、ホーマーとアルバートを見つけてくれた。

ドロシー号だ。キャプテン・ボブ、一等航海士のマーリー、船荷監督人のエルシー、名前のない雄鶏。一同が、炭鉱夫とワニを奇跡的に発見した。船上は歓喜に包まれたが、喜んでいない人間がひとりだけいた。

35

朝、エルシーはグレイスに会いに行った。グレイスはいつものように部屋にいた。開いたカーテンのあいだから射してくる朝日のせいで、はかない光の精のように見える。「出ていくのね」グレイスが先にいった。

「ええ」エルシーは答えた。「さよならをいいに来たの。それと、お礼を。グレイス、あなたのおかげで、宿を切り盛りする方法が身についたわ」グレイスのうしろから波の音がきこえてくる。日差しといっしょに、音もきらめいている。「ああ、ここは本当に素敵だった!」

「なのに出ていくのね」

エルシーは慌てて説明した。「キャプテン・ボブを傷つけてしまったから、傷がこれ以上深くならないうちにと思って。それに、ホーマーはもうキャプテン・ボブの船に乗せてもらえないわけだし」

グレイスは首をかしげた。「ほかの人の船に乗ればいいじゃない? 兄だって、いつまでも怒ってはいないわ。いい人なのよ、寂しがり屋なだけで。女の人だってこれからいくらでもあらわれるでしょうし。でも、エルシー、あなたはやっぱり出ていくんでしょうね。潮時なんだわ。あなたたちの旅はまだまだ続くみたいね。いろんなことが待ってると思う。いろんなことを経験して、また訪ねてきてね」

　エルシーの目に涙がこみあげてきた。喉が詰まって声が出ない。出ていきたくない。でも出ていかなきゃならない。その理由はグレイスが言葉にしてくれたとおりだ。「わたし、またここに来られるかしら」

「もちろんよ。でも、ここを離れる前に、ビーチに行ってみてね。入り江じゃなくて、大きな海のビーチよ。そして、これからのことを考えてみるといいわ。いつか再びここを訪れるとしたら、それはなんのためなのかってことも」

「わかったわ」エルシーは泣きながら手を伸ばし、グレイスを抱きしめようとした。

　グレイスは両手を上げてうしろにさがった。「だめ。わたしは病気だから触れちゃだめ。さあ、もう行って。おぼえていてね。わたしはずっとあなたを見守ってる。そしてあなたがまたここに来てくれるのを待っている。いつか、ビーチをいっしょに歩きましょう。半島の先まで。いいわね？　最後に笑顔を見せて」

　エルシーはグレイスに笑顔を見せて、部屋を出た。ビュイックには、キャプテン・オスカーの厚意で、食べ物や飲み物がたっぷり積みこまれていた。後部座席にはたらいが置かれ、ホーマーの母親が縫ったキルトの上でアルバートが眠っている。アルバートの頭の上には雄鶏がいた。運転席の脇にはキャプテン・オスカーが立ち、寂しそうな笑みを浮かべていた。助手席の脇にはローズ。声をあげずに泣いている。涙が足元の砂を濡らしていた。

「さよなら。達者でな」キャプテン・オスカーがいう。

ローズが窓から頭を入れて、エルシーの首に細い腕をまわした。「エルシーさんのこと、ずっと忘れない」

エルシーはローズを強く抱きしめた。「またここに来たとき、あなたに会えるように願ってるわ」

「口を挟んで悪いが、ローズはずっとここにいるよ」キャプテン・オスカーがいった。「うちの宿は、ローズがいないとやっていけないんだ」

ローズは小さく頭を下げて微笑んだ。「キャプテン、ありがとうございます。あたし、これからもずっとがんばります」

ホーマーはキャプテン・オスカーの手を握り、妻を振りかえった。「エルシー、そろそろ行こうか」

エルシーとローズはもう一度抱き合った。ローズが一歩さがり、顔をそむける。悲しみと涙を少しでも隠そうとしているらしい。「グレイスをよろしくね」エルシーはローズにいった。「お世話なんてしなくてもいいように見えるけど、おしゃべりは好きみたい」

「待ってくれ」キャプテン・オスカーが目を丸くして、首を振りながらエルシーを見つめた。「グレイスがなんだって?」

エルシーは、キャプテンのすがりつくような口調をきいて、どうしたんだろうと思った。「グレイスをよろしくねって、ローズにお願いしたんです」

「グレイスと話をしたのか？」

「ええ、ここに来てからほとんど毎日」

キャプテン・オスカーは帽子を取り、両手で揉みながらいった。「エルシー、娘は三年前に死んだんだ」

エルシーはキャプテンの目を見た。冗談ではないらしい。振りかえって、ビュイックのうしろの窓ごしにグレイスの部屋の窓に目をやった。人影が見える。「すみません、キャプテン」いまさらキャプテンを動揺させてもしょうがない。「わたし、想像力が豊かすぎるって昔からいわれていて。もちろん、グレイスと本当におしゃべりしたわけじゃありません」

キャプテン・オスカーは建物を振りかえった。窓に人影が見えたかどうか、エルシーにはわからなかった。キャプテンはホーマーとエルシーの手を握った。「ずっといてほしかった」

「行かなきゃならないんです」エルシーは淡々と答えた。「グレイスもいってまし……」いいかけて、息をのんだ。「わたし、やっと、わかってきたんです。この旅は、ただの旅じゃない、この旅は終わらせなきゃいけないって。ここにいたら旅は終わらないわ」

ホーマーはわけがわからないという顔のままアクセルを踏み、ハイウェイに向かって走りだした。「ビーチに連れていって」ホーマーがハンドルを切る前に、エルシーはいった。

ホーマーは反論しかけたが、海の方向にハンドルを切った。「お好きなように」穏やかにいう。

ビーチに出ると、エルシーはビュイックをおりて靴を脱いだ。「待ってて」車に靴を置き、うしろを振りかえらずに、ワイルドオーツのあいだを歩きだした。その先にあるのは波と砂。ビーチは何キロも続いている。はるか先のほうに半島の先端が見えた。

エルシーはしょっぱい潮風を吸いこみ、波打ち際まで行った。サメの歯とガラスのかけらを拾う。人の気配を感じた。ホーマーだろうと思ったが、振りかえってみると、グレイスだった。

エルシーはぎょっとして、サメの歯とガラスを砂に落とした。「どうしてここに?」

「ビーチが好きなの」

「そうじゃなくて。どうしてこっちにいるの?」

「どうして天国にいないのかってこと?」

「ええ」

「いるわよ。ここがわたしの天国。そしていつか、エルシー、あなたの天国もここになるわ」

エルシーは深い息をついて、頭上を旋回するカモメや、砂地を走るイソシギを眺めた。水平線の上には青い空が広がり、真っ白なふわふわの雲がぽつぽつ浮かんでいる。だれかがコットンのボールを撒きちらしたかのようだ。神様、ここはとてもきれい。わたし、いつまでもここにいたい! その思いをグレイスに伝えようとして振りむいたが、グレイスの姿は消えていた。うしろを見ても、自分の足跡しかない。

頭を空っぽにして、美しい世界に身をあずけた。しばらく海を眺めたあと、自分の足跡をたどってビュイックに戻った。ドアをあけ、眠っていたホーマーを起こした。

「だれかに会ったの?」ホーマーがきいた。エルシーは助手席に座ってドアを閉め、首を振った。

「フロリダに行くんだね?」

エルシーはうなずいた。

「大丈夫か？」

「大丈夫じゃないわ」

「ぼくはどうしたらいい？」

「運転して」

雄鶏がホーマーの肩にとまった。アルバートも目をさましたらしい。ヤーヤーヤーとご機嫌な声をあげる。ホーマーは、相変わらず地図も持たず、ハイウェイをめざした。左に太陽を見ながら、ひたすら南に向かって走りつづけた。

十九歳の春、ぼくはヴァージニア工科大学の学生だった。パイロット免許を持っている友だちが、エンジンがひとつだけの小型飛行機に乗せてくれた。風の強い日だった。ブラックスバーグ郊外の美しい景色を楽しんだあと、飛行場に戻った。着陸のとき、強い横風にあおられて、片翼が地面をかすった。もう少し風が強かったら、機体が横転していただろう。助かったのは本当に幸運だった。「だれにも見られてないといいな」友だちがいった。

ぼくも心臓が喉から飛び出そうだった。「そうだね」

次に母に会ったのは、両親がガーデンシティ・ビーチに家を買い、母がそこに行くためにブラックスバーグを通ったときだった。ガーデンシティ・ビーチはマールの入り江のすぐそばにある。大学の寮に来ているわよという連絡を受けて、ぼくは母に会いに行った。

母はやたらに人を抱きしめたりするほうではない。談話室でぼくに手を振ってきた。「あなた、飛行機事故にあいかけたでしょう?」ぼくが椅子に座るとすぐ、母はそういった。

「だれにきいたの?」

「あら、ここにお母さんのスパイがいないとでも思ってるの? あなたのことならなんでもわかってるのよ。ね、詳しくきかせてちょうだい」

「着陸のときに横風が吹いたんだ。操縦ミスじゃないよ」

「どうかしら。追い風着陸にすればよかったのに。補助翼は正しく操作したの？」

ぼくは母の顔を見た。「どうして飛行機のことなんか知ってるの？」

母は顎をつんと上げた。「あら、まだ話してないことがあったみたいね」

「話なら山ほどききいたけどな」

「いやな顔をしないでちょうだい」母はそういって、肩の力を抜いた。「あなたとおしゃべりできなくなって寂しいの。あなたが大学に行ってしまってから、お母さんの話し相手は猫だけなんだもの。お父さんは……」首を横に振る。「あの調子でしょ。いつも仕事で忙しいし」

生まれてはじめて、ぼくは母がちょっと気の毒になった。年をとったからだろうか。もう五十歳になっていたのだ。「じゃ、どうして飛行機に詳しいのかってことから話してよ」

母はすぐに熱をこめて話しはじめた。「ジョージア州でね、アルバートをフロリダに連れていく途中だったの……」

第6部

アルバート、空を飛ぶ

36

州境の看板が見えてきた。この先はジョージア州ですよと知らせるものだが、ほかのどの州の看板より大きくて派手なんじゃないの、とエルシーは思った。ピンクの巨大な桃と、果物のかごを持って微笑むブロンドの女性が描かれている。かごの中にも、どぎついピンクの桃がたくさん。いちばん上に、文字が弓形に並んでいる。

> **ようこそ、ジョージア州に**
> **智恵《ちえ》と正義と節度の州**

智恵と正義と節度の州？　どういう意味だろう。考えてみたがわからない。エルシーは目を閉じて眠ることにした。しかし、なかなか眠れない。これからどんなことが起こるだろうと想像してみたが、それもわからない。たとえば、命の危険を感じてだれかを殺すことになるとか。海に出て、自分の命を危険にさらしてホーマー（とアルバート）を助けるとか。いや、夫に対する自分の思いがいまひとつつかめない。どこかに愛のきらめきがないか、心の中を隅々までさぐってみたが、どこにも見つからない。しかし、それはもしかしたら、愛というものを知らないからかもしれない。ホーマーはいい人だ。ただ、理屈っぽいところや、なにかと批判してくるところが気に食わない。ほかの女性たちなら、ホーマーを夫にしたら、いい人と結婚できたと喜ぶかもしれない。なのに自分が喜べないのはなぜだろう。やっぱりバディのせいかも。バディのせいで、ホーマーが魅力的に思えない。いや、ホーマーだけじゃなく、どの男性も魅力的に思えなくなってしまった。バディはとてもハンサムで、楽しくて、いっしょにいると前向きになれる、そんな人だった。けど、バディはもういない。ニューヨークに行って、もしかしたらいまはハリウッドにいるかもしれない。有名になって、お金持ちになって、ブロンドの美女たちと楽しくやっている。大きなため息が出た。悲しくてたまらない。わたしはこの先どうなるの？

ベンチシートの運転席で、ホーマーはときおり隣にいる妻の顔を盗み見ては、心の中で微笑んでいた。エルシーは自分を愛してくれている。いまのホーマーはそう確信していた。愛していなかったら、キャプテン・ボブを脅して船を出させたりしなかっただろう。ましてみずからドロシー号に乗ってまで、夫をさがしまわるなんて。そう考えるだけで、心に翼が生えたように軽くなる。このままジョージア州を突っ切ってフロリダ州に入り、オーランドまで一気に行ってしまおう。ポケットには金がある。キャプテン・ボブからもらった給料だ。車のトランクには食べ物と飲み物がある。このペースで走れば、一昼夜でフロリダ州に入れるだろう。さらにもう一日走ればオーランドだ。アルバートを適当な沼に放したら、なるべく早くコールウッドに帰る。そうしたら、キャプテンに頼みこんで、また仕事をさせてもらおう。夫と妻が愛し合ってさえいれば、住まいなんてどんな家でもかまわない。

何時間かが過ぎて、風景がどんどん平坦《へいたん》になり、綿花畑が見えてきた。綿花の低木が何列も何列も並んでいる。家はどれも木造だ。道路からだいぶ引っこんだところに立っているが、日差しを浴びてぎらついているトタン屋根のせいで、よく目につく。大小を問わず、町はない。道路標識もほとんどない。たまに、道路の番号を示すものが立っているだけだ。地図がないので道路の番号がわかってもなんの役にも立たない。ホーマーは勘に頼って運転しつづけた。南に向かっていそうな道路を選んで走るだけだ。

おなかがすいたので、未舗装の脇道に車を入れた。道沿いに並ぶ木立が陰を作ってくれている。その向こうは緑の草地。すらりとした美しい馬が一頭、草を食んでいる。ホーマーは車をとめてエルシーの肩に触れた。「ピクニックに最高の場所を見つけたよ」

エルシーはあたりを見まわした。「ここはどこ?」

「まだジョージアだ」

「あら、そう。智恵と正義と節度の州にいるのね」

「州のモットーとしては悪くないんじゃないか? それに、いまのところ、なかなかいいところだ。きみも知ってるとおり、ジョージアの向こうはフロリダだ。この州を通りぬければ、あっというまにオーランドだ。アルバートを放して、あとはコールウッドに帰るだけだ！」

エルシーはシートの背ごしに手を伸ばして、アルバートの顔に触れた。作り笑いを浮かべていう。「あまりうれしくない話ね」

妻の作り笑いを見て、ホーマーははっとした。あまりうれしくないどころか、まったくうれしくない話をしてしまったんだろうか。「どうしたんだ？」この質問もまずかった。口に出したとたんに後悔した。

「別に」

「本当に？」また後悔した。

「じつはね、ちょっと話し合いたいことがあるの」

エルシーの言葉をきいて、ホーマーはキャプテン・レアードのアドバイスを思い出した。「女が〝話し合いたいことがある〟といいだしたら、近くのドアからさっさと逃げろ」

近くのドアといえば、運転席のドアだ。ホーマーはドアハンドルに指をかけたが、あけるのをやめた。話をきこう。「なんだい？」

「オーランドに着いたら、しばらくそこにいたいの」

ホーマーは体の力を抜いて、息を吐きだした。「そうか、わかった。オーブリーおじさんにも会いたいだろうしね」

「そういうんじゃなくて、もっと。しばらくっていうか、長いこと」

「長いことって、どういう意味だ？」ホーマーはきいた。そのとき、肘を押されたような気がした。はっとして振りかえると、馬がすぐそばまで来て、長い鼻の先でホーマーの腕を押している。

「しっ、あっちへ行け」

エルシーはドアをあけて車をおりた。「鞍《くら》と手綱がついてる。どこかから逃げてきたのかも」

「ぼくたちが心配することはないだろう。それより、長いことってどういう意味だい？」ホーマーも車をおりた。

「わたし、昔からカウガールになりたかったの」エルシーはそういうと、ホーマーがなにもいえずにいるうちに、馬の鞍にまたがった。慣れた感じだ。コールウッドでは馬に乗ったことなんかないはずなのに。エルシーが軽く舌を鳴らすと、馬は早足になった。乗っているエルシーは余裕の表情だ。

　オーランドでおぼえたのか。ホーマーは内心でつぶやいた。想像がふくらんでいく。若くて独身のエルシーが馬を早駆けさせている。その横には鮮やかに馬を乗りこなすバディ・イブセン。熱帯のムード漂うロマンティックな道を並んで駆けていくふたり。フロリダならではの開放的な雰囲気の中で、さぞかし楽しいときを過ごしたんだろう。ふと気がつくと、ホーマーは両手をぎゅっと握りしめていた。エルシーを追いかけて鞍から引きずりおろしてやりたい。どこで乗馬をおぼえたんだ？　〝長いこと〟というのは、コールウッドには二度と帰らないという意味なのか？　そう問い詰めてやりたい。怒りと悲しみが同時に押し寄せてくる。いまこそ妻の本心をききだすべきだ。どういうつもりでこの旅に出てきたのか、ということを。

　しかし、そんなことをする前に、明るい空から巨大な鳥が飛んできて、ビュイックをかすめた。

すごい風にあおられて、ホーマーは地面に転がった。鳥はエルシーと馬のいるほうに向かっていく。馬は驚いて、エルシーを振りおとそうとした。

ホーマーは草のあいだから鳥を見あげた。いや、あれは鳥じゃない。飛行機だ。しかも、年代物の複葉機。ホーマーは立ちあがった。飛行機は再び機首を起こした。着陸のやり直しをするつもりだろうか。そのとき、落馬したエルシーの姿が目に入った。けがをしているかもしれない。ホーマーは慌てて駆けよった。「大丈夫か？」片膝をついてエルシーの手を取った。

エルシーは肘をついて体を起こした。「もちろんよ」そうはいったが、少しふらついているようだ。目の焦点が合っていない。

ホーマーはエルシーの両腕と両脚をさっとなでた。

「なにしてるの？」

「骨が折れていないかと思って」

「骨なんか折れてないわ」エルシーは立ちあがり、ほらねという顔をしたが、そのとき飛行機がまたやってきた。今度はスピードが落ちているし、機首も下がっている。着陸できそうだ。

飛行機のエンジンが鈍い音をたて、やがて止まった。男がおりてきた。茶色の革の帽子、黒いゴーグル、茶色の革ジャケット、深緑色の乗馬用ズボンに茶色のブーツという格好だ。ホーマーとエルシーのほうに歩いてくると、両手を腰にあてた。「うちの馬を盗むつもりか？」

「違います。乗ってみただけです」エルシーは答え、スカートの汚れをさっと払った。「迷子かと思ったんです。わたしが乗れば、おうちのほうに歩きだすんじゃないかと思って」

男はゴーグルを押しあげた。顔は砂埃だらけで、油もあちこちについている。肌の色は褐色だった。履いているブーツと同じ色だ。黒人が飛行機に乗っているなんて、と一瞬思った。いや、それがどうした。キャプテン・レアードがいつもいっているとおり、人間の価値は能力と働きぶりで決まる。肌の色や家柄なんか関係ない。

「信じるとしよう」男はいった。「馬の名前はトリクシー。器用なやつでね、ロープをほどくのが得意なんだ」エルシーに手を差しだし、続いてホーマーとも握手した。「わたしはロビンソン・R・ロビンソン。みんなにはロビーと呼ばれてる」

「ホーマー・ヒッカムです。こっちは妻のエルシー。同じく器用なやつで、乗馬のエキスパートだったなんて、いまのいままで知りませんでした」

「フロリダで教わったの」

「だろうと思ったよ」ホーマーは嫉妬で顔をゆがめた。

エルシーが話題を変えた。「どこで操縦をおぼえたんですか?」

「こないだの大戦だ。フランスの飛行場でメカニックをやっていたんだが、パイロットが足りなくなってね。それに、教官から訓練を受けた経験もあったから、ちょうどこういう型の飛行機を割り当てられた。爆弾もね。爆弾が標的に命中したので、また飛べといわれた。戦争が終わるまで、何度も乗ることになった。こっちに戻ってからこのベッツィー号を買い取って、全国を飛びまわった。いまはここに落ち着いて、農薬散布の会社をはじめた。害虫を駆除する爆弾を撒いてるようなもんだな。もう十年もやってる」

エルシーが不思議そうな顔をしているのを見て、ロビーがいった。「黒人が飛行機に乗るなんて、近所の人たちにいろいろいわれそうだろう？　このへんの人たちはみんな綿花を作っててね。わたしの農薬が役に立ってるかぎり、みんなの目には、わたしは金髪碧眼《きんぱつへきがん》に見えるらしい」

エルシーが飛行機に近づいた。機体に触れ、翼をなでる。ロビーとホーマーも近づいた。「わたし、昔からパイロットになりたかったの」

「エルシー、だめだ！」ホーマーは思わずいった。「昔からなりたかったの、きみはそればっかりだ」

「なりたがるくらい、わたしの自由でしょ。ロビー、レッスン料はいくら？」

ロビーはにやりと笑った。「エルシーさんが生徒なら、スマイルひとつと二十五セントでいい」

エルシーはにっこりした。「二十五セントも持ってるわ」

ホーマーはもう一度「エルシー、だめだ」といったが、反対しても無駄だとわかっていた。

エルシーがすぐ横を通っていったので、ホーマーは慌てて追いかけた。

「わたし、いろんなことがやりたいの。あなたがわかってくれないだけ」エルシーは大股でビュイックに向かっていく。

「それは違う」エルシーに追いついたホーマーはいった。「きみがなにかやりたいっていうのは、いつもその場の思いつきじゃないか。それより、〝長いこと〟ってどういう意味なんだ？」

エルシーは答えなかった。ビュイックから二十五セント硬貨を取ってくると、ロビーに渡して、パイロットとしての訓練がはじまった。乗りかたを教わったあとは、さまざまな機器の説明を受ける。ラダーペダル、スロットル、操縦桿《そうじゅうかん》のしくみ。ひとつの言葉を教わるたびに、胸が高鳴った。パイロットになりたかったのは本当だ。パイロットは無理でも、せめてスチュワーデスになりたいと本気で思っていた。コールウッドの裏庭の芝生に寝そべって、建物のあいだから見える、空とはいえないような灰色の空を眺めて、雲から雲へ飛びまわるところを想像したものだ。雲から雲へ飛びまわれるなら、島から島へも自由に行ける。コールウッドを出て違う場所で生きていける。違う人生を生きられる。しかし、空想は長くは続かなかった。蒸気機関車がガタゴト走ってきて、黒い煙を吐きだしていく。引かれていく石炭から舞いあがる黒い埃はそこらじゅうに広がって、町全体に灰色のコートをかぶせてしまう。屋根につもり、部屋に入りこみ、夢まで黒く塗りつぶして、最初からなかったことにしてしまう。

固い木のシートに座り、いろんなダイヤルや目盛りを見る。床から突きでている操縦桿に両手を置いた。「操縦桿にはまだ触っちゃだめだ」ロビーがいった。「さあ、飛ぶぞ。安定したら操縦させてあげる」

ロビーはコックピットに並ぶさまざまなスイッチをオンにすると、外に出て、プロペラを強く回した。エンジンがかかる。ロビーは操縦席に戻った。「準備はいいか？」

「いつでもオーケーよ！」エルシーは頬が痛いくらいの笑みを浮かべた。

ロビーは革のヘルメットをかぶり、スロットルレバーを前に押した。飛行機は草原をゆっくり進みはじめた。フェンスに近づくと方向転換し、スロットルをいっぱいまで押しこんだ。煙をひとつ吐いて、飛行機はスピードを上げはじめた。どんどん加速して、地面の出っぱったところを踏み台にするかのように、空中に浮きあがった。エルシーが歓喜の声をあげる。ロビーが飛行機をぐっと傾けると、右翼がほとんど真下を向いた。広い草原や、その向こうの森、赤茶けた綿花の畑が見える。真下にはビュイックがあって、アルバートがこちらを見あげている。ロビーは飛行機を水平に戻し、旋回しながら高度を上げはじめた。

「素敵、素敵、素敵!」エルシーは叫んだ。言葉のとおりだった。旋回するたびに飛行機は高く上がっていく。高くなればなるほど、感動は増していった。川が見えてきた。近くにあるなんて思いもしなかった川だ。大きな家も見える。プランテーションの古い屋敷だろう。庭や煉瓦敷きの私道もある。

「どうだ、楽しいか?」ロビーが声を張りあげる。

「もちろん!」エルシーは大興奮だった。

「アクロバットをやってもいいかい?」

「え?」

ロビーは飛行機を急降下させ、垂直に上がり、ストールターンを決めた。飛行機はまた急降下して、反転してからインサイドループ。ところが、これがまずかった。エルシーはシートベルトを締めていなかったので、コックピットから落ちそうになったのだ。膝がコックピットの縁に引っかかっていたので無事にすんだものの、エルシーは大声をあげた。歓声ではなく、恐怖の悲鳴だった。

ロビーは失敗に気がついて、正常飛行に戻した。エルシーの体が再び座席におさまった。「すまない！　シートベルトを締めるようにいうべきだった。たぶん、ベルトはきみのお尻の下だ」

いわれたとおり、ベルトはお尻の下にあった。エルシーはベルトをしっかり締めた。ロビーに親指を立てて応える。

「よし、じゃあタッチアンドゴーだ」ロビーは草原の着陸地点に狙いをつけ、飛行機を降下させていった。車輪が地面にキスした瞬間、エンジン全開にしてまた離陸する。まるでエンジンが息づいているような波動が伝わってきた。エルシーは興奮で息が止まりそうだった。

「操縦してみるか？」

「ええ！」

「操縦桿を少しだけ右に押して、感覚を確かめてごらん。いいかい？　旋回するときはラダーペダルを使って、なるべくなめらかに。よし。じゃあ右旋回だ。右のペダルをそっと踏んで――そう、その感じ！　スロットルを少し押す。機首が下がってる。よし、完璧だ！」

エルシーは飛行機をゆっくり旋回させ、高度を上げたり下げたりしてから、着陸のやりかたも教わった。はじめてのタッチアンドゴーは完璧に決まった。「生まれついてのパイロットのようだ！　じゃあ、着陸しようか。やってごらん」

エルシーは着陸もみごとに成功させた。飛行機がビュイックの近くにとまると、ロビーはホーマーに目をやった。「きみはどうだい？　雲のあいだを飛んでみたいとは思わないか？」

「いえ、けっこうです」ホーマーは礼儀正しく答えた。

「ホーマー、わたし、飛んだのよ！」エルシーはエンジン音に負けないように叫んだ。

「見ていたよ」ホーマーは元気のない悲しそうな声でいった。

ホーマーの顔を見て、エルシーの歓喜や笑顔も消えてしまった。この人はいつだって、わたしがなにかやりとげても喜んでくれない。「ホーマー、あなたも乗せてもらったら？」エルシーはそういって飛行機をおりた。

「興味がないんだ」ホーマーはいったが、次の瞬間、ひらめいた。「アルバートは喜ぶかもしれないな」

エルシーは顔をしかめた。「だめよ！　アルバートを乗せるなんて」

「大丈夫だよ。ぼくがいっしょに乗るから」

エルシーは腕組みをしてホーマーを見た。「アルバートはわたしのペットよ。わたしがだめといったらだめ！」

ホーマーは十ドル札をロビーに渡した。「よろしく、ロビー。珍客だ」アルバートを両腕に抱いて飛行機に乗りこむと、シートベルトを締め、ロビーを見た。「乗ってくれないなら、ぼくがひとりで操縦しますよ」

ロビーは、明らかにぷんぷん怒っているエルシーに申し訳ないと思いながら、再び操縦席に座った。すぐに離陸する。綿花の畑やジョージアの夏の川を見おろしながら、アルバートは空を飛んだ。飛びつづけた。新しいものが見えるたびに、うれしそうなうなり声をもらす。

その一方で、ホーマーは口をまっすぐに引き結び、景色などなにも見てはいなかった。頭の中が考えごとでいっぱいだったからだ。エルシーに〝長いこと〟の意味をきく必要は、もうなくなった。ワニを膝にのせて、うっすらとした雲のあいだを飛びまわりながら、ホーマーは真実を受け入れはじめた。エルシーはコールウッドに戻らないつもりだ。夫を愛してはいない。結婚生活は終わりだ。

着陸すると、ホーマーはアルバートをエルシーに返した。「ああ、坊や」エルシーは甘い声を出した。「心配したのよ。ホーマーったらひどい！　なにを考えてるの？」

ホーマーは怒りのせいで強気になっていた。「なにを考えてるかって？　考える必要なんかないさ。アルバートを飛ばせてやりたいと思っただけだ。長いこと、ね」

「ホーマー、あのね……」

ホーマーは片手を上げた。「気にしなくていい」それからロビーのほうを向いて、握手した。「ロビー、ありがとう。アルバートを飛ばせてくれて」

「エルシーも飛んだじゃないか」

「ええ、まあ。やりたいと思ったことは必ずやる女性ですから」

ロビーはホーマーを離れたところに連れていった。「ホーマー、奥さんは素敵な女性じゃないか。冒険心があって、元気いっぱいで。ああいう女性は気難しいのが当然なんだ。きみが少し譲ってやるとうまくいくと思う」

「譲るのは大得意ですよ」ホーマーは苦々しくいった。

「ワニを飛行機に乗せたのは、彼女を怒らせるためだったんだろう？」

「最初はそうでした。けど、あのワニはつい最近、ぼくの命を助けてくれたばかりなんです。だから恩返しをしようと思って」

「とにかく、彼女のことはそう簡単にあきらめないほうがいい」ロビーはホーマーの肩をぽんと叩いた。

ホーマーは肩をすくめた。自分は簡単にあきらめない男だ。しかし同時に、現実的な男でもある。エルシーのめざすところに、自分は招かれていない――それが現実なのだ。

ぼくは五十五歳になった。自伝の『ロケットボーイズ』がユニバーサルスタジオに売れた。映画の制作中、母も撮影現場にやってきて、父役をやるクリス・クーパーに会った。母にはいわなかったが、映画では父はジョンと呼ばれていた。脚本家がぼくのことをホーマーと呼んでいたからだ。ホーマーがふたりいると具合が悪い。ぼくは家族に呼ばれていたようにサニーと呼んでほしいといったが、却下された。「赤ん坊を奴隷商人に売るようなもんだな」監督のジョー・ジョンストンはそんな皮肉をいった。そのとおりだと思った。

母は名前の変更について知らされていなかった。父が着ていたのと同じようなカーキ色の作業服を着て、同じような現場監督用のヘルメットをかぶった男が目の前に立っている、わかっていたのはそれだけだ。クリスは前もってぼくに父のことをいろいろきいていた。母は、クリスのフリーメイソンの指輪やブローバの腕時計を見て、父と同じものだとすぐに気づいたそうだ。「それくらいしないと本人に失礼だからね」とクリスはいっていた。

母はクリスの目を見てきいた。「あなた、いい俳優さん?」

クリスはちょっと面食らったらしい。「まあ、そういってくれる人もいます」

母はクリスの全身をまじまじと見た。「せいぜいがんばってね」そういって、その場をあとにした。

ぼくは母をつかまえてきいた。「母さん、なにを考えてるんだよ?」

母は当時八十六歳で、疲れやすくなっていた。撮影現場はテネシー州のペトロスという小さな町。ここをコールウッドであるかのように見せかけて撮影するのだ。ヒッカム家ということになった家の庭で、ワンシーンの撮影が進んでいた。母は許可も得ず、助監督の椅子に腰をおろした。ぼくは別の椅子を持っていって、母の横に置いた。「疲れた？　大丈夫？」

「あの家、うちとはあまり似てないわね」

「映画だから」

「少しくらいは似せるものだと思っていたわ。ところで、ジョン・ヒッカムってだれのこと？」

どきりとした。「名前のこと、知ってたんだ？」

「脚本も読めないと思ってたの？　全部読んだわよ。わたしの役も、なんだかいまひとつねえ。バディがこの映画のことを知ったらなんて思うかしら」

「バディ・イブセン？　知らせたほうがいい？」

母はしばらく考えてからかぶりを振った。「いえ、いまさら知らせてもね」スタッフたちに目をやる。「あの人は照明係、あの人はベストボーイ、照明の助手ね。あそこにいるかわいい女の子たちは撮影記録係。お父さんとふたりで映画に出たときも、記録係の女の子たちがかわいかったわ。お父さんからその話、きいた？」

「映画に出た？」思わず笑ってしまった。ありえないと思ったからだ。

母は片方の眉を吊りあげた。「嘘だと思ってるの？　アルバートも出たのよ」

助監督がやってきた。撮影のセットが準備できたという。椅子をさがしている。母が座っていることに気づいたようだ。「どいてほしい？」母は助監督にきいた。

そりゃあどいてほしいだろう。けどそうはいえずに困っているようだ。ぼくが答えた。

「そのままでいいよ。椅子をもうひとつ取ってくる」

母の役を演じる女優ナタリー・キャナディがあらわれた。ヒッカム家の玄関ポーチに立っている。母は首を振った。「サニー、あなたがわたしを有名にしてくれるってわかってたらねえ。こんなに年寄りになったり太ったりしなかったのに」

その後、母は、夫婦とアルバートで映画に出たときの話をしてくれた。

第7部

ホーマーとエルシーが映画に出て、アルバートはクロコダイルを演じる

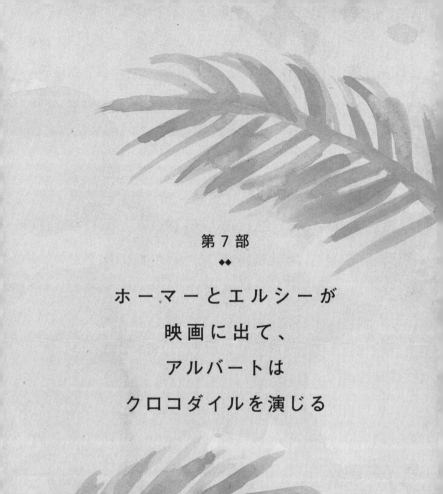

37

とうとうやってきた。

ついに！　ようやく！

ホーマーは信じられないような気分だった。しかし、目の前にこんな看板があるのだから、信じるしかない。

太陽の州、フロリダへようこそ

看板の真ん中には大きな黄金の太陽。看板の四辺にはオレンジが並び、水着を着た胸の大きい女性が、いっしょに楽しみましょうというように笑っている。

ホーマーは看板の向こうに目をやったが、ジョージア州とたいして変わらない景色が続いている。緑が多くて、平らで、暑い。「とうとう来たね」一応そういってみた。区切りになるような言葉が必要だと思ったからだ。それに、何キロも続いていた沈黙を破りたい気持ちもあった。

エルシーの反応は「地図が必要だわ」のひとことだった。

「どうして？　道路標識が出てるじゃないか。オーランドの名前もある」

「標識どおりに行くのがいちばんとはかぎらないわ。近道があるかも」

「あるとしたら、地図がなくてもわかるよ」ホーマーは頑固にいいはった。

すっかり暗くなった。最後に標識を見てから、もう何キロ走っただろう。エルシーがいった。

「迷ったわね」

「迷ってなんかいない」ホーマーは反論した。「いまどこにいるかわからないだけだ」

エルシーは、なにいってるのという目をホーマーに向けて、首を横に振った。「おっしゃるとおりだわ」

いらいらしてしかたがない。今夜はどうなるんだろう。最悪な気分を持てあましながら、ホーマーは運転を続けた。やがて、大きな赤と白の看板があらわれた。

入口
フロリダ、シルバー・スプリングズ
水の神殿でリラックス＆リフレッシュ！

楽しいことが待っていそうな看板だ。ホーマーはこれに釣られて、矢印のとおりに車を進めた。まもなく、感じのいい駐車場に出た。まわりを松の木に囲まれている。ホーマーが車をとめると、エルシーが深呼吸した。「松の香りって昔から大好き。コールウッドにはこういう香りがないのよね。蒸気機関車の煙と石炭のにおいばっかり」

「きみにはいやなにおいかもしれないけど、進歩の代償なんだ。あのにおいのおかげで、食べ物が買えるし、屋根のあるところで暮らせるんだ」

「くさいものはくさいわ」

ホーマーはハンドルを指先でとんとん叩いて、気持ちを落ち着かせた。怒ってはならない。エルシーにはいいたいことがたくさんあるし、怒鳴りつけてやりたい気持ちもある。しかしそんなことをしてもどうにもならない。「食事にしよう」やっとのことでそういった。

トランクに入っていたもので食事をすませると、エルシーとアルバートと雄鶏は車の中で眠った。ホーマーは地面に毛布を広げ、もう一枚を上にかけて眠った。雨が降りませんようにと祈りながら。

雨は降らなかった。気持ちのいい朝がやってきた。涼しくて、朝もやが出ている。毛布の上で体を起こしたホーマーは、そろそろシャツを着替えよう、と思った。上半身裸になり、車のトランクから洗ったシャツを出そうとしていたとき、オートバイのエンジン音がきこえてきた。オートバイはホーマーのすぐそばまでやってきてとまった。乗っているのは乗馬用ズボンにブーツを履き、キャンヴァス地のシャツを着てベレー帽をかぶった、ほっそりした女性だった。褐色の髪はモダンなショートヘアにしている。「よかった、やっぱり来てくれたのね。助かったわ！」

「え？」ホーマーは目を丸くしてきいた。

「オーマーさんでしょ？」

「いえ、ぼくはホーマーです」

「ああ、よかった！　来てくれないかと思った。エリックも喜ぶわ！」

エルシーがビュイックからおりて、眠そうに目をこすった。

「あら、どなた？」オートバイの女性もきいた。「ああ、わかった。エージェントがいってたの。仕事を欲しがってる女優をひとり手配したって。ふたりいっしょに来てくれたのね。なるほど、たしかによく似てる！　さあ、ついてきて。エリックが待ってるわ」ホーマーもエルシーも動かないので、女性はさらにいった。「どうしたの？　いっしょに来て。ねえ、早く！」

エルシーはうしろのドアをあけてアルバートをなでてやった。アルバートは車をおりて頭を揺らし、鼻を突きあげるようにして空気のにおいを嗅ぐと、ごろりと仰向けになった。エルシーがそばに膝をつき、アルバートの腹をなでてやる。アルバートはうれしそうにヤーヤーヤーと鳴いて、前足をばたばたさせた。

「嘘でしょう！」女性が声をあげた。「お宅のエージェント、なんて優秀なの！　うちがクロコダイルをさがしてるって、よくわかったわね」

「こいつはクロコダイルじゃなくてアリゲーターです」ホーマーがいった。

女性はホーマーの顔をじろりと見て、いった。「似たようなもんでしょ。わたしはミス・ミルドレッド・トランボール。助監督よ。ロケーション・キャスティングもわたしの仕事。ねえ、彼女、サイドカーに乗って。オーマー、あなたはうしろからついてきて。クロコダイルを抱いてこられる?」

「どこに行くにしても、その前に用を足させなきゃ」エルシーがいった。

ミス・トランボールはちょっと考えて、きいた。「あなた、お名前は?」

「エルシーよ。この子はアルバート」

「エロイーズね。素敵な名前! じゃ、こうしましょう。あなたはクロコダイルに用を足させたら、この道をまっすぐ行ってちょうだい。カーブを曲がったら、右にある最初の建物に来て。そこにエリックがいるの。わたしはオーマーと先に行くわ。ああ、だめよ、オーマー。シャツなんか着ちゃだめ。で、まずはオーマーをエリックに紹介する。エロイーズ、なるべく早く来てね。さ、オーマー、行くわよ。あなたならきっとエリックも気に入ってくれる。間違いないわ!」

エルシーはホーマーに近づいた。ミス・トランボールが目を見開いてこちらを見ている。耳打ちするしかなかった。「この人、だれなの?」

「知らない」ホーマーも耳打ちで返す。「ぼくたち、有料の公園かなにかに入ってきちゃったのかもしれない。で、エリックとかいう人にお金を払えと。とにかく行ってみたほうがよさそうだ」

「けど、どうして裸で行くのよ」

「そいつがゲイかなんかで、裸で行けば割引になるんじゃないか」

「なるほどね。でもズボンは脱がないでよ」

すばらしいアドバイスをありがとう。ホーマーはそう思いながらサイドカーに乗った。オートバイが走りだす。エルシーとアルバートが近くの低木の茂みに向かって歩いていくのが見えた。サイドカーの乗り心地はよかったが、お楽しみは長くは続かなかった。未舗装の道路がカーブに差しかかる。その向こうに、ヤシの木とススキに埋もれるように、コンクリートブロック造りのコテージが並んでいた。いちばん手前のコテージのポーチには金属の椅子が出してあり、男が座っている。ほかにも、ポーチの手すりに座った男がふたりと、階段に座った女がひとり。女はノートを持って、男たちになにかを読んできかせている。ミス・トランボールがオートバイのエンジンを切ると、女の声がきこえた。「……ターザンが雄叫《おたけ》びをあげる。すると、さまざまな動物の顔が次々にあらわれる。ゾウ、ライオン、水牛。みんながいっせいにピグミー族の村に押しかけていって……」

椅子に座った男が大声をあげたので、ホーマーは驚いた。「それじゃ、いままでのターザン映画と同じだろう！　まったく、どいつもこいつも似たようなもんばかり持ってきやがる。もっとオリジナリティのあるアイディアは出せんのか？　三人とも、とっとと失せやがれ！　おや、ミルドレッド。そいつは？」

「バスターの代役よ」ミス・トランボールが答えるのをききながら、ホーマーはサイドカーからおりた。

「ここでお金を払うんですか？」ホーマーはきいた。

「ふむ、ちょっと見せてもらおうか。おい、ろくな脚本も書けない物書きども、とっとと失せろといったろう！　新しいものが書けるまでは二度とここに来るな」

三人の男女が散っていった。椅子に座っていた男は立ちあがり、階段をおりて、草だらけの地面に立った。がに股で、サングラスをかけ、ぶかぶかのシャツにカーキパンツを合わせ、ハイカットの茶色いブーツを履いている。ホーマーの全身を遠慮なく検分しはじめた。ローマの元老院議員が奴隷を吟味しているかのようだ。「これならいけそうだ、ミルドレッド」男はホーマーの胸毛を引っぱった。ホーマーがびくりとする。「ここは剃るしかないな」

「ぼく、お金を払ってしまいたいだけなんですけど」ホーマーは両手を上げた。これ以上胸毛をむしられたくない。

「なんの話だ？　ギャラの心配か？　ギャラは一週間五十ドル。それ以上は出せん。食費と宿代もそこから出してもらう。なんでこんな説明をいまごろ……ああ、名前は？」

「オーマーよ、エリック。オーマー、苗字はなんていうの？」

「ヒッカムです。けど、なにか行き違いがあるような……。ぼくはオーマーじゃなくて――」

「いいからきけ、オーマー。わたしがどういう人物か、知らんようだな。小道具係か照明係か、せいぜいその助手くらいだと思ってるのかもしれんが、わたしはエリック・ベイカーズフィールド。そう、あのエリック・ベイカーズフィールドだ」

ホーマーがきょとんとしたので、ミス・トランボールが助け船を出した。「有名な映画監督よ。

ヒット作をたくさん作ってる」

ベイカーズフィールドはミス・トランボールを軽くにらみつけて、話を続けた。「だがいまこの瞬間から、おまえにとってわたしは万能の神だ。わたしのことをベイカーズフィールドさんなんて呼ぶ余裕はない。常に〝はい、わかりました〟と答えるように。それ以外のご託はききたくない。いいな？　おい、あれはなんだ？」

監督の視線がエルシーに向けられた。エルシーはちょうどカーブを曲がって歩いてきたところだった。アルバートを連れている。

ミス・トランボールが割りこんだ。「エロイーズよ。モードの代役。エージェントがクロコダイルも派遣してくれたの。いいエージェントでしょ。評価してあげないと」

「彼女はエロイーズじゃありません」ホーマーはいった。「それに、あれはクロコダイルじゃなくて――」

「オーマー、きいてなかったのか？」ベイカーズフィールドがうなった。「おまえは〝はい、わかりました〟とだけいっていればいいんだ。ミルドレッド、この男にルールをきっちり教えておけ。でないと、バスターにいくら背格好が似ていようが、使う気にはなれん」

ホーマーは額にしわを寄せて考えた。いまのところ、この変な人たちがなにをいっているのか、さっぱりわからない。もう一度だけ説明してみよう。なにからなにまで勘違いなんだということをわかってもらいたい。ところがそのとき、シルクのキモノを着た女性と、同じくシルクのキモノを着ているが頭にベレー帽をかぶった男性が、エルシーめがけて走ってきた。エルシーを襲うつもりだろうか。ホーマーはどきっとしたが、そうではなかった。ふたりはエルシーの髪をなで、エルシーの姿を褒めそやした。「モードの衣装がよく似合いそうね」

男もいう。「モード本人よりきれいになるんじゃないか？　ベイカーズフィールドさん、この髪は染めたほうがいいかな？」

ベイカーズフィールドもエルシーに近づき、髪の毛を観察した。「いや、この色でいい。だがもう少しまっすぐにしたほうがいいな」

カーキの服にヘルメット帽をかぶった無骨そうな男が隣のコテージから出てきて、アルバートのそばに膝をついた。「いいワニだなあ！」夢中になって、アルバートの背中のごつごつをなでまわす。「しかも、すごく健康だ。皮骨が立派なのは健康な証拠だ。それに、よく訓練されてるし、人にも慣れてる。このへんにいる野生のワニとは大違いだ。けど、格闘シーンで使うには、ちょっと小さめかなあ」

「カメラアングルを工夫してフィルムをうまくつなげればなんとかなる」ベイカーズフィールドは横柄な態度を崩さない。「わたしの手にかかれば、このワニが家くらいの大きさになるんだ」

ヘルメット帽の男はエルシーを見た。「ぼくはチャック・ノーブル。このへんではカウボーイならぬワニボーイって呼ばれてる」アルバートの頭をぽんぽんと叩く。アルバートは歯を見せて笑った。「訓練はだれが？」

「一応、わたしが」エルシーはどぎまぎしたり喜んだりだった。キモノの男女は相変わらずエルシーの髪を触ったり、きれいな肌ねと感心したりしている。

ベイカーズフィールドがぱんぱんと手を叩いた。

「いいだろう、トリッシュとトミー、その女性に部屋を与えてやれ。ひと息ついてもらおう」

「お金、払ったの？」エルシーはホーマーにきいた。

「金？　おまえらは金の話ばかりだな」ベイカーズフィールドがいった。「俳優が金の話ばかりするもんじゃない！」大きなため息をつく。「週給ひとり五十ドル。ワニは十ドルだ。安くはないだろう？　よし、ミルドレッド、オーマーをバスターに紹介しろ。トリッシュとトミーはエロイーズをモードのところに連れていけ。チャック、クロコダイルの訓練にかかれ。さあ、仕事だ！　わたしはこのできそこないの脚本に手を入れなきゃならん。まったくあいつらときたら、ろくでもないものばかり書いてきやがって。さあ、仕事にかかれ！　ぐずぐずするな！」

みんなの動きは速かった。メイクアップアーティストのコンビはエルシーを引き立てていき、ワニボーイのチャックはアルバートのリードを引いていく。ホーマーは、わけがわからないまま再びサイドカーに乗せられ、でこぼこ道を走りだしていた。ミス・トランボールがオートバイをとめたのは、そこから六つ目のコテージだった。今度こそちゃんと話をつけようと、ホーマーは話しかけた。「なにがなんだか、ちゃんと説明してもらうまでは、このサイドカーをおりませんよ」

「どういうこと？」ミス・トランボールがきいた。

「エルシーもぼくも、だれにも迷惑なんてかけてませんよね？　ゆうべからあそこに車をとめて、今朝はもう出発するつもりだったんです。なのに朝になったらこの騒ぎだ。なにがなんだか、さっぱりわからない」

ミス・トランボールは眉を寄せた。目がきらりと光る。事情がのみこめたようだ。「つまり、エージェントから派遣されてきたんじゃないのね？」

「ぼくたちはウェストヴァージニアから来たんです」

「クロコダイルを連れて？」

「アルバートはクロコダイルじゃなくてアリゲーターです。もともとは妻の昔の恋人からの結婚祝いです。妻の名前も、エロイーズじゃなくてエルシー。ぼくはオーマーじゃなくてホーマー。まあ、ちょっと似てるけど。ぼくたちはアルバートを故郷に連れていく途中なんです。旅に出て、かれこれ……ああ、どれくらいたったのかな。ずいぶん長いことたってしまった」

「冗談じゃないわ！」ミス・トランボールは思わず大声でいった。「エリックががっかりするわ。あなたも奥さんも、この映画にぴったりなのよ。アルバートもそう！　ねえ、人違いなら人違いでいいから、協力してくれない？　一週間で百十ドルよ！　はした金じゃないでしょ」

たしかにはした金ではない。ホーマーはあらためて考えてみた。オーランドまでは行けるとしても、そこでどんな費用がかかるかわからない。いったいいくら必要になることやら。ここまで来るだけでも大変だった。コールウッドまで戻るにも、あれやこれやを頭の中で整理したあと、ホーマーは肩をすくめてうなずいた。「契約はどこで？」

「オーマー、いい人ね！」

「ぼくの名前はホーマーだといいましたよね」

「ええ。でも、オーマーで通してちょうだい。ころころ変えるとエリックが混乱するから。あの人、そういうのが苦手なの」

「本物のオーマーさんがあらわれたら？」

「たぶん来ないわ。ゆうべきいたんだけど、刑務所に入ってるんですって。だからあなたを見て驚いたのよ。なんでも、酔っぱらって暴れたとか、恋人を殺したとか、いろいろいわれて」ため息をついた。「俳優ってこれだから」

「エルシーもエロイーズ？」

「悪いけど、そうして」ミス・トランボールの表情が明るくなった。「でも、アルバートでいいわよ！」片手を差しだした。「じゃ、決まりね」

話はついた。握手をすると、ミス・トランボールは〝オーマー〟を連れてコテージのドアをノックした。「バスター！　ミルドレッドよ。ちょっといい？　会わせたい人がいるの」

コテージの中から騒々しい物音がきこえる。なにか重いものが落ちて、ガラスが割れたらしい。それから男の声がした。「ちょっと待ってくれ！」

ちょっととはいえないくらいの時間がたってようやく、コテージの裏口から、若いブロンドの女性が裸同然で出てきた。服を抱えて木立のほうに走っていく。ミス・トランボールは煙草に火をつけながらホーマーにいった。「見なかったことにしてやって。ああ、バスター、おはよう！」

ポーチに出てきたのは若い男性だった。パイル地のバスローブを着て、ハンサムな顔に元気そうな笑みを浮かべている。「やあ、ミルドレッド、そちらは？」

「オーマーよ、新しい代役さん。オーマー、こちらはカール・〝バスター〟・スパーロック。ターザンよ！」

「やあ」バスターはホーマーに手を振り、ミス・トランボールに向きなおった。「科白の練習をしてたんだ」

「そのようね。でも、ターザンが腰布をはずして記録係の女の子と寝るシーンがあったとは知らなかったわ」

「ミルドレッド、それは誤解だよ」

「バスター、わたしはあなたのお母さんでも奥さんでもないし、女遊びにとやかく口出しはしないわ。けど、撮影現場にはちゃんと来てね。科白もおぼえてくること。それだけはお願いよ」

「わかったよ」バスターはそういって、ホーマーのほうを見た。「はじめまして。また現場で会おう」網戸をばたんと閉めてしまった。

ホーマーはミス・トランボールを見た。「本物のバスター・スパーロックなんですか？」信じられなかった。

「ええ、本物よ。でも、誤解しないでね。バスターは悪い人じゃないの。酒も煙草もやらない。信じられる？　けど、女には弱いの。オーマー、あなたはどう？　女に弱かったりする？」

「たったひとりの女には」

「エロイーズね」

「名前はどうであれ、ぼくには彼女しかいないんで」

ミス・トランボールは笑った。「じゃ、気をつけてね。この世界の女の子たちは——エリックは美人しか雇わないのよ、彼女も含めてね——びっくりするくらい奔放だから。映画の撮影なんかやってるせいなんでしょうね。自分自身も夢の世界を生きてるような気分になってしまうのかも」

ホーマーはミス・トランボールがどういう人間か、わかってきたような気がした。いい人かもしれない。あとはエルシーがうまくやってくれるように願うだけだ。それと、エルシーの髪を変にいじってほしくない。いまの巻き毛がかわいいんだから。

エルシーはメイクアップアーティストたちに道路沿いの別のコテージへ案内された。トリッシュとトミーから、『ターザンの恋人』に出るときかされて、エルシーは大喜びだった。「わたし、昔から女優になりたかったの」

「代役だから女優ってわけじゃないわよ」トリッシュがいった。

「そういうのにもなりたかったの」エルシーは答えた。

有名女優のモード・オーリアリーが使っているコテージは、特別にピンク色に塗られていた。内装もピンク一色。ソファや椅子に置かれたハート形のクッションもピンク。コテージに入ったエルシーは、まずベッドルームに目をやった。ここもピンクだ。ベッドカバーだけが青。素敵なアクセントになっている。女優は、ピンクの部屋には似合わない緑色のシルクのガウンを着てソファに座り、膝の上に脚本を広げていた。ピンクの唇に煙草をくわえている。顔を上げて、大きな青い目をぱちくりさせた。その青い目を、いますぐわたしのハシバミ色の目と交換して！　エルシーは完全に、徹底的に、一から十まで、この女神のような女性に惚れこんでしまった。

「だれ？」女神がいった。煙草を灰皿でもみ消す。

「エロイーズよ」網戸をあけて入ってきたトリッシュがいった。「新しい代役さん」

「前の人はどうしたの？　ああ、バスターにやられまくって腰が立たなくなったんでしょ。違う？」

「まあ、そんなとこかな」トミーがいった。「ただ、エリックも同罪だと思う。ベッドに誘ったりしてさ。で、怒った彼女は現金を千ドル盗んで逃げだした」

「気の毒に！」モードはいった。「ふたり揃って、ハリウッドでも最悪の女たらしなんだから。少なくともあたしはそうきいてるわ」両脚を伸ばして、鋏でなにかをちょんぎるようなしぐさをした。「このきれいな脚のあいだには、あんな連中の居場所はないわよ。ねえ、あなた、なにか飲む？」

「あの……わたし、ちょっと喉が渇いてて」エルシーは有名な女優を前にして、まだどぎまぎしていた。

「お水を飲もうっていうお誘いじゃないわよ」ミス・トランボールがノックもせずに入ってきた。

「でも、モード、ごめんなさい。エリックの命令で、日が沈むまではお酒の棚は開閉禁止ってことになったの」

「まったく、ムカつくわねえ、ミルドレッドもエリックも」モードは腹立たしそうにいったが、笑い声をあげて、自分の隣のクッションをぽんぽんと叩いた。「ほらあなた、ここにどうぞ。よく顔を見せてちょうだい。きれいな人ね。ああ、あたしもそんな髪になれるんだったら、人を殺したっていいわ。そうね、殺すなら夫がいい。あたしがこうしてるあいだにも、メイドとやりまくってるのよ！　それにあなた、肌がきれい！　透き通るようだわ。どこの血筋？　ドイツ系？」

「イギリス——というか、アイルランドです。チェロキーの血も混じってます」

　ミス・トランボールは微笑んだ。「わたしはドイツ系」

「そうでしたの」

「〝そうでしたの〟ですって！　さすが、南部の女性は上品ねえ。エロイーズ、あたしがどこの出身か、知ってる？　ニューヨークのエリス島にある移民収容所よ。もとはポーランドなの。本名はオシンスキ。信じられる？　エージェントが、それじゃあ響きがあんまり悪いっていうんで、モード・オーリアリーになったたってわけ。エメラルド島《アイルランド》出身です、なんて顔をしてるけど、とんでもない。ポーランド女が精一杯おすましてるだけなのよ。まあ、演技力があればこそよね。ねえ、立って。くるっと回ってみて。まあ、素敵。あなたのお尻と比べたら、あたしのお尻なんて、だぶだぶの枕みたい！　ねえ、ミルドレッド」

「モードったら」ミス・トランボールは答えた。エルシーは顔が真っ赤になっていた。「エロイーズ、そろそろおいとましましょうか。モードは科白の稽古があるの。今日の午後、撮影だから」

「今日のシーンは思い切り情熱的にやるから」モードはにやりと笑った。「百ドルかけたっていい。バスターもエリックもきっとびんびんに勃起する」

「わたしも同じ側に賭けるわ」ミス・トランボールはそういって、トリッシュとトミーにウィンクした。どう応じたらいいか困り果てているエルシーをうながして、外に出る。

「女の人があんなことをいうなんて、びっくりしたわ」エルシーはいった。

「あら、あんなのまだまだ序の口よ。でも彼女の演技力はすばらしい。それだけはたしか。バスターはうなってばかりで科白は少ないけど、モードは違う。脚本家が彼女に独り言をたくさん与えるの。どういうわけか、本当にうまいのよ」

「わたしにも演技を教えてくれるかしら」

「よく観察すること。それがいちばんの上達法よ」

「わかったわ。よく観察する。けど……」恥ずかしそうにうつむいた。「わたしのお尻、本当に魅力的？」

「あらやだ」ミス・トランボールは笑った。「自分がどれだけ魅力的か知らないのね。それもいいことだと思うわ。いろいろとトラブルはありそうだけど」

「わたし、昔のボーイフレンドにきれいだっていわれたことはあるけど、あまり信じられなくて。その人、俳優なの。バディ・イプセン」

ミス・トランボールは眉間にしわを寄せた。「きいたことがあるわ。ダンスも得意な人でしょ？　そういう人とつき合ってたのね。じゃあ、オーマーとはどこで知り合ったの？」

「ウェストヴァージニア」

「そう？　オーマーはそこでなにを？」

「あの人、炭鉱夫なの」

「だからあんなに筋肉ムキムキなのね。素敵な人と結婚できてよかったわね！」

エルシーは自分でも驚いた。下唇が震え、涙がこぼれてきたのだ。慌てて涙を拭いた。

「あらまあ、どうしたの？」ミス・トランボールはエルシーの肩に手を置いた。「そんなかわいいお顔に雨が降るなんて、なにがあったの？」

「いまのいままで、わたし、ホーマーと別れるつもりだったの」

「本当？　そのときが来たら教えてね。わたし、後釜を狙うわ。もう長い列ができてるかもしれないけど」

意外な言葉をきいて、エルシーは顔を上げ、洟をすすった。「そう思う？」

「当たり前じゃない。あなたのご主人はとっても素敵」

エルシーはミス・トランボールの表情豊かな顔を見て、嘘ではないと判断した。それから、ホーマーにはじめて会ったときのことを思い出した。あれはバスケットボールの試合中だった。なんてハンサムな人だろうと思ったものだ。ホーマーはいまでもハンサムだし、頭もいい。キャプテン・レアードが太鼓判を押したんだから間違いない。キャプテン・レアードより頭のいい人はいないんだから。頼んだわけでもないのにこんなに夫を褒められると、離婚しようという考えが少し性急に思えてきた。もう一度ホーマーにチャンスを与えてみようか。

38

その夜、ホーマーは驚いた。エルシーがベッドに入ってきたのだ。まるで普通の夫婦のように。しかも、明らかにロマンスを求めていた。どうせ一時の気まぐれに違いない、ホーマーはそう思って、こわごわ応じた。翌日、ふたりは映画の脚本を読んだ。エルシーがどうしてもというので、ふたりで科白の練習もした。ホーマーにとってはばかばかしい練習だった。ホーマーの役はほとんど科白がなかったからだ。

エルシーは脚本を胸に抱いていった。「あなたは類人猿として育てられたのね。でもあなたは類人猿じゃなくて人間よ！　ターザン、あなたは人間なのよ！　人間の男！　ねえ、意味がわかる？」

「エルシー、これって変だと思わないか？」ホーマーは脚本を置いた。「ターザンは、自分が猿じゃないってことくらいわかってたはずだと思うんだ。だって、そうじゃなかったら、腰布なんか巻かないだろう？　猿はなにもつけないんだからさ」

エルシーはホーマーをにらみつけた。「本当に理屈っぽい人ね」

ホーマーはいわれたことの意味を考えてみた。「きっと炭鉱で働いてるせいなんだろうな。頭の上にあるのが岩盤だっていう理屈を忘れたら、岩盤につぶされて死んでしまうかもしれない」

エルシーは反論しようとして口を開いたが、首を振って脚本のページをめくった。「わかったわ。じゃ、このシーンをやりましょ。ジェーンが木の高いところにいるターザンを見て、おりてきてってお願いするシーンよ」

ホーマーはページをめくった。「ぼくの科白がないじゃないか」

「だからいいんじゃない」エルシーはそういって、自分の科白を読みはじめた。ホーマーは冷蔵庫からオレンジジュースを出してきた。

その日の午後、ミス・トランボールはホーマーとエルシーとアルバートをガラス底のボートに乗せてくれた。シルバー・スプリングズの川はとても透明度が高い。ガラスの下を見ると、宙に浮いているような気がした。

アルバートは楽しそうにヤーヤーヤーと声をあげ、ボートの横から川に飛びこんだ。底のガラスごしにアルバートの姿が見えたので、エルシーはびっくりした。アルバートはボートに後れることなくすいすい泳いでいる。そればかりか、水中でコークスクリューのように回転してみせたりもする。「坊や」エルシーは大喜びだった。「本当に泳ぎがうまいのね」

「うん。やっぱりワニなんだなあ」

「世界中のワニの中でいちばんうまいんじゃない?」

ホーマーは反論しなかった。アルバートは海で二回も命を救ってくれたのだ。ところがそのとき、ガラスの下を大きな黒い影が通りすぎた。別のワニだ。アルバートよりずっと大きい。

「大変！」エルシーが悲鳴をあげた。「アルバートを追いかけてる！」ボートの操縦士にいった。「なんとかして！」

「いや、どうしようもありませんよ。あいつはこのへんのボスワニなんだ。ほかのワニに縄張りを荒らされるのを許さない。あきらめたほうがいいですよ」

ホーマーはエルシーの口から次に出てくる言葉を予想していた。予想は的中した。「ホーマー、なんとかして！」

ホーマーは立ちあがり、ボートの隅に立てかけてあるかぎ竿を手にした。「ワニのあとを追いかけてください！」

操縦士はホーマーが本気だと察したようだ。いうことをきかないと、自分がかぎ竿でやられてしまうと思ったのだろう。すぐに二匹のワニのあとを追いかけた。大きいほうのワニにボートが並んだとき、ホーマーはワニの頭をかぎ竿で強く突いた。ワニは慌てて離れていった。

一分後、ボートはアルバートに追いついた。ほかに手段はない。ホーマーは水に飛びこんで、アルバートの尻尾をつかんで引っぱった。アルバートが体の向きを変えると、片手で抱きついた。「アルバート、お母さんが心配してるぞ」アルバートは頭を前後に動かした。ボスワニが近くにいないかと確かめたのだろう。それからホーマーといっしょにボートに戻った。

ホーマーは水を強く蹴りながらアルバートをエルシーに差しだした。エルシーがアルバートの前足をつかんだ。ボートの操縦士も手を貸してくれた。エルシーはアルバートを両手で抱えて、ボートの中に仰向けに倒れた。「アルバート、ボスワニに食べられちゃうかと思ったじゃないの！」

ボートにあがってきたホーマーは、大切なことを忘れているぞとエルシーにいいたかった。ボスワニが戻ってきていたら、アルバートだけでなくホーマーも食われていたかもしれないのだ。しかし、いっても無駄だと気がついた。

「奥さん、本当にこのワニをかわいがっているんだねえ」操縦士がいった。

「なにより大切にしてますよ」ホーマーはいった。「いや、だれよりもというべきかな」

夜、ミス・トランボールがコテージにやってきた。「明日は大切な日よ。ツリーハウスのシーンなの。バスターとモードの代わりをやってもらうわ。ドックのそばに倉庫があるでしょ？　あそこに撮影セットがあるわ。朝六時きっかりに集合よ。はい、目覚まし時計。遅刻しないでね！」

ホーマーはどんなときでも時間に遅れなかった。目覚まし時計を四時にセットしてその時間に起きると、コーヒーをいれてエルシーを起こし、バタートーストの用意をした。「朝食くらい、わたしが支度したのに」エルシーはそういって伸びをした。ミス・トランボールが貸してくれたシルクのパジャマを着ている。きれいだ、とホーマーは思った。うっとり見とれてしまいそうだったが、仕事に気持ちを集中させることにした。「今日は楽しくなりそうだね」

「あなた、衣装はあるの？」

「衣装らしい衣装はないよ。腰布一枚さ。その下にパンツをはいてもいいけど、黒じゃなきゃだめだっていうんだ。黒いパンツなんてきいたことがないっていったら、なぜかみんなに笑われた

「わたしはサファリふうファッションよ。ヘルメット帽もかぶるんですって！」エルシーはそれをかぶった。「ねえ、どう？」

ヘルメット帽をかぶっても、エルシーは魅力的だ。ホーマーはそう思ったが、ふざけて「すごく変だ」と答えた。エルシーが怒って顔をしかめる。しかし本気で怒っているわけではなさそうだ。いまなら、もしかしたら、キスをさせてくれるかもしれない。ホーマーは一歩前に出た。しかしエルシーは横を向いて、アルバートの頭のてっぺんにキスした。

「アルバート、今日はワニボーイのチャックが来てくれるわよ。バスター・スパーロックとの格闘シーンを練習するんですって。楽しそうねえ」

ヤーヤーヤー。

ワニとキスするエルシーを見ていたホーマーは、一瞬妙なことを思った。自分も冷血動物だったらよかったのに。「エルシー、行こう。初日から遅刻するのはまずい」

倉庫に行くと、照明係や小道具係、監督や助監督がせっせと働いてセットの準備をしていた。記録係や脚本家は手伝うポーズをするばかりだ。二日酔いを隠すので精一杯らしい。

「エリック・ベイカーズフィールドを騙《だま》して金をむしりとろうとするばかどもに思い知らせてやる！」ホーマーとエルシーが入っていったちょうどそのとき、ベイカーズフィールドが怒鳴っていた。「スタジオなんか借りてやるものか。そんなもの使わなくても、音声くらい現場で録《と》ってやる！」

ミス・トランボールが出てきて、ふたりにいった。「エリックがちょっと怒ってるの。音声スタジオの使用料として法外な金額を要求されたんですって。だから、音声もここで録ってしまうつもりみたい」

エルシーはツリーハウスに目をとめた。「素敵」すっかり夢中になっている。

「気に入ってもらえてよかったわ。今日はずっとここにいることになりそう」ほかの助監督のひとりに手を振った。スリムなカーキの服に茶色のブーツを履いた細身の若者が反応する。「ドナルド、こっちに来て！　代役のふたりよ。メイクアップルームに連れていってあげて」

ドナルドと呼ばれた男はすぐにやってきた。「この人についていって」ミス・トランボールはホーマーとエルシーにいった。

ドナルドはふたりをメイクアップルームに案内してくれた。メイクアップルームといっても、倉庫の一部をカーテンで仕切っただけの場所だった。ホーマーの担当は若い女性。剃刀とシェービングマグを持って、ホーマーにいった。「胸毛、剃ってもいいかしら」

ホーマーは顔を赤らめた。「どうぞ」仕事のために必要ならしかたない。

エルシーのブースはホーマーのブースの隣だった。「本当にきれいな肌ね」トリッシュの声がホーマーにもきこえた。

「本当にそうなら、そんなにいろいろ塗らなくてもいいのに」エルシーがいう。

「ライトがきついんだ。それに、カメラを通すと、違って映ることがあってね」トミーが説明する。「ぼくたちを信じて。悪いようにはしないから」

ホーマーは胸毛がすっかりなくなった。メイクをしっかりほどこされたエルシーとホーマーがカーテンの外に出てくるのを、第二助監督が待っていた。クロースという名の感じのいい若者だ。ツリーハウスの前に行ってという。さらに、膝をついてとか、抱き合ってとか、指示を受けたあと、エルシーがツリーハウスに入っていくことになった。ホーマーがあとに続く。そのあいだ、ベイカーズフィールドは照明の加減をさまざまに変えていたが、やがて号令を出した。次のシーンの準備をしろという。

「これでおしまいですか?」ホーマーはミス・トランボールにきいた。

「もっとすごいことをやると思った? 石炭を運びこむとか? 映画俳優の仕事なんて、辛抱強く待つことばっかりよ」

ホーマーはへえと思った。「ぼくはじっとしてるのが苦手なんです。掃除とかごみ捨てとか、なにかあったら手伝いますよ」

ミス・トランボールは爪先立ちになって、ホーマーの頬にキスした。「あなたって本当に素敵! 炭鉱の人ってみんなこうなの?」

「ええ、まあ」

「じゃ、この映画の撮影が終わったら、バスをチャーターして炭鉱夫をできるだけたくさん集めてくるわ。あなたみたいな人、きっとハリウッドで重宝されるわよ!」

エルシーのほうは、待つのは全然平気だった。監督や照明係や小道具係やカメラマンたちが次のシーンの準備をするのを見ていればいい。ほかにもおもしろいものがたくさんある。こんなに楽しい思いをしたことが、いままでにあっただろうか。バディが映画の世界に行ってしまった理由がようやくわかった。

「オーマーって本当にハンサムね、エロイーズ」エルシーの鼻にパウダーをはたきながら、トリッシュがいった。

「本当にそう思う?」

「みんなそう思ってるよ」トミーもいう。エルシーが意味ありげに眉を上げると、トミーも同じしぐさを返してきた。「そんなに意外なことじゃないだろ。筋肉ムキムキの男が好きなのは、きみだけじゃないんだ」

そのとき、ベイカーズフィールドの声がきこえた。「あのお色気シーンは通し稽古をしたいんだが、時間がない。だが、あの素人ふたりに動きを教えるのは……」

エルシーはメイクアップアーティストたちから離れて、監督に近づいていった。「ベイカーズフィールドさん。わたし、ジェーンの科白は全部おぼえてます。ホーマー――じゃなくてオーマー、つまりターザンの科白も。ふたりで練習してきたので」

「だれが勝手に練習していいといった?」ベイカーズフィールドはうなった。「ポジショニングのこともわかってるのか?」

「脚本にあるとおりなら」

ベイカーズフィールドは肩をすくめた。「よし、ほかに方法がない。やってみるか」

撮影がはじまった。エルシーは、ターザンのツリーハウスがある木の枝で目をさます。そのとき腰布一枚のホーマーがすぐそばに立っているのに気がついて、悲鳴をあげる。ホーマーはエルシーの傍らに膝をつき、エルシーを見つめる。エルシーは勇気を振りしぼって尋ねる。「あなた、だれ？　人間？」ホーマーがとまどっていると、エルシーがさらにいう。「どうしてわたしをさらってきたの？　わたしをどうするつもり？　キスでもするつもり？」

「キスなんて、脚本には書いてません」記録係のひとりがいった。

「かまわん、撮りつづけろ」ベイカーズフィールドがいった。「いいぞ！」

「わたしにキスしたいの？」エルシーがたたみかける。

「彼女、本気でやってる！」ミス・トランボールがいった。

「科白もいいが、あの胸元もいいな」ベイカーズフィールドがいう。「ブラウスのボタンをはずしたのはだれだ？」

「たぶん、彼女が自分ではずしたんだわ」

ホーマーはさっきから演技をやめていた。どういうことだ？　エルシーが自分にキスを求めているのか、ジェーンがターザンに求めているのか、エロイーズがオーマーに求めているのか。思い切って、エルシーにキスしてみた。「カット！」ベイカーズフィールドの声が響いた。「オーマー、彼女の服を脱がすつもりでやれ！」

「監督」ホーマーは額に手をかざした。照明がまぶしい。「どういうことですか？」

「女の服に手をかけるんだ！　そうか、きっかけが必要だな。こうしよう。ターザンが猛々《たけだけ》しく迫る。ジェーンが悲鳴をあげて抵抗する。そしてターザンを受け入れる。いいな？」

「イエッサー！」エルシーが答えた。

「よし」ベイカーズフィールドはカメラマンを見た。カメラマンはベレー帽を斜めにかぶってしゃれこんでいるが、フランス人どころかアメリカ中西部の農夫にしか見えない。「クランス、いいな？」

クランスは大きな腹ののったベルトを引っぱりあげた。「合図をお願いします」はきはきと答える。

「ライト！」

「カメラ！」

「アクション！」

ホーマーはエルシーのブラウスに触れた。エルシーはホーマーの手をつかみ、自分の胸に押しつける。「しっかりつかんで！」エルシーは小声でいった。ホーマーは妻の大胆な行動に驚いたが、すぐに応じて演技を続けた。仕事はまじめに、というのがホーマーの信条だ。エルシーが体を引くと同時にブラウスのボタンがはじけ飛んだ。ベイカーズフィールドが椅子から立ちあがった。もっとやれ、と応援しはじめた。ホーマーがブラウスをぐっとつかむ（エルシーの手がホーマーの手をつかんで、そこに押しつけていた）。エルシーがよろめいてツリーハウスの中に倒れこむ。ホーマーはちょっと迷ってからあとを追った。まもなく、ベイカーズフィールドも四つん

ばいになってツリーハウスに入ってきた。「ブラボー、ブラボー！ バスターとモードもその調

子でやってくれるといいんだが！」

ホーマーとエルシーと監督がツリーハウスから出て、みんなから拍手喝采されているところへ、バスター・スパーロックとモード・オーリアリーがやってきた。バスターはひとりだけ拍手していないので、その場から浮いていた。ベイカーズフィールドはバスターの顔を見て声をかけた。「バスター、いまのシーンを見たか？　ああいう野性的な情熱の半分でいいから、おまえも見せてくれ」

バスターは胸を突きだすようにしていった。「おれの演技がいまいちだって？」

「わたしはそこまでいってない」

バスターはくるりと背を向け、倉庫から出ていった。ドアがばたんと閉まる。モード・オーリアリーは笑い声をあげた。「あたしはもっとうまくできるわよ。あの人とだったらね！」

ベイカーズフィールドはモードの提案をしばらく考えた。「オーマーの顔がカメラを向かないようにすれば……よし、いける。モード、スタンバイしてくれ。即興で行く。エロイーズ、さがってくれ。モード、行くぞ」

エルシーがしぶしぶセットから出るのをホーマーは見ていた。モードがホーマーにいう。「わたしにキスしたい？」耳障りな笑い声をあげた。「そうよね。男はみんなそういうわ！」

「カメラOK！」カメラマンのクラランスがため息混じりにいった。

「アクション！」ベイカーズフィールドも小さく号令をかける。

「どうしてわたしをこんなところにさらってきたの？」モードがいう。「あなた、自分が大きくて強いと思ってるんでしょう……たしかに大きくて強いわね……でも、わたしにキスしようなんて思わないでね」

監督はさっきと同じような演技を期待している。ホーマーはエルシーとのシーンを思い出しながら、モードのブラウスをつかんで引っぱった。モードがさっと体をねじると、ボタンがはじけ飛んだ。モードが金切り声をあげてうしろに倒れる。ブーツを履いた足で木の葉や枝を蹴りながらあとずさりして、入り口が開いたツリーハウスに入っていった。ホーマーは四つんばいになり、彼女を追っていく。

「カット！」ベイカーズフィールドの合図が飛んだ。「すばらしい。完璧だ。オスカーものだよ、モード。最高の女優だな！」

ツリーハウスの中で、モードはホーマーに飛びついて、ぎゅっと抱きしめた。「あたし、コテージに鍵をかけてないのよ」

「ぼくたちもです。ミス・トランボールが鍵をくれないので」

モードは笑ってホーマーの頭に手をまわし、長いキスをした。「下着をつけてないのね！」モードはまた笑った。「そういうの、好きよ」ホーマーは焦って体を起こし、モードから離れた。

「あら、いまのキス、よかったでしょ？」

ホーマーは少し考えてから、正直に答えた。「ええ。けど、だめです」

モードはまた笑った。「あなたが箱に入ったチョコレートだったら、十分後には空き箱にしてやるんだけどな」

セットの外では、ベイカーズフィールドがまだ興奮していた。「ミルドレッド、あのシーンだけでも、この映画はヒット間違いなしだ」

エルシーはトミーのそばに立って、不思議そうな顔をしていた。「みんな大騒ぎして、どうしたの」

トミーは笑顔で答えた。「きみの旦那さんが、本気でモードを追っていったように見えたからさ。いまにも熱いセックスをはじめそうだった」

「そんなこと、絶対にないわ」

「どうしてだい」

「だって……」エルシーはいったん口をつぐみ、言葉を選んだ。「あの人にはわたしという奥さんがいるんだもの」

「いいなあ。奥さんってものに、昔からなってみたかったんだ」

「わたしも」エルシーは切ない思いをこめていった。「わたしもそうよ」

39

そのあと、映画でしか起こらないようなことが起こった。ただしこの場合は、映画制作の中で起こったというべきだろう。

監督がホーマーばかり褒めているのでバスターは猛烈に悔しがっていた。ホーマーが蔓《つる》につかまって枝から枝へ移動するシーンをロングショットで撮るのを見て、自分もやるといいだした。

「バスター、おまえはだめだ」ベイカーズフィールドは却下した。「おまえがけがをしたら撮影ができなくなる」

「おれは主役なのに、どうしてモードとのラブシーンをやらせてくれなかったんだ」

「あれはオーマーの演技が完璧だったからな。大丈夫、顔は写ってないから、観客はおまえだと思う」

「だがおれじゃない。そのうちみんなにバレる。おれは笑いものにされる」

「とにかくやめておけ、バスター。いいか、命令だぞ！」

バスターは監督が背中を向けた隙に梯子を上がり、蔓につかまった。「見てろ」といってジャンプすると、ターザンの雄叫びをあげて、そのまま下に落ちた。腕が折れていた。

その後、モード・オーリアリーのもとに映画監督のジョン・フォードからオファーが届いた。西部劇への出演依頼だ。「監督、ごめんなさい。この映画の契約期間はもう切れてるでしょ」モードはベイカーズフィールドの禿《は》げ頭にキスをした。「それに、大きなチャンスを逃したくないのよ」

「バーに入り浸る酔っぱらい相手の売春婦の役でもいいのか？　スクリーンに映るのは三十秒がいいとこだぞ。それを最後に、どんな映画からもお呼びがかからなくなる」監督は将来を予言しつつモードの頰にキスをして、彼女を送りだした。モードは次の列車でカリフォルニアに旅立った。

ベイカーズフィールドはディレクターズチェアに座って肩を落とした。照明係も小道具係も助監督も脚本家もみんな、そっと姿を隠してしまった。勇気があるのはミス・トランボールだけだった。背に〈モード・オーリアリー〉と書かれた椅子を持ってきて監督の前に座ると、両膝に肘をついて、身をのりだした。「話したいことがあるならどうぞ」

「ミルドレッド、わたしはもうおしまいだ。金はないし時間もない。野外のシーンがまだ五つも残ってる」ベイカーズフィールドは脚本を放りなげた。脚本はどさっと音をたてて床に落ちた。

「打つ手はあるわ」ミス・トランボールはいった。「オーマーとエロイーズ」

ベイカーズフィールドはしぼりだすような笑い声をあげた。「若くて美男美女なのは認める。あのシーンはすごくよかった。だがふたりともずぶの素人だ」

「きいて、エリック。助監督っていう名前のなんでも屋になる前、わたしはブロードウェイでも指折りの演技指導者だったのよ。わたしがふたりを訓練すれば、バスターとモードそっくりの動きをさせられるわ」

「それができたとしても、観客が顔を見れば、バスターとモードとは別人だってことがわかってしまう」

「エリック、あなたはハリウッドでいちばんの映画監督でしょ？　カメラワークの達人だわ。顔をそらしたり、ロングショットにしたり、いろいろ細工できるじゃない。主役ふたりのクローズアップ映像なら編集室にいくらでもあるんだから、うまくミックスすればなんとかなるわ」

ベイカーズフィールドは顔を上げた。「本当にそう思うか？」

「監督ならできる」ミス・トランボールは相手の手を握った。「できるわよ」

「あのふたりを呼んでくれ」ベイカーズフィールドはそういって、ミス・トランボールの手を強く握りかえした。「あのすばらしい若者を呼んで、映画を作ろう！」

「オーマー、段取りはこうだ」ベイカーズフィールドはホーマーにいった。「エロイーズ、つまりジェーンはあそこにいる。悪いピグミーたちにさらわれて――」

「悪いピグミー？　ピグミーはいい人たちじゃないんですか？」

「どこでそれをきいた？」

「〈ナショナル・ジオグラフィック〉です」

「でたらめばかりのクソ雑誌だ。ピグミーほど悪いやつらはこの世の中にいないと思え。この映画に出てくるピグミーはとくに凶悪なんだ。おまけに人食いときてる。そいつらがジェーンをさらって縛りあげてる。いいな？」

見ると、エルシーは本当に縛られていた。両腕をまっすぐ伸ばして、地面に刺した二本の杭《くい》に固定されている。そこはピグミーの村。ピグミーはジェーンの衣服が気に入らなかったらしく、すべて脱がせてしまった。体を隠しているのは二枚の布切れだけ。これで検閲の摘発を免れようというわけだ。妻の体がここまであらわにされているのを見て、ホーマーはなんとも決まりの悪い思いだった。しかし当のエルシーは楽しんでいるようだ。

「監督、リハーサルをしますか？」エルシーがきいた。

「ああ、やろう」監督が答えた。

「ああ、助けて」エルシーは悲しげな声をあげた。ピグミーとして雇われた体の小さい人々が、全身を茶色く塗って、まわりに集まってくる。「どうしよう、本当に困ったわ！　このピグミーたち、とっても悪いやつなの。あっ、痛い！　つねられた！」

「おい、科白はないはずだぞ」ベイカーズフィールドが注意する。「ハリー、やめろ。女の子をつねっちゃだめだといっただろう？　オーマー、こういうわけだ。このナイフを口にくわえて――いや、横向きだ――あそこに駆けこんでピグミーたちを蹴散らし、ジェーンの縄をほどく。するとジェーンが気を失うので、ジェーンを抱いて――」

「待ってください、監督」エルシーが割りこんだ。「ジェーンは気絶なんかしないと思うわ。ジャングルに住んでるんだもの。そんな勇敢な女が気絶なんてするわけないでしょう？」

「脚本にそう書いてあるんだ」

　エルシーが反論しようとしたとき、ミス・トランボールがいった。「ピグミーに捕まってから何日も飲まず食わずなのよ。しかも大勢に取り囲まれて、熱でのぼせてしまっている。もうだめ、というときにターザンがあらわれたっていう設定よ」

　エルシーは説明をきいて考えた。「それなら納得できるわ」

「よーーーーーし」ベイカーズフィールドはやたらと音を伸ばした。「オーマー、用意はいいか？」

　ホーマーは準備オーケーだった。自分は俳優業に向いているんじゃないか、と思いはじめたところだ。鉱夫以外にも生きる道はあるのかもしれない。「大丈夫です」やってやる、と心を決めていた。

「よし。クラランス、いいな？」

　カメラマンは肩をすくめた。「カメラOK」

「アクション！」

　ベイカーズフィールドが「カット！」と叫んだとき、みんなが拍手で新人俳優と新人女優の誕生を祝った。ピグミーたちは煙草に火をつけた。

「次はヘビだ」ベイカーズフィールドはエルシーにいった。ワニボーイのチャックが大きなヘビを肩にかけてセットにやってくる。「そいつを首にかけて、絞められてるつもりでもがくんだ」

エルシーは目を見開いた。「なんて大きいヘビなの」

「怖がらないで」チャックがいった。「この子はガートルードっていうんだ。食事したばかりだから、いまは眠いんだよ。巻きついても大丈夫だから安心して。なにかに巻きついて眠りたいだけだから」

ホーマーは、巨大なヘビを肩にかけたエルシーの姿を誇らしい気持ちで見守った。相当重いのか、膝ががくがくしている。エルシーはホーマーを見ていった。「ハニー、助けて」ホーマーは脚本を見た。そんな科白は書かれていない。また勝手にアドリブを入れているのだ。ホーマーが笑顔を向けると、エルシーは大げさに怯《おび》えた表情を返してきた。

「いいか、オーマー」ベイカーズフィールドが説明する。「ジェーンが散歩に出るシーンだ。ジャングルの木の実を取って食べていると、悪いヘビが枝から彼女に飛びかかる。首を絞めて、彼女を食べるつもりだ」

ヘビの頭が動いて、エルシーの首に巻きついた。「あの、ちょっと、これ――」

「科白はなしだぞ」監督がいって、ワニボーイのほうを見た。ワニボーイは記録係の女の子とおしゃべりに夢中だ。「チャック、マーサとのおしゃべりはやめて、エロイーズの首からガートルードをはずす方法をオーマーに教えてやってくれないか」

ワニボーイはヘビの腹に手をあてると、頭に向かってすっとなでて、続いて逆の方向になでた。

「これだけだよ」

チャックがヘビをゆるめてくれたのでエルシーはほっとして深い息をついたが、チャックが手を離すと、悲鳴をあげた。「息ができない！」

「科白が必要ならもっといいのをつけてやる」ベイカーズフィールドはエルシーをたしなめた。

「オーマー、合図を出したらジェーンに近づけ。いいな？」

「待ってください、監督」ホーマーは変だなという顔でエルシーを見た。なぜかよろよろしている。カメラも回っていないのに、苦しそうな声を出したりして、やけに反応が大げさだ。「ジェーンがヘビに襲われたことを、ターザンはどうやって知るんですか？」

「ふむ、いい質問だ。脚本にははっきり書いてないな」

「アーアアーと叫ぶとか？」

「それだ！　オーマー、脚本家より頭がいいぞ。ターザンのヨーデルの女性版だな。それをきいてきみが——というか、ターザンが、いや、ターザンを演じるきみが——ヨーデルを返し、木から木へ飛び移ってジェーンを助けに行く。……おや、エロイーズが倒れてるぞ」

エルシーは締められた喉から必死に声を出して、アーアアーといった。監督はあきれたような顔をした。「この音声はあとで録音しよう。クラランス、いいか？」

「カメラOK」

「アクション！」

ホーマーはエルシーに駆けより、ヘビを首からほどいた。それから自分も地面に倒れこみ、ヘビと格闘する演技をした。そのあいだにエルシーは必死に息を吸い、生気を取り戻した。

「カット！」ベイカーズフィールドの声が飛んだときには、ヘビはだらんとして眠りこけていた。

「オーマー、すばらしかったぞ！」

ワニボーイがヘビを片づける。ホーマーは立ちあがってエルシーのところに行った。エルシーはしっかり座っていた。「大丈夫かい？」

エルシーはいままで見せたことのないような顔をしてホーマーを見た。「助けてくれたのね」

「脚本どおりのことをしただけだよ」

エルシーはホーマーに抱きついた。「助けてくれてありがとう！」

ベイカーズフィールドはミス・トランボールを見て肩をすくめた。「脚本どおりなのにな」

ミス・トランボールは、抱き合っている夫婦を見てうれしそうに笑った。「ここまでは脚本に書いてなかったけど、書いてあってもよかったわね」

ラストシーンの撮影がはじまった。カメラはラグーンのほとりに据えてある。まわりの巨木が水面に枝を伸ばし、そこからスパニッシュモスや偽物の蔓が垂れさがっている。

「エロイーズ」ベイカーズフィールドがいった。「きみが水に入る。アルバートがあとを追う。そこに水中カメラがセットしてあるから、アルバートの泳ぐようすはしっかり撮影できる。アルバートが近づいたら、きみはヨーデルで助けを呼ぶ」

「わかりました」エルシーはいって、アルバートの頭をなでた。うれしそうなヤーヤーヤーが返ってくる。「でも、監督」

「なんだ？」

「この水着ですけど」

「なかなか魅力的だよ」

「ジェーンはどこで水着なんか手に入れたのかしら」

監督が答えに詰まったので、ミス・トランボールが答えた。「探検隊が落としていった荷物の中に入っていたのよ」

「脚本にそんなこと書いてあった？」

「そういう設定ってことでいいの！」

ベイカーズフィールドが合図を出す。「クフランス？」

「カメラOK！」

「アクション！」

エルシーは冷たい水に飛びこんだ。「アルバート、こっちよ。ママのところにいらっしゃい」

ワニボーイがアルバートを放す。アルバートはするりと水に入り、エルシーめざして泳ぎだした。エルシーが腕をばたばたさせて水に沈む。アルバートもいっしょに沈んだ。その後水面にあがってきたエルシーは笑っていた。みんなが笑っていた。「坊や、いい子ね。大好きよ」エルシーはアルバートを抱きしめた。アルバートがにかっと笑う。

「カット！　最後のところは編集しよう。よし、オーマー、準備してくれ」

ホーマーも水に入り、エルシーの隣で犬かきをしながら指示を待った。「アクション！」ホーマーがアルバートをつかむ。エルシーが離れる。アルバートはホーマーの腕から逃れようとして体をくねらせるが、ホーマーは強く抱きついて、格闘状態になった。アルバートが大きく口を開き、ホーマーの腕に嚙みつく。しかし血が出る直前で力を抜いた。「アルバート、だめだ！」ホーマーがいいながら格闘の真似ごとを続ける。アルバートはすぐに遊びだと気がついて、ホーマーにじゃれつきはじめた。

「カット、カット、カット！」ベイカーズフィールドが声を張りあげた。「きみたち、本当によくやってくれた。映画はミリオンヒットになるぞ！」

エルシーは打ちあげパーティーをとても楽しんでいた。みんなが褒めてくれる。きみもオーマーも将来はショービジネスの世界で成功するよ、といってくれる。ところが、パーティーのあと、ミス・トランボールがふたりに話しかけた。「これからどうするつもり？」

ホーマーとエルシーは顔を見合わせた。「俳優の道をめざしてみようかな」エルシーがいった。

「あなたたち、ショービジネスには向いてないと思う」ミス・トランボールはきっぱりいった。「とても厳しい世界よ。下手に足を踏みいれると、人生がめちゃくちゃになってしまう。ほとんどの人はそうなるの。嘘じゃない。今回の経験をいい思い出にして、これっきりにしたほうがいい」

ホーマーはうなずいた。「アルバートを故郷に帰したら、炭鉱に戻ろうと思います」

そしてエルシーを見た。エルシーは首を振った。「わたし、やっぱり帰りたくない」

「どうして帰らなきゃならないの?」ミス・トランボールがきいた。

「ぼくは炭鉱夫です。俳優になるのはやめたほうがいいなら、ぼくはやはり鉱夫です」

「ほかにできる仕事があるとしたら? 鉱夫に似た仕事がフロリダにあるとしたら?」

「そんなのありませんよ」

ミス・トランボールはホーマーに一枚のチラシを渡した。エルシーはホーマーの肩ごしにそれを読み、ホーマーにいった。「ねえ、やってみない? お願い」

ホーマーはエルシーを見た。そのまなざしがゆるむ。エルシーはホーマーの目をのぞきこんで、確信した。とうとうホーマーが折れてくれた! 「ああ」はっきりした返事もきこえた。「やってみよう。もし雇ってもらえるなら、やってみよう」

次の朝、ふたりは荷物をまとめた。アルバートをたらいで運び、車の後部座席に乗せると、ハリウッドの人たちと抱き合ってお別れをいった。ホーマーがシルバー・スプリングズから車を出したとき、なにかがふわりと飛んできて、ビュイックの中に着地した。「雄鶏か。いままでどこに行ってたんだ?」雄鶏はホーマーの肩にとまって、耳のそばで丸くなった。

ホーマーは笑い声をあげた。相変わらず地図はない。入り口の看板のところで南にハンドルを切った。南へ。南へ。新しい生活が待っている。

――十三歳。ぼくは陸軍第四歩兵師団の中尉としてベトナムに向かっていた。太平洋を越える長いフライトだ。飛行機に乗る列に並ぶ直前、ターミナルに電話を見つけて、家に電話をかけた。母はいなかったが父がいた。陸軍に入ってから、父からは一度も手紙をもらっていなかった。軍隊に入ったことについて、父の意見をひとこともきいていなかった。そういう話をするのは母の役割だったらしい。なにをいったらいいかわからず、ぼくはわかりきったことをいった。「もうすぐ出発なんだ」

「母さんに伝えておくよ。電話があったと」

「ありがとう」

それ以上会話が続きそうにない。ぼくがさよならをいおうとしたとき、父が話しはじめた。「なにか起こるときは、必ずその兆しがあるものだ。先んじて行動をとれ。そのためには、いつもまわりに注意を払っていることだ。ごく普通に思えることにも目を配れ。最悪の事態を想像して心の準備をしろ」

危険なところへ行く息子へのアドバイスをしてくれているのだ、と気がついた。「炭鉱にいるときと同じだね」

「ああ。だが、兆しに気をつけろという教訓を学んだのは、あのハリケーンに襲われたときだ」

下士官の点呼がはじまった。「もう行かなきゃならないんだ。母さんによろしくね。電話はできないと思うけど、手紙は書くよ」

「ハリケーンの話をきいてから行け」

ぼくは滑走路を見た。仲間たちが集まりはじめている。曹長に手を振り、電話を指さした。曹長はうなずいてくれた。ぼくはみんなから目をそらし、受話器を強く握って耳にあてた。「うん、父さん。きかせて」

「あのころは自分のことしか考えていなかった。活力だけは旺盛で、自分は無敵だと思っていた。いまのおまえと同じで、若いころはそういうものだ。自分におそろしいことなんか起こるはずがないと思っていた。だが、トラブルというのは、そういうときにこそ起こるものなんだ……」

第8部

◆◆

大型ハリケーンと、心の中の大嵐

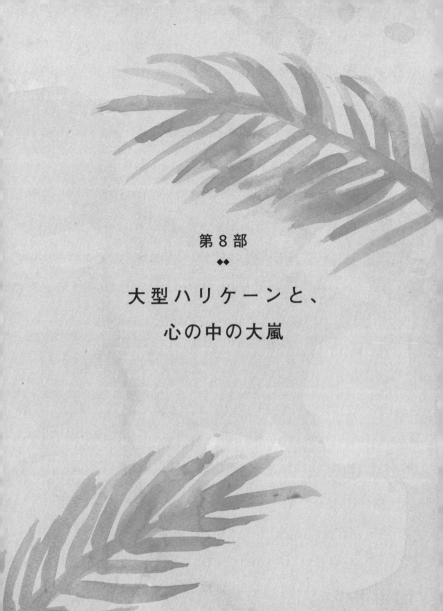

40

マイアミを出た道路は海岸線に沿って南へ伸び、ホームステッドを過ぎて、エヴァーグレイズの広大な湿地を突っ切ると、キー・ラーゴに達する。道路はそこからさらに伸びて、珊瑚礁《さんごしょう》の島々をつなぐ橋やフェリーを経由しながら、アメリカ本土南端の群島、キー・ウェストで終点となる。

フロリダ東沿岸鉄道の線路点検部長に任命されたばかりの元炭鉱夫、ホーマー・ヒッカムは、キー・ウェストの新しい路線区画を点検する任務についていた。今回の出張は、列車ではなく車で行ってよしとの特別な許可をもらっている。つまり、好きな場所で車をとめて、のんびり線路の点検をすればいいということだ。妻の同行も認められた。妻のエルシー・ラヴェンダー・ヒッカムは、ペットのワニ（アルバート）と雄鶏（無名）を連れてきた。

すばらしい景色だ。灰色の細い道路はいくつもの小島をつないで伸びていく。はじめはキー・ラーゴ。スペイン語で〝長い島〟という名前のとおり、細長い島だ。マングローブと岩の浜に囲まれている。最初の橋を渡る前に、エルシーが叫んだ。「ホーマー、幌をたたんで。お願い！」

「いいけど、日差しがきついよ。きみもアルバートも、日焼けは平気かい？」

「わたしたち、そんなやわじゃないわ」

ホーマーは車の幌をたたみ、ベルトでしっかり固定した。大西洋から吹いてくる強風が心配だ。頭上では、明るい空をカモメが旋回しながら、仲間同士で声をかけ合っている。ホーマーはひとつ大きな息を吸って、ゆっくり吐いた。こんなに幸せな気分になったことがいままであっただろうか。そう思った瞬間、どうしようもない不安が押し寄せてきた。いままでの経験からすると、こういうときこそなにかいやなことが起こるのだ。「髪がぐちゃぐちゃになってしまうよ」ホーマーはエルシーにいって車を出したが、エルシーは髪のことなどどうでもいいようだ。車の中で立ちあがり、顔に風を受けはじめた。髪が前へうしろへとたなびく。まるで旗みたいだ。

「エルシー、座ってくれよ」

「ホーマー、堅いこといわないで。わたしたち、いまはフロリダっ子なのよ。気分のいいときは羽目をはずしてもかまわない。それにわたしたち、若いんだもの。若さは一度失ったら戻ってこない。ねえ、あなたもシャツを脱いで振りまわしてみたら？　ハンドル、持っててあげる」

エルシーはシートに座ってハンドルをつかんだ。ホーマーは少し迷ったが、折れることにした。ボタンをはずしてシャツを脱ぐと、後部座席にいるアルバートの横に置こうとした。

「だめ、投げ捨てなくちゃ」エルシーはホーマーのシャツをつかみ、宙に放った。シャツは空中で一瞬踊り、橋から大西洋に飛んでいった。

「エルシー、あのシャツはお気に入りだったんだぞ！」ホーマーはいったが、妻の楽しそうな顔を見て、心からの笑顔を妻に向けた。「まあ、いいか。まさか、きみは脱がないよな？」

「心配しないで。そんなことしたらあなたが困るでしょ。フロリダじゅうの笑いものになっちゃう。けど、本当は脱いじゃいたい！」

橋を渡ると、そこはマテカム・キー。ホーマーは車をいったんとめて着替えのシャツを出して着た。さらに車を走らせると、スローモーションで動いているような男たちがいた。道路工事をしているらしい。ビュイックが通りかかると、男たちはその動きさえ止めた。シャベルに寄りかかって、不満そうな顔で車を見る。ほとんどの男は、陰気でやつれた顔をしていた。目と鼻がピンク色をしている。飲んだくれの証拠だ。

「こういう男たちについての記事を読んだことがあるよ」ホーマーはエルシーにいった。「ニューディール政策の一環でここに送られてきたんだ。多くは世界大戦を経験した元兵士で、なんでもいいから仕事が欲しいという人たちなんだ」

驚いたことに、見おぼえのある顔があった。「スリックとハディがいる」信じられない、とホーマーは思った。

そのふたりも、ビュイックと、乗っている夫婦と動物たちに見おぼえがあったらしい。「助けてくれ！」スリックが声をあげた。ハディは低い声で泣いている。ふたりとも、ぼろの服を着ていた。

「こんなところでなにをやってるんだ？」ホーマーはきいた。「ふたりとも、海で死んだと思ってたよ」

「悪運も運のうちだと思ってたが、そうでもなかった」スリックが答えた。「とにかく、こんなところに流れ着いちまった。クソみたいな服を着せられて――ご婦人の前で失礼――もう限界だ。こんなところで働けるもんか。このへんの蚊はばかでかいんだ。こないだなんて、やつらの羽ばたきで体が浮きあがったくらいだよ。刺されまくって全身腫れあがっちまった。ハディも同じだ。食いものだってろくにもらえやしない。なあ、乗せてってくれよ」

「それは無理だ。いまは仕事中だし、そもそもふたりを乗せるスペースがない」

「バンパーでもボンネットでも、どこにでもつかまる。頼む。いま逃げられなきゃ、このままここで死んじまう！」

「死んでほしいわ。ここで腐ってくれてかまわない」

「奥さん、おれたち、心を入れ替えたんだ！」スリックは泣きついた。「ここがあまりにもひどくてさ、神様にお祈りまでするようになったんだ。ハディもおれも、いつも神様神様っていってるんだ」

エルシーは目をそらした。「ホーマー、あなたはやさしい人よね。スズメバチに刺されたって、そのハチを殺せない。でも、こいつらを助けるのだけはやめて」

「けど、本当につらそうじゃないか」

エルシーは信じられないという顔でホーマーを見た。こんな極悪非道の男たちを、話によっては助けてやってもいいとでもいうの？「ぼくたちはキー・ウェストに向かってるんだ。二、三日で戻ってくる。マイアミまで乗せてってやってもいいが、ずっとトランクで我慢してもらう。ぼくにできるのはそれが精一杯だ。そのあとは、ぼくたちの前に二度と顔を出さないと約束してもらう」

「おお、神のご加護がありますように」スリックは媚《こ》びた笑いを浮かべた。「トランクで十分だ！　マイアミまで乗せてもらったら、あとはいっさいかかわらない。ほら、ビーチのほうにはったて小屋が並んでるだろ？　あそこがおれたちの休憩場所だ。働いてないときはあそこにいる」

「たいして働いてるように見えないけど」エルシーがいった。「そのへんに突っ立ってるだけで、なにもしてないじゃない」

「奥さん、そうなんだ。ひどい話だろ？　なにもせずにここにいるだけで、一日一ドルもらえるんだ。だが、ここにいるのは頭のイカレたやつばっかりだ。酒が手放せなかったり、男色に溺れてたり。それさえなきゃ戦争のヒーローでいられたのにな。ローズヴェルト大統領の雇用政策とやらの実態がこれさ。ちゃんとシャベルを持って働いてるやつも何人かはいる。そいつらのおかげで仕事が進むんだ。あとのやつらはクソの役にも立ちゃしない。ああ、またもや失礼。ご婦人の前で」

「だったら、ちゃんと働いてる人を手伝えばいいのに」エルシーがいった。

スリックは帽子をかぶりなおし、指先をあてて敬礼した。「おっしゃるとおり！　しっかりやるよ。なあ、ハディ」

ハディの目は焦点が合っていなかった。名前を呼ばれてうなり声をあげる。スリックがハディの顔の前で手を振った。「見てのとおりだ。ハディはすっかりイカレちまった」

「わかった。じゃ、帰り道で会おう」

スリックは両手を合わせて拝むような格好をした。「おれたちを忘れないでくれよ」

ホーマーが車を出すと、エルシーがいった。「あんなやつらのこと、忘れちゃえばいいのよ」

「エルシー、そうはいっても……」

「あんな連中を、どうして助けてやろうなんて思うの？　わたしにはさっぱり理解できない」

ホーマーは肩をすくめた。「なんだか気の毒でね」

エルシーはあきれたように首を振った。「オオカミに襲われて、脚の肉を食いちぎられても、もっといい肉を食わせてやれなくてごめん、とかいいそうよね」

そこからいくらも進まないうちに、ビュイックはカーキの作業服とサングラスの男に止められた。「やあ、おはよう。ご両人、さっき話していたふたり組のことをきかせてくれないかね？」

「ええ、いいですよ。けど、どうしてですか？」

「わたしはデルバート・ヴォス、ここの現場監督なんだ。上司の命令であんたがたのお友だちふたりをここで働かせることになったんだが、どうもあやしい感じがするんでね」

「だれが見たってあやしいわよ」エルシーがいった。「でも、あのふたりはわたしたちの友だちでもなんでもないわ。わたしがあなたの立場だったら、あのふたりから絶対に目を離さない」

現場監督は腰のピストルをぽんぽんと叩いた。「やっぱりそうか。なにか悪いことをやってきたやつらなんだろうな」

「どこの管轄ですか？」ホーマーがきいた。

「連邦緊急救済局。そちらは？」

「鉄道です」ホーマーは答えた。「線路点検のためにキー・ウェストに向かっているところです。新しい路線区ができたので」

現場監督は帽子を取って、尻のポケットに突っこんでいた赤いバンダナで額の汗をぬぐった。

「点検には何日くらいかかるんだ？」

「ほんの二、三日です」

「嵐が来るらしい。地元住民はみんな、家の窓に板を打ちつけて、船を浅瀬に移してる。このへんにいるのは頭の変な人間ばかりだが、ここぞというときに生き抜くための智恵はしっかり身につけてる」

ホーマーは窓の外に目をやった。見えるのは青い空と小さな雲だけだ。「嵐なんか来そうにないけど。まあ、注意だけはしておきます」


その後、次の島に行くフェリーの中で、エルシーがホーマーにきいた。「お天気のこと、心配？」

ホーマーは水平線を見た。「鉄道会社は嵐のことなんかなにもいってなかったし、いまのところ天気もいいけど、地元の人たちが心配してるなら、ぼくたちも気をつけたほうがいいだろうね。

キー・ウェストに着いたら、島の人たちにきいてみよう」

エルシーはホーマーの腕を取り、自分の肩にかけた。「なにが起こってもあなたが頼りよ。よろしくね」

「大丈夫だよ」ホーマーは答えたが、なにがどう大丈夫なのか、自分でもまったくわかっていなかった。いわれてみれば、空にふわふわと浮いた雲さえ、なんとなくあやしく見えてくる。エルシーを片手で抱き寄せると、エルシーは頭を寄せてきた。フロリダの鉄道会社で働きはじめてから、ようやく本当の恋人同士になれたような気がしていた。やっと同じ方向に歩きだしたという感じだ。キャプテン・レアードには、借りていた百ドルを送った。コールウッドにはもう戻らないという手紙も添えた。書いたのはそれだけではない。キャプテンの教えにどれだけ感謝しているか、エルシーやアルバートといっしょにフロリダで暮らすことになったのも宿命だと思っている、などと書いたが、残念なことにキャプテンからの返事はまだない。忙しい人だからしかたがない、とホーマーは思っていた。

それから日が暮れるまで、エルシーは景色を楽しみ、アルバートは昼寝をし、雄鶏はアルバートの頭でうとうとし、ホーマーは車を運転した。橋やフェリーで繋がれた島々を経て、とうとうキー・ウェストに到着した。パステル画のような村の景色が出迎えてくれた。どの家も素敵だ。大きく張りだした三角屋根、白い縁取りの壁、広いバルコニーと長いポーチ、よろい窓。「なんてきれいな町なの」エルシーが感嘆の声をあげる。「ねえ、アルバート、どう思う?」

アルバートは最後のフェリーで目をさましてからは、窓から顔を出していた。ヤーヤーヤーと答える。

キー・ウェストの中心部はしんとしていた。道路に人がひとり立って、白いシャツと短パン、サンダル姿で、近づくビュイックを眺めている。知性を感じさせる四角い顔に、黒い口ひげ。なにかさがしているようだ。ホーマーたちに手を振って車をとめさせた。「これは一九二五年製ビュイック・コンバーチブルツーリングカーかな？　なかなかいい車だ」

「ええ、そうです」ホーマーは答えた。エルシーはすまして微笑んでいる。男性もエルシーに笑みを返した。

「鉄道会社の人だね？」

「どうしてそれを？」

「マイアミのエージェントが知らせてくれた。この島に人が来るときは、なるべく知らせてもらっているんだ。とくに役人や鉄道会社の人が来るときにはね。正直どちらも好きじゃないんだが、そのきれいな女性といい、ワニや雄鶏のお供といい、おもしろそうな人が来てくれたと思っているところだよ。わたしはアーネスト。みんなにはヘムと呼ばれている」ちょっと間をおいてつけたした。「ヘミングウェイのヘムだ」

ホーマーは答えた。「存じあげてます。もしかしたらお目にかかれるかもしれないと、上司にいわれてきました。ぼくはホーマー・ヒッカム。妻はエルシー、ワニはアルバートといいます。雄鶏は名前がありません。普段はずっとこちらに？」

「だいたいこっちだ。デュヴァル・ストリートを行った先にある、大きな石灰石の家にいる。よかったら寄ってくれたまえ。エルシー、猫は好きかね?」

「ええ、大好きです!」

「六本指の猫がいるよ」

「六本指の猫なんているんですか?」嘘でしょ、という口調でエルシーはきいた。

「遺伝らしい。ホーマー、今夜いっしょに食事をしよう。夕方に訪ねてきてくれ。ビュイックの話がききたい。ワニと雄鶏と、きれいな奥さんの話もね。いや、本当に素敵な笑顔だ。もし家が見つからなかったら、〈スロッピー・ジョー〉ってバーに行って、パパ・ヘムの家はどこかきくといい。店には陽気なごろつきがたくさんいるから、そのうちのひとりに二十五セント払えば案内してくれる」

「ヘミングウェイさんって楽しい人ね」車を出すと、エルシーがいった。「ジョン・スタインベックが知ったらびっくりするでしょうね。わたしたちがヘミングウェイと食事することになるなんて」

「ジョンはいい人だったから、きっと喜んでくれるよ」ホーマーは心の中で大後悔中だった。ヘミングウェイに天気のことをきけばよかった。ああいう人は、きっとどんなことでも最新情報を仕入れている。

「あの人の本を読んだことがあるわ。『武器よさらば』って作品。内容は忘れちゃったけど、人殺しやロマンスが出てきたわ」

ホーマーはほとんどきいていなかった。頭の中が天気のことでいっぱいだった。仕事も気になる。「新しい線路区は、古い要塞の近くにあるんだ。とりあえず見に行こう」

「先にホテルにチェックインすれば？」

「いや、線路を見るのが先だ」

エルシーはあきれ顔でホーマーを見た。「あなたって本当に変わらないわね。楽しむってことを知らないんだから。見てよ、このきれいな景色。ねえ、チェックインして、町を散歩しましょうよ。線路は明日見に行けばいいじゃない」

「いや、先に見ておいたほうがいい」ホーマーは譲らなかった。「嵐が来て早く帰ることになったら、線路が見られなくなってしまう」

「心配性ねえ。空を見て！　あなたの目とおんなじ、真っ青よ」シートのうしろに手を伸ばして、アルバートの頭をなでた。雄鶏が目をさまし、エルシーの手の届かないところに逃げた。「アルバート、あなたのパパはつまらない人ね。楽しむってことを知らないんだから」

「アルバートは関係ないよ」ホーマーは微笑んだ。「けど、きみのいうとおりだ。ぼくももっと楽しむようにする。約束するよ」

「でも、線路が先なんでしょ？」

「ああ、線路が先だ」

「まったく」エルシーは歌うようにいった。「アルバートのパパは心配性！」

新しい線路はすぐに見つかった。古い要塞の近くにあるだけでなく、キー・ウェスト駅のそばに作られた支線だからだ。現場監督を呼びだして話をきいてから、車に積んできた目盛りつきの棒で線路のゲージを測った。犬釘やレールの状態もチェックする。「あまりいい出来とはいえない。少なくとも三箇所、敷設をやり直したい箇所がある」

「もっとましな作業員が集まれば、もっとましな線路ができたんですが」現場監督は力なくいった。

「作業員を教育するのがきみの仕事だよ。リーダーとして、みんなのやる気を出させないと」

監督はむっとしたようだ。「給料は払ってますよ。給料をもらったらそのぶん働くのが普通でしょう」

「そうは思わない者が多いってことだよ。自分の仕事がどれだけ意義のあることなのかがわかれば、やる気が出てくる。キャプテン・レアードがよくいっていた。人間は、自分が必要とされていると思えばこそがんばるんだと」

「キャプテン・レアードってだれですか?」

「ぼくに大切なことすべてを教えてくれた、偉大な人だよ。問題の三箇所は、線路をいったんはずしてやり直してくれ。できたころに、また確かめに来る」

「わかりました」現場監督は肩をすくめた。「けど、取りかかるまでに何日かかかりますよ。作業員のほとんどは家に帰ってしまいました。嵐が来ますから」

「そうらしいな」ホーマーはいった。「大きな嵐なんだって?」

「ハリケーンだってきいてます。おれがあなただったら、奥さんを連れてさっさとマイアミに戻りますね」

ホーマーは丁寧に礼をいって、線路敷設のやり直しについてあらためて指示を出し、それからエルシーを連れて鉄道会社経営のホテルにチェックインした。シンプルだが快適な宿だった。ホーマーもエルシーもアルバートも、そこを気に入った。雄鶏はどこかに行ってしまった。繁華街にはぼろを着ておなかをすかせた人たちがいたことを考えると、雄鶏は今度こそ戻ってこられないかもしれない。

夕方近くなって、ノックの音がきこえた。ホーマーがドアをあけると、ホテルの従業員が電報を持っていた。メッセージを読んで、ホーマーは驚いた。「できるだけ早くマイアミに戻れと書いてある」

エルシーは羽根布団のベッドでくつろいでいた。「理由は書いてないの？」

「嵐だよ。ハリケーンになりそうだから心配だと書いてある」

「オーブリーおじさんがいってた。ハリケーンって、竜巻みたいにものすごいんですって。そして、竜巻とは桁ちがいに大きいの。大きな空気の渦が動いてくるらしいわ。真ん中には目っていうのがあって、そこではまったく風が吹かないのに、目が通りすぎると、今度は逆方向の風が吹きはじめるって。ねえ、ヘミングウェイに会えるかしら？」

「ああ。明日の朝までは出発できないからね。夜はフェリーが動かないし」

「よかった。じゃ、アルバートのリードを出してくるわ」

アルバートのたらいに持ち手と車輪をつけると、ホーマーとエルシーは外に出た。ヘミングウェイがいっていたとおり、〈スロッピー・ジョー〉というバーの外に立っていた男に尋ねると、家の場所を知っていただけではなく、そこまで案内してくれた。家はでこぼこの煉瓦の塀でまわりを囲ってあった。「ワニをなでてもいいかい?」男はそういって、エルシーがどうぞというと、おそるおそる手を出してアルバートの尻尾に触れた。「バーに戻ったら、みんなに自慢してやる」男は手を差しだした。ホーマーが二十五セント硬貨を握らせてやると、ふらふらとバーのほうに戻っていった。

ドアをノックすると、ヘミングウェイ本人が出てきた。スラックスと麻のシャツにサンダル履きだ。大げさなくらい熱烈に歓迎してくれた。アルバートもたらいのまま中へどうぞといってくれた。メイドがさっと下がって、白いドレスの女性があらわれた。緑と白の水玉模様のスカーフを首に結び、同じ生地で作ったベルトを腰にゆったり巻いている。足元は白い麻のサンダル。

「パパ、こちらが噂のおふたりね」手袋をはめた手を差しだした。「妻のポーリーンです」

ホーマーは美しい女性の手を握った。エルシーはスカートを持ってお辞儀した。「素敵なドレスですね! 素材はなんですか?」

「シャンタンシルクっていうの。南国ではこれがいちばん実用的なのよ」

ホーマーは自分の服装に引け目を感じていた。カーキの作業服の中でもいちばんいいのを着てきたつもりだが、少しカジュアルすぎたかもしれない。それにひきかえ、エルシーはとても華やかだ。花模様のサンドレスは、ホテルのそばの店で買ったばかりのものだった。

エルシーがアルバートを紹介すると、ポーリーンは横に膝をついた。「まあ、すごいわね。この子、嚙む?」

「めったに嚙みません。耳をなでられるのが好きなんですよ」エルシーがいって、アルバートの耳を指さした。ポーリーンがマニキュアを塗った長い爪でなでてやると、アルバートは気持ちよさそうに息をもらした。

「ふうむ」ヘミングウェイがいった。「うちでも飼ってみようかな」

「どのワニもこんなにかわいいってわけじゃないんですよ。うちの坊やは特別なんです」

「そうだろうな。好物は？」

「鶏肉が好きです。けど、どうぞおかまいなく」

「いやいや、われわれだけ食べるわけにはいかない。ジム！」白の上下を着た召使がやってきた。「ワニをキッチンに連れていって、鶏肉を食べさせてやってくれ」

玄関ホールから応接室、ダイニングへと案内され、食事がはじまった。ホーマーもエルシーももりもり食べた。脂ののった、シイラと呼ばれる魚。つけあわせは豆のスパイシー煮込み。ライスと、もっちりしたコーンブレッドもあった。ワインがどんどん注がれるので、エルシーはすぐにいい気分になり、炭鉱の町で過ごした子どものころの話をはじめた。

「そんな話をきいていると、行ってみたくなるな」ヘミングウェイがいった。「住んでいたきみは、いろいろとつらい思いをしたんだろうが」

「そうよ、そのとおり」エルシーは答えた。「炭鉱事故がしょっちゅうあって、次々に人が死ぬんです。弟のヴィクターも、ちょっと手当てが足りなかっただけで死んでしまったし。小川で遊んでたと思ったら、次の日には高熱を出してしまって。氷を手に入れて体を冷やしてあげてたら、助かったかもしれないのに」

「氷なんかどこにもなかったんです。小さな町ですから」ホーマーが口を挟む。

ヘミングウェイはテーブルごしに手を伸ばし、エルシーの手を握った。「ディラン・トマスを知っているかね？　彼の死のとらえかたはじつにすばらしい。わたしも彼のようでありたいと、ずっと思っているんだ。消えゆく光に激しい怒りを！」

「あなた」ポーリーンがいった。「いまからそんなこと考えなくてもいいじゃない。それに、お客さんたちも困っちゃうでしょ」

「なにをいっているんだ」ヘミングウェイはうなるようにいった。「このふたりは銀のスプーンをくわえて生まれてきたわけじゃない。労働者階級の夫婦なんだ。死という尖《とが》った石について話し合うことができる人たちだ」

沈黙が訪れた。ホーマーは自分が捨ててきた炭鉱のことを思い出したくなかったので、話題を変えた。「ヘミングウェイさん、エルシーは創作に興味があるんです」

「それはいい！　なにか書いたものがあるのかね？」

「アルバートについての短編を書きました。小説じゃなくて、母への手紙だったんですけど、別の作家さん――ノースカロライナで会ったスタインベックさん――が、表現がうまいと褒めてくれました」

「まさか、ジョン・スタインベックじゃないだろうな！」

「そのスタインベックさんです」

ヘミングウェイは目を丸くした。「彼はシンプルな文体が人気なんだが、わたしにはその理由がわからない。どんな男だった？」

「やさしそうな人でした」

「勇敢な人でもありました」ホーマーは靴下工場での出来事をかいつまんで話した。

「彼がそれほど活動的な人間だとは知らなかった」ヘミングウェイは感慨深げにいった。「わたしの考え違いだったようだ」メイドを呼び、食器を下げさせた。「マートル、ワニは元気にしているか？」メイドがあらわれるとすぐ、ヘミングウェイはきいた。

「旦那さまが連れていらしたどの動物よりも元気です」メイドはちょっと生意気な口調で答えた。

ヘミングウェイは楽しそうに笑うと、ホーマーとエルシーをリビングのほうに手招きした。リビングには暖炉があったが、火は入っていなかった。椅子は革張りで、座り心地がよかった。ヘミングウェイが昼間話していたとおり、六本指の猫が何匹もくつろいでいる。ヘミングウェイが一匹一匹の名前をいってはうしろをかいてやると、猫は大きく伸びをして喉を鳴らした。ヘミングウェイはメイドにポートワインを持ってこさせた。「ポーリーン、エルシーにほかの部屋も見せてあげたらどうだ？　ほかの猫も紹介してやりなさい」

ポーリーンは微笑み、「男同士で話がしたいのね」というと、エルシーの手を取ってダイニングルームを出た。

「きみはスタインベックに会ったのか」女ふたりが出ていくと、ヘミングウェイはポートワインを飲みながらいった。「不思議な巡り合わせだな。スタインベックに会い、そのすぐあと、こうしてわたしに会うとは。なにか理由でもあるんだろうか。ホーマー、どう思う？」

「いえ、ぼくも不思議です。たまたまそうなったとしか」

「きみは信じないかもしれないが、人生に偶然などないんだ。ヘブライの神がもっとも偉大だとしても、わたしはそのほかにも小さな神々がいると信じている。さまざまなことに目を配り、ときにはわたしたちの運命を決める神々がいるんだ。わたしたちの運命をもてあそんで楽しむこともある。宿命だ。この言葉をきいたことがあるかね？」

「あります」

ヘミングウェイはうなずいた。「きみがわたしやスタインベックに会ったのには理由があるはずだが、それがなんなのか、わたしには永遠にわからないままかもしれない。もしかしたらエルシーは本当に作家になるかもしれない。作家として成功するために、いわば、アメリカ文学界のはじまりと終わりの両雄に会ったのかもしれない」

「そうですね」ホーマーは答えたものの、いまの言葉をどうとらえたらいいかわからなかった。アメリカ文学界のはじまりはどちらで、終わりはどちらなんだろう。慌てて話題を変えた。「鉄道会社から、明日の朝いちばんで北へ戻れとの指示がありました。嵐が来るとのことです。なにかご存じですか？」

「ああ、きいている。今朝、海軍の情報をきいて、海図を出してハリケーンの進路を計算した。それによると、ハリケーンは月曜日にここに達する。いまから三日後だな。コンクは——ここの地元民のことだ――このハリケーンはかなりたちが悪そうだといってる。鉄道会社の指示は正しい。避難するのが賢明だね」

「先生、あなたは？」

ヘミングウェイは平気さというように手を振った。「われわれは大丈夫だ。この家は石灰石で造った要塞みたいなものだ。きみたちも、もし避難できなかったらここに来るといい。避難するなら、明日の朝いちばんだ。マイアミまでノンストップで逃げろ。マイアミに着いたあとも、できるだけ頑丈な建物にいなきゃだめだぞ」

「貴重なアドバイスをありがとうございます。明日の朝いちばんで出発します」

「葉巻はどうだね」ヘミングウェイはキューバの葉巻が入った箱を差しだした。

ホーマーは一本取った。ヘミングウェイに教えられたとおりに小さなカッターで端を切り、煙草の葉をきつく巻いたものに火をつける。吸ってみたが、思わずむせてしまった。ヘミングウェイが小さく笑う。「葉巻は口の中で香りを楽しむだけだ。吸いこんじゃいけない。ホーマー、きみがどんなに長生きしても、上等なポートワインのあとの上等なキューバの葉巻ほどすばらしいものには出会えないだろう。もちろん、女性の体の魅力的な各部に勝るものはないが」

ホーマーはどう答えていいかわからず、葉巻をうまくふかすことに神経を集中した。すぐにできるようになった。ヘミングウェイは、海の魚の話をしてくれた。この人は海に出たことがあるんだろうか、とホーマーは思った。アルバートといっしょに沿岸警備隊に加わって密輸船と戦ったことを話そうかとも思ったが、やめておいた。有名な作家の話をさえぎるのは失礼だし、自分の話のほうが突飛でおもしろければ、なおのこと失礼だ。口をつぐんで相手の話をききつづけた。マカジキやバショウカジキを釣った話のあとは、大戦中のフランスの話になった。

しばらくすると、ホーマーは暖かさと満腹のせいで、ホテルの羽毛のベッドで早く横になりたくなってきた。女性たちが戻ってくると、エルシーとアルバートを連れて――キッチンの使用人たちはおおいに名残を惜しんでいた――夫妻にお礼をいい、いとまを告げた。

ホテルまで歩く途中、エルシーがいった。「あなた、葉巻とお酒のにおいがするわ。いいにおい」

「そっちはどうだった?」

「有名な作家さんの妻って大変なのね。作家さんって、いつも現実とかけ離れたことを考えてるんだもの。わたし、作家にはならなくていいかも」エルシーはホーマーに寄り添った。「本当にいい香り」

羽毛のベッドにたどりついても、すぐに眠ることはできなかった。エルシーがホーマーのにおいを気に入って、離れてくれなかったからだ。しかしその後は、睡眠薬でも飲んだみたいにぐっすり眠ることができた。夜明け前、屋根を叩く音で目がさめた。

「雨だ」ホーマーはエルシーを起こした。「出発しよう。できるだけ早く」

ホーマーとエルシーとアルバートがビュイックに戻ると、後部座席にはもう雄鶏が乗っていた。なんだか心配そうな顔をしている。そう思うと、ホーマーの不安も大きくなった。「エルシー、乗ってくれ。もう行くよ」

エルシーは助手席に乗ってドアを閉めた。「まったく、ホーマーってば。ほんの小雨じゃない。すぐにやんで、ぎらぎらの太陽が顔を出すわ。それも見ないで出発しちゃうなんて、あなたの心にはロマンってものがひとかけらもないのね」

「バラは赤く、スミレは青い。急がなければ嵐に巻きこまれる。そういうことだ」

エルシーはやれやれと首を振って、シートに背中をつけた。ホーマーはむっとした表情でビュイックを出した。このままスムーズに進めますように、嵐に巻きこまれる前にマイアミにたどりつけますように、と祈りながら。

マテカム・キーにスリックとハディの姿はなかった。ほかの労働者たちもいない。ホーマーは海岸近くの小屋を訪ねてみた。料理人がいた。汚いエプロンをかけているので、そうだとわかった。料理人は階段に座って手巻きの煙草を吸っていた。

「ふたり組の男をさがしてるんですが。すごく背の低いのと、すごく高いのと」ホーマーはきいた。

「スリックとハディか？　みんな、ロウアー・マテカムやほかの島に連れていかれたよ。嵐に備えて砂嚢を積むといってた」

ホーマーは礼をいい、少しためらったが、そのまま北に向かって走りだした。「あなたのせいじゃないわよ」エルシーがいった。「連中をさがしてる暇なんかなかったんだから、しかたないでしょ。どうせ、あなたが困ってたってなんの手助けもしてくれない人たちなんだし」

「そうだけどさ――」

「いいんだってば。気にしないで行きましょ」

ホーマーは運転を続けた。雲がどんどん流れてくる。黒い雲も増えてきた。マイアミに着くと、そこでも鉄道会社のホテルにチェックインした。

日曜日は朝からずっと空ばかり見ていた。雲がどんどん増えてくる。夜になると、ホテルのスタッフが電報を持ってきた。ノース・マイアミの駅に行って指示を待てとのこと。

「なあに？」エルシーがきく。

「どういうことだろう」ホーマーは答えて、電報をエルシーに渡した。「嵐のことと関係がありそうだ」

エルシーは電報を読んだ。「心配だわ」

「大丈夫だよ。洪水に備えて線路を補強する作業の手伝いとか、そういうことだと思う」

「それでも心配よ」エルシーは本能的にホーマーの手を握った。「危ないことはしないで」

「しないよ」

「ううん、あなたはするわ。仕事だと思えばする。ねえ、あなたの仕事はここにもあるのよ。わたしとアルバートを守ること」

「雄鶏もだね」

「雄鶏はどうかしら。なにを考えてるかわからないんだもの」

「わかる必要なんかないのかもしれない。世の中には意味のないことだってある。そうだろう？」

「愛は」エルシーは唐突にきいた。「愛には意味がある?」

「わからない。けど、きみのキスには意味がある」

「なにいってるの。それこそ意味がわからない」エルシーはそういって、ホーマーにキスした。

41

フロリダ東沿岸鉄道の路線管理責任者のジャレド・カニングハムは、ノース・マイアミ駅で、ホーマーを含めた何人かの社員を待っていた。「みんな、よくきいてくれ。船からの連絡によると、今回の嵐は非常に大きい。まもなく当地を直撃するそうだ。われわれにとっては緊急事態だ。政府は大量の従軍経験者を各島に配置して土木作業に当たらせているが、彼らの避難が不可能になってしまった。フェリーがすでに引き揚げられてしまったからだ。政府はこうなることが予想できず、対応が遅れてしまい、われわれに協力を求めてきた。鉄道で彼らを避難させろというのだ。そこで、有志を募ることにした。志願者はいないか?」カニングハムはホーマーを見た。「ホーマー、きみが行ってくれるなら、線路や橋の状態も見てきてほしい。きみほど目の利く男はいないんだ。どうだ、行ってくれないか?」

仕事ならしかたがない。ホーマーはすぐにうなずいた。

機関士のJ・J・ヘイクラフトがいった。「おれも行きます。大丈夫です。四四七号は頑丈だし、どんな嵐が来ても吹き飛ばされるなんてことはありませんよ。なあ、ジャック」

機関助手のジャックもいった。「ああ、おれも行くぜ」

カニングハムは厳粛な面持ちで三人の手を握った。「頼む。急いでくれ」

エルシーとアルバートは駅で待っていた。「列車で土木作業員たちを迎えに行くことになった」ホーマーはエルシーにいった。

「わたしたちも行くわ」

「だめだよ、エルシー。きみはアルバートを連れて、ビュイックでホテルに戻っていてくれ。ぼくは大丈夫だ。真夜中までには戻る。帰りはジャックとヒッチハイクで帰ってくる。あいつもあのホテルに泊まってるんだ」

ホーマーの言葉が耳に入っていなかったかのように、エルシーはいった。「アルバートとわたしは客車に乗っていく。止めても無駄よ」

「無駄なのはわかってる。だが、きみが乗ってきたら、ぼくは仕事のあいだじゅう、きみとアルバートの心配をしてなきゃならない。今回だけはぼくの頼みをきいてくれないか。アルバートとホテルに戻って、雄鶏もいっしょに、ぼくの帰りを待っていてほしい。無事で帰ってくる。約束するよ」

エルシーの頰を涙が流れた。エルシーがホーマーに抱きつく。驚いたことに、エルシーはひどく震えていた。「行かないで。心配なの」

ホーマーは、エルシーのこんな姿を見たことがなかった。こんなに弱いところがあるとは思ってもみなかった。まるで別の女性を見ているようだ。あの旅で、エルシーは変わったのだろう。自分も変わったはずだ。あらためてじっくり考えてみよう——その時間があれば。「機関士と機関助手は行くといってる。ぼくが行かないわけにはいかないだろう？」

エルシーは一歩さがり、頬の涙をぬぐって顔を上げた。「わかったわ、ホーマー・ハドリー・ヒッカカム。もし二度と会えなくても、わたしはあなたを愛してる。これからもずっと、死ぬまで愛しつづけるわ。さあ、行って。尊い仕事、立派に果たしてきてちょうだい」

ホーマーはにっこり笑った。エルシー・ガードナー・ラヴェンダー・ヒッカカムが、とうとう愛しているといってくれた。いまなら死んでもいい。美しいエルシーと、そのうしろにいるアルバートを見つめた。自分は世界一の幸せ者だ。こんなに美しくてすばらしい女性と結婚できたのだから。

アルバートはホーマーを見て、ノーノーノーと抗議の声をあげた。ホーマーはそんなアルバートを見てうなずくと、エルシーを頼むよと、心の中で呼びかけた。

機関士のヘイクラフトがやってきた。「ホーマー、おまえも数えたかもしれないが、客車が六《ろく》輛《りょう》と貨車が二輛、それに有蓋車が三輛ついてる。状況を考えると車輛が多すぎるんだが、切り離すには時間がかかるからこのままいくしかない。おまえも運転室に乗っててくれないか。線路の具合がおかしかったらスピードをゆるめ、おまえが先に走っていって状況を確かめる、このやりかたでいこう。いいか？」

ホーマーはわかったといって、機関士と機関助手といっしょに運転室に乗りこんだ。すでに蒸気圧は必要なレベルに達している。四四七号は、すぐにでもホームステッドに向かって走りだせそうだ。

機関車が回転台に乗ると、ヘイクラフトがいった。「これから機関車を反転させ、バックで客車を押していく。そうすれば、マテカムで作業員たちを乗せたあと、フルスピードで帰ってこられるからな。そのころにはもう暗くなっているだろうが、ヘッドランプで線路を照らせば大丈夫だろう。ホーマー、行きは先頭の車輛に乗って、線路を見ていてくれ。このランプを持って、なにかあったら振って知らせてくれ。そしたら列車を止める。問題が解決したらまたランプを振る。いいな?」

「わかった」ホーマーは運転室を出て、先頭車輛に行った。ありがたいことにそれは客室だったので、前をしっかり見ることができた。乗りこんでランプを置く。それからプラットフォームにおりた。南の空は黒い雲に覆われ、ときおり稲妻が走っている。風も強くなってきた。気圧がわずかに変わったのが耳の具合でわかった。

機関車の回転が終わり、列車は単線の線路を走りはじめた。ホーマーは線路上にごみや妨害物が落ちていないか、目を光らせた。うなるような風が吹き、横殴りの雨が叩きつけてくる。空は黄色か緑かわからない不気味な色になっている。砂や小枝が混じりあい、空中に舞いあがる。ぶうんという低い音がきこえる。電線や電話線が風に吹かれて振動し、音をたてているのだ。電柱が倒れ、切れた電線が怒ったヘビみたいに暴れている。マートルの茂みが突然吹き飛ばされて、渦を巻きながら遠くに消えていった。

列車がキー・ラーゴに着いた。潮位が上がり、水は線路脇まで押し寄せている。かなりの砂利が流されてしまったようだ。このままだと線路の基礎が崩れてしまう。ランプを振ろうか。ホーマーは考えたが、やめた。盛り土のようすはヘイクラフトにも見えているだろう。列車を止めるのは本当に危ないときだけにしなくては。

列車が進む。雨が激しくなった。前方がほとんど見えない。線路上になにかが落ちていても、線路が左右に分かれていても、流されていても、どうすることもできない。列車は時速二十五キロから三十キロで走っているから、ランプで合図をしても間に合わない。この先頭車輌が転覆したら、うしろに続く車輌に押しつぶされて、厚紙で作った箱みたいにぺしゃんこになってしまうだろう。それでもホーマーは持ち場を離れなかった。

客車の中で見つけた鉄道地図を開いてみた。いまどのへんを走っているんだろう。そろそろウィンドリー・キーに着くころか。雨が小降りになったとき、黒い雲の中に青白い稲妻が光った。その光の中に、線路の両脇に立っている人々の姿が浮かびあがった。ホーマーは窓から身をのりだして、ランプを振った。列車はスピードを落とし、止まった。

叩きつけるような雨の中、ホーマーは車輌から降りた。最初に目に入ってきたのは、男性ひとりと女性ひとりだった。激しい雨と風に耐えきれず、その場に座りこんでいる。ホーマーはふたりを立たせた。ふたりとも焦点の合わない目でホーマーを見ている。「乗ってください」ホーマーは客車を指さした。「ほかの人たちも連れてきます」

ぬかるみに足を取られながら盛り土の上を歩いていくと、たくさんの人がいた。「あっちへ」雨にかすむ車輛を指さす。「信じてください。列車があります。さあ！」

全員を客車に乗せ、人数を数えた。女性が五人、ひとりは赤ん坊を抱いている。子どもが三人、男性が三人。みんな地元の住民だ。助けに来たはずの作業員はまだひとりもいない。みんなびしょ濡れで震えていた。ショック状態に陥っているようにも見える。ホーマーは通路を行ったり来たりしながら、全員を元気づけた。「もう大丈夫ですよ」赤ん坊を抱いた女性に笑いかける。女性はなにもいわず、大きく見開いた目でホーマーを見つめかえすだけだった。ホーマーは外に出てランプを振った。機関車に押されて、客車が闇に向かって動きだす。赤ん坊が泣き声をあげはじめた。子どもや女もすすり泣く。男性のひとりが叫んだ。「そっちに行ってどうするんだ！」

「助けを待っている人がもっといるんです」ホーマーは答えた。

「ばか野郎！　それじゃ助かるものも助からないぞ！」

そうかもしれない、とホーマーは思った。列車は嵐に突っこんでいこうとしているのだ。悪魔が金切り声をあげて列車を揺らす。波が打ちつける。水ではなく岩がぶつかっているような音が響く。「みんな死ぬんだ」男はいった。「みんなこのまま死ぬんだ」

前を少しでもよく見ようと、ホーマーは車輛のデッキに出たが、風に押し戻された。叩きつける雨のせいで皮膚が裂けてしまいそうだ。稲光の中、線路が見えた。もう少しで水に浸かってしまう。不安な気持ちで先を見る。作業員たちはまだ見えない。列車がスピードを落としてのろのろ運転になったとき、なにかの建物が見えてきた。看板が立っている。アッパー・マテカムのイスラモラーダ駅だ。プラットフォームに黒っぽいものが見える。人間だ!

ホーマーはランプを振ったが、列車は止まらない。そのうち、駅だけではなく、倉庫や小屋が見えてきた。屋根が飛び、鋼色の空にのみこまれていった。たくさんの人が立ちあがるのが見えた。しかし列車は止まらない。見ているうちにも、男か女かわからないが、だれかが見えない手につかまれて闇の中に消えていった。いろんなものの破片が人々を襲い、ひとり、またひとりと闇へ吸いこまれていく。ひとりの男が列車のすぐそばまで近づいてきた。必死の目と大きく開けた口が見える。叫び声がきこえたとき、屋根のトタン板が飛んできて、ギロチンのように男の首をはね落とした。首はあっというまに吹き飛ばされ、体はごろごろ転がって海に落ちていった。

ようやく列車が止まった。ホーマーは額に手をかざした。そうしないと針のような雨に眼球を刺されてしまう。指の隙間から南を見た。なにもかも水に浸かっている。列車の止まっているところも、線路だけが水面から顔を出している状態だ。

突然、何十人もの男や女や子どもたちが客車に押し寄せてきた。ホーマーは外に出て手を貸した。百人以上の人々が、全身ずぶ濡れで恐怖に震えながら客車に乗りこんだ。

急に水位が上がった。腰まで水に浸かったホーマーは、客車の手すりにつかまって、デッキによじのぼった。中にいる人々は悪態をつき、神に助けを請うている。ホーマーは自分でも不思議なほど落ち着いていた。炭鉱夫の魂がいまも胸に生きているせいだろうか。それとも、単に愚かなだけだろうか。考える余裕もなかった。

どこかから飛んできた鉄の棒が、客車に乗ろうとしていた男の背中を直撃した。棒の先端がみぞおちから突きだし、鮮血がほとばしる。男がのけぞると同時に、口からも血が噴きだした。ホーマーはほかの男たちの手を借り、ステップに倒れた男を客車に引きあげた。体には鉄棒が刺さったままだ。「あと何人いる?」ホーマーの声は風にかき消されそうだった。手助けしてくれた男が首を振る。よく見ると、その男はハディだった。「スリックは? ほかの作業員たちは?」

「わからない」ハディは声を詰まらせた。「吹き飛ばされたり、溺れたりしたんだと思う」

「わかった。座っていろ」ホーマーがいうと、ハディはよろけながら客車に入っていった。

身をのりだし、ほかにも生存者がいないか目をこらす。強風にさらされて、目が痛い。何度もこすらないとなにも見えない。もうだれも来ないと判断すると、ランプを振った。列車は北に向かって動きだした。ところが、何メートルも行かないうちに止まってしまった。外に身をのりだして前を見ると、有蓋車が脱線していた。もう動かしようがない。

女たちが激しく泣きはじめた。男たちの泣き声も加わる。赤ん坊が火のついたように泣き、子どもたちも声をあげる。「泣くな!」ホーマーは怒鳴ったが、すぐに後悔した。

避難してきた人々は、恐怖に満ちた目で東の空を見ている。ホーマーは窓に顔を押しあてた。目に入ったものがなんなのか、すぐには理解できなかった。高さ二十メートルはあろうかという水の壁が、列車めがけて進んでくる。

どうすることもできない。お手あげだ。全世界の人々の運命を決めるのは万能の神だろうか、それとも宿命だろうか。いや、ほかのどんなものでも同じことだ。いまはその力に屈するしかない。ホーマーは座席に座り、高波が来るのを待った。高波は列車の横腹を叩いて転がした。黒い水が流れこむ。ホーマーははずれたシートの下敷きになった。壊れた座席に手をかけて、狭いところから這いだした。閃光《せんこう》が走ったとき、客車がばらばらに壊れているのがわかった。

女性の死体が流れてくる。開いた目がホーマーを責めている。赤ん坊の死体がそのあとを流れていく。すまなかったといってやりたかった。できるだけのことはしたんだよ、と。死体はどんどん流されて、渦巻く水の中に消えていった。情けないことに、ホーマーはほっとしていた。

上と思われるほうをめざして水をかき、ようやく水面に顔を出した。しかし、風と波が容赦なく襲ってくる。息ができない。巨大な力が水をかきまわし、ホーマーのまわりに渦巻きを作っている。その力に体を押しあげられて、ほんの一瞬、まわりを見わたすことができた。客車も貨車も流されてしまった。四四七号蒸気機関車とその下の線路だけが、動くことなくたたずんでいる。

強風がホーマーをとらえて、再び水の中に押しこんだ。ホーマーはしばらくもがいていたが、とうとう力尽きて、水に体をゆだねた。なかばほっとするような気持ちで、波の下に沈んでいった。

そのとき、アルバートがやってきたかと思うと、すぐそばで方向転換した。どうしてアルバートがここに？　理由はわからないが、アルバートが泳ぐのを見るのは楽しかった。そのまわりを、死体や死体の一部が流れていく。しばらくすると、あれはアルバートじゃないのかもしれないと思うようになった。この世に存在しないもの。それでいて、いままでもこれからもずっとそばにいてくれるもの。

アルバート、またはアルバートに似たものは、ホーマーのそんな思いに気がついたのか、こっちにおいでというように尻尾を振って、どこかへ向かって泳ぎだした。ときどき振りかえって、ホーマーがついてきているかどうか確かめている。ホーマーはそのあとについて泳いでいった。やがて水面に出た。息を切らし、海水を吐きだして、アルバートにつかまった。

しかし、それはアルバートではなかった。

丸太だった。大きな流木だ。大きな木の枝が折れて流れてきたのだろう。両手で抱きつくのにちょうどいい太さだった。ホーマーは流木に抱きついた。風のうなりと海の叫びがきこえる。人々が悲鳴をあげている。

42

何時間たっただろう。ハリケーンが通りすぎたあと、ホーマーは頭を上げた。体は仰向けになっていた。じゅくじゅくしていやなにおいの泥と腐臭のしみついた草が、地面を覆っている。肘をついて体を起こし、周囲を見まわした。まるで戦場だ。残骸と化したマテカム駅のまわりに、さまざまなものの破片が散らばっている。

膝立ちになり、列車をさがした。しかしどこにも見えない。やっとのことで立ちあがったものの、深さ三十センチもあるぬかるみに足が埋まっていた。シャツはどこかへ行ってしまった。靴もない。靴下が片方だけ残っていた。ぬかるみに埋まりながらのろのろ歩いていくと、線路の盛り土があったらしい場所にたどりついた。いまやすっかり泥に覆われ、線路も枕木もなくなっている。「ぼくはどうして生きているんだろう」声に出してみたが、だれも答えてくれない。エルシーのことを思った。嵐がマイアミを襲っていないといいのだが。あとは自分のことだけを考えた。どうしたらここから無事に帰れるだろう。

盛り土の近くにブーツが一足落ちていた。履いてみると、ぴったりだった。どうしてこんなところに、サイズがぴったりのブーツが左右揃って落ちているんだろう。線路はすっかり流されてしまっているというのに。不思議に思いながらそれを履くと、空を見あげた。黒い雲が慌てて逃げていく。人を見つけよう。そう決めて歩きだした。何万枚もの板が転がっている。釘が突きでている。先がぎざぎざになった電線を巻いたものもあちこちに転がっている。慎重に足を運んで、盛り土の跡の上を歩きつづけた。まもなく、横転した一輌目の客車が見えた。割れた窓から泥がのぞいている。死体がひとつ見つかった。ひとつだけではなかった。たくさんの死体が待っていた。

生きている人はいないだろうか。ホーマーは死体のあいだを歩きまわって生存者をさがした。客車の中まで入ってさがしたが、見つかるのは死体ばかり。顔は見ないようにした。とくに子どもの死に顔は見たくない。それでも、どうしても目に入ってしまうものもあった。六歳ぐらいの女の子が車輌の上に横たわっていた。父親か母親がそこに押しあげたのだろう。女の子は目をあけて、空を見ていた。空は雲がどんどん消えて、コマドリの卵みたいな穢《けが》れのない青さを取り戻しつつある。

蒸気機関車のところまでやってきた。運転席によじのぼると、ヘイクラフトが床に座っていた。目を閉じている。機関助手のジャックもそこにいるが、深くうなだれている。「生きてるのか?」ホーマーは声をかけた。

ヘイクラフトの目があいて、ジャックの頭が上がった。「ホーマー! 生きてたのか!」ヘイクラフトが声をあげた。「溺れ死んだとばかり思ってた」不思議そうにいう。「どうやって生き延びたんだ?」

「わからない」ホーマーは答えた。片足を上げる。「それに、このブーツ。たまたま見つけたのが、サイズがぴったりなんだ。どうしてなのかわからない。それよりきみたちこそ、どうしてここに座っていられたんだ? ほかの車輛はみんな流されたのに」

「四四七号は、ほかの車輛の十倍重いんだ」ヘイクラフトが説明した。濁った水をホーマーに差しだすと、ため息をついた。「しかし、これでもう引退だろうな」

「どうして?」ホーマーは生ぬるい水をごくごく飲んだ。しっかり蓋を閉めてあったはずの瓶にも海水が入ったらしい。「線路は引きなおすんじゃないか?」

ヘイクラフトはかぶりを振った。「いや、そもそもここに鉄道を引いたのが間違いだったんだ。それを手がけたのはヘンリー・モリソン・フラグラー。実業家のジョン・D・ロックフェラーの仲間で、金はあるけどセンスがなかった。もう亡くなって、いまじゃみんなに愛されてるけどね。ああいうガッツのある企業家はほかにいない。つまり、おれたちみんな、これで失業ってわけだ」

「で、これからどうする？」

　ヘイクラフトは肩をすくめた。「どうしようもない。鉄道会社が救援を派遣してくれるのを待つだけだな。何日かかかるだろう」

「生存者をさがすよ」ホーマーはいった。

「まあ、好きにしろ」ヘイクラフトはまた肩をすくめた。「だれか見つけたら大声で呼んでくれ。すぐ駆けつける」

　ホーマーは運転室を出て、機関車のまわりの破片を取りのぞいた。そのうち、死体の腐臭が漂ってきた。水際まで行ってみると、驚いたことに小型船がいた。錨をおろしてそこに停泊しているらしい。さらに驚いたことに、乗っている三人の男のうち、ひとりはアーネスト・ヘミングウェイだった。

　ヘミングウェイが手を振っている。ホーマーも振り返した。「こんにちは、ヘミングウェイさん！　ホーマーです。先日は食事をごちそうさまでした」

「ああ、おぼえているよ」ヘミングウェイが大声で答える。「ここでなにをしている？」

　ホーマーはうしろを指さした。「土木作業員を助けに来たんですが、嵐でやられました」

「それで到着が遅れたのか。どうしてもっと早く来なかった？」

「できるだけ急いで来たんですが」

「兵士の扱いなんていつもそんなもんだ。いつだってあとまわしだ。連邦の役人たちにこの光景を見せてやりたい。マングローブの木々に引っかかった死体。この腐臭。大戦のときと同じだ。あのにおいだけは二度と嗅ぎたくないと思っていたんだが。戦争をはじめる金持ち連中が許せん。いまこうしているあいだにも、ヨーロッパでは武器や兵器が作られていて、そのうちわれわれも巻きこまれる。ああ、間違いない。政府のやつらは弱者を戦場に送って、あとは知らんぷりだ。いつだってそうだ。見ろ、この死体を。いったいだれのせいで溺れたと思う？　その責めをだれが負うと思う？」

ホーマーは圧倒されて、まともに答えることができなかった。「さあ、わかりません。機関士がいってました。この鉄道もこれで終わりだろうと」

ヘミングウェイは両手を腰にあてた。「そうだろうな」

「北へ行くんですか？　乗せていってもらえませんか」

「少し北へ行くが、すぐ折り返してくる。きみを引きとめることになってはいけない。きっと助けが来るから、辛抱強く待つがいい」

「はい」

「わたしは共和党なんだ」ヘミングウェイは唐突にいった。なにがいいたいのか、ホーマーにはわからなかった。

そのとき、砂地を歩いてくる足音がきこえた。ホーマーは驚いたが、ふたりの顔を見て、やっぱり、と思った。スリックとハディだ。ふたりともぼろを着て、顔は砂でこすったようにざらざらになっている。「おまえたち、どうして助かったんだ？」ホーマーはきいた。

「憎まれっ子世に憚《はばか》るってやつでさ」スリックは両手をメガホンにして、船に呼びかけた。「ヘムさん、おれだよ、スリックだ！〈スロッピー・ジョー〉でいっしょに飲んだのをおぼえてるかい？ ハディもいる。なあ、乗せてくんないか」

「ちょっと北へ行くが、すぐキー・ウェストに戻るぞ」

「おあつらえむきだ」スリックは海に飛びこみ、船に向かって泳ぎはじめた。ハディもあとに続き、やがてふたりとも船に乗りこんだ。驚いたことに、ヘミングウェイはアイスボックスからビールを出してふたりに渡した。錨をあげ、船の向きを変えると、北に向かって進んでいった。

両手を思い切り振って大声で叫び、どうしても乗せていってほしいと頼んでみようか。ホーマーは一瞬そう思ったが、プライドが邪魔をした。代々受け継がれてきた炭鉱夫の魂も、そんな甘えは許さない。船が小さな点になるまで見送ると、四四七号機関車に戻った。あとは待つだけだ。ぼろのシャツを見つけた。においを嗅いでみて、それほどひどくないのを確認すると、顔に巻きつけた。猛烈な日差しのもとで広がりはじめた腐臭を少しでも遠ざけたかった。


三日後、鉄道会社のチャーター船がやってきた。そのときにはもう、おそろしい死臭が三人の服や髪だけでなく皮膚にまでしみこんでいた。船に乗ると、三人は恥も外聞も忘れて全身素っ裸になり、着ていたものを海に投げ捨てた。それから石鹸をひとりひとつずつ持って海に飛びこみ、全身を洗った。それがすむとようやく、三人は温かく迎えられ、古着のつなぎを与えられた。

それからさらに二日後、ホーマーは裸足のままヒッチハイクでノース・マイアミのホテルに戻り、エルシーと再会することができた。エルシーとしばらく抱き合ったあと、アルバートの頭をなで、助けてくれてありがとうといった。あれが夢だったとしても、助かったのはアルバートのおかげだ。エルシーの反応は予想どおりだった。ほっとして泣いたり騒いだりせず、平然としている。鉱夫の妻とはこういうものだ。いつも最悪の事態を覚悟して、それを免れたからといって、いちいち泣いてはいられない。大切なのは泣くことではない。なにがあっても生きていくことだ。

その日、ホーマーとエルシーは向かい合って椅子に座り、見つめ合った。しばらくして、ホーマーが両手を出すと、エルシーがそれを握った。「これからも鉄道会社で働くの?」エルシーはきいた。

「鉄道はもうないよ、エルシー。なくなったんだ」

エルシーはホーマーの目をのぞきこんだ。「なにがあったの? 全部きかせて」

ホーマーはすべてを話し、最後にこういった。「ハリケーンの中、アルバートが助けに来てくれたと本気で思ったんだ」

「あの子は体も心もとてもたくましいから」エルシーはそういって夫の手を握る手に力をこめた。

「本当にそうだったのかも」

「アルバートをフロリダへ連れていきたいとキャプテン・レアードに話したとき、こういわれたんだ。この旅は、人生の意味を知る旅になるだろうと。だが、逆だった。大きな謎ができただけだ。この謎はいつ解けるのかわからない」

「人生ってそういうものなのかも。謎の連続。なんでもわかったような気になってるけど、なんにもわかってないんだわ」

「もしかしたら、アルバートにはわかってるのかもしれない。雄鶏もね。人生の意味や、人生がなんのためにあるのかわかっていて、それを話すことができないから、ぼくらに見せてくれているんだ」

「人間って、そんなことにも気づかないし、注意を払おうともしないのよね」

「神様のちょっとした冗談かもしれないな」

「いいえ、大きな冗談よ」

哲学とは、語る人間のエネルギーを奪う。ふたりは疲れて無口になった。その夜はぐっすり眠り、翌朝、ビュイックに荷物を詰めこむと、たったひとつの方角――北に向けて走りだした。

運転しながら、ホーマーは空気がすっと軽くなったような気がしていた。なにかの意図を持ってまわりに漂っていたものがすべて砕け散って消えた、そんな感じがする。日は出ているのに、ビュイックは闇に包まれている。ホーマーとエルシーの見たいものはいつまでも見えてこない。それが当然だとふたりにはわかっていた。ふたりが見たいのは、嵐の前に抱いていた将来の展望なのだ。時計の針を逆に回したい。めくったカレンダーを元に戻したい。何十億とおりもの順列や組み合わせがちょっと狂っていたら、ハリケーンはフロリダ半島南端ではなく、どこか別の場所を襲っていたかもしれないし、あるいは、ちょっと雨や風が強くなっただけで素通りしたのかもしれない。

しかし、時を戻すことはできない。嵐は襲うべくして襲ったのであり、だれの力をもってしても、その事実を変えることはできない。できるのは、嵐がもたらしたものを受けとることだけ。ふたりが受けとったのは夢の終わりだった。

「宿命ね」

エルシーの声がきこえたが、ホーマーは黙っていた。エルシーのいうとおりだ。ハリケーンに名前はつけられなかったが、名前をつけるなら〝宿命《キスメット》〟がぴったりだ。破壊者キスメット。拷問者キスメット。殺人者キスメット。暗殺者キスメット。盗賊キスメット。解体者キスメット。この世に正しくて神聖なるものがあったとしたら、それをすべて奪っていった、ハリケーン・キスメット。

ふと思いついて、ホーマーはシルバー・スプリングズ・ロードに車を入れた。ターザンの映画を作っていた人々がまだそこにいるかどうか気になったのだ。しかしコテージは空き家になっていたし、セットも解体されていた。夏が終わり、公園のほとんどの部分が閉鎖されている。ところが、ワニボーイのチャックだけはまだ残っていた。チャックはふたりの話をきいて、アルバートを見た。「このワニくん、これからどうするんだい？」

ホーマーとエルシーは顔を見合わせてから、まだ決めていないと答えた。「そのうちもっと大きくなるし、女の子が気になりだすよ。幸せにしてやりたかったら、いい沼を見つけて放してやることだね」

「ここはだめ？」エルシーがきいた。

ワニボーイはかぶりを振った。「だめだね。でっかいボスワニがいるから、きっと殺されちゃうよ。新入りがうまくとけこめるような場所をさがしてやることだね。新しくできたばかりの湖とか。引退した年寄りが静かに暮らすような新しい町があるだろ。ああいうところには広いため池を作ったりするもんだ。そういうところをさがしてみなよ」

チャックは仕事に戻っていった。エルシーとホーマーは顔を見合わせた。にらみ合いを終わらせたのはエルシーだった。「コールウッドに帰るつもり？」

ホーマーはうなずいた。「キャプテン・レアードに電報を打って、また雇ってもらえるかどうかきいてみようと思う。家を貸してもらえるかどうかもきかないとな」

エルシーは両手で顔を覆い、うなずいた。顔を上げたときには納得した表情になっていた。「またあそこで暮らすなんて考えるのもいやだけど、あなたといっしょに帰るわ。なにがわたしわたしたちの人生を操っているのか知らないけど、どうやらコールウッドに帰れといわれているみたい。なにがわけがわからないけど、反抗するのにも疲れちゃった。キャプテンに電報を打ってちょうだい」

ホーマーは次の小さな町から電報を打った。脇道に車をとめて休んでいると、キャプテンから返事が来た。〝シゴトモイエモアル〟

「いいかい？　北に向かうよ」ホーマーはエルシーにいった。

「ええ。行きましょう」エルシーはうなだれた。

ホーマーはショックだった。エルシーはいまもまだ、コールウッドがそんなにいやなのか。しかし、気持ちはわかる。この旅が、ウェストヴァージニアに帰れとふたりにいっているのだ。違う場所で違うことをしようとしたのに、ハリケーンがわざわざやってきて、新しい生活をまるごと吹き飛ばしてくれた。

とにかくできるだけ北に行ってしまおう、とホーマーは思った。コールウッドへ帰るしかなくなればいい。真夜中ごろ、ジョージア州の看板が見えてきた。「止まって」エルシーがいった。抑えきれない涙を懸命にぬぐっている。

ホーマーは車をとめて、エルシーが落ち着くのを待った。次の言葉をきくのが怖かった。

「Uターンして」とうとうエルシーがいった。「アルバートをコールウッドに連れて帰るわけにはいかないわ。ワニボーイもそういってたでしょ。新しい場所を見つけてやらないと」

「どこでさがすんだい？」

エルシーはアルバートを振りかえり、手を伸ばして鼻先に触れた。アルバートは喜んで首を伸ばし、ヤーヤーヤーと声をあげてから、また眠りについた。エルシーはホーマーの顔を見た。

「ずっと行きたかった場所よ」小さな声でいう。「オーランド」

ぼくは六十歳、母は九十一歳。ぼくは『キーパーズ・サン』という本を出したばかりだった。吹きさらしの島で暮らす孤独な沿岸警備隊長の物語だ。喪失についての物語でもある。隊長の父親は灯台守で、妻と息子を亡くしている。つまり、隊長は母親と兄を亡くしている。そんな島へ、ある女性がやってくる。愛なんてもう見つからないと絶望した女性だ。一方、荒れた海を航行する船が次々に一隻のドイツの潜水艦によって沈められていた。その艦長は、あらゆる挫折を味わった人物だった。

「どうしてこういうことがわかるの?」母はサウスカロライナの家のソファに座り、本の表紙に手を置いていった。

「こういうことって?」

「生と死のことが書いてあるでしょ。あなたはまだ若いのに、どうしてそんなことがわかるのかと思って」

そこまでひよっこ扱いされて、黙ってはいられない。「父さんは死んだし、おじさんやおばさんもほとんど死んだ。友だちも何人か、ベトナムで亡くしてる。事故で死んだ友だちもいるよ」

母は肩をすくめた。「まだまだだよ。わたしくらい年寄りになると、まわりのみんなが死んでいくの。朝は寂しさで目をさまし、夜は寂しさを抱えて眠りにつくのよ」ハシバミ色の目に薄い霞がかかったように見えた。「この感覚は慣れるということがないの」

ふいに焦りを感じた。いまきかなければ、父と母が何十年もかけて語ってくれた物語の結末を知らないままになってしまうかもしれない。「母さん、アルバートが結局どうなったのか、まだ話してくれてないよね」

母ははっとしていった。「ええ、話すのがつらくてね」

「いやな話なの？」

母の表情が険しくなった。「話さないほうがいいかしら」

「さあ、どうだろう。母さん次第だよ」

「そうね。わたし次第」母はひとつ息をついた。「いつもそうだったわ」

第9部

アルバート、故郷に帰る

43

その夜はオーランドまで帰れなかった。まぶたをあけていられなくなったホーマーは、木立に車を寄せて休んだ。朝になってみると、それはオレンジの林だった。果実は夏のうちにすべて摘みとられていたが、木々そのものから甘くて爽やかな香りがする。ふたりは少し元気が出たように思った。

アルバートを木立の中に連れていって散歩をさせ、鶏肉を食べさせたあと、ふたりはハムサンドイッチとコーヒーの朝食をとった。コーヒーは鉱夫流。熱湯を注いだカップにコーヒーの粉を入れ、粉が沈むまで待ってから飲む。そして再び走りだした。雄鶏はホーマーの肩にのった。エルシーは涙を必死にこらえているようだ。もうすぐアルバートとお別れだと思うとつらくてたまらないのだろう。アルバートはこれまでよくやっていたように、窓から顔を出して景色を楽しんでいる。まもなくオーランドの市境を越えた。

オーランドの町を少し見ただけで、ホーマーはエルシーの気持ちがわかったような気がした。たしかに、とても美しい町だ。スペインふうの建築物が並び、ヤシの葉が揺れ、全体に平和な雰囲気が漂っている。人々は、服装や表情から察するにとても気さくで、豊かな暮らしをしている。

静かなダウンタウンをぐるっとまわっているうちに、エルシーは建物や道路をどんどん思い出していった。ホーマーに指示を出して、小さな湖のそばに置かれたこぢんまりとしたトレーラーハウスの前までやってきた。うしろにはヤシの木が何本か並んでいる。ここが、お金持ちのオーブリーおじさんの新しい住まいだ。

「お金持ちのオーブリーおじさんが、トレーラーハウスに？」

「素敵なトレーラーハウスなの。わたしがはじめてオーランドに来たとき、おじさんは大きなお屋敷に住んでたの。いまはここだけど」

オーブリーおじさんはすぐに出てきた。粋な感じの男性だった。麦わら帽をかぶり、ピンストライプのシャツに、ゆとりのあるチェックのニッカーボッカー。茶と白のオックスフォードシューズに、革の靴カバーをつけている。コメディアンのW・C・フィールズにちょっと似ているな、とホーマーは思った。

オーブリーはエルシーに会えて大喜びだった。ホーマーとアルバートと雄鶏に挨拶したあと、ピクニックテーブルを出した。いま飲み物を出すからといってトレーラーハウスに戻り、トレイを持って戻ってきた。レモネードの入った水差しと、グラスが三つのっている。「かわいい姪《めい》っ子は、どうしてフロリダにまたやってきた？　こんな立派な体格の旦那さんと結婚したのはどういういきさつだ？　機嫌のよさそうなワニと、好奇心旺盛な鶏と、めずらしい種類のビュイックと……いろいろ説明してもらおう」

エルシーは唇を震わせた。目に涙が浮かぶ。「こりゃあどうした？」オーブリーが尋ねる。

エルシーはレモネードをごくりと飲んで、話しはじめた。「わたし、アルバートを故郷に帰しに来たの。オーブリーおじさん、昔紹介した男の子のこと、おぼえてる？　ご両親がダンススタジオをやってた人」

「ああ、イブセンだな。あの夫婦のことはよく知ってる。息子はバディと呼ばれてた。いい家族だったな。息子も立派な若者だった。若者のあいだで流行《はや》ってるダンスを教えてくれといったら、ちょっと踊ってみせてくれたよ」

エルシーはうなずいた。「そう、あの人よ。あの人がわたしにアルバートをくれたの。結婚祝いに」

オーブリーは不思議そうに片方の眉を吊りあげた。「エルシー、おまえにくれたのか？　結婚祝いってのは、普通夫婦にくれるもんだろう？　おまえひとりへのプレゼントだったのか？」

「わたしはそう受けとったわ。とにかく、このとおり、とってもいい子に育ったの。でも、コールウッドにずっといても、アルバートは幸せになれない。それに……」エルシーは言葉を切り、ため息をついてから続けた。「わたしたち夫婦の生活も大切にしなきゃならないし。ねえ、アルバートはこの湖で暮らせないかしら」

オーブリーは首を横に振った。「いや、それは無理だな。この湖は土地開発業者が干潟に水を入れただけのものなんだ。ワニが暮らすには向いてない。ほかをさがしたほうがいいな」

ホーマーがいった。「エルシー、このあたりをもう少し車でまわってみないか。シルバー・スプリングズのワニボーイがいってたような新しい湖をさがしてみよう」

エルシーはすぐには答えなかった。アルバートに新しい住まいを見つけてやりたいという気持ちが、急に揺らぎだしたのだ。コールウッドで暮らせないこともないんじゃないの？

「エルシー、行っておいで」オーブリーがいった。「アルバートと雄鶏はわたしが見ていてやる」


ホーマーはレモネードを飲みながら、エルシーが考えをまとめるのを待った。何分かして、エルシーはいった。「さがすだけさがしてみる」

「それがいい」ホーマーは立ちあがり、ビュイックの助手席のドアをエルシーのためにあけてやった。

エルシーが乗りこむと、ホーマーは車を出した。まずは町へ出る。大きな家や木の並ぶ通りを走っていると、エルシーが目を丸くした。「ホーマー、止めて！」

ホーマーはいわれたとおりにした。エルシーは車をおりて、道路を歩いていた男性に駆けよった。若い男だった。背が高くて、脚がとても長く、三つ揃えのスーツを着ている。顔だちもいい。角張った顎、水色の瞳。すべてを合わせて考えると、答えは出た。エルシーが抱きついている男は、にっくきバディ・イブセンだ。

とてもかなわない。ホーマーはため息をつくと、車をおりてふたりに近づいていった。ふたりは恋人同士のようだった。バディの長い腕がエルシーの細いウエストにまわされ、エルシーは唇をバディの唇に押しつけている。体と体がさらに密着した。

バディが顔を上げて、だれだろうという目でホーマーを見た。エルシーから手を離す。エルシーは慌てた顔で呼吸を整えた。「バディ、ホーマーよ。ホーマー、こちらはバディ」

男同士で握手をした。「エルシーの夫です」ホーマーはいった。

バディはうれしそうに笑った。「いやあ、会えてうれしいな！　エルシー、どうして戻ってきたんだい？」

「エルシーは、あなたからの結婚祝いのプレゼントを故郷に帰しに来たんです」ホーマーは氷のように冷たい口調でいった。

バディは一瞬けげんな顔をしたが、すぐに表情が明るくなった。「ワニか！　あのワニ、本当にきみになついたのかい？　届く前に死んでしまうかと思ったんだが、生きててよかった。フロリダを思い出せるものをプレゼントしたくてね。かえって大変な思いをさせていたら申し訳ない」

ホーマーは知らないうちに怒っていた。「大変な思いだなんて、とんでもない。あなたのすばらしい贈り物のおかげで、ぼくたちは家を捨てて、銀行強盗にあい、密造酒の輸送に巻きこまれ、大西洋に放りだされ、ジャングル映画に出演させられ、ハリケーンに吹き飛ばされたんだ。大変な思いなんてちっともしてませんよ」

バディは目をぱちぱちさせていたが、やがてエルシーにいった。「ちょっとホーマーと話をさせてもらっていいか？」

エルシーはなにかいいたそうだったが、小さくうなずいた。バディはホーマーの腕を取り、少し離れたところに行った。「彼女からどんな話をきいてるんだ?」

「話なんかとくにきいてません。素敵なバディ・イブセンの話をするときの、彼女の目と声にすべてがあらわれてる」

「やっぱり誤解しているようだ。ホーマー、きいてくれ。ぼくとエルシーのあいだにはなにもない。いや、可能性だけはあったというべきかもしれない。ぼくはニューヨークやハリウッドをめざしていたから、彼女にきいたんだ。いっしょに来る気はないかと。彼女がなんて答えたと思う? ニューヨークもハリウッドも、自分が暮らす町じゃない、どちらも地に足をつけて暮らせる場所じゃない、というんだ。そして、ウェストヴァージニアに気になる人がいる、といいだした。ぼくとどこかに行く前に、その人の気持ちを確かめたいと」

ホーマーはびっくりした。「ぼくはエルシーが好きだった。そして彼女と結婚し、きみは彼女にアルバートを贈った。ああ、アルバートというのはワニの名前でね」

「アルバートか。いい名前だ」バディは小さく笑った。「しかし、ぼくはあのワニをエルシーだけに贈ったんじゃない。きみたちふたりに贈ったつもりだったんだよ。エルシーにフロリダを思い出してほしかったのは本当だが、ワニの贈り物を見て夫婦に笑ってほしかったんだ。たいていの人は、小さなワニを一週間か二週間かわいがって、あとはトイレに流してしまうものなんだが
……」首を横に振る。「エルシーはワニをかわいがってるのか」

「ぼくもだけど、コールウッドでワニを飼いつづけるわけにはいかない。そういう場所じゃないんだ。だからここまでやってきた。アルバートの故郷にね」

「じつは、ワニを買ったのはジョージア州のオケフェノキーなんだ。そこにワニの飼育場があってね。しかし、きみにはいやな思いをさせてしまった」バディは肩ごしにちらりと振りかえった。エルシーはこちらを見ている。「お詫《わ》びにできるだけのことをするよ。アルバートをどうしたらいいか、ぼくに考えさせてくれ」

ホーマーは真に受けていなかった。この俳優兼ダンサーが、本気でなにかしてくれるなんて思えない。礼だけはいって、妻のほうを見た。エルシーは首をかしげてこちらを見ている。あなたち、いったいなにを話し合ってるの？　そういいたそうな顔だ。

車でオーブリーのところに戻るとき、真っ先にエルシーが口にしたのが、その質問だった。

「男と男の話かな」ホーマーはそう答えた。

「男と男の話ってなによ」

「中国のお茶の値段とかね。たいした話じゃない」

「アルバートを連れてくればよかったわ。ちょっと離れてるだけで寂しくなっちゃった」

ホーマーはエルシーの気持ちがよくわかった。アルバートと雄鶏が後部座席に乗っていないだけで、妙に寂しい感じがするのだ。早くトレーラーハウスに戻ってワニと雄鶏を車に乗せ、エルシーといっしょに永遠にドライブしていたい。

しかし、そういうわけにはいかない。どんな旅にも終わりがあるし、この旅も例外ではない。問題は、どうやって終わらせるかということだ。

44

二日が過ぎた。エルシーは、夜はトレーラーハウスの小さなキッチンに敷いたマットレスで何度も寝返りを打って眠っていたが、それ以外の時間はずっと地面に置いた籐椅子《とういす》に座り、横にいるアルバートを見ながら、ため息をついたり、キッチン用の古いふきんで涙を拭いたり、濃いコーヒーを飲んだりしていた。どこにも出かけず、なにもせず、オーブリーやホーマーが話しかけてもろくに答えない。自分でもおかしいと思っていたが、なにかいえば、それを口実にアルバートと引き離されてしまうのではないか、そんな気がしていた。椅子でうとうとするときも、リードを強く握りしめていた。

三日目の夕方、オーブリーが籐椅子をもうひとつ持ってきて、エルシーの横に座った。ホーマーはアルバートを散歩に連れだした。干潟にためた浅い水で水浴びさせてやりたかった。「なあ、エルシー……」オーブリーは話しかけた。

エルシーは首を振った。「わたしのこと、ばかみたいって思ってるんでしょ。自分でもそう思うけど、ほかにどうしようもないの」草むらに立ってアルバートの水浴びを眺めているホーマーに目をやった。「アルバートはコールウッドでは暮らせない。わたしたちはコールウッドでしか暮らせない」

「なあ、エルシー。子どもを作ったらどうだ。ワニをこれだけかわいがれるんだ、きっといい母親になれる！　アルバートのことでこんなに悩むのは、そろそろ家族を作れっていう自然の教えなのかもしれないぞ」

エルシーはおじをにらみつけた。「これが自然の教えだっていうなら、自然となんか今後いっさいかかわらずに生きていくわ」

「神の教えといってもいい。わたしは神様のことはあまり知らない。牧師の説教をきいたり聖書を読んだりするくらいだ。あまりにも大きすぎて理解できないんだ。イスラエル人を砂漠で放浪させたとか、茂みを焼いたとか、地球に洪水を起こしたとか、たったひとりの息子を磔《はりつけ》にさせたとか。いったいなにがやりたかったんだろうと思ってしまう」オーブリーは両手を大きく広げた。「この世界を見てみろ。草原、空、空気、水、このトレーラーを作ってる金属も、いったいどこからやってきて、なにを形作っているのか。なにを形作ってきたのか。考えてみればすごいことだ。いままで起こってきたすべてのことが土台になって、いまこの瞬間がある。これこそキリスト教の予定説というやつなのかもな。すべてはなにかの本に書かれていて、わたしたちはみんな、その筋書きに従って生きていく」オーブリーは深く座りなおし、上着のポケットからウィスキーのフラスクを取りだして、ひと口飲んだ。「とにかく、子どもを作れ。それで元気になれる」

エルシーは首を横に振った。「わたしは元気になんかなれない。なにをしたって無駄よ」

オーブリーは微笑んだ。「そうかもしれない。だが、そうじゃないかもしれない。この世の中にはいろんな形の愛があふれている。それがおまえを癒してくれる。わたしたちみんなを癒してくれるんだよ」

エルシーは身をのりだして、おじの手を取った。「ごめんなさい、わたしにはなにをいっても無駄みたい。わたし、ちょっと眠るわ」

「眠っても問題は解決しないぞ、エルシー」

「そうね。でも、眠ってるあいだはこのことを考えずにすむわ」

アルバートを連れて戻ってきたホーマーは、オーブリーのそばに座った。アルバートが足元でくつろぎはじめた。「オーブリーおじさん、ちょっとききたいことがあるんです。エルシーは、こっちに住んでたとき、ぼくの話をしていましたか？」

「いつもしていたよ。名前は出さなかったがね。とても頭のいい、鮮やかな青い目をした男の子に高校で出会ったといっていた。いまは炭鉱夫になってしまった、わたしの嫌いな職業なのに、と」

「バディ・イブセンのことは？」

「わたしの知るかぎり、あのふたりはただの友だちだ。まあ、少しくらいはいちゃつくこともあったろうが、エルシーは気づいていたんだろうな。バディとの将来はないと」

「それならバディがいっていたとおりです。なのにどうしてエルシーは、バディのことをあきらめきれないんだろう」

オーブリーはよく考えてからいった。「バディのようなやつが——明るくて陽気でダンスがうまい、ああいうやつが、エルシーの理想だったんだろう。理想どおりの男があらわれたわけだ。だが、心の中にはいつもきみがいた」

ホーマーがその言葉の意味を噛みしめていると、ピックアップトラックがやってきて、トレーラーの前にとまった。「よう、オーブリー。ある男からうちに電話があって、あんたにメッセージを頼むとさ」

渡された紙切れは、実際はホーマーに宛てられたものだった。


次の朝、朝食をすませると、ホーマーはいった。「エルシー、ドライブに行かないか」

エルシーはなにかを警戒しているようだ。「どこに?」

「ちょっとそのへんを。前みたいにさ」

「わたしを騙そうとしてない?」

「騙す? 騙してなにをするんだい?」

「そのままコールウッドに行っちゃうとか」

ホーマーはやさしい笑みを浮かべた。「約束する、すぐ帰ってくる」かがんでアルバートの背中をなでた。「アルバート、おまえも来るか? 楽しいぞ」

アルバートはにかっと笑って、ヤーヤーヤーと答えた。まもなく、アルバートをたらいごとビュイックに乗せると、ホーマーが運転席に、雄鶏がホーマーの肩に、エルシーが助手席に乗った。

いつもの旅のスタイルだ。

オーランドのダウンタウンをドライブしたあと、ホーマーはビュイックのハンドルを切って、高級住宅地に入っていった。家のすべてが大邸宅だ。まるで公園のような場所の門の前に車をとめる。エルシーは驚いた。公園を取り囲む黄土色のスタッコ壁に、バディ・イブセンが寄りかかっている。白のスーツに白のシャツ。シンプルな麦わら帽をかぶっている。「バディ」エルシーはホーマーの顔を見た。「バディがいるのを知っててここに来たの?」

ホーマーは答えず、まっすぐ前を見ていた。バディが歩いてきて、助手席のドアをあけた。

「ようこそ。ここはオーランド・カントリークラブだ。ぼくも会員でね。中を案内してあげよう」

エルシーはホーマーを振りかえった。「ホーマー、あなたが計画したの?」

「まさか」ホーマーはようやくエルシーを振りかえった。「バディが計画したんだ。きみに話があるそうだ」

「アルバートも連れておいで」バディがいった。「仲良くなりたいんだ」

「エルシー、かまわないよ」ホーマーが声をかけた。「バディと話しておいで。話したいことがあるだろう?」

「え……ええ」

ホーマーは車をおりて、アルバートのたらいに車輪と持ち手をつけて、バディに任せた。エルシーを振りかえる。「ここで待ってるよ」アルバートの頭をなでた。「楽しんでおいで、相棒」

「アルバートのことを相棒なんて呼んでくれたの、はじめてね」

「もっと前からそう呼べばよかった」

エルシーはホーマーの表情を見て、本気でいっているのがわかった。ホーマーに微笑みかけたが、なんとなく釈然としなかった。

バディがさっと手を動かす。「こちらへ、エルシー」たらいの持ち手を引いた。「ようこそ、アルバート」

煉瓦敷きの歩道を歩いていくと、立派な白い建物があらわれた。屋根つきの玄関ポーチがあり、その下の地面はきれいに均《なら》されている。「きれいなところね」エルシーはいい、熱帯の花々の香りを吸いこんだ。さらに歩いていくと、色とりどりの花が咲く花壇がたくさんあった。ほかにもさまざまに趣向をこらした、立派な公園だ。「あれ、砂浜みたいね。どうしてこんなところに？」

「どうしてだと思う？」

「日光浴をするため？」

「ああ。アルバートもきっと気に入る。小さな池もあるだろう？　けっこう深くて、魚やカメもいるんだよ」

「本当？　そうね、アルバートも喜ぶわ」エルシーはいったが、ふと足を止めた。「あ、違う」

「いや、きっと喜ぶよ」

「そうじゃなくて、ここ……。砂とか池とか。わたしったらばかね。ここはゴルフ場なんだわ」

「そうだよ。管理人が父の親友なんだ。ぼくの友だちの友だちをここで世話してくれるならまとまった額の寄付をする、そう約束してあるんだ」

エルシーは首を振った。「ゴルフ場なのよね？」

「そうだよ。こっちにおいで」

ふたりは歩きつづけ、やがてとうとうバディが足を止めた。ほかの池より大きな池がある。

エルシーは池を見つめた。美しい池だった。青くてきらきらして、一部は鬱蒼としたピンオークの森に面している。そのほかの部分は、適度に間隔をおいて植えられたヤシの木に囲まれ、フェアウェイに面したところだけが広くあいている。近くに大きなバンカーがある。エルシーはアルバートを見て、次にバディの顔を見た。胃がしめつけられる。吐き気がしてきた。

「七番フェアウェイ。ここがアルバートの家だ」

「考えてみるわ」

「だめだ、エルシー。考える余地はない。ここに決めなきゃだめだ」バディはたらいの持ち手を放してアルバートのうしろにまわり、尻尾をつかんだ。アルバートはなんだろうという顔をしてうしろを振りかえった。「手を貸してくれ。アルバートを家に帰してやるんだろう？」

エルシーはアルバートの頭の横に膝をつき、両手で抱きついた。「できない」

「できるさ」

「アルバート、大好きよ」喉が詰まってそれしかいえなかった。

アルバートはうれしそうに笑い、ヤーヤーヤーといった。エルシーは前足の下を持った。バディといっしょにアルバートを持ちあげて、ゆるやかな坂をおりて水際まで行くと、アルバートをおろす。

アルバートは振りかえり、エルシーの顔を見あげた。まだ笑っている。今度はどんな楽しいことをして遊んでくれるの、ときいている。エルシーはその場に膝をついた。バディはたらいのところまで戻り、それを引いて、屋根つきポーチのある建物まで戻った。あれはゴルフ場のクラブハウスだったんだ、とエルシーはようやく気がついた。

エルシーは池を指さした。「アルバート、おうちに帰りなさい」声がかすれる。「おうちに帰ってちょうだい」

アルバートの顔から笑みが消えた。エルシーを見つめ、なんでだよというように鼻先をエルシーにこすりつける。エルシーはアルバートを押しやった。「だめ！　おうちに帰らなきゃ。ここがあなたのおうちなの。わかる？　水に入りなさい、アルバート」池を指さす。「さあ、早く！いつまでもママといっしょにはいられないのよ！」

アルバートは首をかしげた。なにか考えているようだ。池のほうを向き、おそるおそる足を踏みだした。振りかえる。エルシーが手を振った。「そうよ。池で泳ぎなさい。大丈夫よ、アルバート。ママはここにいるから。いなくなったりしないから」

アルバートは水に足を踏みいれ、地面を蹴った。尻尾を振って、すうっと泳ぎだす。

エルシーはバディの横を走りぬけ、クラブハウスを過ぎ、門の外に出た。ホーマーがビュイックに寄りかかり、雄鶏を抱いていた。エルシーは夫に抱きついた。ホーマーが受けとめる。雄鶏がばたばたと飛んで逃げた。「家に帰るわ。ホーマー、早く家に連れてって！」

エピローグ

こうして、ホーマーはエルシーを連れてコールウッドに帰ってきた。雄鶏はどこかに行ってしまった。どこに行ったのか、だれにもわからない。

アルバートについては……ちょっとした後日談がある。

ぼくが十代のころ、父がある新聞記事を見つけた。フロリダのゴルフ場で、女性ゴルファーが巨大なワニにびっくりしたという。フェアウェイのそばの池から突然出てきたので、女性は腰を抜かし、悲鳴をあげた。襲われると思ったのだ。しかしワニは女性を襲うどころか、女性の脚にすりよってきて、その場にひっくり返った。大きなおなかをなでてくれというようなしぐさだった。女性は立ちあがって逃げたが、この奇妙な話がニュースとなって全国に伝えられたというわけだ。記事によれば、ゴルフ場は池からワニを駆除する予定はない、クラブのペットと考えているから、とのことだった。

父は大声で母を呼んだ。「エルシー、アルバートの記事が出てるぞ！　アルバートの記事だぞ！」

返事がないので、ぼくはキッチンに行ってみた。母は食器を洗う手を止めて、窓の外の闇を見ていた。何百キロも離れたところを見ているかのようだった。母はそれからお皿を置いて、エプロンでゆっくり手を拭くと、リビングに行った。父は安楽椅子に座り、新聞を膝に置いていた。母が手を出すと、父が新聞を渡した。母はその記事を読み、思いがけないことをした。普段は父にべたべたしたりしない母が、父の膝に座って、抱きついたのだ。「ありがとう」

ぼくは父の反応を見て、さらに驚いた。父のあんな姿を見たのは、ぼくの人生でそのとき一度きりだ。

父は母の髪に顔をうずめて泣いていた。

その後

二〇〇九年十月、母は死の床についていた。がっかりしているのがよくわかった。母は九十七歳。前から百歳まで生きるんだといっていたが、医者から率直な診断をきかされ、また、めずらしく次男がそばをうろついていることから、百歳までは生きられないと悟ったらしい。ぼくは母を元気づけようと、ビーチまでドライブしようか、と誘ってみた。その言葉だけでも喜んでくれるんじゃないかと思った。砂と潮風とサウスカロライナの海が好きだからこそ、何年も前に岩だらけのウェストヴァージニアを出て、こっちに移り住んだのだから。しかし母はノーといった。

「行きたくないわ。ビーチはもういいの」

父は二十年前に亡くなっていた。炭鉱の空気を吸いつづけたせいで肺を悪くして、コールウッドを引き払って母のいる海沿いの家に移り住んだものの、それから何年もたたないうちに逝ってしまった。サウスカロライナでの生活は楽しそうだったが、ぼくには父の気持ちがよくわかっていた。父がそこに行ったのは、母を何十年もコールウッドに住まわせたことへの詫びの気持ちがあればこそで、そうでなければずっとコールウッドにいたかったのだと思う。

ぼくは椅子を引いてベッドに近づき、母の手を握った。弱々しい手だった。力強く握ったら粉々になってしまいそうだ。かつては働く女性の手だった。子どものころのぼくがいたずらをしていると、この手で襟足をつかまれて、お尻を二、三発叩かれたものだ。命の終焉《しゅうえん》を迎えつつある母の体は、華奢なガラス細工のようになってしまった。ちょっとでも傷をつけたらばらばらに壊れてしまうだろう。ビーチに行きたくないと母にいわれたとき、ぼくは思った。いよいよ最期のときが来た。

ベッドはリビングに移してあった。広い場所のほうが介護を受けやすいと思ったからだ。しかし、その必要はなかったかもしれない。母は介護を求めてはいなかった。まもなく、母は場所の感覚がなくなり、時間の感覚もなくなった。とうに亡くなった兄弟のチャーリーやケンやロバートやジョーに話しかけたり、両親に話しかけたりしていた。子どものころに亡くなった弟のヴィクターとも話していた。何年も前に死んだ犬や猫も出てきたらしい。わりと最近のペットで、母がとてもかわいがっていたキツネのパーキヤカーカスと、リスのチッパーも。介護の人たちからは、お母さんはアルバートっていう人のことをよく話していますよ、といわれた。ぼくは微笑んでいったものだ。「そうだろうね」

介護の人たちは、旦那さんの話は一度もきいたことがありませんよ、ともいっていた。ぼくはそのときも「そうだろうね」と答えた。母は、父が生きているうちに、話したいことをすべて話してしまったんだと思う。

最期のときが迫ってきた。母はときどき両手を上げて、なにかを持っているようなしぐさをした。看護師に手をおろされても、また上げる。「本を読んでいるの」読み終わると手をおろした。

母は自分の本を書いて、それを読んでいたんだと思う。ずっと作家になりたいと思っていたはずだから。

　これが最後のお見舞いになるだろうかと思いながら母のもとを訪れたとき、ぼくがベッドのそばに座っていると、母の呼吸が浅くなってきた。もうおしまいか、ぼくがそう思ったとき、母は目をあけてぼくを見た。「アルバートのことを話すのは楽しかったわ」

「あの話をきいて、なにより父さんのことがよくわかったような気がするよ。けど、母さん、あの話って、どこまでが本当なの？」

　母は深く息を吸って、小さく肩をすくめるようなしぐさをした。細い肩が白いシーツの上でかすかに動いた。「フロリダに行って、オーブリーおじさんの家の近くのゴルフ場にアルバートを放して、家に帰ってきたの」

「ほかのことだよ。父さんと母さんがしたっていう冒険」

「全部本当」母の声はききとりにくくなっていた。「そういうことにしておいて」

　ぼくは母の手を取った。温かい手がだんだん冷たくなっていく。そのとき、きこえた。たしかにきこえた。だれかの声。いや、なにかの声。ヤーヤーヤーという楽しそうな声。

「やあ、アルバート」ベッドに横たわる弱々しい女性を迎えてくれる永遠のときに向かって、ぼくは呼びかけた。「アルバート、きみのママがいまからそっちに行くからね」

旅に関連する写真集

本作は家族の物語であり、フィクションとノンフィクションを混ぜ合わせたものだ。ウェストヴァージニア州出身の両親からきいた話をもとに、それを、両親を取り囲んでいた山々のように大きくふくらませたものだ。どこまでが本当でどこまでが作り話なのか、それを知るためのヒントが、母が持っていた写真の中にありそうだ。母が亡くなったあと、いくつもの段ボール箱に入っていた写真の一部を紹介しておこう。

この本を書きおえたとき、編集者のケイト・ニンツェルが、旅に関係のありそうな写真をさがしてみてはどうかと提案してくれた。ぼくは母の持っていた箱をいくつも引っぱりだして、中を見た。残念なことに、母は、いっしょに写っている人の名前を書いておいてくれなかった。母を責めているのではない。他人が見たら意味がわからないような写真になんのメモもつけずに放っておいた、ぼくたち家族が悪いのだ。古い写真を見ていると、いらいらが募った。母にとってはだいじな写真だから、何十年も取っておいたんだろうに。どの写真を見ても、そこに写っている人々は——老いも若きも——ぼくを見つめて、こう語りかけてくる。わたしはきみのお母さんにとって大切な存在だったのに、その理由をきみは知らないんだね。顔を見ればわかる人もいる。

祖父母やおじ、おばなどだ。ぼくが生まれる前に亡くなったおじのヴィクターの顔は知らなかったが、母が裏に名前を書いておいてくれた数少ない写真の中に、ヴィクターの写真があった。

本書にも、母がヴィクターについて話す場面がある。母にとっては、何年たっても大切な存在だったし、ヴィクターの死は母の人生に大きな影響を与えたと思われる。それがわかっていても、ぼくは驚いた。炭鉱の町で亡くなった気の毒な少年の写真を、母はとてもたくさん持っていたのだ。いまこうして原稿を書いているときも、母はヴィクターを悼んでいるのではないか。母はヴィクターの話をぼくにも何度かしてくれた。生きていたら作家になっただろうといっていた。どうしてそう思ったのかはわからない。古い写真を見た人たちから、ぼくはヴィクターに似ているといわれることがある。母はたぶん、弟への夢を息子のぼくに託したのだろう。だとしたら、母が長生きしてくれてよかった。ぼくが本当に作家になって本を何冊も出版するのを、母に見せることができたからだ。ぼくはこの人生でいろんなことをやってきたが、その中で母をいちばん喜ばせたのは、作家として成功したことだったに違いない。

古い写真を引っぱりだしてきた目的のひとつは、アルバートの写真をさがすことだった。母の変わったペットの写真はいろいろ見つかった。キツネのパーキヤカーカスや、リスのチッパー。これなら望みがある、ワニのアルバートの写真もあるかもしれない、と思ったが、残念ながら、ワニの写真は見つからなかった。しかし、アルバートをしのばせてくれるものならあった。ワニが本当にいたんだと思わせてくれる写真だ。両親が一九三〇年代から四〇年代にかけて住んでいた社宅で撮ったもので、猫（あるいはキツネのパーキヤカーカスかもしれない）がコンクリートの池で水を飲んでいる。炭鉱会社の社宅は庭つきだったが、池までは作ってくれなかったはずだ。ちゃんとした池を作ればお金がかかる。理由もなくそんな馬鹿げたことはしないだろう。そもそも社宅は、鉱夫がそこで働いているあいだだけ提供されるものだから、池なんか作る必要はない。ぼくが子どものころにもその池はあった。母がまわりに植物を植えてきれいにしていたのをおぼえている。当時のぼくには理由がわからなかったが、母はそれを〝ワニの池〟と呼んでいた。母がアルバートとの旅の話を語りはじめたとき、ようやくその理由がわかったのだ。

母の箱をあけて見ているうちに、オーランド時代の写真がたくさん出てきた。友だちやオーブリーおじさんが写っている。母は輝くばかりに美しく、幸せそうだ。コールウッドに住んでいた、いつも不機嫌で辛辣な女性とは別人のようだ。コールウッド時代の母がどんな人だったかは、ぼくの自伝『ロケットボーイズ』(映画タイトルは『遠い空の向こうに』)、『コールウッド・ウェイ』、『スカイ・オブ・ストーン』に書いてある。母は、オーランドで奔放に暮らしていた日々のことを一生忘れられず、あのころに戻りたいと思いつづけていたのだろう。おもしろく魅力的で脚の長い青年といっしょに踊ったなつかしい日々に。

若いころの父の写真を見ると、思慮深くてまじめな青年だったんだろうなと思う。ぼくの知っている父のイメージそのものだ。これまで長い年月をかけて、また、ほかの本の中でも、ぼくは父の本当の姿をさぐろうとしてきた。どうしてああいう人になったのかを知りたかった。タフで他人に厳しい父は、母にだけは、ときに気難しくて手に負えなくなる妻にだけは、辛抱強くやさしく接していた。さまざまな苦難に出会いながらも、それを身につけた体力と知性で乗り越えてきた父。そうした苦難のひとつ——晩年までずっと持てあましてきた苦難の元は、エルシー・ガードナー・ラヴェンダーだったに違いない。

両親の旅の話にカメラのことは出てこない。しかし、この物語と年代が合致する写真が二枚あった。一枚は母の写真。裏に「KWの庭、一九三五年」とある。キー・ウェストのヘミングウェイ宅の庭ではないだろうか。きっとポーリーン・ヘミングウェイが撮って送ってくれたものだろう。やさしくて感じのいい女性だったようだ。もう一枚には「Sスプリングズ」とある。父がヘルメット帽を持って、ガラス底のボートらしきものの前に立っている写真だ。フロリダのシルバー・スプリングズだろうか。旅の途中で撮ったとしたら、ヘルメット帽はワニボーイのものかもしれない。いまとなっては確かめようもない。ぼくにいえるのは、ぼく自身がそう信じているということだ。ここに紹介する写真はすべて、アルバートを故郷に帰す旅と関係がある。その旅によって、ホーマー・ヒッカムとエルシー・ヒッカムの心の中に、愛という奇妙で驚くべき感情が生まれたのだ。

エルシー。ウェストヴァージニア州の高校を卒業してフロリダ州のオーランドにバスでやってきたばかり。お金持ちのオーブリーおじさんの家で暮らし、このあとまもなくバディ・イブセンに出会って恋に落ちる。

ホーマー。裏に「Sスプリングズ」とあることから、シルバー・スプリングズのガラス底のボートではないかと思われる。ということは、ホーマーとエルシーは本当に映画に出演したのだろうか。手にしているのはヘルメット帽。ワニボーイのものだろうか。

エルシー。おめかしをして、高級車のステップに座っているところ。オーランドの〝バディ〟時代。このあとまもなくバディはフロリダを離れ、エルシーはウェストヴァージニアに戻ってホーマーと結婚する。

エルシーのお金持ちのオーブリーおじさん。いっしょに写っている友だちはだれだかわからない。大恐慌のあともいくらかの資産は残っていたので、オーランドの高級なゴルフ場でゴルフをすることはできたという。

エルシーが裏にメモを残した数少ない写真のうちの1枚。「オーブリー・ボールディンおじさん」とある。母の母方のおじで、めずらしく妹（母の母）を訪ねたときのものと思われる。うしろに写っている山がフロリダの山ではない。それにしても、なんておしゃれな人だろう！

これもオーブリーおじさん。エルシーの母を訪ねたときの写真。炭鉱の町で撮った写真ではないので、旅の途中で撮ったものだろう。こうして訪ねてきたときに、コールウッドを出てフロリダで暮らさないかとエルシーを誘ったようだ。

ヴィクター・リー・ラヴェンダー、エルシーの弟。6歳のときに熱病で死んだ。おそらくインフルエンザをこじらせて肺炎になったのだろう。エルシーは生涯この弟の死を嘆いていた。生きていたら作家になったはず、と信じていた。そのためか、次男が作家になったのをとても喜んでいた。

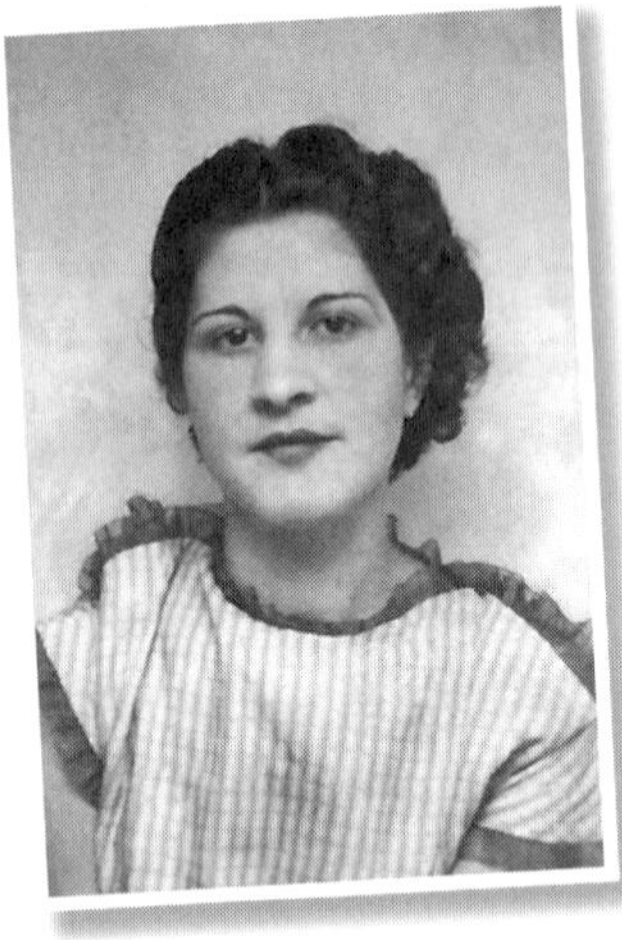

エルシー・ヒッカム。おそらく1930年代はじめころ、フロリダ州オーランドで撮ったもの。エルシーは秘書養成学校に通いながら、ダイナーでウェイトレスをしていた。

ホーマー・ヒッカム（筆者の父）。1929年、高校卒業時の写真と思われる。家族が大金をはたいてカラー写真を注文したのだろう。この鮮やかな青い目のせいで、エルシーがホーマーに一目惚れしたのだ。

ウェストヴァージニア州コールウッドにて。1949年ごろ。むかって左が兄のジム、右がホーマー・ジュニア、通称サニー。ジムは迎えたばかりの小犬を抱いている。右うしろにみえるのが、エルシーが〝ワニの池〟と呼んでいた池。エルシーの父親がアルバートのために作ったものだ。

ウェストヴァージニア州コールウッドにて。1940年ごろ。猫（エルシーの飼っていたキツネかもしれない）がワニの池の水を飲んでいる。家も庭も炭鉱のものだったので、エルシーの父親がアルバートのためにこの池を作った。

裏に「KWの庭、1935年」と書いてある。キー・ウェストで撮ったものだろうか。ヘミングウェイの家を訪れたときのものかもしれない。

エルシーとお金持ちのオーブリーおじさん。オーランドで楽しく暮らしていたころの写真だ。このあとまもなくエルシーはウェストヴァージニア州に帰る。

1950年代の写真。1930年代にエルシーとホーマーが住み、アルバートを飼っていた家。もとは寄宿舎だったが、会社が二世帯用の住宅に作り替えた。むかって右側がヒッカム家だった。フェンスのそばの大きな木のところにワニの池があった。エルシーとホーマーがほかの家に引っ越したあと、会社が池を埋めてしまった。

エルシー。オーランドの近くの湖のほとりでくつろいでいる。エルシーは一生、このころのことを思い出して暮らすことになる。

謝辞

ウェストヴァージニア州コールウッドは炭鉱の町だが、強い絆で結ばれた家族の産地でもある。ぼくはそういう家族の一員だったことを幸せに思っている。父のホーマー・ヒッカム、母のエルシー・ラヴェンダー・ヒッカムという、じつにおもしろい人たちのもとに生まれてラッキーだった。育ててもらい、教育を授けてもらっただけでなく、おもしろい物語まできかせてもらって、この本を書くことができたのだから。

アルバートの旅の物語を書くことができたのは、優秀なエージェントであるフランク・ワイマンの励ましがあってこそだ。こんな作品はどうだろうと彼に話したとき、ありえないといわれるだろうと覚悟していた。しかし彼はいった。書くべきだ、それもいますぐに、と。

ケイト・ニンツェルのサポートも、この作品にはなくてはならないものだった。ウィリアム・モローのすばらしい編集者だ。自分の作品であるかのように真摯に取り組んでくれた。作品の大部分は、彼女の洞察力や提案によってできあがったといっていい。ケイトがほかの仕事で忙しいときには、編集者のマルゴー・ヴァイスマンがぼくとアルバートの後押しをしてくれた。

ラッキーなことに、ぼくはいま、強い絆で結ばれた別の家族の一員になっている。すなわち、ハーパーコリンズ社だ。リストに漏れがないことを祈りつつ、次のみなさんに感謝の気持ちを伝えたい。発行人であるリエイト・ステリクとリン・グレイディ、マーケティング部長のジェニファー・ハート、マーケティング担当のケイトリン・ハリー、広報のケイトリン・ケネディ、海外事業部のジュリエット・シャプランド、表紙デザインのアダム・ジョンソン、図書館マーケティングのヴァージニア・スタンリー、プロダクション・エディターのトリシア・ワイガル、そのほか、この偉大な出版ファミリーのメンバーであるみなさん、どうもありがとう。

妻のリンダ・テリー・ヒッカムは、最初の読者であり、常によきアドバイザーでいてくれる。実物大のワニのぬいぐるみも見つけてきてくれた。ぼくたち夫婦はそれを車の後部座席に乗せてドライブして、アルバートはどんなふうに旅をしたんだろうと想像したものだ。雄鶏のぬいぐるみはなかった。妻がいうには、どうして雄鶏が旅に同行したのかわからないからとのこと。ぼくにもそれはわからないが、雄鶏がいたことはたしかで、それだけでじゅうぶんだと思う。

訳者あとがき

「ホーマー、ズボンはどうしたの？」

ホーマーは質問には答えなかった。

「ぼくかワニか、どっちかを選んでくれ」

主人公ふたりのこんなやりとりで、この物語は幕を開ける。若い夫婦の争点は、「ワニ」。ワニは二歳で、名前はアルバート。妻のエルシーにいわせると、世界一ハンサムなワニで、猫や犬の何倍もかわいいペットだ。頭がよくて、犬みたいにあとをついてくるし、エルシーが座るソファによじ登って、猫みたいに甘えてきたりもする。うれしいときは、にかっと笑って「ヤーヤーヤー」と声をあげる。エルシーの膝にのってひっくり返り、クリーム色のおなかをなでてもらうのが大好きだというから、かわいいペットには違いないだろう。

ただ問題なのは、体長が一メートル二十センチ以上あって、まだ成長の途中だということと、バスルームで飼っているということだ。夫のホーマーは、トイレを使うのも命がけだ。だから、

「便座に座ってたら、きみのワニがバスタブから出てきて、ぼくのズボンに手をかけたんだ。ズボンから脚を抜いて逃げてこなかったら、間違いなく食べられてた」

「アルバートがあなたを食べるつもりなら、もうとっくに食べてるわよ」

というやりとりになってしまう。

しかし、若夫婦のワニをめぐる争いの裏にはもうひとつ問題がある。じつは、このアルバート、エルシーが今でも憧れている、かつてのボーイフレンドからの結婚祝いなのだ。ただし、送られてきたときはまだ手のりサイズで、靴の箱に入っていた。

というわけで、夫たるホーマーの気持ちはかなり微妙なのだ。

やがて、ふたりのいさかいは、アルバートを故郷に戻してやろうということで、意見の一致をみる……のだが、アルバートの故郷はフロリダ州オーランド。夫婦の暮らすウェストヴァージニア州の炭鉱町からは千キロ以上離れている。

エルシーにいわせれば、「千キロだって一万キロだって、わたしはかまわない」のだが、ホーマーには仕事がある。そこで上司に相談してみたところ、それは宿命だから行くしかない、といわれてしまう。さらに「二週間の休暇をやろう。会社から旅費も貸してやる。百ドルだ」とまでいわれれば、もう断れない。書き忘れたが、時代は一九三五年、大恐慌が起こった六年後だ。

こうして、ふたりはビュイックの後部座席に大きなたらいを据えつけてアルバートを入れ、オーランドめざして出発する。

エルシーにはひそかな目論見があった。黒く煤けた炭鉱の町での生活は、もううんざりだ。どこかよその場所で——できればフロリダで——暮らさないかと、旅に出ているあいだにホーマーを説得してやろう。しかしホーマーのほうは、さっさとアルバートをオーランドに帰して、なるべく早く炭鉱の町に戻るつもりだった。自分は根っからの鉱夫だから、よそで暮らすなんてありえない。

前途多難を絵に描いたような、ふたりの、いや、ワニを入れて三人の旅は、最初から最後まで波瀾《はらん》万丈。豚との死闘、銀行強盗との遭遇、靴下工場の労働争議でのひと悶着、「運び屋」とのロマンスなどなど、さまざまな事件、事故、脱線、行き違い、勘違いが相次いで、なかなか目的地にたどりつけない。

ホーマーは野球選手になったり、ターザンになったり、漁師になったりする。エルシーは看護師になったり、宿屋の女主人になったり、大金持ちになりかけたり。夫婦はそのほかにも、ジョン・スタインベックに出会っていっしょに旅をしたり、アーネスト・ヘミングウェイの自宅に招かれたりといった経験もする。

いったい、ふたりはアルバートを故郷オーランドに連れていくことができるのか。ホーマーは無事、炭鉱の町に戻ることができるのか。それとも、エルシーがホーマーを説得してどこかに落ち着くことになるのか。そうしたらアルバートはどうなるのか……。

ここまで書いてきて、名脇役のニワトリについて書き忘れてしまったことに気がついた。もしこのニワトリがいなかったら、この小説のおもしろさは半減してしまうというのに。……まあ、ここではその存在を紹介するにとどめて、読者のみなさんには物語の中でその魅力を味わっていただくとしよう。

ところで、この作品は「実話」との触れこみだが、夫婦とワニとニワトリの旅が波瀾万丈すぎて、いったいどこからどこまでが実話なのかわからない。しかし、読んでいると、あまりにおもしろくて、そんなことはどうでもよくなってくる。気になる方は、本書のエピローグの次の「その後」を読んでみてほしい。
それにしても、二十一世紀になって、これ以上おもしろい小説は書かれていないのではないか。そんなふうに思えてくる傑作だ。

作者のホーマー・ヒッカムは一九四三年生まれ。ウェストヴァージニア州コールウッドで生まれ育ち、ベトナム戦争を経験したあと、執筆活動をはじめた。だがそれだけではない。一九七一年からはＮＡＳＡの技術者として、宇宙船の設計や宇宙飛行士のトレーニングに携わったという。しかしなんといっても彼を有名にしたのは、二作目の小説“Rocket Boys”（邦題『ロケットボーイズ』）だ。宇宙に憧れてロケット作りに励んだ青春時代を描いた自伝で、出版と同時に大ベストセラーになり、映画にもなった。そして本書は、作者の両親の新婚時代を描いた作品だ。一九三〇年代のアメリカの風景と社会情勢をかいまみながら、破天荒な旅の物語を楽しんでいただきたい。

最後になりましたが、こんな素敵な本を紹介してくださった編集者の松下梨沙さん、細かい質問に丁寧に答えてくださった作者のホーマー・ヒッカムさんに心からの感謝を。

二〇一六年六月二十日

金原瑞人　西田佳子

著者紹介

◆◆

ホーマー・ヒッカム

HOMER HICKAM

自叙伝『ロケットボーイズ』（草思社）が映画化され、NYタイムズ紙のベストセラーリストでも1位を獲得した、ベストセラー作家。かつてベトナム戦争に従軍し、炭鉱での労働、スキューバダイビングのインストラクター、航空エンジニアなどさまざまな経験を経て今に至る。アラバマ州とヴァージン諸島に居を構える。

訳者紹介

◆◆

金原瑞人

MIZUHITO KANEHARA

岡山県出身。翻訳家、法政大学社会学部教授。シアラー『青空のむこう』（求龍堂）、ヴォネガット『国のない男』（NHK出版）をはじめ、450冊以上の翻訳を手がける。『翻訳家じゃなくてカレー屋になるはずだった』（牧野出版）などエッセイも。

西田佳子

YOSHIKO NISHIDA

愛知県出身。翻訳家。幅広いジャンルの翻訳を手がけ、おもな訳書にクロンビー〈警視キンケイドシリーズ〉（講談社）や、ラブ〈ミッシング・パーソンズシリーズ〉（理論社）などがある。

アルバート、故郷に帰る

両親と1匹のワニがぼくに教えてくれた、大切なこと

二〇一六年九月二十四日発行　第一刷

著　者　ホーマー・ヒッカム
訳　者　金原瑞人《かねはらみずひと》＋西田佳子《にしだよしこ》
発行人　グレアム・ジョウェット
発行所　株式会社ハーパーコリンズ・ジャパン
東京都千代田区外神田三-一六-八
〇三-五二九五-八〇九一（営業）　〇五七〇-〇〇八〇九一（読者サービス係）
印刷・製本　大日本印刷株式会社

ISBN978-4-596-55203-7